Best Time

白 马 时 光

第一章
篮球场"对决"　001

第二章
亲子乐园　027

第三章
"二十一天冷处理计划"　051

第四章
"宋小喜"盆栽　076

第五章
冤家路窄　103

第六章
生日礼物　129

第七章
"马甲"掉了　155

目录
Contents

第八章
别跟我装穷 182

第九章
跨年露营 210

第十章
神树助力 238

第十一章
三中的桃花开了 264

第十二章
好友再聚 290

番外
载酒馆 315

宋厌面无表情道:
"祝我们夏大少爷生日快乐,福如东海,寿比南山。"

INFORMATION ABOUT YOU

靓照

名　字：
性　别：
破壳日：

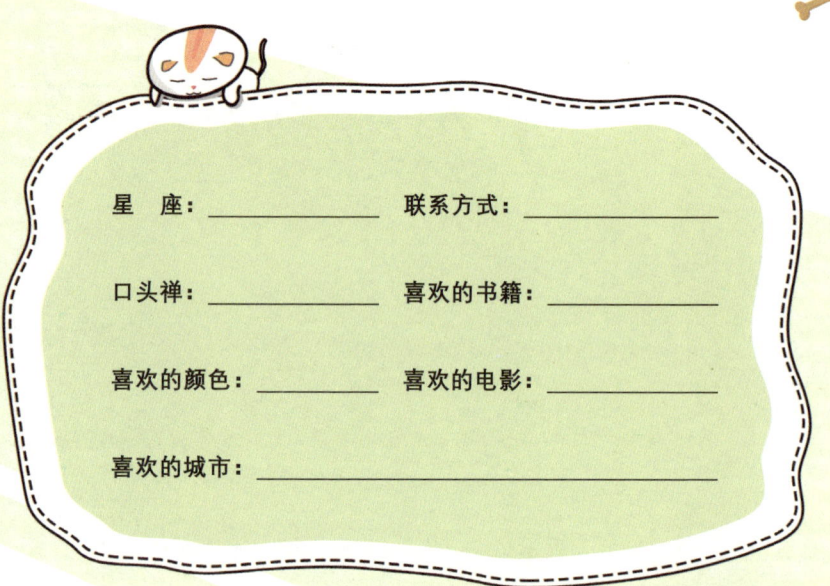

星　座：＿＿＿＿＿＿　　联系方式：＿＿＿＿＿＿

口头禅：＿＿＿＿＿＿　　喜欢的书籍：＿＿＿＿＿＿

喜欢的颜色：＿＿＿＿　　喜欢的电影：＿＿＿＿＿＿

喜欢的城市：＿＿＿＿＿＿＿＿＿＿＿＿

你觉得我是个什么样的人

自恋臭美 ☐　　　暴躁易怒 ☐

高冷淡漠 ☐　　　阳光开朗 ☐

温柔可亲 ☐　　　其他：＿＿＿＿

第一章
篮球场"对决"

宋厌回答完，又认认真真地思考了很久，才郑重地摇头："不过你得答应我一个条件。"

夏枝野心下一沉："什么？"

"你必须要好好学习，不能影响我的成绩，我要当高考状元。"

"……"夏枝野倒是没想到宋厌竟然如此热爱学习，他也不是不爱学习，不然也不能考年级第一，但是他对学习好像也没有特别大的执念，不像宋厌这样，好像不拿到高考状元誓不罢休。

他有些好奇，低声问道："所以你为什么这么想拿高考状元？"

"因为有一百万元。有一百万元我就再也不用回家了，我不喜欢那里。"宋厌把头埋进臂弯，声音闷闷的，听上去像是受了不少委屈。

夏枝野叹了口气："好，那我们一起学习。"

"不要。"对方毫不领情，拒绝得十分果断。

夏枝野眉梢一挑："为什么？"

"因为我不和数学分数比我低的人一起学习。"

"……"夏枝野依稀觉得这句话好像有些耳熟，等想起来是出自那天给商淮的送行宴上，商淮讲的关于自己"劝学"的故事时，一时既好气又好笑。上次考试，他数学确实比宋厌低一分，但是没想到有朝一日他用来劝别人学习的话竟然落在了自己身上，真是"天道好轮回"。

他甚至怀疑宋厌没醉，只是故意装醉来气他。但气归气，人还是要劝："那是不是只要我数学考试的成绩考得比你高就可以和你当好朋友了？"

半晌，无人回答。

夏枝野试探着叫了声："宋大喜？"

没人应。

"宋厌？"

还是没人应，夏枝野感觉不对，他抬起了宋厌埋在臂弯的脑袋，果然看见了一张睡得十分香甜的脸。

夏枝野："……"他再次怀疑宋厌就是老天爷派来故意气他的。

但能怎么办呢，只能把他扶到床上，希望这位可爱又欠揍的好兄弟能做一个好梦。

宋厌做了一个梦，一个不太好的梦。梦里他在黑暗中被一只金毛摇着尾巴追来追去，追到了天涯海角。

醒来后他发现自己已经被那头睡得香甜无比的夏枝野挤到了角落，于是他直接一脚踹开夏枝野："起开！"

夏枝野被一脚踹醒，先是蒙了一下，然后看见宋厌这表情就知道某人昨天晚上又断片儿了。夏枝野毫不意外，懒洋洋地起了床，拿出瓶牛奶刚想说话，就被宋厌恶狠狠瞪了一眼："闭嘴！"

夏枝野今天心情是前所未有地好，于是乖乖闭嘴，笑着把牛奶面包放到宋厌跟前就进了浴室。

因为醉酒断片儿导致信息远远落后于夏枝野的宋厌，叉腿坐在沙发上，使劲搓了两把头发。

昨天晚上到底发生了什么，怎么一觉起来好像有哪里怪怪的。但他怎么想也想不起来，只能烦躁地把毛巾一扔，顺手捞出手机一看，居然都快中午了，还有不少未接来电和微信消息，都是沈嘉言的。

他点进微信一看。

第一章 篮球场"对决"

人间至甜小奶莓：小厌！醒了没！好消息，好消息！我帮你挂到网上的那块表终于卖出去了！

人间至甜小奶莓：对方特别爽快，五万块钱直接成交，等他确认收货了我就把钱打到你账上。

人间至甜小奶莓：不过那块表市价十八万块呢，你五万块就卖了，还是有点儿可惜。

那块表是宋厌去年收到的生日礼物，其实他还挺喜欢的，但现在唯一方便直接变现的东西就只有这个了。

五万块卖了确实可惜，但也不是什么限量版，原价买得起的，都不差那一两万块的优惠；原价买不起的，花五六万块也要担心这个是不是正版，所以挂上去好几天，问的人不少，诚心想买的却没几个。本来都想着随便卖个两三万块就行，没想到一觉起来，居然瞎猫碰上了死耗子。

宋厌飞快回道：嗯，谢了。

人间至甜小奶莓：没事，要不是我期中考没考好，我妈不给我零花钱，你也不至于沦落到卖表，不过你爸也真是够狠的。

宋厌避开最后一行字，直接回道：你把期中卷子发给我，我看看哪儿出了问题。

对面的沈嘉言立马感恩戴德叫"大哥"，十几张扫描图"噌噌"地就发了过来。

正好夏枝野也从浴室洗漱完出来了，宋厌说："借下电脑。"

"怎么了？"

"帮沈嘉言看下他的期中卷子，手机不方便批注。"

"嗯，行，我和你一起看。"

宋厌抬起头，微蹙着眉："你看什么？"

夏枝野懒洋洋地拿起昨天那盒被偷了吸管的牛奶，剪开包装，慢悠悠道："看看国内最好的高中出的什么题，方便我查漏补缺，免得我数学成绩一直提不上去。"

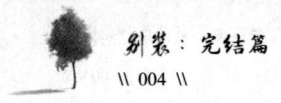

夏枝野上次考了一百四十七分,这叫数学成绩提不上去?

感受到宋厌疑惑的眼光,夏枝野举了举手里的牛奶盒:"没办法,数学成绩超过某人之前,我不配和他做好朋友。所以为了学习和友情,干杯。"

宋厌:"……"

不管宋厌是不是觉得夏枝野神经病,反正接下来几天夏枝野复习的态度确实比之前认真了许多,认真到小胖直呼夏枝野是不打算给他们"学渣"留口饭吃。

天一日一日地冷了下来,在其他宿舍的人"苦哈哈"地洗着越来越厚的衣服的时候,616宿舍的粉色洗衣机则在兢兢业业地守护着宋厌的"换衣自由",以至于宋厌潜移默化中竟然觉得粉红色确实也挺好看的。

考完试的那天正好是立冬,随着考试铃声停止,有人绝望地喊了一声"Winter is coming"后,整个高二年级就再次变成了北方墓地一般的存在。

小胖瘫在座位上,道:"变态,真的太变态了,怎么会有实外这么变态的学校,出的题根本不是人做的。"

赵睿文瘫在他旁边也道:"完了,全完了,如果没有Like大神的资料,我可能一道大题都做不出来。"

小胖说:"呵,笑死,我根本就没时间做到大题。"

赵睿文说:"呵,笑死,我连数学最后一道大题是数列还是立体几何都不知道。"

"所以夏爷,你考得怎么样?"小胖和赵睿文试图寻找一点儿安慰。

夏枝野低头玩着手机:"还行吧,最差七百。"

小胖、赵睿文:"……"

他们不死心,又看向宋厌:"厌哥,你呢?"

宋厌收拾着书包,随口答道:"七百一十左右。"

"……"小胖和赵睿文不知道自己为何要自取其辱。

他俩闭嘴，选择"死亡"。人和人终究是不一样的。他们是人，后面那两位是变态了的人，这在社会学上属于"敌人"范畴。

阮恬走进教室的时候，看见的就是这么一群"丧尸崽"，叹了口气，看向教室后排仅剩的两个正常人："宋厌，夏枝野，你们出来一下。"

被点名的两人慢条斯理地出了教室。

阮恬看着自己跟前两个一米八几的大男生，努力挺胸抬头，让自己显得不那么娇小："叫你们出来呢，主要是想和你们说下，下个月有个英语演讲比赛。"

宋厌直截了当："没兴趣。"

阮恬："……"

没兴趣也要有兴趣。

阮恬假装没听见："这次的英语演讲比赛是每个重点高中推荐两人，然后和几所来交流的学校一起进行主题演讲。主办方是几所著名高校，如果拿奖了，对你们以后自主招生都有帮助。"

宋厌看上去还是没兴趣。

阮恬继续劝说："之所以选你们两个是对英语成绩、口语发音以及气质形象各方面等综合因素进行考量，然后由年级组的老师统一决定的，所以你们不要辜负老师的期待。"

宋厌十分淡泊名利："真的没兴趣。"

"……"阮恬看向夏枝野。

夏枝野倒是无所谓地挑了下眉："我都行。"

"好，那算你一个。"阮恬逮到一个算一个，还不死心，拍了拍宋厌的肩膀，"年轻人，要好好把握住机会，下个星期交报名表，你还有一个周末的时间好好考虑考虑。"

说完，也不给宋厌拒绝的机会："行了，听刘越说，这次篮球赛轮到实外主场了，你们今天下午要去熟悉场地，那就快去吧，路上注意安全。"说完就蹬着小高跟鞋跑远了，生怕宋厌开口直接来个"拒绝三连"。

拒绝慢了一拍的宋厌："……"算了，下周再拒绝也一样。

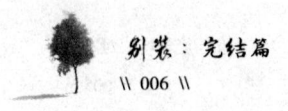

夏枝野笑了一声："放心，阮恬不磨到你报名不会罢休的，你就死了这条心吧。"

宋厌感到有些绝望。

实外和三中的篮球赛差不多已经成了每年期中区联考后高二年级的必备项目，主场也是一年一年轮着来，今年正好轮到实外。

整个篮球队的人加上啦啦队队长孔晓晓以及副队长小胖同学，人高马大，往实外校门口一杵，吓得保安队队长差点儿打110。

"别，保安叔叔，我们真的不是来打群架的，就是老规矩，提前看看场地，没人提前跟你们说吗？"

保安狐疑地摇了摇头："我们没有收到消息。你们要么联系一下实外的老师，要么让学生会的开具一个证明，不然我不可能让你们进去的。"

"可是我们哪儿认识实外老师和学生会的啊？"小胖无语了，看向刘越，"你不是说和篮球队那边说好了吗？"

"是说好了，但他们今天还没回我微信。"刘越又打了个语音电话，还是没人接，偏头看向夏枝野，"你初中不是在实外上的吗，多少应该认识几个人吧？"

话音刚落，就听到身后传来冷淡一声："夏枝野，你们在这儿干什么？"

众人回头一看，就看见身后一个个子很高、皮肤很白、校服衬衣笔挺的大帅哥缓步向他们走来。

"哇，实外竟还有如此'姿色'。"孔晓晓不禁一声赞叹。

小胖友情提醒："晓姐，注意口水。"

"好的，谢谢。"孔晓晓连忙擦了擦嘴角。

好在大帅哥高冷得不行，目不斜视，并没有注意到他们。

夏枝野似乎对这人印象还不错，懒洋洋答道："来看一下场地。"

"嗯，我带你们进去。"大帅哥言简意赅，拿出了学生会会长工作证。

保安队长显然很熟悉这人，也就没再多问，组织他们登记后就打开了校门。

众人刚准备道谢，大帅哥眼角的余光却好像瞥见了什么不该发生的事情，冷冷扔下一句"有点儿事，你们自便"就往某个监控盲区快步走去。

"啧，挺高冷啊，这谁啊？"孔晓晓好奇地问夏枝野。

夏枝野随口答了句："秦子规，上一届的学长，但你别想了，人家是高岭之花。"

"噢……"孔晓晓发出失望的叫声。

她一转身，眉梢一挑："这女生又是谁？找你的吗，夏爷？"

宋厌本来全程冷漠，一脸事不关己高高挂起的样子，但听到这话的时候，却莫名其妙地突然抬起了眼眸。

然后就看见秋天的银杏树下，一个长发飘飘的女生正抱着一摞书，站在落叶缤纷中，遥遥地看着夏枝野，目光像是深情不舍，又似犹豫不决。如果加上偶像剧式的慢放和背景乐，妥妥就是一出男女主角久别重逢的戏码。

而不等夏枝野回答，小胖就一拍大腿："这女生我认识！见过照片，就是那个……那个……谁……哎呀，名字我想不起来了，反正就是初中时候和夏爷关系特别好的那个！"

夏枝野抬腿踹了小胖一脚："一天到晚说什么废话。"

刚才那个女生也站在了人群里，看样子是主动提出要带路，眼神却一直落在夏枝野身上，等他走近的时候，才低低说了声："好久不见。"

夏枝野微点了下头，以示最基本的礼貌，然后就和宋厌一起继续往篮球馆走去。那个女生倒也不尴尬，慢腾腾地和孔晓晓并肩而行。反倒是跟在他们后面的围观群众小胖同学尴尬得头皮发麻，超小声地问周子秋："这是有情况吧，绝对是有情况。除了这个，我想不出更尴尬的理

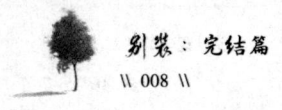

由了。"

周子秋很简单地吐出两个字:"不是。"

小胖问:"那是什么情况?"

周子秋说:"不知道。"

小胖不懂了:"你都不知道你怎么敢确定不是?"

"夏枝野说不是就不是。"周子秋说完就当着小胖的面把耳机音量调大三格,不想八卦的意思十分明显。

这搞得小胖抓心挠肝又毫无办法。

难道全世界只有他一个人在意这个问题吗?你们都不八卦的吗?

他的这种抓心挠肝的状况直到到了篮球馆,才被见识到学校与学校之间的差距后的悲愤所代替。

三中也有艺体楼,艺体楼里也有篮球馆,但无论是胶地还是篮球架都已经有点儿年头,这和三中这种篮球馆里有恒温系统、宽敞的更衣间和二十四小时热水的淋浴间是完全没法比的。

"今天也是为教育资源的倾斜而感到愤怒的一天。"小胖悲愤难当。

门口传来一声轻笑。一群男生穿着统一的队服,拍着篮球走了进来,表情像是听到了什么笑话,然而路过小胖的时候,却像没看见他似的,径直走到了夏枝野跟前:"夏神,好久不见啊。"

"夏神"这么中二的称呼还是初中那会儿留下的。那时候夏枝野的个头就已经蹿到了一米八,在一群还没怎么长开的萝卜头中间显得格外显眼,加上篮球打得好,又会玩点儿乐器,每天上课睡觉成绩还能稳定年级前三,这个称呼就被传出来了。

不过显然男生叫的这声"夏神"并不是出于尊敬和崇拜,更多的是一种嘲讽。

夏枝野并不想搭理他们,随手一个原地起跳,三分命中,然后看向宋厌:"走吧,去换衣服。"

宋厌"嗯"了一声,扯了下肩上的书包带子,缓步跟上。

三中其他人也有样学样,个个抬着头,鼻孔朝天,目不斜视地哼着歌儿从男生身边走过。故意无视挑衅的姿态气得实外男生忍不住脱口大骂："装什么装啊，叫你一声'夏神'，还真忘了自己是个什么东西了，都被劝退了还有脸回……"

"陈锐，别说了！"一旁本来安静待着的女生忍不住出声制止。

陈锐震惊回头："江圆圆，这种人渣，你还帮他说话？"

"都说了让你别说了！听不懂吗？！"女生显然平时是个教养极好很温柔的人，这会儿却因为着急制止而不由自主地加重了语气。

陈锐自以为是在替她出头，结果莫名其妙被凶了一顿，蒙了蒙，但又不想让女生当众下不来台，只能忍住："行，我也懒得和这种人多废话，球场上见真章。"

说完就朝篮球队剩下的人说道："今天晚上的训练赛都给我好好打，该给那种败类的教训必须扎扎实实给够了，听到没！"

"听到了！"一群莽汉信誓旦旦。

江圆圆看了一眼这群大老爷们儿义愤填膺、为民除害的表情，无语又着急，想说什么，但几次欲言又止后叹了口气，转身快步往男更衣室里走去。

更衣室里的气氛比外面"不遑多让"。

小胖干啥啥不行，生气第一名："那人是个什么玩意儿！凭什么说我们夏爷是人渣败类？！我们夏爷人品不好吗？是人渣吗？是败类吗？来，你说！"

小胖递出话筒。

一号队员："当然不是！"

二号队员："当然不是！"

三号队员："当然不是！"

四号队员："不好说。"

小胖看向姓宋名厌的四号队员："厌哥，这时候你不能不挺夏爷啊，夏爷是什么人，你还不了解吗？"

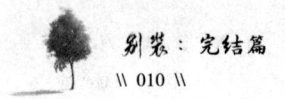

宋厌面无表情地打开储物箱："知人知面不知心。"

"……"

还知人知面不知心。

夏枝野忍不住侧身看了过来："厌哥，有没有点儿良心？"

宋厌不为所动，把包放进储物柜，拎着球衣，转过身："麻烦让让，我换衣服。"

夏枝野同角度转身，看向身后那衣冠不整大大咧咧的"扑棱蛾子"："听见没，让让，厌哥换衣服。"

小胖没懂："这么大地儿，不够你俩换个衣服？"

"不够。我脸皮薄，你们看着我，我害羞，所以麻烦你们去下隔壁。"夏枝野面不改色心不跳。

众人："？"

你？夏枝野？脸皮薄？城墙拐角都不答应。

众人还打算负隅顽抗，周子秋率先起了身："我建议你们还是跟我去隔壁。"

"为啥？"

"如果你们不怕待会儿打架被伤及无辜的话。"

"……"

想了一下两位"大佬"从进校门开始就不怎么和谐的气氛以及他们的战斗力，众人默默拿起衣服，转移场地，并且十分识趣地带上了房门，然后一转身，就看见江圆圆正在门外似乎踌躇着想说什么。刘越正准备上去问，却被小胖一把拉回，拖到另一间试衣间，关上房门，说："你傻吗？"

刘越："？"

其他人也没明白："怎么了？"

小胖招呼过众人，神神秘秘道："你们知道夏爷为什么被实外劝退吗？"

众人好奇。

小胖又压低脑袋，挡着嘴，小声道："其实也不是劝退，就是当时明明实外高中部已经确定夏爷直升重点班了，结果公布录取名单的时候就没了，所以相当于压根儿就没上，根本不存在劝退。"

"那为什么会被传成劝退？"

"据说是因为中考前夏爷和人打了一架，把那人直接打到医院去了，最后那人没能参加中考，就转学了，有人猜就是因为这个实外才没收夏爷的。"

"那跟江圆圆有什么关系？"

"你傻啊，还能是为什么？夏爷和那个男生打架就是因为江圆圆。"

"咝——"众人倒吸一口冷气。

"所以你们少掺和在里面，听见没？"

"掺和在哪里面？"话音刚落，身后就响起一道懒洋洋的声音。

小胖一回头，看见夏枝野和宋厌已经换好衣服正好整以暇地站在他们身后。

小胖："……"

"八卦完了吗？"夏枝野问。

小胖点头："八卦完了。"

夏枝野问："那八卦完了可以圆润地滚向篮球场吗？"

"可以。"小胖麻溜地旋转离场。

其他人也假装无事发生过，一边说着"今天阳光真好"，一边夸着"今夜月色真美"，火速地离开了更衣室。

宋厌看着众人的背影，说了两个字："渴了。"

夏枝野说："我去买。想喝什么？"

"矿泉水，多买几瓶。"

"行。"夏枝野被宋大少爷差遣习惯了，不疑有他，拿着手机就出了篮球馆。

宋厌看着他离开后，淡淡地收回视线，看向墙上贴着的教务处老师值班表，若有所思。

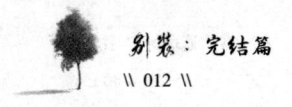

等宋厌回到场地的时候，三中和实外的两拨人以中线为界，正气势汹汹、虎视眈眈、谁也不服谁地看着对方。一个个下巴抬得比鼻孔还高，看上去就跟小学生打架似的，显然是在夏枝野的问题上没有达成共识。

对方为首的那个陈锐，看见只有宋厌一个人过来，轻笑了一声："怎么，夏枝野是知道自己做了见不得人的事，心虚得临阵脱逃了？"

周子秋横了他一眼："夏枝野又没做什么亏心事，有什么好心虚的？"

"哟，看来你们这群三中的新朋友还不知道他初中干过什么呢吧？"陈锐笑得阴阳怪气，"他把自己的同班同学打进医院，还把人家逼转学了，抢了人家的中考状元，这还不算亏心事？"

"你说这话有证据吗？"周子秋不为所动，直接反驳。

陈锐冷笑一声："我当时就在场，亲眼看着吴锋进的医院，眼见为实，这能有假？还需要证据？如果是假的话，实外凭什么好端端地放着这个中考状元不要，让他去了三中？学校包庇他，我们可不傻。"

周子秋还想说什么，就在这时，宋厌叫了声"方尝"，小胖立马跑了过来："唉，厌哥，怎么了？"

宋厌低声附耳讲了两句，小胖一脸"竟然还能这样"的兴奋表情，然后点了点头："厌哥放心，这事包在我身上了。"

小胖说完就走到旁边观众席上，从包里翻出两瓶"肥宅快乐水"，朝着陈锐和周子秋走过去，笑道："大家都消消气，喝点儿水，别吵了。"

小胖人如其名，长得白白胖胖，憨厚老实，一笑起来跟个大熊猫似的，很难不让人放下戒备，所以尽管陈锐觉得"黄鼠狼给鸡拜年——没安好心"，也只是语气不善地问了句："有事？"

"没事，就是看着气氛挺尴尬的，觉得不太好，大家都无冤无仇的，喝了可乐就是朋友，待会儿训练赛手下留情啊。"小胖捧着可乐笑得憨态可掬。

伸手不打笑脸人，对方都这么诚意示好了，陈锐也不好再因为夏枝野而迁怒无辜，不情不愿地伸手去接小胖递过来的饮料瓶。然而就在手指将将碰到瓶身的时候,小胖突然"哎哟"一声,紧接着就往下一倒,手中的可乐瓶在空中划出一道完美的抛物线,和他庞大的身躯一起重重落地,在空旷的篮球馆内发出惊天动地的声响。

"???"陈锐的手就那样僵在半空中。

还没等他反应过来这是什么等级的"碰瓷",小胖就躺在地上一声大喊:"你这人怎么这样啊?!我好心请你喝饮料,你不喝就不喝,推我干吗?!"

陈锐:"???"

"我什么时候推你了?!"陈锐这辈子都没这么冤过。

小胖表情却比他还冤:"你还不认账!就在刚才!他们都看见了!"

中气十足的喊声回荡在室内,陈锐感到整个篮球馆内所有人都朝他投来了质疑的目光,忍不住大喊一声:"他自己摔的啊!和我没关系!真和我没关系!"

"他自己摔能摔得这么四仰八叉?"刘越是三中这群人里的刺头,率先发难。

紧跟着周子秋就冷笑一声:"瞎子都能看见刚才明明是你伸手碰他了,他才摔的,还在这儿装什么无辜?"

"你们说是陈锐推的,有证据吗?!"实外的人就算不明真相也不能由着其他学校的人摁着陈锐欺负,当场反击。

一旁一直冷眼旁观的宋厌却不紧不慢地开了口:"我们都在场,眼见为实,这能有假?还需要什么证据?如果是假的话,小胖至于放着好端端的饮料不喝,非要自己摔一跤?你们包庇他,但我们不傻。"

"……"

这段话不能说和陈锐的说辞相似,只能说是一模一样。陈锐就算再迟钝,也反应过来了:"你们就是故意找事吧!"

说完他把篮球狠狠往宋厌的方向一砸,弹起来的时候差点儿砸上宋厌的脸。三中这边的人可就不干了,冲上去一把推开陈锐:"怎么啊?几个意思啊?想打架啊?"

陈锐脾气也冲,一把推回去:"打就打!谁怕谁!"

"哎哟!你又推人!"被推的人当场倒地,和小胖肩并肩。

陈锐:"???"他发誓他没用这么大力。

然而三中其他人可管不了了:"又推人,什么意思啊!"

实外的人也不干了,一把推回去:"就这个意思,看明白没?"

"嘿,你再碰我一下试试?"

"碰就碰,怎么的了?"

"你踹我!"

"你先踹我的!"

"刘越上,别!"

战火瞬间蔓延开来,二十几个一米八以上的大块头男生骂骂咧咧扭打起来,场面可谓十分壮观,就连身体素质非常不怎么样的小胖也连抓带挠参与战斗。孔晓晓在旁边加油助威,"指点江山"。江圆圆在旁边一边打电话,一边干着急。

陈锐好不容易撂倒了一个,偏头一看,宋厌还好整以暇地站在篮球场边上。想起就是他对那个胖子说了什么,胖子才来碰瓷的。陈锐顿时气不打一处来,快步上前,一把拎住宋厌的领口:"你安的什么心?!"

"没安什么心。"宋厌撩起点儿眼皮,神情冷恹地嘲讽,"怎么,想揍又不敢揍,非得找点儿借口?有本事直接揍啊。"

陈锐被宋厌这么一嘲讽,热血一股脑儿往头上涌,动作比脑子快,直接把宋厌用力掼到墙上,高高举起了拳头。然而那一拳还没打下,身后就传来一声厉斥:"都给我住手!一个两个反了天了,是不是?居然敢在学校里打群架!谁带的头?!给我站出来!"

陈锐回头一看,谁把教导主任给招来了?!

宋厌晃了晃手里的手机:"你们墙上贴的教务处值班表有联系方式。"

陈锐:"……"

太阴了!

第一章 篮球场"对决"

他这一回头，正好和教导主任来了个"亲密的"四目相接，教导主任看见他拎着其他学校学生打算揍，当场大喝："陈锐！你给我滚过来！还学会寻衅滋事了！长本事了啊！"

陈锐冤死了："老师！是他们先挑衅的！"

小胖眼泪一抹，梨花带雨："明明就是你先推的我。"

陈锐："？"

宋厌说："老师，我们可以申请看监控。"

陈锐："？？"

等亲眼看到监控里小胖拿着饮料笑嘻嘻地向陈锐走去，结果陈锐臭着脸一伸手小胖就摔倒了。教导主任一拍桌子："陈锐，你还有什么好说的！"

陈锐说："老师，这个监控角度有问题！"

"那这个呢？这个也是监控角度有问题？"教导主任又指了指第二个被他推倒的人。

陈锐："……"这个没问题，但是他发誓他没用这么大力！

"还有这个，这个同学全程没动手，你突然冲上去打他，也是误会？"教导主任都要气死了。

陈锐欲哭无泪，百口莫辩："是他让我揍他的！"

"他有病让你揍他？"

"他就是有病！"

陈锐刚脱口而出，小胖又拍案而起："你又骂我们同学！"

教导主任敏锐地捕捉到重点："又？"

小胖疯狂点头："对，又，他之前就骂我们学校的夏枝野，骂他人渣、败类、不是东西，把我同学骂到哭了，现在正偷偷躲在角落抹眼泪呢。我们本来不想计较，送饮料示好，结果他还推我！"

陈锐都要疯了："夏枝野偷偷躲在角落抹眼泪？！你们能不能说点儿人话？！"

"你才不说人话！"教导主任用力一拍桌子，"说，好端端的，骂

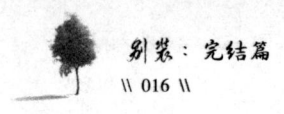

夏枝野干吗？"

"他都害得吴锋参加不了中考直接转学了，我凭什么不能骂他？他校园霸凌同学还有理了？要不是他把吴锋打进医院，中考状元还不一定是他的呢！"

陈锐初中时候和吴锋是室友，当时看见吴锋一直没回宿舍，去教学楼找他，正好撞上夏枝野拎着满身是血的吴锋上了救护车。后来他连吴锋的面都没能再见上一次，就发现吴锋转学了。后面学校的处置也不了了之，没了下文，就有人猜学校是为了最少保一个中考状元，才选择了包庇夏枝野，等高中再拒收。陈锐对这件事一直耿耿于怀。

教导主任听了他的说辞之后，深呼吸两口气，站起身："你们都在这儿给我蹲着写检讨，好好反省自己的校园暴力行为，我回来之前，哪儿都不许去！"说完就摔门离开。

剩下满屋子的男高中生跟斗鸡似的大眼瞪小眼。

陈锐脸都已经气成了紫红色，恨不得现在就把宋厌拎起来打一架，但碍于教导主任的威严，只能强忍着。然而越忍越气，越忍越气，气到后面都快炸了。

凭什么啊？！明明就是他们三中的人碰瓷，怎么成了他校园暴力了？陈锐实在忍不住，狠狠踹了一脚旁边的椅子。

另一头的宋厌则和他完全相反，优哉游哉地靠着墙，慢条斯理道："怎么，被冤枉的滋味不好受吧？尤其是这种眼见为实的冤枉，难受吗？憋屈吗？"

难受，憋屈，明明没有做过的事非解释不清楚，憋屈到恨不得剖腹自尽以证清白。陈锐几乎是咬碎了一口牙，才强忍着没有直接把办公室砸了："所以你到底什么意思？我招你惹你了！"

"我都说了，没什么意思，就是想让你体会一下被眼见为实的东西冤枉的感觉。"宋厌语气很平静。

陈锐被气笑了："行，我懂了，你不就是觉得夏枝野是被冤枉的，所以想替他打抱不平吗？可我今天还就告诉你了，夏枝野绝对不可能是被冤枉的！"

"那不如我们打个赌。"宋厌的目光迎向陈锐。

陈锐说："赌就赌。"

"如果夏枝野这事没被冤枉，今天的事情我一个人承担后果，还包你们篮球队一个月的饮料。如果夏枝野这事是被冤枉的……"

"就不可能！"陈锐义愤填膺地打断。

宋厌淡然道："我是说如果。"

"没有如果。要是有如果，你让我做什么我就做什么，把脑袋割下来给你当球踢都行。"

话音刚落，教导主任就开门回来了："踢什么踢？三千字检讨没写完，谁都别想去踢球！"

说完把档案袋往桌上一扔："我也不是第一次给你们解释学校没有包庇夏枝野了，你们要还不信，自己看。"

"这是什么？"众人好奇地凑了过去。

教导主任灌了一大口茶，吐掉茶叶末子后才答道："当时那件事的处理结果。"

处理结果？就这么给他们看了？

陈锐将信将疑地抽出里面的文件，目光一扫，表情顿时愣住，整个人僵在原地。

在一大堆具体调查证据、当事人口供、医院验伤结果后面，是总结陈述：

涉事学生吴锋因长期学习压力过大出现了较为严重的心理问题，将同班同学夏某视为假想敌，多次主动挑衅，并幻想自己与同班某异性同学为异常亲密关系，多次偷窃其贴身物品，并予以不正当骚扰，给当事人带来严重困扰。鉴于该生处于心理脆弱非自主行为状态，经双方家长调停，予以退学处理，进行深入治疗。

涉事学生夏枝野：于二〇××年五月十一日晚二十二点三十分左右，因目睹同学吴某将女生反锁于卫生间，进行言语行为上的骚扰，遂

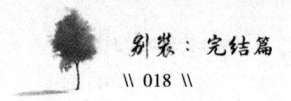

暴力破门而入，试图制止。然而受到当事人暴力反抗，于打斗中将其重伤。但因其行为目的正义，且有效阻止了不法行为的进一步发生，保护了受害女生，并得到了吴某家长的谅解，遂在赔偿医药费之后，予以教育批评，不作其他处理。

教务处里的众人看完这两份处理决定后，反应大相径庭。

小胖等人如释重负地呼出一口气，还好他们没有信错人。而陈锐他们则难以置信："不可能啊，我和吴锋当时是室友，我怎么没有发现他有心理疾病？而且如果是这样，学校当时为什么不公开通报，夏枝野自己也没说？"

"吴锋本来就性格孤僻，为了保住年级第一，除了学习就是学习，才导致心理出了问题，你们这几个傻子能发现什么？至于为什么没公开通报……"教导主任叹了口气，"是夏枝野的意思。"

陈锐没懂："夏枝野的意思？他图什么？"

"图什么？图人家人品好。你们别忘了，这里面还涉及一个女生。你们这个年纪，没八卦的事都能传出八卦来，有八卦的事还指不定怎么传呢。真传开了，这女生会不会被人指指点点？"

众人沉默了。虽然没有说破，但是他们也都猜到了这个女生是谁。

这个年纪，是非之心都还没有完全成熟，漂亮清高的女生既容易被同龄人妒忌，也容易被她拒绝过的男生编派，所以无论有意无意，流言蜚语肯定都好听不到哪里去。

"但夏枝野没错的话，高中部为什么不收他？"有人提出疑问。

教导主任无奈道："不是高中部不收，是那一年夏枝野的父母正好去世了，家里遇上变故，他自己放弃了实外，全额奖学金去了三中。也是因为他认为反正自己高中不在实外上，流言蜚语影响不到他，才觉得没必要通报的，没想到你们居然误会成这样。"

他说完，角落里的宋厌不自觉地蜷缩了下指头。

原来夏枝野是因为初三那年他父母去世，负担不起实外的学费，才选择去了三中吗？毕竟实外就算全额奖学金免了学费，也还有杂费，平时各种娱乐和衣食住行都不便宜。

之前一直没想明白夏枝野为什么初中能够上得起实外的宋厉，终于得出了答案。

实外其他人也和他想到一块儿去了，心里一下子又酸楚又愧疚。明明当时也是称兄道弟的朋友，结果人家父母去世了自己不知道，见义勇为了自己不知道，被迫转学了自己不知道，还留下一堆误解，骂人家人渣、败类。

陈锐想到自己之前被冤枉的感受，再代入了一下夏枝野当时的境地，觉得自己真是太过分了。夏枝野这都能忍，不愧是真男人。

"不过主任，夏枝野的意思不是不说嘛，你现在告诉我们……"陈锐欲言又止。

教导主任嘲讽地一笑："看你们这群大男生的样，还以为人家女生和你们一个格局呢？江圆圆早就联系我了，说她现在已经想明白了，既然她没做错什么，就不害怕那些流言蜚语，让我还夏枝野一个清白。你再看看你们，除了惹是生非还会什么？"

"……"无法反驳。

"所以这件事到此为止。而且虽然人家江圆圆不介意，但你们作为男人也要有男人的担当，别背后乱嚼舌根，听见没？"

"听见了。"

"听见了就继续写检讨，不写完三千字检讨不准走。"

"那篮球赛……"

"还篮球赛，看看你们一个个青一块、紫一块的样子，能打篮球赛？取消，改成随堂测试！"教导主任说完就迈着六亲不认的步子离开了。

剩下一屋子莫名其妙就要多考一场随堂考的实外众人："……"

难道不是才刚考了期中考？！

小胖看着他们悔恨又绝望的表情，心情倍儿好："嘿，放着好好的篮球赛不打，非要打架，哎，就是玩。"他语气欠揍得不行，但陈锐他

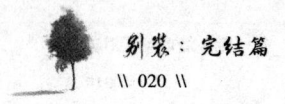

们自知理亏，只能一人抄着一张草稿纸，忍辱负重地在墙角蹲成一排。

小胖大仇得报，身心舒畅，转头看向宋厌："厌哥，干得漂亮。不过你是什么时候知道的？"

宋厌低头拨着腕骨上的手串，答得散漫："刚才。"

"？"

"刚才和你们一起知道的。"

"？？"

"也就是说你之前也不知道怎么回事？"陈锐震惊，"那你还敢跟我打赌，就不怕自己脸疼吗？！"

宋厌只是漫不经心地答了一句："不怕。"

如果夏枝野真的做了什么值得被唾骂的事情，是个污点学生，那三中作为市重点，也不可能全额奖学金录取他，所以只要动一动脚指头就知道这里面肯定有隐情。而江圆圆的表现明显是知道什么，想说，却又缺乏一个直接的动机让她毫不犹豫地说出来，所以宋厌才想着来了这么一出。

江圆圆如果愿意说，那说明夏枝野当时的决定是值得的，皆大欢喜。

江圆圆如果不愿意说，那也不勉强，让陈锐他们体会一下被冤枉的感受也行。

陈锐却还是不服气："但你凭什么就确定夏枝野是被冤枉的？"

"凭我相信夏枝野。"宋厌说这话的语气仿佛天经地义。

陈锐一时竟不知如何反驳，只能又问："就算你相信他，但他自己都不在意、不解释，你费这么大劲冤枉我，图什么啊？"

"图我在意。"

"？"

"他受了委屈他不在意，但是我在意。"宋厌比谁都清楚，明明是自己受了委屈，却没有一个人相信自己是什么感觉，所以别人不在意，他在意。

陈锐："……"

行吧。这事到底是他不对在先，他也不好再多说什么，从裤兜里掏出一瓶红花油扔过去："刚才掼你那下不轻，肩膀应该撞墙上了，早点儿涂了，免得回头夏枝野找我算账。"

小胖一听这话，立马踮起脚去扒宋厌领口，看到肩膀后面瘀青一片，顿时红了眼眶。

宋厌嫌弃地把他推开："就这点儿伤，至于吗？"

小胖哽咽道："厌哥，你不懂，我这是感动和羞愧于自己以前对友情的理解不到位。"

宋厌："？"

"无条件地相信和守护，甚至不惜身受重伤，这才是真正的好兄弟啊。"

宋厌："……"

屋内传来小胖的"死亡"悲鸣。屋外夏枝野拎着一袋子矿泉水，低头笑了笑。

篮球赛打不了了，群架也打不了了，看着陈锐他们写完三千字检讨，再去医务室涂好药膏，这场恩怨就算了结了。但是一群人也不想回三中，就无所事事地坐在实外夕阳西下的操场看台上，一人叼着一根冰棍儿，沉思着人生。

沉思着，宋厌突然瞥见看台下正在朝着他们走来的女生，于是踹了一脚旁边正懒洋洋地剥着栗子的夏枝野："起来，有人找。"

夏枝野抬头一看，站起身，拍了拍裤子上的灰："我去去就回。"

夏枝野走到江圆圆跟前时，微敛了神色："怎么了，有什么事吗？"

"那个……嗯……其实也没什么，就是想说谢谢你，然后就是挺抱歉的，让你受了这么大委屈，还耽误了你们篮球赛。这是我的一点儿心意，希望你们可以笑纳。"江圆圆递过一叠门票。

夏枝野看了一眼，问："这是？"

"城南新开的那家游乐园的套票,我爸公司发了好多,反正我拿着也没用,你帮我转交一下,就当赔礼道歉了。"

有的人情,别人想还,你不收,反而会让别人过意不去,只有收下了,曾经的那些不开心的过往才算彻底了了。于是夏枝野什么都没多说,只是接过收好:"谢了。"

"没事,不客气,祝你们玩得开心。"江圆圆大方得体地绽放出一个笑容,然后潇洒地转身离开。

没有任何多余的话,也没有任何多余的逗留。像是知道有的事没必要说出来让大家为难一样,就让那些少年时代的心事安安静静地画上一个心照不宣的句号,也算是一种圆满。

而坐在最高一层看台上的宋厌听不见他们的对话,只能看见江圆圆递了个什么门票之类的东西给夏枝野,然后夏枝野想都没想就收下了,心说,这人异性缘不错啊。

夏枝野则慢条斯理地走上看台:"厌哥,周末有空吗?"

宋厌白眼都懒得翻,他俩一天二十四小时,除了洗澡的那半个小时,基本就没有进入过对方视野盲区,他有没有空,夏枝野心里没点儿数吗?

倒是坐在下面的小胖爱凑热闹,积极转身:"我有空!我有空!怎么,夏爷有什么活动安排吗?"

"江圆圆说为了表示感谢和歉意,请你们去游乐园玩,十二月一日前门票都有效。"夏枝野把门票发了下去。

五个主力,三个替补,两个啦啦队员,十张票正好。

小胖和孔晓晓高高兴兴地接过门票:"不如我们明天就去吧?反正篮球赛也取消了,这周末又没作业,闲着也是闲着。"

刘越把门票塞回夏枝野手中:"我就不去了,对这种东西没兴趣。"说完带着几个篮球队的人走了。

周子秋也站起身:"周末约了人上分,没时间。"

小胖和孔晓晓只能看向仅剩的两个人:"厌哥,夏爷,你们去吗?"

夏枝野懒洋洋地抻了抻腿:"别看我,问你们厌哥,我说了不算数。"

孔晓晓期待地看向宋厌,然后得到冷酷无情的一句:"不去。"

"……"

惨被拒绝的孔晓晓:"夏爷,你也太没主见了。"

"嗯,你说得对,我确实没主见。"

夏枝野笑着靠上身后的栏杆。

不过没主见是一回事,白捡的两张游乐园的门票可不能浪费。于是夏枝野看着宋厌,慢条斯理地开了口:"奶奶让你明天去家里吃饭,说要检查你胖了没,去吗?"

"去吧。"对于会主动关心他的人,宋厌从来舍不得辜负他们的好意。

第二天,两个人一觉睡到中午才出发去了载酒巷。

刘奶奶正在厨房里忙活,说要给宋厌补一补,小麻将刚准备高高兴兴地冲上去让漂亮哥哥抱抱,夏枝野就冲她招了招手。小麻将瞬间会意,"嗒嗒嗒"地跑过去:"野哥哥,怎么啦?"

夏枝野看了一眼厨房,确认宋厌在陪刘奶奶说话后,垂眸看着小麻将,笑道:"小麻将想不想去游乐园?"

小麻将疯狂点头:"想去!"

"那想去的话,待会儿帮哥哥一个忙。"小麻将脑袋一歪,似乎是觉得这道题有点儿超出她这个三岁小朋友的理解范围。

夏枝野就换了种更直接的说法:"等会吃饭的时候,只要野哥哥提到游乐园,你就开始冲着你漂亮哥哥撒娇、卖萌,就是小哭包的那一套,懂了吗?"

"懂了!"小麻将重重点头。

夏枝野满意地薅了一把她稀疏的小软毛:"表现好了给你买小蛋糕吃。"

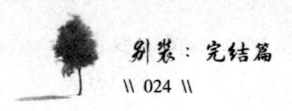

"哇！那也太幸福了吧！我一定要吃到小蛋糕！"小麻将开心得都快冒泡泡了。

宋厌出来看见这一幕，心里顿时有了不好的预感："夏枝野，你又想教小麻将做什么坏事？"

"我能教这么小的孩子做什么坏事？就是她看见我口袋里的游乐园门票了，非要我带她去。"夏枝野语气自然无比，连眼睛都不带眨的。

宋厌也没多想："她想去你带她去就是了，不是正好有票吗？"

"但她太小了，只能去亲子乐园。"夏枝野语气不无遗憾。

宋厌没懂："这个游乐场又不是没有亲子乐园。"

"但是亲子乐园的主题活动都需要最少两个家长陪同。"

"别做梦了，我不去。"宋厌立刻察觉到夏枝野的真实意图，果断拒绝。

夏枝野道德绑架："你总不会想让奶奶陪着一起去吧？"

"去什么？去哪儿？去多久？"刘奶奶话听到一半，就忙不迭地拒绝，"反正别安排我，我这把老胳膊老腿了，哪儿都不去，要去你们年轻人自己去。"

夏枝野微微一耸肩，以示无奈。

宋厌刚想再开口，小麻将就低头噘起了小嘴，长睫毛还使劲眨了一眨："幼儿园其他小朋友都去过游乐场了，就小麻将没有去过，小麻将也想去，漂亮哥哥带小麻将去，好不好嘛。"

三四岁的小女孩儿奶声奶气的声音，一开口，让人完全无法拒绝。宋厌还没想好该说什么，"吧嗒"一声，小麻将的眼泪就砸到了地上："是不是因为小麻将没有爸爸妈妈，所以小麻将不可以去游乐园？可是小麻将好想去呀，小麻将想和别的小朋友一样。"

宋厌直接破防。那一瞬间，他想起了小时候自己每次眼巴巴地看着其他同学的爸爸妈妈带着他们去游乐园时的样子。于是他蹲下身，抱住小麻将，替她擦干眼泪，低声哄道："小麻将和其他小朋友一样，想去哪里就去哪里，哥哥带你一起去。"

"真的吗？"小麻将红着眼，抽了下鼻子。

宋厌抽过纸巾，替她把鼻涕擤干净，低声道："真的。"

"那拉钩钩。"

"好，拉钩钩。"

短乎乎、圆嘟嘟的肉手指十分吃力地钩上少年冷硬修长的指节，前后拉拽两下，算是签订了合约。小麻将这才破涕为笑，一把抱住宋厌："漂亮哥哥对小麻将最好了！小麻将最喜欢漂亮哥哥了！"她边抱还边一个劲儿地蹭来蹭去，夏枝野垂眸看着，宋厌突然冷冷掀起眼皮，充满杀意地看了他一眼。

夏枝野："？"

宋厌拍了拍小麻将的脑袋："乖，先进去看动画片。"

然后他站起身，看向夏枝野："你又想搞什么事？"

夏枝野眉梢微抬，一脸无辜："我能搞什么事？"

"不是你教小麻将说这些的？"宋厌一脸"你当我是傻子吗"的不耐表情。

夏枝野对此毫不心虚："我从来不教小孩子说谎，她说的都是她自己内心的真实想法。"他只是提供一个契机而已，不算坏家长。

宋厌将信将疑。夏枝野看着他这样，弯着眉眼，露出一个传说中会让宋厌变笨的招牌笑容："我是那种会利用小孩儿骗取你的同情心的人吗？"

"……"倒也确实不像。

"你最好不是。"

夏枝野："怎么说？"

"上一个试图利用我同情心的人坟头青草已经两米高了，我希望你还可以多活几年。"

虽然并非本意，但的确有在装穷利用宋厌同情心的夏枝野："我去帮忙。"说完转身进了屋。

他刚刚进屋，院门就被敲响：" '世界上最可爱帅气的上分王者'

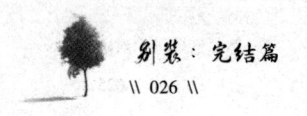

在家吗？你的快递到了。"

"厌哥，帮我签收一下。"屋内传来夏枝野的声音。

这人取名字还真是怎么不要脸就怎么取，宋厌面无表情地打开门，接过快递，准备签收，却一眼就看见快递单上的几行大字。

寄件人：你最美丽的富婆姐姐。

邮寄物品：OMEGA 腕表一枚。

备注：夏枝野，你欠我的拿什么还？

宋厌怎么隐隐感觉哪里不对？

第二章

亲子乐园

宋厌之前让沈嘉言卖的手表正好是一块 OMEGA 腕表,前几天刚刚说卖出去了,夏枝野今天就收到了一块同品牌的。尽管说不出哪里奇怪,可是宋厌就是隐隐觉得哪里不对。

他打开手机,点开沈嘉言的微信头像,问:之前让你帮忙卖的那块手表,买主是谁?

沈嘉言很快回复:你等我看一下收货人信息。

人间至甜小奶莓:是一个姓顾的男士。

YAN:收货地址呢?

人间至甜小奶莓:S 市,怎么了?

来自 S 市的顾先生,姓氏和地址都不对,应该只是巧合。但这个富婆姐姐好端端的,为什么要给夏枝野买这么贵重的礼物?还"你欠我的拿什么还"?她想让夏枝野拿什么还?夏枝野除了一副勉强拿得上台面的皮囊还有什么?她不知道夏枝野还是高中生吗?

宋厌越想越烦躁,直接出声:"夏枝野,你出来一下。"

夏枝野正在厨房里切着黄瓜,抬头从窗户看出去:"怎么了?"

"没怎么,你先出来。"宋厌拿着快递,站在院子里,一脸有账要算的表情。

夏枝野做的亏心事太多,一时半会儿也不知道到底是哪辆车翻了,

索性死猪不怕开水烫，慢条斯理地洗完手，擦干净，才走出去，问："厌哥有什么指示？"

宋厌把手里的东西往桌上一扔："这是什么？"

夏枝野顺着他手指的方向一看，死亡的预感瞬间涌上心头。

他当时知道了宋厌打算卖表的事情后就上二手交易网站逛了一圈，一眼就发现了"人间至甜小奶莓"的 ID。二十万块左右的 OMEGA 海藻绿腕表，九五成新，五万块就打算卖了，说一句"人傻钱多"毫不过分。夏枝野舍不得宋厌吃这么大的亏，更舍不得大少爷身上没钱用，于是就托夏瑜用她男朋友的名义买了下来。想着等以后再把这块表还给宋厌，一是坦白，二是惊喜，两全其美。

但没想到夏瑜居然把这块表给他寄了过来，还恰好被宋厌抓了个现行。想起宋厌之前酒后吐真言时说过的暗杀自己的话，夏枝野开始飞速思考临死之前该怎么情真意切地解释一番才能让宋厌给他留个全尸。

然而宋厌却先一步开了口："你这是什么意思？"

质询之意溢于言表。夏枝野觉得这种时候最好的解决办法就是坦白从宽，以求酌情减刑，于是低声解释道："我主要也是看你把钱都借给商淮了，所以……"

"所以你就去招惹富婆？"

夏枝野："？"

"我知道你不会做那种超过底线的事，但是你能保证别人也没有那种心思吗？我就问你，如果真收了人家这么贵的礼物，你打算拿什么还？"宋厌的语气里压着显而易见的烦躁和不满，音量却放得很低，应该是怕被刘奶奶和小麻将听见。

夏枝野突然觉得宋厌说的好像和自己想的不是一回事。

果然宋厌又故作一脸冷漠地接着说道："本来有的话我是不想挑明的，但是看在小麻将的分儿上，我觉得还是有必要提醒你一句，少去沾惹那些莫名其妙的人。你要缺什么就直接跟我说，我借再多钱出去也少不了你的那一份，总归不会比那些不知道图你什么的女网友差。"

夏枝野这才算是彻底明白了宋厌在想什么了，忍不住笑道："所以我们厌哥是怎么知道送我礼物的是女网友的？"

"网"字咬得微重，宋厌这才反应过来夏枝野还不知道自己知道了他给富婆当陪玩的事。为了捂住自己"人美钱多小富婆"的小马甲，宋厌只能冷着脸道："之前和商淮他们一起开黑的时候猜的。"

"哦，这样啊。"夏枝野点点头，"不过猜得也不一定准。毕竟这年头，人美钱多的小富婆背后到底是女网友还是男网友可不好说。"

宋厌瞬间撩起眼皮。

夏枝野看着宋厌立马变得警觉的小眼神，轻笑一声："我说的是沈嘉言。我那天就发现'人间至甜小奶莓'是他了。"

宋厌也意识到自己的表现过于心虚了，于是假装板起脸："反正不管男的女的，你都离远点儿。"

"行。不过你说的以后我缺什么就直接问你要，是真的假的？"

"真的。"

"那我能多嘴问一句吗？"

"有话快说。"

"那些女网友给我送礼物是图我'清纯美貌男高中生'，那我们厌哥帮我又是图什么呢？"夏枝野笑着看向宋厌。

宋厌语气很冷："不图什么，就是单纯看在奶奶年纪大了，小麻将又还小，你父母又去世了，觉得你很不容易。"

"就因为这个？"

"就因为这个。"

"啧。"夏枝野遗憾地叹了口气，"我还以为你是为了扶贫呢。"

夏枝野这么一说，宋厌瞬间心虚。为了掩饰心虚，他一脚踹开夏枝野，转身就落荒而逃般快步走进屋内，全然忘记了自己最开始是想找夏枝野算什么账。

夏枝野笑着拿起手表，慢悠悠地晃回了客厅，把表放进茶几下面那个带锁的抽屉里锁好："那晚上我们还去游乐园吗？"

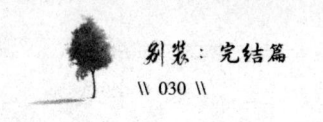

宋厌刚打算拒绝，却看见了已经早早穿好花裙子、梳好羊角辫正探头探脑地往屋里看的小麻将。小姑娘本来就又圆又大的一双眼睛，这会儿可怜兮兮地眨巴着，对于一个嘴硬心软的人来说，杀伤力堪比核武器。

宋厌沉默三秒："去。"

"好耶！"小麻将一个飞扑上前，直接从客厅门口跃到了宋厌怀里，"我最喜欢厌哥哥了，厌哥哥是全世界最好看、最善良、最可爱的！"

不愧是自己亲手从垃圾堆里捡回来的妹妹。夏枝野十分满意这个小工具人的表现，把她从宋厌身上抱了下来。

"行了，别撒娇了，自己去收拾自己的小书包，等哥哥换件衣服就出发。"

宋厌看了眼他身上穿着好好的针织衫："有事没事换什么衣服？"

"换件去游乐园该穿的衣服。"

"？"

夏枝野所谓的"去游乐园该穿的衣服"，就是一件和漫威联名的钢铁侠卫衣，他递给宋厌的则是同款的美国队长。

用夏枝野的话来说，去游乐园就要有游乐园的样子，宋厌也懒得跟他废话，反正穿什么都差不多，直接叫了车，带上小麻将往郊区去了。

这家游乐园刚开业不久，算是南雾市目前面积最大、受众年龄最广的游乐园。但小麻将年纪实在太小了，许多游乐项目都不能参加，除了亲子乐园的一些专门为小孩子设计的设施以外，就只有晚上的卡通人物游行表演和烟花秀。所以他们出发得不算早，等到达游乐园的时候就已经将近傍晚，正好赶上亲子乐园的有奖互动竞赛，里里外外围了一大群家长小孩儿。

宋厌对这些还没腿高的小家伙没什么兴趣，双手插兜，随缘散步，小麻将却兴奋得不行，穿着个花裙子到处乱窜。她个子小，哪儿哪儿都能钻，一不留神就没了影子。最后实在没办法了，夏枝野只能一把把她捞起来，单手搂在怀里，另一只手则拽过宋厌的手腕，防止某位臭脸大朋友也一不小心走丢。

宋厌突然被拽，刚准备让夏枝野放开，小麻将就凭借着坐在夏枝野的胳膊上的优越视野，看着人群中间超级激动地"哇"了一声："哥哥！哥哥！有公主城堡！好大的公主城堡呀！"

话音刚落，旁边的工作人员就拿着传单，上前笑道："小朋友想不想要公主城堡呀？"

小麻将想都没想就重重点了点头，然而刚点一下，就又噘着嘴摇了摇头："小麻将不想要。"

大概是第一次遇到这种孩子，工作人员稍微有些惊讶，然后耐心温柔地问道："小朋友为什么不想要呀？"

小麻将小声嘟哝道："因为肯定好贵的，小麻将不想让奶奶多花钱。"

工作人员的笑瞬间更加温柔了："没事的，小朋友，公主城堡不用买，只要参加我们的比赛，拿到第一名就可以带回家啦。"

小麻将眼睛瞬间就亮了："姐姐，真的不用花钱吗？"

工作人员笑着点头："嗯，真的不用。"

说着把手里的传单递了过来："凭借门票就可以报名参加我们的亲子互动比赛，只需要两位家长和一位小朋友，凡是报名参加的，就送每个参赛者家庭钥匙扣一枚，然后我们还设置了一等奖到六等奖共六个等级的奖项，一等奖就是小朋友喜欢的芭比公主和城堡模型一整套。"

夏枝野扫了一眼传单上的比赛项目，环视了一周身边那些带着小孩儿的年轻夫妻，又看了一眼一脸冷漠满脸写着"你敢让我参加我就灭你满门"的宋厌，心中有了数。

"活动很有意思，但我们只有一位家长。"

"你们不是两个哥哥吗？"工作人员指了指他，又指了指宋厌。

"他只是我同学。"

"没事，我们又不是查户口的，只要是陪同小朋友来的年满十六周

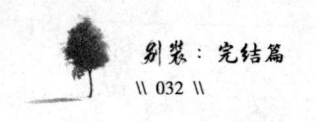

岁的大人都行。"

"不用了，我同学比较内向，不喜欢参加这种活动。"

工作人员惋惜道："啊，这样啊，那太可惜了。这位同学真的不愿意参加吗？"

工作人员看向宋厌，宋厌刚准备开口拒绝，小麻将就可怜巴巴地垂下脑袋："小麻将真的好想要啊。"

宋厌拒绝的话到了嘴边被生生咽下，换成另外一句："这个公主城堡可以直接买吗？"

工作人员摇了摇头："不可以哦，奖品都是不能买的。"

小麻将的脑袋顿时耷拉得更厉害了，却又抱有一线希望："厌哥哥真的不可以参加吗？"

夏枝野偏头看向宋厌。

宋厌："……"

夏枝野安慰道："没事，不想参加也没关系，不要勉强自己。我回头多接些陪玩单子，给她买个差不多的回来就行。"

话音刚落，小麻将就当了真，连忙摇头："小麻将不要野哥哥乱花钱，小麻将不要公主城堡了。"

夏枝野揉了揉她的脑袋："没事，野哥哥有钱，给你买个超大的，好不好？"

"不要，小麻将有奶奶做的布娃娃，超级漂亮的。"

"真的不要？"

"嗯。"小麻将把脑袋埋进夏枝野脖子里，不去看公主城堡，闷闷道，"小麻将真的不要，野哥哥，我们去其他地方玩，好不好？"

夏枝野也没想到小麻将小小年纪这么懂事，想着回头给她买个更好的，抱着她转身就准备走，然而刚刚转身，身后就传来冷冷一声："等一下。"

回过头，见宋厌正面无表情地看着他："今天晚上的事情要是有第三个三中的人知道，我就跟你没完。"

"……"夏枝野看着一脸暴躁不耐烦，但手上又老老实实地接过了报名表的某人，笑着应道，"行。"

半小时后，玩了整整一天、已经筋疲力尽打算休息的小胖和孔晓晓一人举着一个甜筒，坐在米奇妙妙屋里，看着屋外高台上，在一群年轻父母中间，那两个穿着红蓝卫衣、牵着一个小女孩儿的帅气的男高中生，目瞪口呆。

小胖面容呆滞："是我眼花了吗？"

孔晓晓双目放空："如果你也问出了这个问题，那就说明没有。"

但是为什么宋厌这么一个高冷大帅哥会和夏枝野同时出现在游乐园的舞台上，还是亲子活动的舞台，还带着个漂漂亮亮的小女孩儿？

"所以他们到底是个什么情况？"小胖忍不住问。

孔晓晓表示："我也很想知道。"

于是两个人再次沉默地看向了窗外的舞台。

舞台上的宋厌也想问这到底是个什么情况。

他和夏枝野正值体力和反应力最好的年纪，什么接力传水、合作投篮、你画我猜，与那些平时除了加班就是熬夜的"社畜"父母相比简直呈现碾压状态，轻而易举地就挺进了半决赛。只要进入半决赛，最差也有个六等奖，至于能不能拿到小麻将喜欢的公主城堡，全看最后一个项目的名次。

宋厌本来以为自己已经说服自己做好了心理建设，就当这是一个趣味性主题运动会。然而等挺进半决赛，他和夏枝野一人牵着一只小麻将的手站在舞台上和其他五对年轻父母一起接受台下其他小朋友好奇的目光的洗礼时，还是觉得极度羞耻。于是一张帅脸臭得差点儿把前排的小孩儿吓哭，另一头的夏枝野却还在"风骚"无比地冲着台下的一排镜头摆着姿势。

主持人看了一眼这两位吸引了无数围观群众的帅气男生，笑道："我们这两位同学表现得相当不错啊，果然年轻就有力量，希望接下来

你们能够再接再厉。当然，其他家庭也要加油哦，因为我们最后一项比赛——拯救宝贝，可是非常有挑战性的。"

说完，舞台后方的幕布落下，露出了搭建在亲子乐园中的六条赛道，赛道最那头是高高的攀岩壁，壁上是一排栏杆，栏杆后摆着小桌子、小椅子。

主持人转身介绍："待会儿我们的工作人员会带着小朋友们去上面等待各位家长，家长们则需要闯过重重关卡，攀登上高峰，和我们的宝贝会合。最终最先拿到宝贝们手里的小红花的家长，就是我们今天的一等奖获得者，所以家长们为了宝贝，冲吧！"

话音刚落，旁边一个小男孩儿就大叫一声："好耶！爸爸冲呀！我们一定是第一！打败他们！奥特曼！嘟嘟嘟——"嘟着嘟着，一头撞上了一双笔直修长的腿。一抬头，对上一张冷冰冰的脸。

帅哥低头看着他："我们才是。"

小男孩儿："？"

帅哥面无表情："我们才是第一。"

小男孩儿："……"

小男孩儿的父母："……"

夏枝野："……"

"抱歉，他这个人开玩笑的方式比较特别。"夏枝野眼看宋厌和小男孩儿大眼瞪小眼都要把人家孩子给瞪蒙了，连忙一把把他拉了回来，然后好气又好笑地问了句，"他五岁，你也五岁？"

宋厌板着脸不说话。

男人之间的胜负，向来与年龄无关。他虽然对这种看上去非常傻的亲子活动没有兴趣，但他这个人胜负欲一向很强，来都来了，就不可能输。哪怕对方是个五岁小孩儿，也不能输。

可是他没想到主办方设置的挑战关卡从一开始就没考虑过两个大男生的情况。

第一关，两人三足障碍跑，他俩身高腿长四肢协调身高差距最小，遥遥领先，没有压力。

然而等到了第二关，就发现事情没那么简单了。第二关叫"家庭顶梁柱"，所谓的顶梁柱就是要求其中一位家庭成员撑在地上做平板支撑，而另一位家庭成员则坐在他身上往正前方的靶子上扎飞镖，什么时候环数扎够三十环，什么时候才可以起来。别人家都是一父一母，妈妈坐在爸爸身上，但他们俩都超过一米八的个子，怎么看都不轻松。

夏枝野却没多说什么，只是把袖子捋上手肘，露出修长有力的小臂，然后就俯身趴在了地上："上来。"

夏枝野的身段本来就极为优越，这会儿放在一堆已婚男士中间，更是肩宽腿长。

宋厌面无表情地问："凭什么是你做平板支撑？"

"那不然我一个一米八七、一百四五十斤的人坐你身上，你那小身板儿受得住？"

宋厌："……"

夏枝野笑了一下："放心，我腰好，随便坐。"

宋厌冷着脸坐上了夏枝野的背。宋厌再瘦，好歹也是个一米八的大男生，骨架摆在那儿，再轻也轻不到哪里去，感受到骤然压下的重量时，夏枝野瞬间收紧了核心肌群。

宋厌为了固定好姿势，保证准头，一手摁着夏枝野的背，一手捏着飞镖。

不知道什么时候，孔晓晓已经拉着小胖混到了舞台最前方，两人目不转睛地看着台上。

比赛已经进行到白热化的阶段。宋厌眼准手稳，手起镖落，五个飞镖，镖镖必达，很快就凑够了三十环，在其他对手还在努力争取不脱靶的时候，就已经飞快完成任务奔向了下一关。

然后他俩彻底傻了。

第三关，两人合作过单杠。要求两人面对面拥抱，不能蹲下，不能碰落横杆，除了脚以外的其他身体部位不能接触地面，再从横杆下方顺

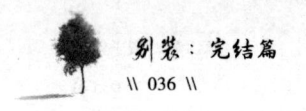

利通过。

　　夏枝野身高一百八十七厘米，腿长一百一十七厘米，横杆高度一百一十厘米，更别提还要带着一个身高同样超过了一米八的宋厌。

　　主持人也察觉到两人沉默的停顿，笑道："看来我们的两位小同学遇上了难题啊。这个横杆，你们打算怎么过呢？"

　　不想过。

　　宋厌看着面前的横杆，算是明白了，人家这个比赛一开始设计就是为了给年轻父母增进家庭和谐、促进夫妻感情的，压根儿没他们俩大老爷们儿什么事。然而想到自己答应过小麻将的事，不想让她和自己小时候一样因为大人的食言而一次次失望，还是看向了夏枝野："你柔韧性和核心肌群力量怎么样？"

　　"柔韧性一般，核心肌群力量你刚才应该了解过了。"

　　想到刚才自己坐在夏枝野身上，夏枝野做着平板支撑还能纹丝不动的样子，宋厌觉得平心而论的话，夏枝野的腰部力量确实挺不错。

　　"那待会儿我先过，你跟着我来，拽着点儿我就行。"宋厌轻描淡写地做了决定。

　　夏枝野看了看横杆的高度，又看了看宋厌的高度："你行吗？"

　　"你不行？"宋厌睨眼反问。

　　夏枝野："……"他发现某人今天的嘴格外毒啊。

　　夏枝野挑起眉梢："要不你试试？"

　　"？"

　　宋厌刚想骂人，夏枝野就又一本正经道："要是试的这个方法不行，我就换下一个，不着急。"

　　"……"宋厌走到横杆前，双手紧紧攥着夏枝野腰间的衣物，然后背对着横杆往后弯下了腰。

　　两个十几岁的男生带着一个小姑娘在亲子乐园本身就很扎眼，更何况这两个男生还都非常英俊帅气，所以几乎所有围观群众的注意力都在他们身上。

大家眼看着这关，都已经开始遗憾这两个男孩子大概就要止步于此了，却看见那个偏瘦些的男生竟然缓缓地向后弯下了腰。少年的腰身有着一种单薄却不脆弱的坚韧感，一点儿一点儿向下弯出让人心惊的弧度，然后努力把身段放得更软更低，几乎已经到了极限的下腰的程度也没有犹豫，似乎是全然相信夏枝野的掌控力。

一直等到确认高度可以完美通过的时候，才停了下来，叫了声："夏枝野。"

"嗯。"夏枝野似乎不需要他过多解释，双腿叉开站立，双手稳稳搂住他的腰，确保他不会因为失力而摔倒在地后，再缓缓向前，以保证自己的高度可以安然无恙地从横杆下方通过。

两个人一个向后下腰，另一个则向前，在承受另一个人重量的同时还要保证两个人的平衡和高度，因为横杆仅仅就在夏枝野上方不到两厘米的地方，随时可能触碰掉落。

围观群众光是看着就紧张得为他们捏了一把汗，同时又有些不解和着急。就现在这种姿势，两个人的高度的确都比横杆低了，但是宋厌这种下腰的弧度已经完全没办法再往后挪动步子，更别说两个人一起通过横杆。现在僵在这儿，不上不下的，除了干着急以外，明显就是一个困境。两个人到底还是太年轻了些。

看来腿长有时候也是一种"过错"。

小胖刚想叹口气，然而还没来得及叹出来，就随着瞳孔的放大突然变成了一声惊天动地的惊叹。

这两人居然还能这么玩的？！

几乎在夏枝野压低身子的一瞬间，宋厌搭在了夏枝野身上。夏枝野的腿前方没了阻碍，于是在稳住宋厌的同时，他右腿往前一迈，上身往右侧一压，带着宋厌一起从横杆下方堪堪擦过，然后立即收回左腿，一个转身，两人瞬间完美通关。

这样过杆对宋厌和夏枝野来说难就难在男性的骨骼重量远远大于女性，而柔韧度又差很多，所以其他一男一女采用的直接抱起来再蹲下身

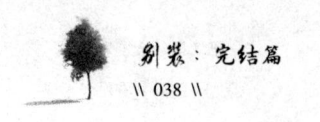

过杆的方式并不适用于他们。因为这样需要承重的时间长，对下肢力量的要求也就格外高，而且把压力都施加在了夏枝野一个人身上，通关难度自然增加。

所以宋厌把自己的身形和夏枝野的高度都控制在可以稳稳通过的情况下，再凭借夏枝野的瞬间爆发力，在失去平衡的一瞬间，快速从横杆下方通过。

从寸步难行到完美通关，仅仅就在一两秒间，台下围观的小孩儿和家长们骤然爆发出热烈的掌声和欢呼声。

然而这个方法快归快，关键在一个瞬时发力，等力一尽，两人立马失去平衡，摔倒在垫子上。紧接着的就是小胖一声大大的惊呼。

这两人为了一个玩具这么拼？！

这声惊呼精准无比地穿过人群的重重声浪，落在了宋厌和夏枝野耳朵里。于是宋厌的动作停住了，夏枝野的动作也停住了。那一刻，他们两个的脑海里都只有一个念头：杀小胖到底犯不犯法。

小胖对此一无所知，惊呼之后只觉得宋厌和夏枝野真厉害："厌哥！野哥！你们好样的！真男人就要坦坦荡荡不畏惧！冲啊！我会带着鲜花在胜利的终点迎接你们！！！"

所以这个世界上总有一些人不仅要让你"社死"，还要让你连名带姓，永世不得超生。宋厌在想好晚上把小胖埋在哪儿后，冷冷看向夏枝野："我给你三秒，起开。"

夏枝野立马利落起身，伸手想去拉宋厌，宋厌一巴掌打开他，准备自己起身。然而刚刚站起，腰后就传来一阵拉扯的疼痛，眉头不禁蹙起。

夏枝野问："怎么了？"

"没怎么，就是烦。"宋厌冷冷扔出一句，把卫衣帽子往脑袋上一扣，然后就双手插兜，径直快步往最后一关攀岩走去。

最后一关没那么多花里胡哨的东西，就是最简单的攀岩冲刺。其中一方先上，另外一方再上，然后一起敲响终点的锣鼓，就可以彻底结束这个比赛。

夏枝野看了一眼岩壁的高度，又看了一眼呼吸还有些重的宋厌，接过安全绳："我先上吧。"

这样可以先探探路，也可以让宋厌多休息会儿。

宋厌没反对，冷淡地"嗯"了一声。

这块岩壁毕竟是设在亲子乐园里，虽然看着有些高，但实际上支点设置十分简单，难度系数并不高，夏枝野四肢修长又协调，没几下就爬了上去。

旁边那对五岁小孩儿的父母也顺利到达了最后一关，宋厌和那位年轻的父亲同时系上了安全绳。

工作人员握着宋厌腰间的保险扣上下一抬，宋厌没忍住，又皱了一下眉。腰部后方肌肉拉扯的疼痛感有些剧烈，应该是热身活动没做好，刚才一下又用力过猛，就给抻着了，稍微一动，就疼得厉害。旁边年轻的父亲注意到他的表情，关心地问了句："小同学，没事吧？"

话音刚落，头顶上方就传来一声奶里奶气的加油声："爸爸加油！我想要奥特曼！嘟嘟嘟——"

抬头一看，小男孩儿正趴在栏杆后面，朝着下方做了一个奥特曼的经典十字动作。年轻的父亲立马往后退了一步，回敬了一个一模一样的姿势："爸爸收到！请儿子在M78星云乖乖等待爸爸的胜利到来！"

"儿子也收到！爸爸加油！"

等到小男孩儿乖乖被工作人员带回安全地点，年轻父亲才恢复正常状态，冲宋厌不好意思地笑了一下："我儿子就喜欢这个，没办法，不然我跟他妈也不会来参加这个比赛了。"

宋厌看着对方已经彻底被汗水打湿的领口："奥特曼好像是二等奖？"

"嗯，对，二等奖，如果是一等奖的话我可能现在已经在拉着你打架了。"

宋厌："？"

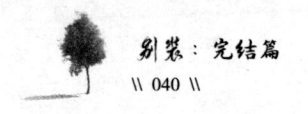

年轻的父亲笑道:"真的,没开玩笑,答应了我家那小子给他拿到奥特曼,我这个当爸的就怎么都要努力做到。不然大人如果食言了,小孩儿会很失望的。"

大人如果食言了,小孩儿会很失望的。

宋厌低头试了试安全绳,垂下眼眸:"你对你儿子真好。"

"当爸的不都这样吗?"年轻的父亲一脸骄傲又幸福的笑容。

宋厌没再看他,只是转身伸手抓住了上方的一处凹陷,然后踩上一方突出的岩块,开始往上攀爬。

以前,射击、滑雪、攀岩这类运动宋厌都接触过一些,所以这种难度的岩壁对他来说并不是问题。

只是每一次的发力都会扯得腰部剧烈疼痛,于是每爬一步,都不得不停下来缓一缓,等到那阵最剧烈的疼痛过去后,才又继续往上攀登。起初还能强行忍耐,然而越到后面,越反复拉扯,疼痛越剧烈,每选中一个有效支点,就需要停下来缓一缓,以至于就连隔壁明显已经有些体力透支的那位年轻的父亲也很快超过了他。

最开始夏枝野还以为是宋厌从来没攀过岩,所以才有些生疏,然而等到他越来越往上,夏枝野才越来越觉得不对劲。宋厌的运动能力他是见识过的,就算再生疏,动作也不至于这么迟缓笨重。

小胖和孔晓晓也已经从后台绕了上来,低头一看下面两人的进度:"厌哥是不是状态不太对啊。"

夏枝野想起刚才起身时宋厌微蹙起的那一下眉,朝下方低声问道:"宋厌,有没有不舒服?"

"没。"宋厌说完,手臂用力一收,带着身子又往上爬了一步。然而腰间传来锥心的剧痛实在有点儿扛不住,只能再次踩着两块凸石停了下来,手上抓着两块较近的支点,胳膊微弯,低下头,把头埋进了臂弯的阴影之中,深深呼出一口气。

这样子怎么看都不像没事。

"宋厌。"夏枝野加重了语气。

宋厌这才又抬起了头，然后冷冷扔出一句"我没事"，就又继续往上爬。

然而那位年轻的父亲爬到了终点，看着夏枝野担心的神色，喘着气道："我觉得你朋友可能是身体哪里不舒服，我刚看见他脸色惨白，额头上都是汗。"

夏枝野听到这话，心中一紧，直接俯身冲下面喊道："宋厌，停下！"

宋厌却像没听到似的，继续埋头往上。

"宋厌，马上停下来，然后抓住安全绳，我让工作人员放你下去。"夏枝野的语气里有少有的严肃和不悦。

宋厌却还是像没听到一样，只是机械地重复着身体的动作。腰部肌肉一下又一下地拉扯着，疼得他只能狠狠咬紧牙关才能忍住不发出呻吟，每攀登一步就像受了一次重刑一样，有几次甚至疼到了差点儿抓不稳支点，而距离终点还有足足一半的路程。

宋厌不是没想过放弃，但是他答应过小麻将，要给她拿到公主城堡，就一定要做到。这是大人对小孩儿的承诺，一定不能食言。因为他比谁都清楚，当一个小孩儿满心欢喜地期待着大人的承诺，最后却只等来一场空的时候，心里会有多失望、多难过。

他曾经因为游乐园空欢喜过一场，所以即使只是一个很小的承诺，他也不想食言。他不想成为他最讨厌的那种大人。

宋厌紧紧咬住唇，试图强行用心理暗示屏蔽五感，不去听那些着急担忧的关怀和劝阻，也不去想终点还有多远，只是忍着剧烈的疼痛，一点儿一点儿往上爬。

十步，九步，八步……

三步，两步，一步。

等终于到达顶峰，跨越过终点栏杆的那一刻，所有被强压下的疼痛汹涌袭来，瞬间压得宋厌无法站立，扶着栏杆就试图往地上坐去，然而却被一双手直接捞住："哪儿不舒服？"

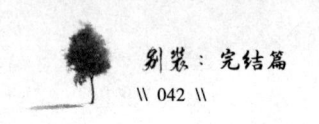

宋厌故作无所谓地推开他："没什么，就是腰好像拉到了……干什么！夏枝野你有病吧！放我下来！"宋厌还没说完，就被夏枝野直接背起，宋厌忍不住怒骂出声。

然而夏枝野根本不听他的，只是偏头问工作人员："你们园区的医疗室在哪儿？"

工作人员忙道："就在入园检票口，中心城堡正对面的方向，我让观光车送你们过去。"

"嗯，谢谢。"夏枝野回头看向小胖和孔晓晓，"你们两个帮我照顾一下我妹妹，我先送宋厌去医疗室。"说完就背着宋厌上了观光车。

把宋厌放到座位上的时候，宋厌一脚就想把他踹下去，然而刚刚抬腿就疼得他倒吸了一口冷气。

夏枝野脸色瞬间更加不好了，摁住他的肩："老实点儿，别乱动。"

宋厌怒问："你干什么？！"

夏枝野忍着把某人揍一顿的冲动，把他转过去："看看你有没有伤到其他地方。"

"没有。"

夏枝野却只是担心，一把捉住他的手腕摁在一旁不准动："没有就给我看一下。"

宋厌急了："我说了没有就是没有，有什么好看的。"

"我刚才问你有没有事，你说'没事'，结果呢？"夏枝野想起刚才宋厌疼得惨白的脸色，心里揪得慌，但不让宋厌意识到这个错误的严重性又怕他以后再犯，语气难免就重了几分。

宋厌习惯了夏枝野的好脾气，头一回见他这样，本来就因为疼痛很不舒服，结果夏枝野还凶他，一下就更郁闷了，语气也冷了下来："我有没有事和你没关系，犯不着向你汇报。"

"你是因为我才参加的这个比赛，你说和我有没有关系？"

"你别想太多，我参加比赛只是心疼小麻将，和你没任何关系，你别什么事都往自己身上揽，我们不熟。"宋厌越说声音越冷淡。

夏枝野直接给气笑了："行，我们不熟。那我问你，假如今天你这腰废了打算怎么办？"

"我自己的腰，废就废了，关你何事。夏枝野，我们才认识两三个月，你能不能别总是管天管地的？"

"你说你腰废了关我什么事？那我问你，我有没有钱，吃不吃得上饭，有没有被哪个富婆欺负又关你什么事？"

"……"

"所以宋厌，你今天说这些话是因为你是个傻子吗？"

明明是一句应该被宋厌暴揍的话，然而那一刻宋厌也不知道为什么，突然间就有一种没来由的心虚，不想让夏枝野再把后面的话接着说下去。尽管他也说不清这种心虚究竟来源于什么，但是潜意识的本能超过了清醒的自我认知。他总觉得后面的话是夏枝野不该说的，也是他不该听的。

好在观光车正好到了医疗室，他扒开夏枝野的手："你才是傻子。"然后长腿一支地，飞快地从观光车上逃了下来。结果速度太快，动作太猛，刚一着地，腰就疼得一软，一个趔趄差点儿摔倒，幸亏被一双熟悉的手掌稳稳架住。

"还跑吗？"夏枝野的语气像是有点儿生气，又像是有点儿好笑。

宋厌板着脸："松开。"

"你就继续犟。"夏枝野这次丝毫不屈服于宋厌的淫威，直接一把架起宋厌就把他放到了医疗室的床上，"医生，他腰好像拉伤了，麻烦帮忙看看。"

宋厌再一次意识到，如果单纯比体力的话，他应该是真的打不过夏枝野，索性趴在床上，把脑袋埋进枕头里，假装什么也听不见，什么也看不见，去逃避接下来有可能进行的一切。

夏枝野倒是第一次看见天不怕地不怕的某人呈现出这种鸵鸟姿态。夏枝野站在床边，看着宋厌的腰因为医生的按压疼得一抽一抽的，轻磨着后槽牙，真想把某人当场拎起来教育一顿。

不过幸好情况并不严重，医生很快做出专业判断："就是最轻微的拉伤，待会儿给你们拿冰袋敷一下，再休息几天就没事了。"

夏枝野还是不放心："但他看上去挺疼的。"

"怪谁？"医生直接一个反问，"再轻微的拉伤都需要休息，不好好处理就算了，还跑去攀岩，他不疼你疼？"

说着拿出一袋冰袋，示意夏枝野过来帮忙摁住："敷二十分钟到三十分钟就行，回家后晚上再敷一次，明天白天再敷一次。"

"好，没问题。"夏枝野看着还算可靠，医生也就放心地离开了。

刚刚带上门，宋厌就飞起一脚踹向夏枝野："走开！"

然后就被夏枝野轻而易举地捉住脚腕，摁了回去："别动。"

"夏枝野，你有病吧？"

"你说说到底是谁有病？"夏枝野理直气壮地反问，"是谁明明知道自己已经拉伤了还非要攀岩，然后被架到这儿来，大冷天的敷冰块？你有病还是我有病？"

宋厌自知理亏，选择沉默躺下。好汉不吃眼前亏，等腰好了，他再揍死夏枝野也不迟。

"所以你能给我说说你到底为什么非得坚持爬上去吗？"夏枝野不觉得宋厌是这么冲动不理性的人，一定是有什么特别的原因才会导致他做出这样的事情，所以低声问道。

宋厌则趴在床上，垂着眼睑，遮住眸底情绪，答得冷淡："没什么，就是不想输给那个奥特曼。"

"是为了小麻将？"夏枝野根本不信宋厌说的鬼话，直接问。

宋厌否认得很快："不是。"

夏枝野点点头："那我回头就告诉小麻将，她的厌哥哥为了满足她的愿望而身负重伤，让她内疚难过一辈子。"

宋厌回头看向夏枝野："你是听不懂人话？"

夏枝野把冰袋翻了一个面："那也得你先说人话。"

宋厌看出来今天这事夏枝野是动了真格的了，自己糊弄肯定是糊弄不过去，又不想夏枝野重新提起别的事情。于是宋厌重新趴了回去："不是为了小麻将，是为了我自己。"

声音半捂在枕头里，听上去有点儿闷也有点儿远："这是我第一次来游乐园。"

夏枝野摁着冰袋的手微顿。

"我小时候我妈总是生病，我爸不怎么管我，我从来没去过游乐园，每次看到其他小朋友跟着爸爸妈妈一起去游乐园我都很羡慕，所以我就吵着闹着要他们带我去。

"那天我爸好像心情很好，答应了周末带我和我妈一起去，所以我妈心情也很好。我还记得那天的天特别蓝，我妈打扮得特别漂亮，还给我换了小礼服，我们就在家等我爸。结果一直等，一直等，最后等到他和别的女人一起上电视出席活动。

"那是我最后一次见到我妈，后来我就再也没想过来游乐园。

"也不是排斥或者觉得有阴影，就只是单纯的小时候很想要的东西得不到，长大后，就不想要了。

"所以我不想成为我爸那种大人，也不想让其他小孩儿失望，就这么简单。"

轻描淡写落下的话语，像是旁观者在冷静讲述别人的故事，并不在意，也无所谓至极，然而等到付之于行动时，却多了某种谁也不能理解的固执和别扭。

夏枝野摁着冰袋的手指被冻得有些僵硬。

宋厌听他半晌没动静，回过头，看见他正低垂着眼睑像是在发呆，问："想什么呢？"

夏枝野抬起眼眸："没什么，就是在想烟花秀好像要开始了，想去看吗？"

"？"

没等宋厌反应过来这话是什么意思，夏枝野就放下冰袋，替宋厌理好衣服，然后抓住他的手腕，带着他往外走去。

宋厌有点儿蒙，没反应过来是怎么回事。在他想象中，他说完这段话后，夏枝野要么说些安慰怜悯的话语，要么就骂他几句"傻子"。这么毫无反应像是没听到自己那一大段话一样，又是个什么意思？

　　等到反应过来的时候，他已经跟着夏枝野走到了夜幕降临之后灯光明亮的童话街上。他问："夏枝野，你要带我去哪儿？"

　　"带你去看烟花秀。"夏枝野答得自然而然。

　　宋厌没好气道："我什么时候说过我想看烟花秀了？"

　　"不是说小时候没看过？"

　　"看过烟火大会的。"

　　"和谁一起看的？"

　　"夏令营的老师。"

　　"那这次不一样。"

　　"怎么不一样？"

　　夏枝野顿住脚步，回过头，笑道："因为这次是和最好的朋友一起在游乐园看的。"

　　童话街的尽头就是河岸，河岸对面就是表演烟花秀的城堡。河风轻柔吹过，撩起点儿额发，童话街的灯光落进浅褐色的眸子里，温柔又真诚。

　　"……"

　　那一刻，宋厌像是被戳破了什么孤独长大的心事一样，扔出一句："矫情。"说完转身准备走，却在拥挤的人群中不小心碰到了一个小不点儿。

　　小不点儿"扑通"一声，一个屁股蹲儿就坐在了地上，眼泪"哗"的一声就流了下来。宋厌忙蹲下身想要去哄，但一位穿着商务衬衫的男士先他一步把小不点儿温柔而又有力地抱了起来："宝宝不哭，爸爸抱抱。"

　　旁边穿着裙子、披着男士西装外套的女士也忙递上一串棉花糖："宝宝不哭，妈妈喂你吃糖糖，好不好？"

小不点儿瞬间冒出一个鼻涕泡，咧嘴笑道："好！"

宋厌这才松了口气，低声道："抱歉，是我不小心。"

只穿了一件衬衫和西装裤的男士低沉笑道："没关系，小孩子没那么娇气，不用放在心上。"说完就一手抱着儿子，一手牵着妻子，往更安全的方向靠了靠。

明明是成熟稳重至极的商务男性，脑袋上却戴了一顶闪闪发光的米奇耳朵发箍，显然是为了和妻子的米妮耳朵还有宝宝的唐老鸭小帽子凑成一对，妻子则高高举着棉花糖，笑着喂给身边的一大一小。只看一眼，就知道他们是再幸福不过的一家三口。

这是宋厌这辈子从未体会过也不可能再体会到的温情。比如他从小到大是不能哭的。因为小时候一哭，妈妈就会发疯。长大了再哭，宋明海会骂他"废物"。所以这种场景他最好别去看，反正也已经过了最想要这些陪伴和纵容的幼稚年纪，没有也没什么大不了的。

宋厌别过视线，伸手把卫衣帽子往脑袋上一兜，眉眼匿于阴影之中，只露出瘦削冷硬的下颌和略微绷紧的唇线。

夏枝野看在眼里，心底无声地叹了口气，低声道："你站在此处不要走动……"

没说完，就被宋厌打断："敢买橘子你就死定了。"

"……"真是一点儿都不配合。

夏枝野轻笑一声："放心，我不买橘子，你在这儿等我，别乱跑。"说完就穿过密密麻麻拥挤的人群往外面挤去。

宋厌觉得莫名其妙，转过身，趴着栏杆，看向对面的童话城堡。

小时候想象中总觉得游乐园是全世界最神秘的地方，只要到了游乐园就好像进入了童话世界，所有人都笑得很幸福。事实上好像也的确如此，身边人群嘈杂拥挤，有的是一家三口圆圆满满，有的是小情侣恩恩爱爱，再不济也是插科打诨的少男少女热闹地嬉笑怒骂着。只有他一如既往地在人群中显得很多余。

所以自己到底为什么要答应夏枝野来游乐园，又为什么要莫名其妙

地被他带来看什么烟火秀。

宋厌觉得烦躁,转身想走。

刚刚被他撞倒的小不点儿却不知道什么时候又蹭到了他身边,戴着唐老鸭的小帽子,抓着棉花糖,仰着小脑袋,眨巴眨巴眼:"哥哥没有爸爸妈妈的吗?怎么会一个人呀?"

尽管知道这种两三岁的小不点儿的人际关系可能只限于爸爸、妈妈、爷爷、奶奶,问出这话的意思也不是在骂人,但是宋厌这一刻还是觉得有点儿受打击。

他低头看着小不点儿,正不知道该怎么回答这个问题,耳侧就传来懒洋洋的一声:"哥哥有大哥哥,是他最好的朋友,所以他不是一个人。"

那一刻,宋厌不知道为什么,觉得夏枝野这话似乎不是在回答小不点儿,而是在对他说的。

他抿着唇偏过头,避开视线:"当着小孩儿的面,说什么瞎话。"

"我说什么瞎话了?"

夏枝野搂着宋厌的肩,偏过头去瞧他:"怎么,我们厌哥这会儿又不承认我是最好的朋友了?"

宋厌想直接踹开他,但奈何旁边还有个奶乎乎的小不点儿,只能忍着暴力的冲动,冷冷地扒开他的手:"别烦我!"

"把这个戴上我就不烦你。"

宋厌微一抬头,视线从帽檐下方压过去,看见一团硕大的棉花糖和一个米奇发光发箍正在他跟前轻轻晃着。

"滚开!我不戴!夏枝野,我打人了啊……嗯。"宋厌骂人骂到一半,嘴巴里突然被塞了一团浅粉色的棉花糖。草莓味儿的软绵糖丝在舌尖化开,浸透味蕾,本来有些甜得发腻,却恰到好处地驱散了原本有些泛酸的苦意。

在他这一愣怔的时间,夏枝野就把米奇发箍隔着卫衣帽子套在了他的头上。

宋厌反应过来，气得想直接踹死夏枝野，然而抬头的一瞬间却看见了夏枝野脑袋上戴着的大大的米妮发箍，竟然衬得一米八七的大男生有点儿可爱。这个很可爱的大男孩儿还笑着看着他："不错，我们厌哥果然天生丽质，戴什么都好看。"

于是宋厌心里那口气莫名其妙地就噎在了那里，上又上不去，下又下不来，只能冷声扔出一句："你又发什么神经？"

"没什么，只是觉得别的小朋友有的，宋厌小朋友也要有。"夏枝野垂眸看着他，眉眼微弯，笑得散漫又纵容。

谁稀罕了。

宋厌不愿意承认，一直孤独长大的自己在潜意识里是渴望陪伴以及遗憾童年时的缺失的，这种不愿意承认的抗拒，让他一把扯下头上的发箍，冷着脸往夏枝野手里一塞："我说过了，小时候想要的东西长大了就不想要了，你听不明白吗？"说完就转身挤进人群，试图离开这个热闹的显得他格格不入的地方。

然而他的手腕却被一把抓住："刚才那块棉花糖甜吗？"

没头没脑的一个问句，宋厌微顿了一下。然而他没回答，就已经是最明显的答案。

"所以你看，小时候想要的东西，长大了未必不想要。"

"夏枝野，你到底什么意思？"宋厌问话的语气很冷。

夏枝野答得耐心温柔："我的意思是，不要因为小时候想要而得不到，长大后就因为害怕得不到而说自己不想要。"

比如糖，比如玩具，比如陪伴。

"宋厌，想要什么，喜欢什么，一点儿都不丢脸，没必要逃避。"

"我没有逃避。"

"那你回头。"

宋厌心里已经烦乱得恨不得立即从这里消失，也不知道自己回过头会面对什么。但是他知道，自己如果不回过头，就永远没有办法向夏枝野和自己证明他就是单纯地不想要而不是逃避。

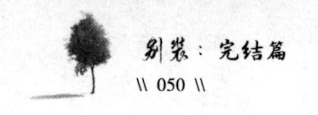

于是他转过身，看向了夏枝野，神情平静而漠然："夏枝野，我想要什么，喜欢什么，和你到底有什么关系？你为什么非……"

"因为我拿你当最好的朋友，也希望你拿我当最好的朋友。"

宋厌质问到一半，突然被打断，他愣了愣。

夏枝野只是垂眸看着他，一字一句说得笃定又真诚："宋厌，我知道你在逃避什么，也知道你不愿意把以前的伤口和脆弱给别人看，可是我也知道你不是表面看上去那样不在意别人的看法，不稀罕别人的陪伴。你是一个很好的男孩儿，值得所有家人和朋友喜欢，如果没有，那也不是你的错，是他们不够好。

"我想告诉你的是，我把你当作最好的朋友、最好的知己，我会在意你高不高兴，开不开心，健不健康，难不难过。我想和你一起努力，我想成为你一生的朋友。

"宋厌，这些都是因为我把你当作生命中很重要的人，所以想让你知道，你也是可以有人陪伴、有人在意的，你明白了吗？"

时钟正好敲响第八下，烟花在夜空中以绚丽又决绝的姿态轰然炸开，再纷纷扬扬四散落下，所有人都为之鼓掌、欢呼。只有人群中的少年在那一刻听见了那一句他十几年人生中第一次听到的"重要"和"在意"。

夏枝野说得对，他不是不想要，只是想逃避。

好在他认识的这个人，一眼看穿了他，并且勇敢地戳破了他伪装的表象，让他知道，原来他也可以。

可以在所有热闹中，不再是孤身一人。

第三章
"二十一天冷处理计划"

宋厌听完夏枝野说的话后，第一反应是转身就跑，却被夏枝野一伸胳膊拽了回去。人群拥堵，宋厌施展不开，又不想闹出动静，只能被夏枝野摁在身前，他戴着卫衣帽子，低着头，一言不发。

夏枝野看了一眼低头装死的某人，轻声笑道："我说得这么诚恳，你一点儿表示都没有就想跑？还有没有点儿良心？"

宋厌不说话，只是伸手把卫衣兜帽压得更低了，彻底遮住眉眼，好像只要他眼前一抹黑，夏枝野就看不到他一样。

有些人平时有多跩，关键时候就有多别扭。夏枝野偏不让他别扭，伸手把卫衣兜帽拎起来一点儿，俯身一看，正好看见兜帽下方那张已经红到了耳朵根的脸。他轻笑一声："看把我们厌哥给热的，都快蒸熟了。"

宋厌打掉夏枝野的手，拽着兜帽，重新狠狠往下一压，誓不再让夏枝野看见自己的脸。夏枝野知道他脸皮薄，笑道："怎么，我们厌哥被我这段感天动地的、真诚深刻的兄弟情感动到了，不好意思说话了？"

"你才不好意思了，我就是觉得两个大男人在这儿剖析友情、亲情，恶心得慌……"

"但我不觉得恶心，宋厌。"夏枝野打断宋厌，低头看着他，神色里没有了平日的散漫不着调，认真而郑重地说，"所以你愿意相信

我吗？"

夏枝野的语气认真得让宋厌不由自主地抬头看向了他。

夏枝野身后的夜空有烟花正在绚烂盛开，他的眼中退去所有恣意的玩笑，只剩专注以及一种莫名的郑重。

时间以一种诡异的方式在两人之间流逝，似乎在传递着某种心照不宣的语言。

宋厌没想到在这个世界上的确还有人真正地在意他。

这时，他听到了脆生生的一句"哥哥"！

那一刻，宋厌好像意识到了什么，于是问夏枝野："我们是不是忘记了什么事情？"

夏枝野点头："嗯，我妹。"

宋厌："……"

他僵硬地回过头，果然看见了拥挤的人群中不知道什么时候挤过来的一胖、一美、一小三个熟悉的身影。

三个熟悉的身影也看见了戴着可爱发箍的他们。短暂而诡异的沉默后，其中胖的那个一脸沉痛地竖起了自己的大拇指："真好看！"

宋厌："……"

他觉得自己这辈子最后悔的事情，就是没有在小胖第一次在他的雷区蹦迪的时候直接把他埋了。

宋厌一把推开夏枝野，低头把帽子一扯，想假装谁都不认识，转头就走。刚迈了一步，却发现腿上长了个小秤砣，低头一看，小麻将正一手抱着他的小腿，一手举着一朵不知道从哪里捡来的小野花，奶声奶气地说："厌哥哥！花花！"

宋厌："？"

小麻将又把花举高了点儿："花花好看，送给厌哥哥。"

宋厌还没来得及反应，小胖就连忙道："快拿着吧，她费劲摘的，护了一路，谁都不给，我连碰都不能碰。"

宋厌有点儿不自在地蹲下身接过了那朵小野花。

小麻将趁机抱住他的脖子，使劲吹了两口气："他们说厌哥哥痛痛，小麻将给哥哥吹吹，哥哥就不痛痛了。"

宋厌觉得心里软得厉害，摸了摸她的脑袋："没事，厌哥哥不痛。"

"那厌哥哥抱抱。"

小麻将也不知道宋厌到底哪里痛，痛到什么程度，只知道抱抱就是人类幼崽可以给予大人的最大安慰，于是脑袋一歪张开了自己短短的双臂。

没有人可以拒绝这么可爱的幼崽。

宋厌忍着腰疼，刚打算伸手去抱，旁边就插过来一双胳膊，架着小麻将的胳肢窝就把她拎了过去："厌哥哥累了，野哥哥抱，好不好？"

"好。"小麻将奶声奶气地应了一声，搂紧夏枝野的脖子，"那厌哥哥累了，我们就回家好不好？"

"嗯，好。"夏枝野替小麻将理了理额发，又偏头看小胖和孔晓晓，"你们呢？"

孔晓晓抱着公主城堡的超大礼盒："我们已经玩了一整天，也要回去了。"

"正好我们叫了两辆车，我送孔晓晓回去，厌哥跟你们回去。"小胖安排得明明白白。

宋厌却冷着脸："我自己回宿舍。"

"你打得到车吗？"小胖直击灵魂地一问。

宋厌低头点开打车软件一看，显示在他前面排队的有一百八十七人，预计排队时长两小时三十分钟。

小胖一副料事如神的模样："我可是今天早上出门就预约的车，现在预约根本打不到车，所以厌哥你就跟野哥回去吧。"

夏枝野抱着已经有点儿犯困的小麻将，偏头朝着宋厌慢悠悠地说："你如果想继续排队的话，我和小麻将留下来陪你。"

宋厌怀疑夏枝野在道德绑架，虽然自己有证据，但也拿他没有办法，只得不情不愿地坐上副驾驶："师傅，先到载酒巷，再到南雾三中

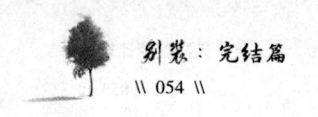

宿舍。"

夏枝野低头笑了一下，也没阻止，把小麻将放上后座，然后从孔晓晓手里接过公主城堡，刚准备上车，小胖叫住了他。

"主办方给你们拍的。"小胖掏出一张照片递了过来。

照片上是一个穿着蓝色卫衣的冷脸少年和一个穿着红色卫衣的俊逸少年牵着一个穿着花裙子的小姑娘站在灯光下，画面温馨又和谐。夏枝野本来还在遗憾没能够一起去领奖，没想到居然还有这么一张照片。

夏枝野顺手收好："谢了。"

"不客气。"小胖拍了拍他的肩。

夏枝野微顿，然后笑了："行，谢了。"

坐上后座，带上车门，发现前排副驾驶的某人已经靠着车窗闭上了眼，看上去像是因为太困，所以一上车就睡着了。然而他的睫毛随着车门的关上不自觉地轻颤了一下，夏枝野勾了下唇角，也没戳穿他，车辆安静地向载酒巷驶去。

等停在最里面那间小巷子前时，宋厌准时醒来。刚准备开口让司机掉头，小麻将就冲着出来接他们的刘奶奶喊了一句："奶奶！厌哥哥受伤啦！"

宋厌："……"

这兄妹俩都是土匪流氓吗？

宋厌根本来不及唆使司机逃离现场，就被刘奶奶一脸着急地从车上拖下来，然后被一路拽进屋子。

刘奶奶将宋厌上上下下地检查一遍，确认了他没有其他问题后，才一边骂着夏枝野，一边搵着宋厌，给他推拿涂了药。末了，刘奶奶又千叮咛万嘱咐地让宋厌晚上一定要在这儿睡，明天一早好给他再推拿一次。

宋厌全程没有任何插话的余地，等他终于从刘奶奶的"魔爪"下面解脱出来的时候，人已经被送进了夏枝野的卧室。宋厌裹着满身的药酒味儿，呆呆地站在房间里。

夏枝野倚着房门，看着他笑道："你睡里面还是我睡里面？"

宋厌绷着脸："我睡沙发。"

夏枝野点点头："想睡沙发之前可能得先回答我的问题。"

宋厌装傻："什么问题？"

"你确定要我再重复一遍？"

"闭嘴！"宋厌直接打断他的话。

夏枝野没有继续说下去，只是笑着走到他跟前，垂眸问道："所以宋厌小朋友现在可以给我一个答案了吗？"

可是他能给出什么答案呢？在宋厌从前的十几年人生里，他都从来没有想过自己的未来除了孤独终老以外的其他结局，更没有想过有人会以这样认真的姿态告诉他，原来他不是生来就被所有人讨厌的，他也值得被认真地对待。这十几年孤独的人生，被抛弃、被憎恶的经历，让他很难选择再去信任任何一个人或任何一份情感。

所以他能给什么答案？他现在脑子里面一团乱。

而且他从来不相信情感的维系和承诺，因为他亲眼见证过情感变质后惨烈又难堪的结局。

宋厌抬头看向了夏枝野。

夏枝野伸手拨了拨宋厌有些不听话的额发，语气耐心："这个世界上除了'咻'的一下就没了的漂亮烟花，还有可以亮很久直到灯丝寿命耗尽的漂亮台灯，所以宋厌小朋友，我们不可以这么悲观知道吗？"

他好像明白宋厌的一切顾忌和害怕，也不介意宋厌的一切冷漠和坏脾气，只是想教会宋厌好好生活。

那一刻宋厌突然好奇夏枝野的父母是怎样的人，为什么可以养出夏枝野这样的性子。他看上去似乎永远散漫不着调，没什么特别在意的，但又对世界上的一切美好都充满信任。

夏枝野顺手揉了一把宋厌柔软的头发："所以宋厌，你愿意相信我吗？"

宋厌垂下眼睑："我不知道。"

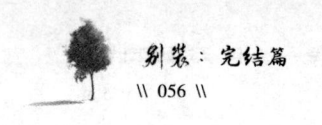

夏枝野厚颜无耻地点了下头:"那就是相信的意思。"

宋厌:"?"

夏枝野看似无奈地叹了口气:"果然我这个三中校草,魅力就是无人能挡呀。"

"夏枝野!"宋厌忍无可忍,拖着夏枝野的衣领一把把他扔出了卧室,然后"砰"的一声摔上了房门。

夏枝野在门外忍着笑:"要不你先试着叫我一声'哥哥'来提前感受一下我们的兄弟情?"

宋厌在门内冷酷无情地说:"你要是想死也可以试试。"

说完,一床空调被就从刚打开的门里飞了出来,不等夏枝野看清楚扔被子的人的脸,房门就又被重新带上。不过不用看,夏枝野也知道那张脸现在一定又气又害羞,可爱得不行。

宋厌虽然凶了一点儿,但还是很可爱。反正他的同桌就是天下第一可爱,以后还会更可爱。因为他会让这个面冷心热的小朋友相信,他值得人间的所有喜欢。

夏枝野心满意足地躺上沙发,一手枕着后脑勺,一手拿出在游乐园拍的那张照片,越看唇角的笑意越深。

看着看着,夏枝野似乎想起什么,坐起身,从茶几最下方的抽屉里拿出一本旧相册,小心翼翼地把照片放进了空白的塑料薄膜夹层里。合上相册的时候,顶上的吊灯温柔地照亮了封面上那排稚嫩笨拙的字——夏夏的小家。

那里从前属于他和他的父母,往后他希望这里多一个人。然后他珍而重之地把相册重新放回原位,锁上了抽屉。

门从里面反锁上后,宋厌躺在床上,看着空空荡荡的天花板,突然觉得自己有点儿不讲道理。房间是夏枝野的房间,床是夏枝野的床,自己凭什么把别人赶出去?鸠占鹊巢,好没道理。

他虽然一向脾气很差,不是什么通情达理的人,但是基本的修养素质还是有的。他从不会让自己理亏,也不会让自己欠人情,更别说做出这么无理取闹的事。

可是偏偏在遇上夏枝野后自己就总是忍不住发脾气、耍性子,好像潜意识里觉得自己可以随便在夏枝野面前发脾气,因为不管谁的错,夏枝野每次都会让着自己。

一想起夏枝野动不动就吊儿郎当地勾着他的脖子,一口一个"我们厌哥""宋大喜""宋厌小朋友"的样子,宋厌就觉得能结识夏枝野大概是他来南雾最幸运的事情了。

宋厌索性翻了个身,背对着房门,盖上被子准备睡觉,像是这样就可以不被门外的夏枝野影响了一样。

然而他怎么也睡不着。他不能独自一人待在黑暗的密闭空间,所以他一个人睡觉的时候都是开着灯的,光亮透过眼皮在虹膜上映出一层微暗的红。

宋厌才想起自己今天没有吃助眠药,或者说他才想起已经很久没有吃过助眠药了。不知道从什么时候开始,他好像习惯了和夏枝野身处同一个房间,习惯了在有夏枝野的地方,哪怕是在黑暗里也可以轻而易举地安稳入眠。

明明往前十年都是自己一个人睡过来的,怎么才两三个月就好像养成了什么戒不掉的习惯一样。

一想到夏枝野,宋厌眼前就又忍不住浮现出那人站在拥堵嘈杂的人群中,伴着身后绚丽绽放的烟花,低头看着他说"宋厌,你愿意相信我吗"的模样。

那一刻,他眼里成千上万的人没有了,绚烂夺目的烟花没有了,就只剩下那个眉眼带笑的醒目少年一身的温柔和从容。

说不愿意相信是假的。

或者说在这之前,他就已经开始依赖这段友情了。

可是他到底习惯了一个人,也习惯了被抛弃和被伤害,他不愿意在用心去培养一段友情形成依赖后,再次被扔掉。

他不喜欢那样的狼狈。

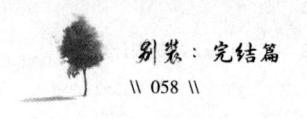

想到这里，宋厌像是突然间拿定了主意，拿出手机给夏枝野发了微信。

YAN：从明天开始我们冷处理二十一天。

Wild：？

YAN：就是上学、放学各走各的，吃饭、上厕所也各走各的。你能住家里就住家里，就算一起在宿舍，没重要的事情就别说话；不在一起，没重要的事情也别发微信。

Wild：？？？

YAN：二十一天是人类养成习惯的惯性周期。

Wild：……

夏枝野躺在沙发上，看着宋厌发的这一长段要求，指尖轻敲了两下屏幕，略一思忖，好像明白了宋厌是什么意思，忍不住勾唇轻笑一声。

为什么在帮助同学考试学习上这么有大智慧的宋厌同学，在处理人际问题上却幼稚得像个小学生？大概是因为有的东西只要有老师教就可以学会，有的东西从来没人告诉过宋厌该怎么去面对，比如与人友爱相处的能力。

这不是宋厌的错，只是自己需要帮助他解决的问题而已。

于是夏枝野回了一个字：好。

本来已经做好准备和夏枝野理论一通的宋厌被这个猝不及防的"好"字弄得愣了一下，夏枝野什么时候这么要脸了？

宋厌又回了一句：那我明天就回宿舍，你在家待着。

夏枝野依然回复得很快：行。

宋厌："……"计划进展得如此顺利，明明应该松口气才是，可是心里却莫名地有点儿不舒服，隐隐的像是某种失落。

不过行就行，反正明天不用再看见某人在自己面前晃来晃去，就是件大好事。宋厌扯过被子把脑袋一蒙，没再回复。

宋厌因为很久没有独自一人在房间睡觉，这一夜睡得不怎么好，总是做些噩梦被惊醒，时睡时醒，惊出一身冷汗。本来应该睡到将近中午

第三章 "二十一天冷处理计划"

的周末,却早早地惊醒,然后就再也睡不着。

宋厌起床一看,发现屋里屋外都看不见夏枝野的踪影,只剩下桌上孤零零的一份早饭,连个字条都没有。

这人一大清早去哪儿了?宋厌想着便坐到餐桌边,搅了几下碗里的白粥,觉得有点儿没味,又伸手去拿了个茶叶蛋,才发现今天的茶叶蛋居然是有壳的。

意识到这个问题后,宋厌微顿了一下才反应过来,茶叶蛋本来就是有壳的,只不过之前都是夏枝野不动声色地替他剥好了送到手边的。

宋厌:"……"大清早就又想起夏枝野,他真是阴魂不散。

不就是个茶叶蛋吗,他又不是不会剥。

然而偏偏今天的茶叶蛋壳被压得格外碎,一小块一小块地黏在鸡蛋表皮上,难剥得很。剥了好一会儿,不但没有剥好,还弄得满手汁水,黏糊糊地沾了一手味道。

宋大少爷终于没了耐性,把茶叶蛋一扔,想发个微信问夏枝野一大早去哪儿了,然而一拿出手机,打开微信,就看见夏枝野的头像变成了一个白底黑字的图片。白底就是普通的白底,黑字却是一个不普通的黑字,它是一个醒目的数字"21"。

"……"想到自己昨天说的"不在一起,没重要的事情也别发微信",宋厌重重地关掉手机。

二十一就二十一。区区二十一天,他没了夏枝野还不能活了吗?心里这么想着,宋厌用塑料袋把那颗茶叶蛋裹好,再把它当成夏枝野的脑袋狠狠往桌上一拍,然后从几近粉碎的蛋壳里挑出四分五裂的鸡蛋,冷着一张脸杀气重重地吃了下去。

正在药店帮宋厌拿缓解腰部疼痛的膏药的夏枝野,突然莫名其妙地打了个寒战。这医者圣地,哪里来的杀气?

夏枝野好不容易从一大群大爷大妈手里抢到了最后几贴老南雾独门秘方膏药回到家里的时候,发现家里空空荡荡的。被子叠得整整齐齐,但本来应该躺在被窝里的人没了。

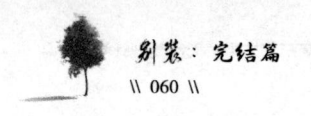

宋厌呢？

夏枝野看了眼时间，还不到十点，宋厌今天怎么起这么早？

习惯了宋厌一到周末就开始疯狂补眠的夏枝野用指尖点了两下手机，意识到宋厌昨天晚上肯定是自己一个人睡所以没睡好，又失眠了。都怪自己，昨天晚上没有坚持待在家里。这么想着，他打开微信，给宋厌发了个"猫猫探头"的动图表情。

宋厌刚回到宿舍拿出一套理综题来准备刷，结果刚提起笔，就收到了这条消息，手上一顿，笔尖生生地折断了。夏枝野哪里来的这种表情包？！

宋厌咬牙切齿地把那句"不在一起，没重要的事情也别发微信"的聊天截图发了过去，然后把手里的废笔一扔，拿出一支新的。

刚准备继续做题，夏枝野就发了一张图过来，是一袋膏药。

Wild：关于你腰的事，算不算重要的事？

YAN：重不重要都不关你的事。

Wild：怎么不关我的事？

YAN：？

宋厌刚想夏枝野是不是又要拿出那套"人活着健康开心最重要"的说辞，就看见夏枝野紧接着又发过来了一条消息：毕竟男人不能腰不好。

啪——

宋厌手里刚刚拿出来的新笔，再次不幸夭折。

他以前就知道夏枝野不要脸，但没想到夏枝野能这么不要脸。对于这种情况，宋厌的处理方式非常简单粗暴，他深呼吸一口气，指尖运转如风：不想死的话晚上就别回来。

然后微信、电话拉黑一条龙服务，流畅至极，毫无停顿。宋厌顺便拿出第三支笔，打开了理综卷子，谁也不能影响他刷题的速度。

等刷完理综题后又刷了两套数学和英语真题，本来还想再刷一套物理题的，然而一抬头，发现窗外的天色已经彻底黑了下来，肚子也跟着

第三章 "二十一天冷处理计划"

"咕噜"了一声。宋厌这才意识到自己中午竟然忘了吃饭，饥饿的感觉迟钝地涌上来，他拿出手机，打算点个外卖。结果一解锁屏幕，他就看见了陪玩软件右上角那个明晃晃的红点。

宋厌设置的是非好友不可发送消息，而他的唯一一个好友就是夏枝野。

点开App，果不其然，是夏枝野发送的消息。

清纯美貌男高中生在线接陪玩：小姐姐，在吗？

宋厌看着这个消息，心说不是说好了不私聊、不哄人吗？结果还主动私聊。而且明明之前都把钱退回来了，摆明了是打算结束交易，结果这才多大一会儿，就又找过来了。

不过心里骂归骂，宋厌还是担心夏枝野是不是突然遇上什么事又缺钱了，于是冷漠地回了个：在。

另一头，夏枝野本来也在刷着题，放在桌上的手机屏幕骤然一亮，偏头一看××软件的提醒：您的特别关注好友人美钱多小富婆向您发送了一条好友消息，快上线查收吧！

夏枝野的唇角忍不住勾了起来。某人果然是嘴硬心软，表面说着不理人了，结果扔下一个小直钩，就乖乖地咬住了。他拿起手机解锁屏幕，飞快地回了句：小姐姐今天心情不好吗？怎么突然好冷漠呀，连颜文字都没有了？

还要颜文字，哪儿来的这么多事？

宋厌一边骂，一边又怕露馅儿，忍着气回道：没有呀！就是刚才在开门，打字不方便呢！

夏枝野忍着笑：没有心情不好就好，那小姐姐今天有时间打游戏吗？我带你上《王者荣耀》呀。

大男人还卖萌，一点儿都不知道洁身自好。

宋厌回：怎么啦？哥哥之前不是把钱都退给我说不需要了吗？怎么突然又来找我了呀？

清纯美貌男高中生在线接陪玩：之前是以为不需要钱了，但昨天突

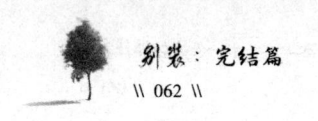

然发现是误会，惊喜还需要继续准备，所以只有继续打工了。

惊喜？夏枝野还要给谁准备惊喜？！

宋厌脑子一热，手指比脑子动得快：你要给谁准备惊喜？

清纯美貌男高中生在线接陪玩：我同桌，怎么了？

宋厌反应过来自己的情绪过于激动，冷静了一下：哦，没什么，就是觉得你对你同桌挺好的。

清纯美貌男高中生在线接陪玩：那必须的，我同桌是世界上最可爱的人。

宋厌："？"

你才可爱！你全家都可爱！

宋厌飞快回道：他这个暴脾气到底哪里可爱了？！

清纯美貌男高中生在线接陪玩：嗯，确实，脾气是差了点儿。

宋厌："？"

清纯美貌男高中生在线接陪玩：性格也不怎么样。

宋厌："？"

清纯美貌男高中生在线接陪玩：还有潜在的暴力倾向。

宋厌："？？？"行了，夏枝野可以埋了。就在他刚刚打算"暗杀"夏枝野的时候，对话框里又出现了一条新消息。

清纯美貌男高中生在线接陪玩：但我就是觉得他可爱。他虽然脾气差，但是心地好；虽然嘴硬，但是心软；虽然爱揍我，但是每次都是挠痒痒式的小打小闹，替我揍小混混的时候却很用力；虽然花钱大手大脚，性格也很挑剔，但是为了帮我却愿意自己省吃俭用过苦日子，所以在我心里他就是最好的人。哪怕他暂时不相信会有人对他好，但是没关系，我愿意感化他。

刚还想把夏枝野埋了的宋厌瞬间想把自己埋了。

如果不是自己还顶着"人美钱多小富婆"的ID，他甚至都要开始怀疑夏枝野就是故意骗自己心软，好终止"二十一天冷处理计划"了。

所以他不能再让夏枝野说下去了，再说下去他就要坚持不住了。

第三章 "二十一天冷处理计划"

宋厌硬着头皮回复道：哇哦！好棒！那哥哥加油哦！

他很快又补了句：但是我觉得哥哥没必要花钱准备惊喜哦，那个人如果知道了肯定也不希望哥哥为了他这么辛苦的。

清纯美貌男高中生在线接陪玩：嗯，没事，你如果没时间也可以直说的，我可以去联系一下其他客户。

其他客户？夏枝野又要去找那个对他有非分之想的富婆？！

宋厌想都没想：我不是那个意思。

清纯美貌男高中生在线接陪玩：我一直觉得你是我所有客户中最单纯天真也是聊天最投缘的，所以才第一时间想到找你，还给你说了这么多，但没想到打扰你了，抱歉，但真的很谢谢你。

人美钱多小富婆：不是，我不是那个意思，我是觉得哥哥还在上高中，努力学习才是正道，不应该把时间都浪费在陪玩上呀。

清纯美貌男高中生在线接陪玩：我父母在我初三的时候因为交通事故去世了，我平时就和一个奶奶还有一个妹妹住在一起，她们平时的开销全靠奶奶的退休金和养老保险，我的开销都是我自己想办法，所以已经习惯了做兼职，但是你放心，不会影响我学习的。

宋厌："……"

也对，如果不是生活所迫，夏枝野也没必要才十几岁就出来挣钱养家。夏枝野这人脑子好，成绩也确实好，所以让他去挣别人的钱给自己送礼物，不如就挣自己的钱好了，这样自己心里还能过意得去一些。

人美钱多小富婆：这样啊，哥哥好可怜哦，那哥哥你放心吧，只要你愿意，我随时都有时间，你不用去找其他客户，万一遇到奇奇怪怪的人就不好了。

夏枝野靠着椅背，看着手机屏幕上传过来的消息，忍不住低头笑了一下。怎么会有人一边当着酷哥，一边又这么可爱？自己虽然用了些春秋笔法，但说的都是客观事实，所以以后如果宋厌算起账来，自己老实道歉就好了。于是夏枝野点开资料修改界面。

半分钟后。

清纯美貌男高中生有金主了：好，谢谢人美心善的小天使。

宋厌看着突然改变的ID："？"刚想发消息说他不是那个意思，夏枝野的消息就又发过来了：上线吗？

宋厌："……"算了。

人美钱多小富婆：行。

宋厌这次很注意，没有再切错号，但是进了游戏房间后，发现夏枝野的头像右下角竟然亮起了麦克风的小图标。

人美钱多小富婆：？

耳机里传来夏枝野懒洋洋的声音："之前不开麦是不想和陌生人交流，但是我们现在已经算朋友了，我就觉得还是语音沟通比较方便一些，毕竟冲《王者荣耀》的分段队友配合还是很重要的，我要保证你的游戏体验。"

这话听上去走心又敬业，宋厌一时竟想不到好的反驳方式。

人美钱多小富婆：但是我现在在宿舍，舍友在旁边睡觉，不方便讲话呀。

夏枝野说："没事，你听我指挥就好，不用说话。"

宋厌："……"

行吧，不用说话就行，不然回头还要问沈嘉言要变声器的链接。

"不过我之前看到你在App上的定位，你也在南雾？"夏枝野突然冷不丁地说了一句。

宋厌心里一紧。

夏枝野又慢悠悠地问道："不会是南雾三中的吧？"

宋厌飞快否认：不是。

"不是就行，不然你平时在宿舍晚上要多注意一点儿。"

人美钱多小富婆：？

"南雾三中宿舍闹鬼。"

人美钱多小富婆：？？？

"你可能没听说过，但是下城区这片的学生应该都知道。当时学校扩建，因为周围实在没地了，就只能把宿舍楼现在的这块地搭建的那些违章建筑全拆了。当时就有很多强行搭建、非法占地的人不愿意，非说是那些建筑商要抢他们的房子和地，不给高额拆迁费就坚决不让拆。

"建筑商们就也不愿意了，这片地是政府拨给学校的，他们只是承包建筑，凭什么要给拆迁费？两边就闹起来了，还打了几架，越闹越大。

"打架起冲突就算了，关键是这么一闹工程就只能一直拖着，再拖下去，不能准时完工，建筑商亏钱不说，学生也没法按时入学。于是某天一个包工头就拿定了主意，要趁着半夜三更没有人的时候，偷偷把那片建筑强推了。

"结果没想到那几个带头闹得最凶的人早就料到他们这手，晚上也在那些违章建筑里住着的，恰好那天晚上他们几个喝了酒，醉得一塌糊涂，没听到任何动静。施工队的吆喝了半天，以为里面没人，就直接开着推车给一把推平了。

"于是那几个人就活生生地被碾死在了里面。后来出于各方面考虑，把这事给压了下来，宿舍楼如期竣工，但是等学生住进来的时候，却发现里面不对。"

话音刚落，就听见"砰"的一声，有什么东西撞上了窗户。宋厌猝不及防，吓得一个手抖，直接送了一个人头。

夏枝野却像是没注意，一边继续操作着手里的英雄，一边讲道："最开始是一个周末，那栋楼里差不多所有的学生都回家了，就剩一个学生自己在宿舍。结果他先是突然听到有人'砰砰'撞窗的声音，吓得他直接大骂几声。

"后来声音停了，他就去窗边看，结果看见窗边有人影飘过，紧接着天花板也传来奇怪的声音，像是有人在上面活动一样。他最开始以为是楼上的同学恶作剧，结果你猜怎么着？"

宋厌疯狂操作着自己手里的狄仁杰，一心只向往公正和光明，一点儿都不想猜。

夏枝野却慢悠悠地扔出一句:"结果那个学生住在六楼,是三中宿舍的顶楼,天台封了,上面没——有——人。"

刺啦——

宋厌的手指直接在屏幕上用力滑过了头,象征着公正和光明的狄仁杰就此英勇牺牲。始作俑者还十分贴心地问了句:"怎么了?吓到了?没事,你又不在南雾三中,冤魂索命也索不到你头上,而且你旁边不是还有舍友在?别怕。"

正独自一人躺在南雾三中宿舍六楼床上的宋厌:"……"

嗯,没事,不怕。

咚——

宿舍门突然一声响,吓得宋厌直接把手里的手机丢了出去。等一回头撞上正贴着门上的玻璃、探头探脑地往里看的一张大白脸时,他又猛然吓了一跳,然后才认出是宿管阿姨。

虚惊一场,反应过来时背后已经出了一身冷汗,打开门,宿管阿姨把外卖递过来:"我给你说啊,这是周末特殊情况,平时可不能点外卖。"

宋厌点了点头:"好。"他顿了顿,想起什么,又问,"阿姨,盖这栋宿舍楼的时候,是不是出过什么建筑事故?"

阿姨一脸坦然地点了点头:"对啊,出过,怎么了?"

"……没怎么,谢谢阿姨。"

"没事儿,把阿姨当自己家人就行。不过你可要多吃点饭,看你这脸白的,不知道的还以为你抹面粉了。"阿姨说完就"噔噔噔"地走远了。

长长的一条走廊也因为是刚考完试而空旷无比,几乎每个宿舍的灯都是暗着的。一阵穿堂风吹过,带动不知道哪里的窗户"吱呀"一声响,宋厌飞快地关上门,然后把外卖往桌上一扔,就"噌"地一下蹿上床。

他捡起手机,用被子把自己从头到脚裹得严严实实后,才蜷缩着趴在被窝里,飞快地发送消息:宿舍今天网不好,刚才掉线了。

夏枝野的声音像一剂强心针一样及时地传了过来："嗯，没事，有我在，对面还是被碾压。你要是网卡的话，那我们今天就先不打了，改天再说？"

宋厌这辈子打字都没这么快过：别，没事，现在网好了，想打多久打多久。

"这样啊。"夏枝野的语气似有些遗憾，"但是我这边突然有点儿事，打完这把就得下了。"

人美钱多小富婆：？

"我妹妹幼儿园作业不会做，我要去辅导一下。"

说完，语音那头果然传来了小麻将的声音："哥哥！你快过来呀！"

"马上，哥哥很快就过来啦。"夏枝野像是回头应了一声，然后才转回头对宋厌说道，"你来中路，我们直接一波推高。"说完夏枝野的澜一个冲刺冲上高地，就"啾啾啾"地灭掉了对方的小鲁班和小妲己，然后带着己方团队吹响了胜利的号角。

还没等宋厌再出声挽留，伴随着一声"victory"，夏枝野下了线。

头像变灰，语音消失。世界骤然恢复寂静，只剩下窗外夜风呼啸，还有天花板上传来的诡异的弹珠声。

宋厌："……"

没事，不怕。他不怕。

宋厌僵硬地挪动身体，在保持自己修长的四肢没有探出被子的前提下，默默地转动身体，改趴为躺，然后就僵在原地，闭上眼，一动不动。

"夏枝野这个浑蛋！"三分钟后，宋厌终于忍不住睁开眼，狠狠骂出了声。

宋厌口中的浑蛋正在自己家里慢条斯理地收拾着书包，换着外套。旁边早就做完了幼儿园作业的超级聪明的小麻将，仰着脑袋问："野哥哥，你今天晚上还要回学校吗？"

"嗯。"夏枝野套上一件黑色夹克,"你厌哥哥叫我回去。"

小麻将脑袋一偏,似乎很苦恼:"可是你刚才不是说厌哥哥不准你回去的吗?"

夏枝野回过头,朝着她神秘地眨眼一笑:"但是他马上就会叫我回去了。"

小麻将:"?"话音刚落,夏枝野的手机就响起了"叮咚"一声,是他的微信消息。

YAN:今天阿姨查房,你快滚回来睡。

有的人是真的不会撒谎,今天又不是返校日,查什么房。夏枝野笑着回复了句:行,谢谢厌哥提醒。

回完还把手机在小麻将面前嘚瑟地晃了晃:"看吧,你厌哥哥叫我回去了吧。"

今天刚学会了阿拉伯数字"1、2、3"的小麻将虽然看着那个对话框,可一个字都看不懂,但是从她哥哥的喜悦中感受到这个消息是真的。可是天真单纯的她还是没明白,于是问:"那厌哥哥为什么一会儿让你回去,一会儿又不让你回去?"

夏枝野蹲下身,揉了揉她一头的小软毛,笑道:"因为你的厌哥哥是个爱面子的小傲娇,可是他一个人又睡不好。"

他不确定宋厌怕不怕黑,怕不怕鬼,但他知道宋厌肯定怕一个人睡。由于自己已经说了以后要跟他做伴,既然有人拉不下面子,那自己就不要脸一点儿好了。

总归他想让宋厌以后在每一个夜晚,都可以睡得安稳而踏实,不用再害怕失眠,也不用再害怕黑暗里谁又把他丢下。

夏枝野回到宿舍的时候,发现宿舍里没有人,只有床上一坨均匀起伏着的被子。而在门被打开,发出了"吱呀"一声响的时候,那坨被子肉眼可见地瞬间停止了起伏。

夏枝野大概能脑补某人试图以装死来蒙骗恶鬼的脑回路,低头轻笑了一下，然后弯腰伸出食指把被子挑起一角，试探地叫了声："厌哥？"

他厌哥在被子里躺得笔直，闭着眼，一言不发。

"睡着了？"夏枝野明知故问，就想逗逗宋厌，看宋厌继续装死，于是自问自答般慢悠悠地说道，"真睡着了？"

"夏枝野，你要干吗？"宋厌睁开双眼，冷冷地质问。

夏枝野看着他被闷得有点儿发红的脸，笑道："我能干吗？"

宋厌咬牙切齿，抓起手边的枕头砸了过去。结果刚砸完，他就捂着腰，轻轻地倒吸了口气。

夏枝野接住枕头，顺势在床边坐下，按住他的腰："趴着，别乱动。"

宋厌挣扎了一下，刚想问夏枝野又想搞什么幺蛾子，就感觉到有一个凉凉的东西贴上了自己的后腰。

"一个老中医的独门秘方，我一大早专门去排队给你买的。"结果买回来后宋厌就不见了。

夏枝野像想教训他似的稍微用了下力，按得宋厌腰间一痒，脚趾忍不住蜷缩起来。这点儿小动作全然没逃过夏枝野的眼睛，夏枝野低头笑了一下。

宋厌趴在枕头上，对此浑然不觉，还为自己早上因为没找到夏枝野而不开心这件事感到一丝愧疚，于是闷闷地扔出一句："谢谢。"

"不客气。"夏枝野十分好说话，给宋厌贴好膏药后，帮他把衣服下摆理好，"起来把外卖吃了。"

宋厌这才想起自己因为害怕而遗忘的外卖，立马从床上爬起来，坐到桌前，拆开碗筷。

夏枝野一眼就发现了宿舍垃圾桶的不对劲："你中午没吃饭？"

宋厌掰开筷子的手僵在空中，又很快恢复自如："出去吃的，没点外卖。"

夏枝野才不信他的话，坐到他旁边，侧身，手指蜷曲，轻叩了两下桌面。

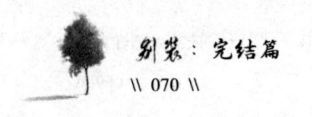

宋厌心虚，不敢看他："让开，别挡着我吃饭。"

"如果我让开了，你就会好好吃饭？那你中午为什么不吃？"夏枝野平时都是听宋厌的，但在这种问题上从来不退让，问得理直气壮，"你是嫌自己还不够瘦吗？上次去医院，医生说过让你好好吃饭争取体重达标，忘了？"

宋厌本来就心虚，被他追着质问，心里烦躁起来："我就是中午忘吃了，又不是什么大事，你到底要怎样？"

"要你每天和我一起吃饭。"

宋厌："？"

夏枝野撑着脑袋，看着他，指尖轻点着桌面："关于'二十一天冷处理计划'我尊重你，但是你一日三餐要和我一起吃，不然你又不好好吃饭，我没法向奶奶汇报，奶奶又要教训我。"

宋厌看着夏枝野微弯带笑的眉眼，觉得也不是不行。他转过头说："随你，要汇报就汇报，晚上阿姨会查房，你在宿舍睡也行，但其他条例还是要继续遵守。"

"好的，没问题。"

"二十一天冷处理计划"执行的第一天，就先废除了两条不平等条约，夏枝野感到十分满意。他笑着站起身，拿起宋厌换下来的脏衣服就往阳台上那台粉色的 Hello Kitty 联名款洗衣机走去。

宋厌吃着饭，看着夏枝野熟练地打扫宿舍的背影，一边觉得愧疚，一边又觉得好像有哪里不太对。但想来想去又实在没想出来哪里不对，只知道有夏枝野这么个大高个在宿舍里，周围阳气都重了不少。

宋厌吃了饭，又刷了两套英语听力题，才洗漱上了床。

夏枝野竟然十分遵守"二十一天冷处理计划"的准则，就坐在旁边一起刷着题，全程没和他说一句话。

宋厌觉得这样非常好，舒舒服服地躺在床上，关掉灯，缓缓地闭上眼，然后很快就沉沉地睡了过去。

宋厌大概因为昨晚没睡好，今天格外疲惫，睡着后无梦，直到半夜因为极度口干舌燥醒来。他迷迷糊糊地坐起身，刚想下床去接杯水，突然传来"啪"的一声，像有什么东西撞击窗户的声音。宋厌一惊，反应过来的时候脑子里已经回荡起了夏枝野轻飘飘的声音——

"那个学生住在六楼，是三中宿舍的顶楼，天台封了，上面没有人。"

宋厌："……"

宋厌一想到空空荡荡的长走廊和放在走廊那一头的饮水机，咬了咬牙，夏枝野真的有毛病，没事讲什么鬼故事。

于是秉持着"只要我不好过，那么害我不好过的人也别想好过"的原则，宋厌直接"啪"一下打开了宿舍的灯，然后站到床边，看着上铺夏枝野那张安详睡着的帅气的脸，冷冷地喊出三个字："夏枝野。"

夏枝野听到声音，迷迷糊糊地睁开眼，看见宋厌，哑着嗓子，懵懵地问了句："怎么了？"

"我想喝水。"宋厌言简意赅。

听到这句话，睡得脑袋晕晕乎乎的夏枝野也没多想，眼睛半睁半闭地就从床上爬了下来，然后抓瞎似的从桌上抓起宋厌的水杯就梦游般地向走廊那头"飘"去，又很快抱着满满当当的水杯"飘"了回来，递到坐在床边的宋厌手上。

全程十分顺利流畅，像是机械重复的本能一样。

杯子里的水也应该是一半热水一半冷水地调好的，温度刚好适合宋厌一口气灌完。

怎么会有人都迷糊成这个样子了，还能注意到这种细节？就像这件事已经做过很多次，所以才在半梦半醒的时候也能做得很好一样。

宋厌这才突然意识到自己每天早上起来的时候桌上都有一杯温度刚刚好的水，而他每天早上都会赖床，根本没时间在这种用水高峰期排队去接水。但因为每天早上都太匆忙，以至于他没时间去细想这杯水到底是哪儿来的。

他抬头看向夏枝野，刚想说些什么，夏枝野就像实在撑不住了似

的，闭着眼，脑袋栽到了他的肩膀上。

宋厌试着叫了一声："夏枝野？"没叫醒。

宋厌刚准备加大音量，夏枝野就嘟囔了一句："困。"那一瞬间，宋厌突然想起自己来到南雾的第一个夜晚，夏枝野也是这么迷迷糊糊地跑到了他的床上，赖了一整夜。那天晚上也是自己很久、很久以来第一个没有吃药也睡好了的夜晚。

所以有的人可能天生就是上天派来拯救你的，哪怕只是第一面，也能感受到那种磁场莫名契合的善意。

那一刻，宋厌突然很不想叫醒夏枝野。他顺手扯过被子，把夏枝野盖得严严实实，然后关上灯，在夏枝野耳边轻轻地说了一声"晚安"。

第二天闹钟响了的时候，夏枝野先是手上的动作一顿，愣了愣，然后才难以置信地睁开眼。

等他看见坐在自己面前的那张十分好看却充满了起床气的脸时，才意识到自己面前的人是真实存在的。但是他怎么会在宋厌床上？

夏枝野正回忆到底发生了什么，闹钟就突然响了第二轮。他眼看某人眉头皱得像要直接砸手机了，连忙伸手去摁闹铃。

于是闹钟停了。

夏枝野的动作也停了。

皱着眉的宋厌刚想发的火也停了。

时间仿佛在六点十三分停止了流动，连一粒灰尘的掉落都变得小心翼翼。

足足十秒之后，宋厌实在绷不住了，直接抬腿试图一脚踹起某个占了他床的人。

夏枝野眼疾手快地把他的腿摁住："你不要因为嫉妒我的腹肌就试图对我'行凶'。"

"谁嫉妒你的腹肌！夏枝野你要点儿脸！"宋厌气得想骂人。

夏枝野却眼带笑意："别这么害羞，又不是第一次嫉妒了，而且就我这脸、这身材，你身为同性，嫉妒一下也很正常，不丢人。"

那一刻，宋厌深深地吸了一口气，他究竟为什么总是期待夏枝野是个正经人。然后，他用尽全身之力，狠狠地把夏枝野一脚踹了下去："你给我滚！"

夏枝野笑着被踹下床，然后慢悠悠地晃去浴室，打开门后，似乎想起什么，又看向宋厌："哦，对了，你如果实在羡慕的话，可以叫我一声'哥哥'，我就再给你看一下哦。"

"夏枝野！三天之内，你一句话都别跟我说！"宋厌拿起手边的枕头就朝着夏枝野砸了过去，然后砸在了及时关上的浴室门上，紧接着就传来了"哗啦啦"的水声。

宋厌现在一点儿都不想看见夏枝野，索性趁着他洗澡的时候，草草地洗漱完，就拎着书包飞快地出了门。

宋厌走进教室的时候，小胖和赵睿文都愣了愣，问："野哥呢？"

"死了。"宋厌冷冰冰地扔出两个字，然后看向赵睿文，"你介意跟我换个位置吗？"

"介意倒是不介意，但是……"但是你们俩吵架，跟我换了算怎么回事？赵睿文一时不知这个请求自己该不该答应。

宋厌冷淡地开口："请你吃三天小炒。"

"好的，谢谢厌哥，厌哥你请，厌哥你需要我帮你搬东西吗？"赵睿文抱着自己的东西瞬间起身。

于是等夏枝野踩着点到了教室的时候，却发现自己本来白白净净、冷冷淡淡的同桌变成了一个黑黑瘦瘦、戴眼镜的"憨憨"。夏枝野把书包放到桌子上，看着赵睿文，下巴微指了下宋厌后脑勺的方向。

赵睿文连忙举手自证清白："是厌哥要换的，不关我的事。"

刚说完，前面的宋厌就把椅子往前拉了拉，离后面夏枝野他们的桌子又远了三厘米，划清界限的意图十分明显。

夏枝野低头笑了一下，拿出手机把头像上展示的数字从"21"改到

了"20",然后翻出孔晓晓发给他的链接给宋厌发了过去。

宋厌本来在好好背着单词,眼角的余光突然瞥见桌子里的手机屏幕一亮,便拿出手机一看,一瞬间就握起了拳头。

偏偏右后方的某人还不知好歹地戳了一下他的背,宋厌一把打掉,头也没回。

旁边的小胖又很快戳了戳他的胳膊,宋厌没好气道:"什么事?"

小胖:"野哥叫你。"

宋厌头也没抬:"告诉他我在写作业,没空。"

"哦。"小胖转头看向夏枝野,"厌哥说他没空。"

"嗯。"夏枝野把剥好的茶叶蛋放进塑料袋里,和一袋豆浆一起递给小胖,"告诉他就算没空也要把早饭先吃了。"

小胖接过早餐,转回身,把东西递给宋厌:"野哥让你就算没空也要把早饭吃了。"

"跟他说,我不饿。"

"野哥,厌哥说他不饿。"

"告诉他,不饿也要吃。"

"厌哥,野哥说你不饿也要吃。"

"待会儿饿了就吃。"

"野哥,厌哥他说……"

"待会儿就凉了。"

"厌哥,野哥他……"

"凉了就凉了。"

"野哥,厌……"

"凉了你吃了不消化。"

"厌……"

厌个鬼!小胖不干了!你们爱咋咋吧,但能不能放过他们这些无辜的人?!

小胖直接站起来,伸手往自己空出来的座位一指:"野哥,您来,您请,我让位。"

夏枝野撑着脑袋,懒洋洋地笑道:"别,这样多不好。你坐你的,你们厌哥在和我冷战呢,我坐过去他又得揍我。"

"……"

你们这叫冷战吗?你们这叫小学生闹别扭!小胖敢怒不敢言,只能悲愤地坐回座位。

第四章
"宋小喜"盆栽

好在阮恬的出现及时终止了这惨烈的局面:"同学们,安静一下,虽然因为一些不可抗力,我们的篮球赛暂时取消了,但是我们的运动会还是要如期举行。今天早上就不举行升旗仪式了,我们自习到八点半,然后出发去操场,准备入场仪式,体育委员再确认一遍参赛名单。"

"好。"刘越站起身,走到讲台上,拿出一张表格,一栏一栏地念了起来。

"男子三千米,我、夏枝野、王克柏。男子跳高,夏枝野、石文宇、张面面。男子一千米,苏亚林、赵睿文、宋厌……"

"宋厌不行。"还没念完,夏枝野就靠上椅背,看向讲台,散漫地开了口。

刘越抬头:"怎么了?有什么问题吗?"

夏枝野:"他受伤了。"

刘越:"?"

虽然前两天他们是打了一个群架,但是负责输出和扛揍的基本是他们几个,宋厌也没怎么参与,怎么他们都没什么事,宋厌还受伤了呢?除了两位当事人,就只有小胖和孔晓晓心知肚明。

小胖赶紧打掩护:"啊,对,厌哥就是打群架那天受伤了,我亲眼看见的。"

孔晓晓连忙附和："对的，对的，就是被那个实外的谁给打伤了。"

话音一落，1班的众人顿时愤怒拍桌。

"太过分了！居然敢打我们厌哥！"

"我们的厌哥是他们可以打的吗？！这口气不能忍！"

"对！不能忍！我们周末必须打回来！"

"我这就去约架！"

"你们干什么呢！"阮恬站在讲台上，又好气又好笑，"实外的人伤得比你们厌哥重多了，带头的那个都差点儿破相了，正因为过错方是对方，所以他们不打算追究，你们以为他们没什么损失呢？少给我惹点儿事，有这个义气，还不如讨论一下谁来顶替宋厌的这个一千米。"

宋厌虽然看着瘦，但毕竟是从小学习跆拳道长大的，体能和肌肉爆发力都很不错，平时在体育课上就是数一数二的成绩。他报名这个一千米，是直接奔着给1班把这项冠军的十分给拿回来的，现在谁敢说自己能补这个空缺？

一千米光跑下来就不是一个轻松活儿，大家本来就都报名了其他体育项目，一时竟没人应答。

宋厌也不想让别人替他的失误埋单，刚准备开口说自己可以，身后就响起了一道懒散的声音："我来顶替宋厌吧。"

"你行吗？"刘越皱起眉，"一千米就在三千米后面，中间休息时间就半个小时，上午还有跳高和接力赛，你体力能行吗？"

"行。"夏枝野答得散漫又笃定。

宋厌刚想反驳，夏枝野就又漫不经意地说道："反正我去跑可以保证最少拿八分，其他人如果也能这样保证的话，我不介意让贤。"

"……"

稳拿八分，就是稳进前三。

全年级一共有十六个班，每个班有三个人参加，四十八个人中保证稳进前三，其他人还真没这个气魄，包括宋厌。他是可以逞一时之能把这一千米跑了，但是他现在的腰确实也还疼着，这种状态去参赛必然不

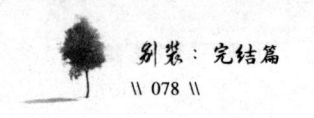

会有什么太好的成绩，而最后成绩不佳，还会影响班级的总分。

宋厌没有太强的集体荣誉感，但是也不愿意拖后腿，于是低着头叫了声："方尝。"

小胖："啊？怎么了，厌哥？"

他厌哥："转告夏枝野，如果实在不行就不要逞能，我可以顶上。"

小胖："……"他选择闭嘴。

果然不等他回头，身后就传来一声低笑："放心，男人不能说不行，而且野哥不愿意看到你负伤前行。"

宋厌："……"

赵睿文："……"

小胖："……"那一刻，夹在两人中间的小胖，突然觉得自己好悲催。

甚至在去操场的路上和入场仪式的时候夏枝野和宋厌都不放过小胖。小胖左右手两边一边一个瘦瘦高高的大帅哥，把他夹在中间，把他本就不甚纤细的身材衬得越发圆润，也把他本身就不甚英俊的面容衬得越发普通。加上两人莫名诡异的气场，小胖觉得自己简直在接受酷刑。

等接收到第八百八十八次异样的眼神后，小胖实在受不了了，深吸一口气，直接拽过夏枝野的左手和宋厌的右手，放到自己身前交叠在一起，恳求道："哥，大哥，我求你们了，快点儿和好行不行？你们俩闹别扭能放过我这个无辜的小胖子吗？我又做错了什么呢？我有罪吗？我没有。求你们放过我吧。"

夏枝野从善如流道："也不是不行。"

宋厌冷着脸："谁和他闹别扭了？"然后转身走上看台，在最后一排的角落坐下，往后一躺，把棒球帽往脸上一扣，一副就算天王老子来了也别想叫他的冷酷模样。

夏枝野笑了一下，安抚地拍了拍小胖的肩："放心，兄弟不会看着你这么受折磨的，最多再忍半天。"

小胖感动得都要哭了："野哥，你加油。"

夏枝野点点头，慢悠悠地朝第一个比赛项目——跳高晃过去。

宋厌一向对这种集体活动没兴趣，本来想抽空补个觉，结果眼睛没闭一会儿，就突然听到一阵疯狂的尖叫，一句激动无比的"夏枝野好帅"夹杂其中，分外明显。

宋厌掀开帽子，顺着声音来源的方向看了过去，然后就看见一堆女生里三层外三层地围着一组跳高杆和软垫，正在激动地呐喊。而人群中间，夏枝野正散漫地从软垫上走下来，一看就是刚刚完美跳过了横杆。

不就是跳个高吗？大惊小怪。

虽然这样想着，但宋厌还是没有重新扣下帽子，而是盯着夏枝野的方向。宋厌坐在看台最高处看着夏枝野一次又一次地跳过横杆，直到最后只剩下夏枝野和另外一个男生，而横杆已经升到了一米七五。

这个高度已经是超过国家三级运动员的水准了，这要是能跳过去，属实厉害，毕竟在座的绝大部分人，人都还没杆子高。

决赛时刻总是分外激动人心，所有人都紧紧攥着拳头，紧张地期待着最后的结果。

另外一个男生先跳。他先深呼吸一口气，然后起跑、助跳、抬腿，眼看着即将跨过去的时候，脚后跟不小心碰掉了横杆。一号参赛者淘汰了。

众人遗憾地叹了口气，然后又瞬间把目光都集中在了夏枝野身上。

夏枝野却依然只是懒洋洋地转着手腕和脚踝，神情轻松无比，似乎丝毫不受另外一人失败的影响，也不在意众人十分有压力的目光，只是抬起头，朝宋厌笑了一下。

宋厌本来以为没人发现自己在看，突然就被夏枝野抓了个正着，心想，看到就看到吧。接着，他看见夏枝野抬脚，助跑，起跳离地，伸展姿势向上腾起，身体旋转，背对横杆，然后以背跃的方式完美通过，漂亮地落地。

腾空的时候宽松的T恤下摆扬起弧线，不可避免地露出了少年劲瘦的腰身和整齐而紧致的腹肌，配合着一双极致的大长腿，哪怕只是惊

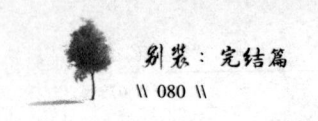

鸿而过，也引起了在场所有人疯狂的尖叫和欢呼。

夏枝野却像是听不见周遭的欢呼和掌声一样，只是站起身，朝着宋厌的方向眨了一只眼。全场顿时更疯了。

"天啊！夏爷这是故意眨眼吗！"

"谁谁谁？向谁眨的？！"

"不知道，反正朝着看台那边的，看台那边有谁？"

"我看看，那不是林宜玲吗！难道夏爷是跟校花眨眼？"

跳高的场地是离看台最近的一个场地，吃瓜群众的讨论声不可避免地落进了宋厌耳朵里。宋厌向看台前方看了过去。

栏杆处确实倚着一个身材高挑漂亮的女生，烫着大波浪，化着妆，眉眼精致艳丽，也正在笑着看着跳高的方向。宋厌对她的名字有点儿印象，沈嘉言给的那份资料里，好像提到过这个女生，商淮也说过这个女生和夏枝野之前关系好像还不错。

这个女生旁边的朋友听着众人起哄，也打趣道："怎么，校花，学弟都这么热情了，不表示一下？"

女生也没有因为这种玩笑生气，只是笑道："你睁大眼睛看看，他对着的方向是我们第一排吗？不过学弟确实表现得不错，可以点几杯奶茶犒劳一下。"

他的室友，凭什么要别人犒劳？那可是他最好的朋友，又不是别人的。

宋厌的心里突然涌起一种小孩子赌气般的感觉，于是拿起手机就点了一杯夏枝野最喜欢的多肉葡萄口味的奶茶。然而，下单的时候他停顿了下。

宋厌略微犹疑之后，又果断地疯狂点击显示单品数量后面的那个加号，等到把店里的产品都买了个遍，差不多凑到四十份后，才满意地下了单。他只是为了表达自己不能如期参赛的歉意所以点了些奶茶慰问同班同学而已，绝对不是要和其他人比什么。

点完单，宋厌重新躺下，把帽檐一扣，严严实实地遮住了自己那张帅脸,恢复"生人勿近"的气场。

他就是个没有感情的酷哥,只是比较有钱而已,这又不是什么错。

中午休息吃饭的时候,小胖和赵睿文被宋厌一条微信叫到了校门口。然后看着那两大箱保温箱里的奶茶和一个光是看包装就感觉很贵的日料外卖盒,陷入了深深的沉思。

宋厌轻描淡写地说道:"全班都有。"

小胖和赵睿文立马麻溜地一人抱起一箱:"好的,谢谢厌哥。"

等他们把奶茶全部发下去的时候,宋厌被人群围着,但这些人里没有夏枝野的身影。

"夏枝野呢?"宋厌随便问了一个身边的人。

那人嚼着果肉,含糊道:"刚才有高三学姐给他送了奶茶,他就跟着走了,应该是跟着一起去三楼食堂吃饭了吧。"

小胖连忙道:"瞎说什么呢,我们野哥是这种人吗?而且高三学姐买的奶茶能有我们厌哥买的好喝?真是笑话。"

然后他忙不迭地偏头看向宋厌:"厌哥,我觉得野哥肯定还在操场呢,要不我去帮你叫他?"

"不用了。"宋厌站起身,把日料袋子推过去,"你把这个给他,他爱吃就吃,不吃就扔了。"说完就拎起外套往食堂外走去。

小胖叫住他:"厌哥,你去哪儿?"

宋厌随口扔下一句:"拿外卖。"

还有外卖?宋厌这是打算凭一己之力带动整个南雾三中周围片区的GDP发展吗?小胖边吐槽边把桌上的日料袋子拿过来,他本来好奇地想打开看一眼,却先看见了封口上的小票。

票上写着:

滋补鳗鱼饭(现点现杀)1份,388元

鱼子酱蒸蛋1份,198元

小份烤和牛1份,588元

鹅肝手握卷 2 个，136 元

总计：1310 元

"……"

小胖的目光凝滞了三秒，然后原封不动地把袋子默默放了回去。

厌哥的友情果然不是他等凡人承受得起的。而且就这菜单，他是打算把野哥补成一头牛吗？

小胖"啧啧"了两声，似乎感慨万千。

虽然夏枝野的确跟着林宜玲走了，但不是一起去吃饭，也没有收下她送的奶茶，而是因为林宜玲是上一任学生会体育部部长，她和体育部的人熟，所以夏枝野麻烦她和体育部的干事沟通一下，把女子八百米挪到男子一千米前面，这样就可以挪出三四十分钟的时间来休息调整。

本来校运会的比赛流程就很随意，换一下比赛顺序完全不会影响到什么，加上高二其他班的干事也都没什么意见，所以这事很快就说好了。

夏枝野也婉拒了学姐去三楼食堂吃饭的邀请，自己一个人去了二楼食堂。然而因为他来得太晚，二楼食堂的饭菜已经被瓜分得干干净净，连口青菜都没留，食堂里也没有某个小臭脸的影子，看来某人的"二十一天冷处理计划"冷到连饭都不愿意帮自己打一份。小没良心的。

夏枝野慢悠悠地掏出手机，正打算点个外卖凑合一下，就听到角落里有人叫了一声："夏爷！这边！"回头一看，小胖像带着宝贝一样地抱着一个袋子坐在角落里冲他挥着手。

夏枝野走过去坐下："怎么了？"

小胖把日料外卖袋子和多肉葡萄奶茶往他跟前一推："厌哥给你买的。"

宋厌给自己买的？看来小没良心的还不是太没良心。

夏枝野的唇角瞬间勾起点儿笑意，接过袋子，看见小票和奶茶上特地标注的双份芝士后，唇角的笑意更深了。

第四章 "宋小喜"盆栽

他说怎么刚才过来的时候看见1班的各位人手一杯喜茶呢,原来是某个小傲娇想给他买,又拉不下脸只给他买,这才便宜了其他人。而且宋厌也不是不帮他打饭,而是因为他今天很耗体力,所以特地给他买了好东西补补。

不过感动归感动,某人还真是好了伤疤忘了疼。某人之前喝醉了哭着说自己没钱了,连衣服都不能洗、连鹅肝都吃不起的惨兮兮的样子才过了几天,这就又开始大手大脚起来。如果不是自己让夏瑜花了五万块钱帮忙把宋厌的表买了,以这败家大少爷的消费习惯来说,这日子往后可该怎么过啊!

小胖看着夏枝野盯着那份日料和那杯奶茶笑意明显,长长地叹了口气,心想,可能这就是"海内存知己"的快乐吧。如果不是夏枝野当年主动示好,小胖可能还在因为自己的身材自卑而不敢交朋友。所以小胖尽管很受不了这两个人总是闹小别扭,也还是决定好好帮助夏爷守护好他们的友情。

于是在陪夏枝野吃完饭、消完食,再回到三千米赛道的起跑点的时候,小胖伸手就去拽夏枝野的裤腰。

夏枝野却一巴掌把他的手打开:"别动手动脚。"

小胖着急地解释道:"厌哥嫌你跳高把腰露出来容易着凉,让我转告你记得把上衣扎进裤腰里,然后用松紧绳勒紧。"

"……"夏枝野脑补了一下那个画面,"说实话,有点儿土。"

"所以要形象还是听厌哥的。"

"厌哥。"

"得嘞!"有了夏枝野这句话,小胖麻溜地把全场最帅的夏枝野同学的黑色T恤扎进了灰色的运动裤里,然后把裤子提到腰的位置,捏住松紧绳的两端,用力一拽,紧紧地打了个死结。

一双长得过分的腿和一段紧致的腰顿时暴露无遗,然而依然不能掩饰这个造型的土气。

本来已经组织好队形准备喊"夏枝野加油,夏枝野最帅"的围观

女生们看着这突如其来的造型变化陷入了沉默。然后不约而同地集体转头,朝着另一个方向,挥舞手里的加油棒,大声呐喊:"周子秋最帅!周子秋加油!周子秋你就是最棒的!"临阵倒戈没有任何心理压力。

周子秋环顾了一圈,问:"宋厌呢?"他在操场上和看台上的围观群众里都没看到宋厌。

夏枝野转着手腕,无所谓道:"可能在哪里晒着太阳吧。"

宋厌这会儿正在校门口,也确实是在晒太阳。

这次点外卖的那家店距离三中有些远,恰好配送员对南雾三中这块的地形并不熟悉,因为南雾三中这片的地形是整个南雾最魔幻的地形之一。

于是宋厌眼睁睁地看着配送员的当前距离从八百米到两千米,又从两千米到八百米,然后又从八百米到两千米。

他就这样在学校门口等了足足一个小时,等得心烦意乱,但在看见初冬天气里仍然大汗淋漓、紧张不安的年轻配送员时,还是抿着唇说了声"谢谢",并给这个订单点了好评。

然后宋厌拎着那袋特意从十五千米之外送来的外卖,快步往操场走去。尽管已经走得很快了,却还是晚了一步。到操场的时候,三千米的长跑比赛已经接近尾声。

宋厌站在人群后面,远远地就看见了夏枝野遥遥领先,一路冲过终点,接受着众人的欢呼洗礼,在人群中耀眼而醒目。就连被风吹乱了的头发,和被汗水浸湿了的衣物,也显得少年意气风发,恣意潇洒。如果不是那高高扎进裤腰里的T恤,简直就是一幅可以被录入青春校园偶像剧的画面。

然而这个把上衣扎在腰间的行为实在太土了。

宋厌没想到夏枝野居然真的愿意这样做,看着夏枝野因为俯身撑着膝盖喘气的动作而显得越发奇怪的穿衣造型,宋厌忍不住想笑。

结果不早不晚,就在宋厌勾起唇角的一瞬间,夏枝野像是感应到什

第四章 "宋小喜"盆栽

么，抬头朝着他的方向看了过来。

两人的视线对上，宋厌略微一顿，连忙用拳头抵着鼻尖，低下头，干咳两声，试图掩饰过去。

这下轮到夏枝野勾起了唇角。

小胖一看他这个笑，就顺着视线回过了头。果不其然，在人群缝隙中看见了宋厌，还真是一点儿都不意外呢。

小胖无声地叹了口气，十分自觉地走过去："厌哥，有什么需要我帮忙转告野哥的吗？"

宋厌把手里的袋子递给小胖："里面有香蕉、专业调配的营养果蔬汁、电解质饮料、葡萄糖水，还有能量棒，你让他看着吃。"人在剧烈运动后会分泌大量乳酸，碱性食物和水果可以迅速中和平衡血液酸度，加上水分和电解质的补充，有利于快速消除疲劳。

"厌哥，你还是自己给他吧，我要去看第二组的比赛了。"小胖非常识趣地扔下一句后，就一溜烟地跑远了。宋厌连拦都没来得及。

除了小胖和夏枝野，宋厌和1班其他人都不算太熟，再加上第二组比赛已经开始了，大家都要看比赛，他也开不了这个口再麻烦别人，只能自己走到夏枝野跟前，把袋子递了过去。

夏枝野坐在看台第一排，接过袋子，拿起一瓶电解质饮料，拧了拧瓶盖，然后脑袋一抬："厌哥，我拧不开。"

宋厌面无表情地接过饮料，把瓶盖拧开后才重新递了回去。夏枝野慢条斯理地喝完后，又拿出一根香蕉，递到宋厌跟前："厌哥，我剥不开。"

宋厌觉得夏枝野不是剥不开，是想不开。他刚抡起拳头，夏枝野就眼睛一眨："我跑了三千米后还要去跑一千米，好累哦。"

宋厌："……"为什么他永远可以被夏枝野道德绑架？

明明知道这是夏枝野的套路，宋厌也还是咬着牙，接过香蕉，三下五除二地剥好，黑着脸把香蕉塞进了他嘴里。

夏枝野笑着咬了一口，慢条斯理地咽下去后，十分满意："好甜。"

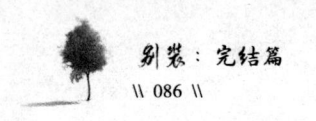

废话,这可是最贵的品种,能不甜吗?这是人民币的味道。

宋厌凭借着负罪感和愧疚感压制住自己想揍人的原始冲动,站在原地,一动不动,像是在等着看这个娇弱的三中校霸还能搞什么么蛾子。

气成这样了还不骂人,看来某人还是很有气性的,说了三天不跟自己说话,就三天不跟自己说话。

但是三天之后自己就要有很长一段时间见不到宋厌了,所以这几天就想多跟宋厌说说话。于是夏枝野决定先服软:"好了,厌哥,我错了,别不跟我说话行不行?"

可不论夏枝野说什么都无济于事,宋厌只是把外套拉链往上一拉,藏住下巴,再把帽檐往下一拉,遮住眼睛,然后纹丝不动,一言不发。真的特别有骨气。

"真不理我了?过几天我可就要……"

夏枝野还想再说什么,然而已经有人拿起了大喇叭:"高二年级所有一千米参赛者来主席台登记,了解比赛各项事宜,不要磨蹭,不要迟到。"于是他只得作罢,对宋厌说:"算了,没什么,比赛完后再说吧。"说完就站起身,慢悠悠地往登记处晃去。

过几天就怎么了?夏枝野是有什么事没来得及告诉自己?

宋厌突然发现自己其实不太主动过问夏枝野不在自己跟前时的事情,以至于他突然这么一说,自己竟然毫无头绪。

宋厌微抿着唇,似在回忆,又似在思考,隐隐有些对自己的不满和对未知事件的不安。他懒懒散散地坐在看台第一排,低头发着呆,和整个热血沸腾的运动场的气场格格不入。

正在到处抓壮丁的孔晓晓一眼就发现了他,连忙一个箭步冲上来,抓住了他的胳膊:"厌哥,大家想赋予你一项光荣的使命,你愿意接受吗?"

宋厌从思绪中突然被抓回神来,还有点儿蒙:"什么使命?"

孔晓晓郑重无比:"念加油稿。"

"……"

第四章 "宋小喜"盆栽

想到坐在主席台上拿着麦克风念着那些十分做作浮夸的加油稿件的样子，宋厌恢复了理智，冷酷无情地推开孔晓晓的手："对不起，我不配。"

孔晓晓抓回他的手腕，一脸深情："不，厌哥，你配！甚至除了你，别人都不配！"

宋厌："？"

"整个年级还能找出比你普通话更标准的人吗？整个年级还能找出比你更希望野哥赢的人吗？最关键的是，整个年级还能找出比你更闲的人吗？"

"……"确实没有。这直击灵魂的三连问，宋厌毫无反驳之力。

宋厌还由于过于强烈的道德感而陷入了因为自己受伤所以导致别人工作量加大的愧疚沉默之中。

于是等他反应过来的时候，就已经被孔晓晓摁着坐在了主席台上。

看着底下乌泱泱的人，宋厌放弃心理斗争，面无表情地充当起一个没有感情的读稿机器。

南雾是口音较重的地区，不分鼻音、边音、前鼻音和后鼻音是很普遍的现象，所以就显得宋厌这个从小在北方长大的小孩儿的普通话格外标准，也格外没有感情。

没有感情到把好端端的一句"看，终点就在你眼前"愣是念出了一种"看，人生的终点就在你眼前"的感觉。本来抑扬顿挫、慷慨激昂、热血无比的加油词一下就变得可怕起来。

体育部干事麻木地看向孔晓晓。

孔晓晓："挺好的！这就叫用清冷如泉水的声音洗去夏日午后的燥热，多棒！"

体育部干事面无表情："嗯，但是现在已经立冬了。"

孔晓晓："对不起，我去提醒他一下。"说完就蹭到宋厌旁边，关掉麦克风，小声道，"厌哥，你能不能在读的时候稍微带一点儿人类的情感？"

宋厌看着她。

她看着宋厌。

"……"孔晓晓突然觉得自己是在和一个 AI 说话。

好在一声哨响打破了这份尴尬:"男子一千米参赛选手,各就各位,预备——跑!"

孔晓晓瞬间来了灵感,手指一伸:"来,厌哥,你顺着我的方向看过去,看到夏爷了吗?感受到那种想为他加油呐喊助威的心情了吗?如果感受到了的话,那就用那种情绪大声地把加油稿念出来吧!"

宋厌顺着看了过去。

刚刚休息了半个多小时的夏枝野看上去已经恢复了体力,起跑没什么问题,但速度比起之前遥遥领先的碾压性优势慢了很多,稳定在第五、第六的位置,跟前三名维持着一个不长不短的距离。

他知道夏枝野这应该是战略性落后。毕竟夏枝野之前刚跑完一个三千米,就算体力恢复得再快,和其他休息充足的选手比起来也差了一些,所以拿第一不太现实,但现在保存体力,等到最后冲刺的时候使劲拼一把,博个前三,拿到八分以上也不是没有希望。

只是夏枝野的脚步明显比之前沉重了许多,他会不会真的很累。

想到这儿,宋厌的手指不自觉地蜷缩了一下。

看出宋厌的担心的孔晓晓见缝插针地塞给他一个加油稿:"来来来,趁着情绪到位,来读一篇。"还顺势打开了麦克风。

宋厌也没多想,收回视线,继续没有感情地照着加油稿上的内容读了起来。

"高二 1 班的夏枝野同学,跳高场上有你宽肩窄腰的完美身姿,跑道赛场上有你无与伦比的完美长腿,众人欢呼之中有你悦耳至极的完美姓名,而面对漫漫征程,如此完美的你却选择任凭汗水打湿衣襟,任凭疲劳席卷全身,也依然不抛弃不放弃,勇敢拼搏,坚持到底,只因你有一个坚定不移的目标和信念,就是为了宋……"

大喜?

第四章 "宋小喜"盆栽

"宋"字念到一半，宋厌狠狠地咬了下牙，然后无视纸上的内容，不带停顿地编道："送给高二1班一个至高无上的荣誉，所以加油拼搏吧，我们永远为你呐喊。"

念完后，他捂住麦克风，转头看向孔晓晓，目光冷漠犀利："说实话，这加油稿哪儿来的？"

孔晓晓被他看怂了，立马"招供"："比赛前夏爷亲手'操刀'，也是他'钦点'让你上来读！"

"……"宋厌咬牙切齿。他说这字迹怎么这么熟呢，他说好端端的怎么让自己上来念加油稿呢。真不愧是"文坛泰斗"夏枝野啊，修炼了一千年的狐妖都没他狡诈。

宋厌刚准备撂挑子走人，一起身却看见已经跑了一圈半的夏枝野竟然已经落后到了第八九名的位置。

夏枝野的脚步是肉眼可见的沉重，而且他低着头，胸背起伏剧烈，看样子的确是因为体力透支而十分难受。这一瞬间，宋厌心里突然一紧，想上去拉住夏枝野让他别跑了。

然而他了解夏枝野，这是一个对别人做出承诺就会尽自己全部力量做到的人，除非真的超出他的能力限度，不然他绝对不会放弃。

他自己说了要拿到前三，就会努力做到。这就是夏枝野之所以骄傲、醒目、散漫，却又让人觉得安心的地方。

宋厌努力压下自己想上去拉住夏枝野的冲动，拿起麦克风，假装看着面前的一张白纸，念道："高二1班的夏枝野同学，无论你能不能取得好的名次，能不能为班级拿回很高的积分，你在我心里都是最有担当、最信守承诺的男人，所以不用害怕，不用担心，不用勉强，无论你怎么样，你都永远是南雾三中最优秀的夏枝野。"说完，就将白纸揉成团，收进口袋，朝着远方的夏枝野投去注视的目光。

一旁的孔晓晓却在心里缓缓打出一个问号："等等，厌哥，纸上有写东西吗？"

宋厌面不改色："有。"正经坦然得一点儿都不像讲了假话。

孔晓晓开始怀疑可能真的是自己瞎了，其他人也丝毫没有察觉到异常。

只有浑身已经酸疼、疲惫不已的夏枝野无声地笑了。这种加油稿，除了宋厌，还有谁会写？看来某人即使再有骨气也忍不住会担心自己。

那一瞬间，本来已经疲惫不已的夏枝野突然觉得自己好像又充满了力量。他调整呼吸，憋足一股劲，在还有最后三百米的时候继续加速、冲刺，尽己所能地向前方追赶。

于是在短短十几秒内，众人眼睁睁地看着他连续反超了第七、第六、第五、第四。只要再超过一个人，他就可以实现答应了宋厌的目标，达到前三拿到八分。

但他和第三名之间还有着不短的距离，他本身的体力已经快透支了，刚才的提速又耗费了极大的能量，浑身的肌肉都酸疼疲惫得不太受自己控制，每一口呼吸都剜得胸腔发疼。

他们这前四名都已经到了最后一个弯道，如果在这里不能反超，夏枝野就基本告别前三了。1班的所有人都开始疯狂地呐喊："野哥冲啊！野哥加油！野哥最牛！野哥你一定可以！"巨大的希望和鼓励变成了巨大的压力压到了夏枝野身上。

宋厌站在主席台上，几乎可以看见夏枝野变得越来越凝重的表情和越来越沉重的脚步，他真的想冲下去一把抱住夏枝野，让那群人别喊了。

但他没有，因为夏枝野不会喜欢这样的处理方式。

于是他也顾不上什么三天不和夏枝野说话的小学生式的赌气约定了，拿起主席台上的一个喇叭就从主席台上一跃而下，然后站到终点线后，举起喇叭，说道："夏枝野，我会在这里等你。"

不论你得了什么名次，不论你什么时候跑过来，哪怕是像平时那样吊儿郎当不正经地晃过来都行，反正我会在这里等你。

那是一句只有夏枝野能够听明白的话，夏枝野突然觉得脚步没那么沉重了，因为这不是他一个人徒劳无功的奔跑。于是他放松地笑了，提起脚步，加快步伐，跨越所有疲惫和漫漫长途向终点线尽力奔跑而去。

当他最终超过第三名冲过了终点线时，他撑着膝盖剧烈地喘着气，然后抬头看向宋厌，笑道："怎么办，我这次不是第一了。"

宋厌压低帽檐，清冷的声线透出一种别扭又不讲道理的孩子气："反正第一、第二是谁我都没看见。"

所以你就是第一。

宋厌的声音小得只有他们两人能听见，于是其他人根本不知道为什么本来好端端的夏枝野突然弓着腰笑得停不下来，甚至差点儿喘不过气来。

宋厌就直挺挺地僵在那里，帽子挡着脸的大半部分，只能看见微抿的唇角和绷紧的下颔。等夏枝野实在笑得太久了，他才语气硬邦邦地扔出一句："你再笑我就揍你。"

"好好好，我不笑了。"夏枝野努力克制住自己嚣张的笑声，憋着笑抬起头，但眼睛里还是藏不住笑意。

到底什么事情这么好笑？周围的人实在没忍住，问道："夏爷，你到底在笑啥？"

"没什么。"夏枝野勾着宋厌的肩膀，整个身子懒洋洋地倚了上去，春风满面，"没什么，就是拿了第三，高兴。"

众人："？？？"

你怕不是在逗我？之前拿第一的时候怎么没见你这么高兴？

众人一脸不信。

夏枝野随口道："怎么，看你们这样子像是对我的成绩不太满意？"

"没有，没有，绝对没有！"本来还一脸狐疑的众人立马疯狂摇头。

夏枝野在这种情况下还突破重围勇夺第三，拿下八分，他们这群根本不敢上场的"废物"还有什么不满意的！他们顿时就忘了夏枝野莫名其妙狂笑的事情，开始疯狂吹捧起夏枝野。

"夏爷，你就是天神下凡！"

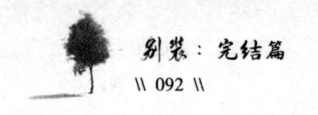

"不愧是跑过马拉松的人!"

"简直才貌双全!"

"能文能武!"

夏枝野已经习惯了这群人的各种吹捧操作,笑着骂了一句,但也没放在心上,只是偏头看向宋厌:"我们厌哥不夸我几句?"

看夏枝野还能这么嘚瑟,宋厌估计夏枝野应该确实没什么事了,就把手里的电解质饮料往他手里一塞,转头就走。

身后的夏枝野连忙笑着跟上:"你等等我,我现在可娇弱了,你走慢点儿。"

你娇弱个鬼!

宋厌心里忍不住骂某人真不要脸,但还是不自觉地放慢了脚步。

夏枝野得寸进尺地搭上宋厌的胳膊,偏着头,低声笑道:"我们厌哥刚才的意思是不是眼里只看得见我帅气的身姿?"

宋厌冷冰冰道:"别自我感动,只是礼节性的鼓励。"

"哦,这样啊。"夏枝野笑道,"也行,反正只要我们厌哥肯跟我说话就好,不然过几天……"

"野哥!快过来!准备领奖啦!"话还没说完,他们身后就传来一声大喊。

夏枝野只得回头应了一声,然后对宋厌说:"我先去领奖,回头再说。"

得益于夏枝野拿下的两个冠军和一个第三名,高二1班毫无悬念地拿下了这次总积分的第一名。

一群人抱着奖杯在校园里阔步横行,嘚瑟得"尾巴"都快翘上天,就连上个楼都要从走廊这头走到最那头,上了楼梯后,又从走廊那头走到走廊这头,再上楼梯,走成一个浩浩荡荡的"之"字形,像是生怕漏过哪个班级瞧不见似的。

简而言之,特别欠揍。

最后连阮恬都看不下去了,老母鸡赶崽子似的把这群"脑子不太好"的男生赶了回去,一脸好气又好笑:"你们能不能有点儿见识,矜持一点儿,你们看人家夏枝野骄傲了吗?来,夏枝野同学,你自己来宣布一下这个好消息。"

众人不以为意:"第一名的奖杯我们都拿回来了,不用宣布。"

"不是这个,是另外的好消息。"

"另外的好消息?"

"嗯。"阮恬看夏枝野那副漫不经心的样子就知道他是不打算自己说了,于是笑着宣布道,"我们的夏枝野同学在今年八月的数学竞赛初赛中取得了全省第一的好成绩,下个月就要代表我们学校去参加全国决赛和国家集训队的选拔了,让我们掌声鼓励!"

话音一落,本来就吵吵闹闹的人群彻底炸开了。

"野哥厉害啊!是我们学校这几年出的第一个数竞省第一吧?"

"居然现在才透露!野哥你也太低调了吧!"

"要是我拿了省第一,我每天把证书贴在脑门上走。"

"就是,野哥这不得请客吃个饭?"

嘈杂之中,只有宋厌稍微愣了一下。虽然他打算走纯高考路线,拿到状元奖学金,但是对竞赛体系还是有一定了解的。

数竞的决赛冬令营一般为期一个星期左右,而决赛之前,很多地方会组织安排学生闭关集训,一般最少两个星期,也就是说夏枝野这一走最少要二十天。

宋厌一时说不出来心里是什么感觉。有点儿生夏枝野的气,觉得他为什么不早告诉自己;又有点儿生自己的气,明明每天都跟夏枝野待在一块儿,怎么自己什么都不知道。最后又有一点儿似乎是因为夏枝野要离开这么长时间而生出的不高兴。

总归宋厌心情不太好,闷声坐回自己的座位。

夏枝野示意小胖坐自己的位置,然后自己坐到宋厌旁边,低声道:"怎么不高兴了?"

"没，恭喜你。"这句恭喜倒是说得真心实意。毕竟夏枝野以这种家庭条件能拿到省第一，起码说明他没有看上去的吊儿郎当、不务正业。

不过这人到底是怎么就偷偷摸摸拿到省第一了。

夏枝野像是看出他在想什么，解释道："今年初赛时间早，比赛的时候你还没来南雾，决赛具体时间的通知我也是今天早上刚收到。至于之前没告诉你这事，是因为我也觉得不算什么大事，就没说。"

啪——

笔尖折断。

他说完这句话，宋厌还没什么反应，后排的赵睿文却一个用力摁断了一根 2B 铅笔的笔芯。

不是什么大事？！拿到省第一不是什么大事？！听听这说的是人话吗？！

赵睿文扔下铅笔，仰头自掐人中，勉强让自己没有被气死。

宋厌用眼角的余光瞥了一眼后面，轻飘飘道："所以还是我们野哥厉害，一天到晚不用学习都可以拿省第一。"

这句"我们野哥"和夏枝野平时一口一个"我们厌哥"简直是一模一样的腔调。

什么时候还学会阴阳怪气了？

夏枝野撑着脑袋，看向宋厌："谁跟你说的我不学习？"

宋厌："眼睛看的。"

夏枝野："？"

"每次我看到你的时候你不都在玩？"

"那你觉得你在学习的时候我在干吗？"

"……"宋厌觉得夏枝野说得好像也很有道理。

这么一说，他突然意识到自己其实并不怎么了解夏枝野，虽然每天待在一起，但是大部分时候都是夏枝野在了解自己，迁就自己，除非夏枝野的事情送到自己眼前了，否则自己并不会主动过问。

所以关于夏枝野的很多事，仔细一想，其实自己几近一无所知。夏枝野喜欢什么天气，喜欢什么食物，喜欢什么颜色，喜欢做什么事情，又擅长做什么事情，未来又想做什么事情，他都不知道。相比夏枝野对自己面面俱到的照顾，自己就显得像一个只知道索取的自私鬼。

宋厌想到这儿，便有些情绪不佳地抿起唇角。

夏枝野却不知道他的小脑瓜子里又在想些什么奇奇怪怪的东西，只以为他还在拉不下面子跟自己和好。于是夏枝野微弯着眼，低声道："我周五就要出发去集训了，二十几天见不着面，你就真的忍心还要跟我冷战？"

宋厌回过神来，听到他这话，拿出卷子，语气十分高傲："谁闲得没事跟你冷战。多大的人了，还玩这套，幼不幼稚。"仿佛最开始赌气的人不是他一样。

夏枝野："……"

半晌，夏枝野低头笑了一下。行吧，是他幼稚，宋大喜最成熟、稳重、包容且通情达理了。

知道宋厌这意思是解除冷战了，夏枝野才满意地和小胖换回位子，拿出手机，一眼就看到周子秋发来的消息。

Autumn：今天宋厌是给你秀了一把？

夏枝野懒散地靠着椅背，一边听着阮恬在讲台讲着各种运动会后注意事项和下半学期的比赛安排，一边飞快地打着字。

Wild：没秀，就是让你们好好看看有一个体贴周到的同桌有多幸福。

Wild：有人给你买奶茶吗？没有。

Wild：有人给你买一千多一顿的日料吗？没有。

Wild：有人站在终点线后对你说会等你吗？没有。

Wild：所以别羡慕，别嫉妒。

周子秋轻哂一声，刚想提醒一下这个朋友别太得意忘形，左上角就冒出一个数字"1"。

等切出去看见发消息的人是谁的时候，周子秋忍不住微挑起眉——这辈子还有宋厌主动给他发消息的时候？真是第一次见。

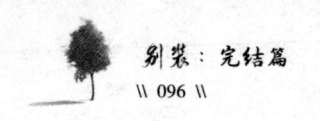

要知道当时礼节性地加完微信后,除了系统提示"我通过了你的朋友验证请求,现在我们可以开始聊天了",他们就再也没有说过一句话,连逢年过节群发消息的那种都没有。所以宋厌突然给自己发个"在"干吗?

周子秋凭借着好奇心,先无视夏枝野,给宋厌回复一个:在,怎么了?

YAN:没怎么,就是想问你一些关于夏枝野的事情,比如兴趣爱好、特长经历这些。

Autumn:?

YAN:别误会,没别的意思,就是我一个朋友托我问的,他好奇。

世界上总是有这么多奇妙的朋友。周子秋扯着唇角笑了下,截图给夏枝野发过去。

夏枝野点开两张图片一看,再抬头瞧了一眼左前方低着头玩着手机的某人,然后笑着给周子秋回了过去:他问什么你就答什么,但是别逗他,他脸皮薄,不禁你逗。

Autumn:你放心,我可不敢逗他,毕竟我还不想英年早逝。

夏枝野想了想,又回了一句:不过他对我的经济状况有点儿误解,所以你先别和他说我家的事。

Autumn:?

Wild:说起来比较复杂,反正你别提就行,也不用故意骗他。

Autumn:OK。

发完,周子秋就没再回消息了。而夏枝野忽然想到什么,低头笑了一下,然后换了个头像,点开了跟"花店"聊天的对话框。

Wild:姐姐,你们家有那种很小的盆景铁树吗?

花店:有,铁树疙瘩很多,我还刚买了一批好看的小花盆,你要的话就过来选。

正好阮恬也讲完了所有注意事项,一声令下,宣布今天不用上晚自习,提前放学。于是夏枝野给宋厌发了条微信:我去办点儿事,你先自已回宿舍，晚上等我回来一起吃饭。

然后他就背上书包快步离开了教室。

宋厌刚想问夏枝野有什么毛病，就坐在他后面干吗发微信，结果一眼就被那个土绿土绿的头像给丑到了。这种中老年人都嫌弃的头像夏枝野是怎么忍心用的？

不过回顾了一下夏枝野之前的审美，宋厌也就释然了。宋厌慢腾腾地收拾书包站起身，刚准备走，讲台上的阮恬叫住了他："宋厌，你等等。"

宋厌顿住脚步，阮恬踩着高跟鞋一路小跑过来，抬起头，看着他："就是上次给你说的那个英语演讲的事情……"

"我不是很有兴趣。"宋厌拒绝得很果断。

"可是夏枝野要去参加集训，我们实在找不到其他合适的人选了，你也知道的，我们年级的学生普遍口语不太好，你如果不去的话我们学校这次肯定就没有希望了。要不你先看看这次演讲比赛的宣传手册？"阮恬抱有最后一丝希望地把宣传手册递给了宋厌。

宋厌本来只是想礼貌性地接过宣传手册看一下，再礼貌性地拒绝一下。然而在翻开第一页，一眼看到那张熟悉的学生代表照片时，指节却顿住了。然后他合上宣传手册，抬起头，将手册递回给阮恬，淡声道："我去。"

宋厌答应得过于爽快，以至于阮恬愣了一下，然后才反应过来："你这是答应了？"

"嗯。"

"怎么突然就答应了？"阮恬一脸蒙。

宋厌冷淡道："看见了一个熟悉的朋友。"

熟悉的朋友？阮恬疑惑地打开宣传手册，等看见第一页照片最下方的"荟英外国语学校优秀参赛学生代表尚唯"时，才反应过来荟英外国语学校是宋厌之前的学校。

这个尚唯是以上一届第一名的身份被主办方直接邀请参加的这一届

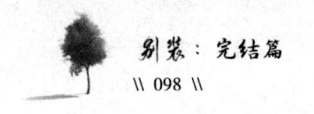

决赛，其他普通参赛者则还要经历预选赛。

"宋厌，不错嘛，你的朋友很优秀呀！"阮恬也没多想，只当宋厌是想去和以前的朋友叙叙旧，高兴地抽出一张报名表连同宣传手册重新递给宋厌，"宣传手册你先拿着，回去看一下比赛流程和注意事项，然后填好报名表，明天交给我吧。"

宋厌应了一声，顺手接过，连看都不愿再多看一眼，就直接转身离开。走到一半，又突然想起什么，回头问道："老师，离学校最近的ATM机在哪儿？"

阮恬答道："就'逢烤必过'旁边。"

"嗯。"宋厌又道了声谢，才快步离开教室。

宋厌回到宿舍的时候，夏枝野还没回来。他把东西往桌上一扔，拿着干净衣服进了浴室。

他洗完出来的时候，想把衣服扔进洗衣机里洗一洗，结果倒了洗衣液，按了开关后，洗衣机却半天不动。难道这洗衣机买回来不到一个月就坏了？

宋厌低着头，抿着唇，把按键挨个试了一遍，然而洗衣机就是转不起来。尝试了十分钟后，宋厌觉得洗衣机上 Hello Kitty 的笑容分外嘲讽。就在他暴躁地想直接换个新洗衣机的时候，门开了。

夏枝野手里拎着一个袋子，进了门，看见宋厌正站在洗衣机旁边一脸暴躁，问："怎么了？"

宋厌不耐烦地扔出一句："洗衣机坏了。"

"？"夏枝野记得自己昨天用的时候还是好好的，他把手里的袋子放到桌上，走过去，"我看看。"

宋厌让开："你再怎么看它也是坏……"

哗啦啦——

"……的。"宋厌的话还没来得及说完，夏枝野就伸手轻描淡写地把水阀闸门一拨，一阵水流声之后，洗衣机乖乖地转动起来。转得十分起劲，也转得宋厌被打脸般啪啪疼。

第四章 "宋小喜"盆栽

夏枝野倚着洗衣机看着宋厌,宋厌低头沉默地看着洗衣机,三秒之后,扭头就走。夏枝野却笑着把他拽了回来:"别走,我给你讲下这个到底怎么用,不然衣服堆到我回来再洗,都臭了。"

宋厌心想,我现在有钱了,我可以干洗。然而还是不情不愿地在原地听完了夏枝野的讲解。

夏枝野讲完还像问幼儿园小朋友一样笑着问了一句:"我们宋厌小朋友听懂了吗?"

宋厌板着脸:"我又不是傻子。"

"那我们宋厌小朋友可真棒呢!"夏枝野的语气做作到几近阴阳怪气。

宋厌气得抬腿就要去踹他。

夏枝野连忙笑着把他摁住:"夸你呢,而且为了表扬我们聪明可爱的宋厌小朋友,我还准备了一个可爱的小礼物。"

听到"礼物"两个字,宋厌瞬间想以最快的速度逃离616宿舍。不怪他对"礼物"有心理障碍,主要是因为夏枝野送的礼物实在是超出常人审美,他不想在夏枝野临走之前还要揍夏枝野一顿。

但宋厌逃离的速度远远不及夏枝野抓住他的速度。宋厌在打开宿舍大门之前,就被夏枝野伸手捉了回去,夏枝野的另一只手则变戏法似的变出了一个小花盆。

宋厌本来以为又会看到什么奇奇怪怪的粉红色东西,结果却看见一个绿油油的东西,他微一蹙眉:"这又是什么玩意儿?"

夏枝野:"铁树。"

宋厌:"你是觉得我瞎还是傻?"

他不知道这玩意儿是铁树吗?他是想问夏枝野为什么突然送他一盆铁树。

夏枝野把比他的手掌大不了多少的小铁树托到他面前:"你仔细看看就知道了。"

就一个刚移植过来的小铁树疙瘩,配着一个很好看的黑色小盆,也

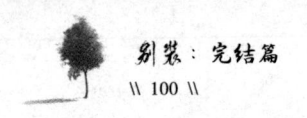

没什么其他特别的地方，再仔细看又能看出什么名堂。宋厌一脸冷漠，一副没兴趣的样子。

夏枝野把小盆景又送近了一点儿："你再仔细看看。"

"有什么好……"等等……

宋厌好像看见盆身上刻了什么字，他眯着眼睛，微微凑近，仔细一瞧。

宋……小喜？！宋厌深呼吸一口气。果然，只要是夏枝野送的礼物，就必然会在他的雷区蹦迪。宋厌一个拳头就对夏枝野"招呼"了过去。

夏枝野抱着宋小喜敏捷一躲："铁树四季常青又好养活，我这是在替你讨个好兆头。"

宋厌将信将疑："真的？"

夏枝野面不改色："真的。"

"……"勉强还凑合。

宋厌收回拳头，冷着脸往椅子上一坐，擦着头发："我不会养。"

"你放心，我带回来的肯定是我负责养。只不过我后面这段时间不在，把它临时放在你这儿寄养一下而已。"夏枝野说着就把宋小喜放到了宋大喜的桌上，"你看，绿绿的，多健康，多环保，多可爱，多富有生命力……嗯？你答应阮恬了？"

夏枝野摆放盆栽的时候，碰到了桌上的报名表和宣传手册，就拿起来翻了一下："真打算去？"

"嗯，不好意思拒绝阮恬。"宋厌随口敷衍了一句。

夏枝野知道宋厌心软，阮恬多磨一磨，宋厌答应了也很正常，所以也没多想，只是继续翻着宣传手册："演讲比赛是下个月二十日？"

"嗯。"

"那可惜了。"

"怎么了？"宋厌抬头。

夏枝野倚着桌子，双手撑着桌沿，低头看着他懒洋洋地道："我

第四章 "宋小喜"盆栽

们冬令营闭幕式也是十二月二十日,我不能回来目睹我们厌哥的迷人风姿了。"

不回来正好,反正估计到时候自己的风姿也不怎么迷人。毕竟他同意参加这个演讲比赛,就是为了把尚唯欠他的那些东西拿回来。他不希望让夏枝野知道他从前那些并不愉快的经历,也不希望夏枝野替他出头。有的事情总归要他自己彻底解决了,才能真的迈过那道坎。

宋厌想起这些事情时,神情算不上愉快。

夏枝野微弯腰,脑袋凑近:"怎么了?"

宋厌搬着椅子往后一撤:"你离我远点儿!"

夏枝野偏不,还又凑近了一点儿,故意慢悠悠地说道:"我马上就要离开南雾了,离得还不远?"

宋厌恼羞成怒,躺上床,扯过被子,转过身,背对夏枝野。他又感受到夏枝野试图来拽他的被子,直接冷冷道:"我劝你如果想珍惜生命的话,现在就去洗澡。"

夏枝野故作可怜:"我们厌哥就不珍惜一下我走之前这最后和我相处的时间?"

宋厌冷漠道:"走开。"

"明天不去送我?"

"不去。"

"就不叮嘱我几句注意安全、好好学习之类的话?"

"不关我事。"宋厌用冷漠三连的回答维护了自己的酷哥形象。

然而等浴室一传来水声,宋厌就飞快跳下床,打开夏枝野的书包,拿出一个厚厚的信封,塞进了书包最底层,然后才躺回床上假装一切无事发生过。

竞赛生的集训和出省比赛向来都是烧钱的项目,即使因为是全省第一名学校会报销部分费用,但到底是一个人在外面,总会有需要用钱的时候。

假如他直接转账给夏枝野,夏枝野肯定不会收,但他不想让明明这

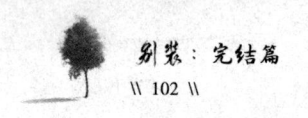

么优秀的夏枝野在和其他人比赛的时候，还要为钱发愁。而且万一集训地方的饭难吃，天还冷，夏枝野饿着、冻着了怎么办。

　　宋厌越想越不放心，最后还是给沈嘉言发了个微信，让他到时候如果有时间，就去集训的地方看一看。

　　夏枝野走的那天，宋厌还是不情不愿地戴着帽子、口罩，一路把夏枝野送到了安检口，确认那沓钱跟着夏枝野一起安全离开后，才独自一人从机场打车回了宿舍。他这才发现南雾的机场距离三中原来这么远。

第五章
冤家路窄

当宋厌一个人从走廊最这头走向616宿舍的时候,心里已经做好了迎接冷冷清清、漆黑一片的房间的准备。

然而一开门,明亮的灯光兜头泻下,宋厌微愣了一下,然后看着正在把自己的被褥往上铺搬的小胖,微蹙起眉:"你干吗?"

"厌哥,你回来啦?"小胖爬到上铺掖好最后一个被角,"夏爷说你晚上不能一个人睡,让我过来陪你。"

"……"

"以后每天早上我叫你起床,午饭、晚饭我也陪你吃。"

"……"

"还有,洗衣机的说明书在Hello Kitty底下,载酒巷的钥匙在夏爷抽屉里,你的忌口名单夏爷也给我了。"

"……"

"所以你放心吧,等夏枝野回来的时候,我保证你全须全尾的。"

"……"宋厌站在原地,突然不知道自己心里是什么滋味。

短暂的沉默后,他点头:"嗯,随你。"说完就走进浴室,洗澡,上床,关灯。一切如常。

宋厌觉得他其实也没有那么依赖夏枝野,即使夏枝野不在,他一个人也该怎么过就怎么过。于是他吃了一粒助眠药,就闭眼睡去。

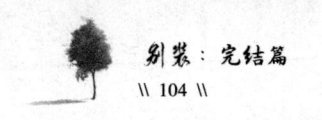

结果他半夜口渴醒来,却又困倦至极,不愿睁眼下床。他按往常的惯性和本能,迷迷糊糊地叫了声:"夏枝野。"

罕见地没人应。

宋厌的坏脾气又上来了,加大音量不耐烦地喊了声:"夏枝野!"

上铺的人猛然一惊:"怎么了?!"然后楼梯就有一阵剧烈的晃动。

"厌哥,怎么了?"这人今天的动静怎么这么大?

宋厌烦躁地转过身:"我口渴。"

"那就喝水呗,叫唤啥?"

"?"夏枝野难道在十六七岁变声了?而且夏枝野怎么敢这么跟自己说话?

宋厌的坏脾气终于积累到顶点,睁开眼,刚准备骂人,然后一眼看见眼前的人正拿着手机打着灯光,而灯光照亮的那张脸圆润惨白至极。夏枝野就算被车轮碾过八百回也不可能长成这样。

于是那一刻,潜伏在宋厌体内多年的小学生跆拳道区级冠军的灵魂觉醒了,一个直拳,无比标准又迅猛地挥了出去。

小胖眼睁睁地看着那个拳头以迅雷不及掩耳之势飞快地朝自己的小肚肚而来,脑海里惊恐地打出三个问号,但还没来得及叫出声,就感受到柔软的小肚肚接受了一拳致命打击,然后他沉重地倒地。

他躺在地上,委屈地抱住自己。为了别人的友情,他都付出了些什么?又有谁明白?

一拳打出去后,宋厌才感觉不对。软软的,暖暖的,和想象中的又冷又硬的触感有点儿不一样。

宋厌先是愣了愣,然后听到地上传来哀怨的一句"厌哥,你好狠的心",再低头看见地上正委屈地抱着自己的胖团团,才恍然想起夏枝野已经出门参加集训去了,现在睡在自己上铺的是小胖。

等等,小胖?!

宋厌连忙翻身下床,扶起小胖,低声道:"没事吧?"语气中不难听出浓浓的担心和愧疚。

第五章 冤家路窄

小胖倒也没什么事，毕竟睡得迷迷糊糊的人也没什么力气，他的肚子又有足够的缓冲力，所以倒是不怎么疼，他就是觉得受到了很大的侮辱。

小胖扶着宋厌的胳膊慢腾腾地起了身，坐到他床上，摆了摆手："没什么大问题，就是你这突然一下把我整得有点儿蒙。"

宋厌心虚地揉了揉鼻尖："那什么，我忘了你在了，一下没反应过来……抱歉啊！"

"没事，猜到了。"小胖坐在床边，一脸释然，"当你一个劲儿地在那儿叫野哥的名字的时候，我就知道了我只是你们兄弟情谊的牺牲品罢了。"

"谁跟他是兄弟了？"宋厌直接反驳。

小胖震惊："你们还不算兄弟?！"小胖仿佛觉得自己的人生观受到了冲击，"野哥对你怎么样，我就不说了吧，你心里应该也有数。但你对野哥怎么样，你自己心里不清楚？"

宋厌好像的确不太清楚："我对他怎么了？"不就挺正常的"扶贫"吗。

看着平时比谁都聪明的宋厌这会儿一副榆木脑袋的样子，小胖都替夏枝野气笑了："野哥一个以前跑马拉松的，这次跑个三千米和一千米，你紧张得差点儿把医院营养科都给他搬过来了。"

小胖仗着宋厌刚打了他一拳正在愧疚之中，翘着兰花指，摇头晃脑，阴阳怪气。

宋厌竟然被他说得哑口无言，短暂的沉默后，苍白地辩解："就是习惯了而已。"

"哦……"小胖翘着兰花指，轻点一下。

因为心虚，宋厌只是站在原地不说话。睡得乱糟糟的黑色软毛耷拉在眉眼间，宋厌低垂着眼睑，微抿着唇，看上去竟然有点儿呆。

本来阴阳怪气的小胖回头一看他这副样子，顿了顿。

等等，宋厌这样子看上去不是装不懂，而是好像真的有点儿不

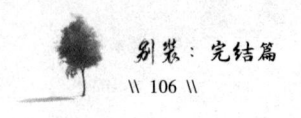

懂？！不是吧……

然而想起宋厌平时一副感情缺失的冷酷状态，小胖竟然觉得好像也不是不太可能。毕竟高岭之花不理解他们凡人的情感也是正常的，于是他瞬间不再阴阳怪气了。

只是看看宋厌像个犯错的小学生一样在那儿站了半天，然后默默放下自己的兰花指，恢复了正经语气："反正是不是习惯，你试试就知道了。只不过……"

"不过什么？"宋厌问。

小胖叹了口气，认真道："不过你也别仗着野哥无论怎么样都会对你好就一直不在乎，他是真拿你当兄弟，会一直迁就你，但说实话，厌哥，你这种性格的人挺不好相处的。"

不是说宋厌人不好，只是宋厌这种性格光是接近就很需要勇气，更何况去深入了解和大胆接触。毕竟大家都不过是普普通通的同龄人而已，谁都没有义务非得顶着你的冷脸或臭脸去了解你的本性其实多善良、多柔软，然后再去包容你的一身坏脾气。

人的情感都是需要反馈的，得不到回应，时间一久，总会觉得累。尽管很多人未必会因为累就放弃，但这样对主动递出橄榄枝的那一方来说实在有些不公平。

小胖是因为夏枝野才和宋厌熟起来的，也知道宋厌只是表面看着冷漠孤僻，实际上并不是不讲道理的人，甚至有时候还莫名地好骗，所以今天才敢趁着情况特殊撞着胆子掏心掏肺地说了这么多。

宋厌也的确如他所想的并没有真的生气，只是站在原地，低垂着眼睫，然后闷声道："嗯，知道了，谢了。"

听到这句话，为别人的友情操碎了心的小胖才满意地站起身："知道了就行，那我上去继续睡了。"

"嗯。"

上铺很快就传来小胖震耳欲聋、跌宕起伏的鼾声，宋厌也忘记了自己口渴这件事，只是侧躺在床上，看着对面桌上沐浴在月光下的小铁树发着呆。

他之前还没觉得，小胖这么一说他才意识到自己真的很自私。自己不信任情感，不信任朋友关系的建立，甚至不相信夏枝野是真的想帮自己，也没想过如果自己说些冷言冷语，夏枝野到底会不会失落、伤心。如果夏枝野真的失落、伤心了怎么办。

想到这里宋厌睡意全无，拿出手机，点开夏枝野的微信，刚准备发过去一句关怀，却看见了两个小时前夏枝野发来的消息。

Wild：到集训地点了，手机要上交，如果联系不到我别担心，好好睡觉，等我回来。

Wild：晚安，我的同桌。

宋厌的指尖在这行文字旁轻轻摩挲两下，然后关掉手机，缩进被子，闭上眼。

他想好了，等夏枝野回来，他就告诉他，他愿意相信他一次。

夏枝野走的第二天，南雾就下起了雨，连着几日天气都灰蒙蒙的，气温一下降了下来，整个南雾也算是彻底入了冬。

南方的冬天和北方不同，没有呼啸的凛冽寒风，也没有猛然降至零摄氏度以下的极低气温，却潮湿阴冷至极，湿气顺着骨头缝渗入全身，寒意避无可避。

宋厌也换上了厚而温暖的毛衣和羽绒服。自从小胖和他说了那些话后，他就开始尝试摆脱一些被夏枝野养成的坏习惯。

比如每天早上不再等夏枝野叫自己起床，而是闹钟响了第一轮就起床。

比如每天晚上、早上和课间不是只坐在原地等水喝，而是定好备忘录提醒自己提前接好热水，放好保温杯。

比如每天会和小胖他们一起按时吃饭，自己默默地把那些不喜欢的菜挑拣出来，还会和他们一起上学、放学，让自己不再那么孤僻不合群。

最开始的时候常常不习惯，总是想叫夏枝野，叫到一半，才意识到

他不在,然后失落地转回身。

少了夏枝野,很多日常琐事他做起来都十分不顺手,他会烦躁得想直接把夏枝野从集训场地拽回来。

不过时间一久,他也就慢慢习惯了。

宋厌发现生活中的那些习惯其实根本没有想象中那么难改,就如小胖所说,只是一开始有些不适应而已,后面就好了。

然而不是所有的习惯都会像生活中的习惯那样容易改变,甚至还会随着时间的推移越来越不适应,越来越强烈,越来越像一个无法治愈的顽疾。

比如每天总会无意识地打开手机,点开日历,看看距离夏枝野回来还有几天。

等到十二月二十日,宋厌跟着阮恬去了实外。

英语演讲比赛"青才杯"历来由几所高校主办,再邀请全国各省部分重点学校参与,在各城市轮流举办,今年恰好轮到了南雾。而从各项条件来说,整个南雾最好的学校就是实外,于是举办地点自然而然地就落在了实外头上。

十二月二十日下午,参赛选手要用提前准备好的稿子参加预选赛,然后有现场命题。二十一日参赛选手之间交流学习,备稿一天。二十二日举行决赛,参赛期间参赛选手的住宿和饮食统一安排在实外。

阮恬作为三中的指导老师也要全程陪同。于是在二十日星期天的一大早,阮恬就给宋厌打了电话:"宋厌,起床了没?"

宋厌不知道自己如果没起床,那接她电话的又是谁,但还是答道:"起了。"

"起了就好,起了就好,夏枝野之前跟我说你是起床困难户,又听不到闹钟又爱发脾气,所以让我比赛当天一定要给你打夺命连环电话,没想到你还挺自觉嘛。"阮恬美滋滋地表扬着。

宋厌握着手机的指节瞬间用力到泛青。自己有起床气这件事难道很光荣吗?!夏枝野有必要逢人就讲吗?!自己不要脸的吗?!

第五章 冤家路窄

宋厌低头看着面前的玻璃柜台，狠狠地磨了下牙，想着等夏枝野回来再算账。

电话那头的阮恬已经唠叨完了一大堆事情，最后问了一句："哦，对了，你有正装吗？没有正装的话我把我男朋友的带给你。"

"不用了，我有。"

"青才杯"决赛都要求学生穿正装，宋厌来南雾的时候并没有带，所以他一早就起床来了购物中心，买好了自己的正装。

阮恬也就放下心来："行，那中午十二点我开车来宿舍接你和另一个女生，我们一起去实外。"

"嗯。"

宋厌挂掉电话，然后指了指柜台里的一款手表："这个可以拿出来给我看一下吗？"

"好的，先生。"

棕带蓝盘，背后刻着小王子的图案，这是IWC万国手表飞行员系列的小王子特别版。

在看到这款手表的第一眼，宋厌就莫名其妙地想起了夏枝野。可能因为他和小王子一样，都养了一朵脾气特别臭、特别娇气、还特别矫情做作的玫瑰。

这款表四万多，送这个的话，夏枝野会不会喜欢？

宋厌正低头考量着这款手表，突然听到身后有人叫了他一声："宋厌，你怎么在这儿？"

顺着声音回头看去的时候，宋厌眼神里的紧张、期待和纠结瞬间荡然无存，比平常更冷淡，还多了一份厌恶的阴鸷，目光掠过，让人一下子升起一种非常不适的压迫感。

然而只看了这么一眼，宋厌就冷冷地收回视线，对柜员道："麻烦帮我把这个包起来。"然后他接过袋子，转身离去，头也没回，一个字也未曾多说。倨傲、冷漠又不讲情理。

身后有不认识他的人忍不住问了一句："尚唯，这谁啊，怎么这么

跩,一点儿礼貌都没有?"

问话的人旁边是一个身材高大、穿着白色羽绒服的男生,眉目温润清秀,右边眉骨上方却有一道浅浅的疤痕。这个男生听到这话,好脾气地笑道:"别这么说人家,他是我以前一个同学,被退学了。现在转到南雾来了,没想到凑巧碰上。"

"啊,被退学了?那这个人的人品肯定很有问题吧。"同行的人夸张地附和。

另外一个来南雾比赛的荟英中学的学生轻嗤一声:"岂止不行,简直就是差到极致,我们班没一个人喜欢他。尚唯额头上的那块疤,就是他害的,就因为……"

"行了。"尚唯轻声打断,"别说了,都过去了。"

那人撇了撇嘴:"尚唯,你就是人太好了。不过也是,就宋厌这种人,人如其名,走到哪儿都没人喜欢,我也懒得跟他计较。"

身后人的言语并未压低音量,全都一字不落地落进了宋厌的耳朵里。而宋厌只是冷着脸戴上了耳机。

他的确不是什么讨人喜欢的人,但还轮不到这群人来指指点点。从前是他不在意,所以他无所谓地自暴自弃。但现在不同了,他想让那个人知道,他还没那么差,起码值得交朋友。

沈嘉言本来如同往常的每个星期天上午一样,躺在床上百无聊赖地刷着手机,打死也不想起床。然而在刷着朋友圈时,他突然手指一顿,紧接着就从床上跳了起来,大骂一声:"尚唯和赖淼怎么去南雾了?!"

朋友圈的内容不是别的,正是和尚唯同行的那个叫作赖淼的男生发的"青才杯"住宿分配名单,上面写着:

111宿舍:

荟英外国语学校 尚唯

荟英外国语学校 赖淼

英实国际双语学校 成承

第五章 冤家路窄

南雾市第三高级中学 宋厌

配文：真是晦气，有的人怎么好意思再来参加"青才杯"的，还跟我们分到一个宿舍，不知道这次又想把谁推下去呢。

最后还有一个微笑的表情。

底下评论：

这都能遇上？宋厌故意的吧？

要不尚唯退赛算了，不然这次拿了冠军说不定还要被再推一次。

你说得对，保护我方尚神。

不过南雾三中是什么野鸡学校，宋厌现在就在这儿？不是一天到晚跩得不行吗？

跩什么跩，我们尚神分分钟碾压他。

显然尚唯这小团伙的人已经无所顾忌地把这条朋友圈当作群聊来聊了，甚至明知道沈嘉言和宋厌关系好，还不屏蔽沈嘉言，摆明了就是故意说给沈嘉言看的。

沈嘉言明知道他们是故意气他的，也还是越看越气，气到肺都快炸了。宋厌当初就是被这群人诬陷排挤走的，现在宋厌去了南雾，好不容易过了几天安生日子，这群臭老鼠就又循着蛋糕味儿跑了过去。

而且当时好歹还有自己和另外几个思维正常的同学愿意帮宋厌说说话，但现在宋厌一个人在南雾，孤立无援的，还不得被他们欺负死？

沈嘉言越想越担心，可是除了担心又不知道自己能干吗。

沈嘉言肯定不能直接拿着这条朋友圈去问宋厌。一是不想让宋厌看见这些污言秽语，让他受到二次伤害；二是宋厌肯定不会跟他多说什么，毕竟这个人的习惯就是出了什么事都自己扛，所以就算跟他说了，也只是给他徒增烦恼而已，并没有什么用。

可是如果就这么不管的话，自己又实在是气不过，且放心不下。于是沈嘉言就这么抱着手机，站在床上，飞快地转动着自己不太聪明的小脑袋瓜，试图寻找出一个解决办法。

转着转着，当他看到地上的一本数学练习册时，一拍脑门。

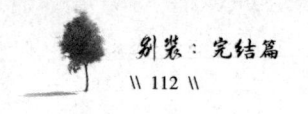

对啊，找夏枝野啊！

按宋厌之前给他发的消息来看，今天正好是夏枝野他们数学竞赛冬令营的闭幕仪式，也就是最后一天，如果赶一赶，说不定还能赶回去。就凭夏枝野和宋厌的关系，别的不说，起码可以保证如果尚唯又惹事，夏枝野可以治一治他。

想到这儿，沈嘉言也不管自己是不是病急乱投医了，直接截图发给夏枝野：野哥！！！江湖救急！！！我们家小厌被人欺负了！！！

这会儿夏枝野刚刚结束了 IMO 的闭幕仪式。

比赛的满分是一百二十六分，这次国家集训队选拔的分数线是六十六分，夏枝野刚好是六十五分，和国家集训队失之交臂，只拿到了金牌奖，尽管已遥遥领先于后面银牌和铜牌的获奖选手。

而且夏枝野才高二，还是第一次参加竞赛，和一众已经参加过一次的高三学姐、学长以及从初中就开始一心只走竞赛路的竞争对手比起来，这个成绩已经十分不错了，清北的英才班、强基班也基本有了保障。

但带队老师还是恨铁不成钢，把夏枝野单独叫出来，低声训斥道："夏枝野，你是有天赋的，但你的学习态度实在是太散漫了！其他人都是把所有的课余时间拿来训练，你呢？学校不组织集训的时候，你自己有训练过吗？你有对这次竞赛上心吗？但凡再努力一点儿，进国集就不在话下，结果现在这样，你不可惜我都替你可惜！"

夏枝野对于这个结果其实不怎么感到可惜，毕竟他最开始也只是觉得有趣所以来试试，后面集训的时候才开始认真准备，但到底比其他人晚发力，而且这里面多的是真正的数学天才，能拿到这个结果，他觉得还算合理。但是对于带队老师的训斥，他并没有反驳。

他从小就是这样，没有什么太稀罕、太在意的东西，通常不用太努力也会做得比绝大部分人好，所以时间一久，就养成了这种散漫无谓的性子。如果换作以前，他说不定还会因为嫌麻烦而直接连冬令营都懒得来，现在却觉得老师说得对。

他不能再这么散漫无所谓下去了。

第五章　冤家路窄

于是夏枝野难得地给出了一个保证:"放心吧,明年肯定进国集。"

听到这句话,带队老师的脸色才终于稍微缓和了些:"这还差不多。"顺便把集训前没收的手机还给他,"行了,给家里报个喜吧,好歹是个金奖,也是我们三中这么多年的头一个,该表扬的还是要表扬。下午休息一会儿,晚上一起吃庆功宴,明天一早回南雾。"

"好。"

夏枝野回到酒店,给手机充上电,刚准备把自己这二十几天的生活状况给宋厌做个汇报,就先看到了沈嘉言的微信。

夏枝野点开图片的那一秒,看清那些对宋厌不堪入目的羞辱之后,一向招人喜欢、带笑的桃花眼在一瞬间敛去了所有笑意,从眸底透出一股冰冷的戾气。

"尚唯"这个名字,他见过,就在宋厌拿回来的那份宣传手册上。难怪宋厌会突然决定参加英语演讲比赛,肯定和这个人脱不了干系。

夏枝野冷着眉眼,指尖飞快挪动:这个尚唯是谁?

沈嘉言回得非常迅速:一个极有心机的大傻子!喜塔腊·尔晴看见他都要高呼一声祖宗的恶毒配角!

夏枝野光是看文字就能脑补出此人人品极差。

Wild:展开说说。

人间至甜小奶莓:你知道小厌为什么会突然从我们学校转到你们学校吗?

夏枝野并不知道。

从一开始,三中就有很多人觉得宋厌这种从大城市来的富二代会转到三中这种学校来很奇怪。毕竟不同城市之间的教育资源差别极大,所以当时才会有那么多人觉得宋厌要么是成绩太差,要么是品行太烂。

结果没想到宋厌成绩这么好,品行上虽然脾气是差了些,不够和蔼可亲,但为人大方,也从不说别人闲话,和刘越有过冲突,但解决之后也没有抓着不放,所以1班大部分人还是愿意真心实意地叫一声"厌

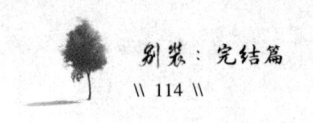

哥"的。

所以关于宋厌到底是因为什么才突然转学，夏枝野不是没想过这个问题，只是宋厌不说，他出于尊重就暂时也没问。可是事到如今，不得不问。

Wild：因为尚唯？

人间至甜小奶莓：对！就是因为这个尚唯！

沈嘉言大概觉得这件事实在太复杂，打字说不清楚，所以一个语音电话就弹给了夏枝野："喂，夏枝野，听得见吗？"

夏枝野："嗯，听得见。"

"行，那我就不废话了，直接说了，你知道这个'青才杯'是每年都有的吧？就是每年年底是国内的比赛，拿到名次的在第二年五月就可以参加和藤校联合举办的交流演讲主题赛，到时候再拿到前三名的话就可以收到推荐信，这对于申请藤校来说是个非常有力的加分项，所以这边的很多学校都很重视这个比赛。"

夏枝野"嗯"了一声："知道，我看宣传手册上写的尚唯好像是去年第一。"

一听到这个沈嘉言就来气："瞎扯！去年的全国赛第一名是小厌！"

夏枝野微挑了下眉："宋厌？"

"对啊，全国赛是小厌得了第一，本来交流赛也该是小厌第一，结果尚唯突然说小厌的演讲稿是抄他的，所以小厌的奖项就被扣下来了，说要调查清楚再说，结果那群人根本调查不清楚！"沈嘉言气得嗓子直冒烟。

夏枝野也没打断他，继续听他义愤填膺地讲着。

"其实小厌根本就不想出国，也不稀罕这个奖，但是他的性格怎么可能受这种气？他就去找尚唯质问，结果不知道他们两个发生了什么，尚唯就从三楼阳台上摔了下来，好在那个阳台下面是那种绿化率很高的高斜坡，实际高度就一层楼左右，下面还有缓冲，所以除了额头上被灌木枝划了条口子以外，没什么大问题。"

第五章 冤家路窄

"但是，"沈嘉言说着说着又生起气来，"但是尚唯非说是小厌因为嫉妒和报复，所以故意把他推下去的！偏偏那个阳台又是监控盲区，监控只能看到小厌确实是在阳台门口攥住了尚唯的领子，但后来两个人在阳台上到底发生了什么，根本就说不清楚！

"当时这件事闹得特别大，警察都来了，结果两边说法不一样，小厌坚持说是尚唯自己跳下去的，尚唯坚持说是小厌推的。

"你也知道，小厌不是那种一开始就很好相处的性格，又跩、脸又臭、又张扬，还喜欢独来独往，尚唯偏偏又是那种品学兼优的，性格好、学习好，对谁都笑，很招人喜欢的那种老好人，大家就都觉得肯定是小厌撒谎了，选择相信尚唯。

"事情闹到最后实在快压不住了，还是小厌他爸和尚唯的爸妈达成了什么协议，小厌的爸爸给了尚唯的爸妈什么好处，尚唯的爸妈才同意不追究这件事了，私了解决。

"但这么一来，学校里的人就都说小厌不仅抄袭打人，还仗着家里有钱有势压迫受害者，就都开始孤立他、排挤他。无论他怎么解释都没人相信他，就连他的家里人都觉得就是他把尚唯推下去的。他继母那边的老人还特地把他弟弟接走了，就怕他会把他弟也推下去，防他都跟防反社会变态似的。

"他爸也不信他，一直想让他认错，但是小厌的性格却像驴一样犟，他没做过的事，怎么可能认？结果你猜他爸怎么着？"

夏枝野握着手机的指节用力得泛白，声线却尽量平稳："怎么了？"

"他爸把他反锁在了地下室，断电断灯，不准任何人进去，他不认错，就不准他出来。"

听到这句话的时候，夏枝野呼吸都断了一拍。

沈嘉言回忆起那段时间的宋厌，嗓音也有点儿哽咽："那可是小厌啊，他最怕黑，最怕一个人待在黑房间了，我都不知道他在里面怎么熬过来的。但他就是偏不认错，一个人在小黑屋里扛了三天三夜，一点儿也不肯服软，就硬扛着，最后还是他继母怕他出事，和他爸吵了一架后

强行把他放出来的。

"我到现在都还记得小厌那天被送到医院的样子,就睡在病床上,脸色快和床单一样白了,整个人瘦得脱相,一直闭着眼,不吃不喝地睡了好几天。医生说不是身体机能的原因,是因为他没有什么醒来的意愿和强烈的生存意志,所以才没醒来。

"你不知道我当时哭得有多惨,我真的好怕小厌觉得这个世界太讨厌了,所以就不愿意再醒来了。不过还好,小厌比我想得坚强,最后还是醒过来了。

"他醒来后,他继母就给他办了退学,送去心理治疗了几个月,才算慢慢好过来,但他还是不肯认错,然后他爸就把他转到南雾上学,说换个环境让他自己想清楚到底做错了什么,什么时候想明白了,就什么时候再回去。我问过小厌他打算什么时候回来,他说高考后。但我觉得他其实是一辈子都不想回来的。

"这些事我知道小厌肯定没跟你说过,我也不想说,因为我觉得小厌在你们那儿待得挺开心的,可能就把这些事忘了,谁知道那几个浑蛋又找上小厌了呢。"

不是他们找上了宋厌,而是宋厌找上了他们,是宋厌自己看见尚唯后决定要去的。

夏枝野想,可能这是宋厌自己想和过去那些痛苦的经历做一个了段。但仅仅是听了第三个人关于那段经历的转述,夏枝野都替宋厌感到憋屈和愤怒。

宋大喜为什么这么可怜?为什么明明是这么好的人却要被这么对待?

总有人说宋厌性格坏,宋厌不过只是因为从小就没有被好好对待,所以没有安全感,有了一些不容易被亲近的臭脾气而已。可是他会照顾别人的自尊心,会笨拙又耐心地哄小朋友,会关心老人的毛衣是不是开了个小口,会明明不愿意却还是别别扭扭地接受别人的请求。会在别人对他好的时候因为不适应而显出试图掩饰自己的笨拙的傲娇,然后记下这些好，再一笔一笔认认真真地还回去。

宋厌明明是这么招人喜欢的人，却会在喝醉的时候，忍着不哭问自己他是不是全世界最招人讨厌的小朋友。一想到那天晚上宋厌湿漉漉的眼睛，夏枝野就越发觉得憋闷。

难怪宋厌会在被刘越冤枉作弊的时候说没有监控就算了，难怪宋厌会觉得他不配被喜欢，难怪宋厌在知道自己在实外受过的委屈后会那样为自己出头。原来都是因为他经历过这么多不公平的事情。

可是自己不过是受了那么点儿委屈，就有宋厌替自己出头，但宋厌曾经受了这么大委屈的时候，根本没有人能够替他出头。那么好的宋厌，原来曾经受过这么多伤害。

电话那头的人因为他长久的沉默而忍不住"喂"了一声："夏枝野，你还在吗？"

"在。"夏枝野低声应道，"我知道了，这事交给我吧。"

说完夏枝野就掐断电话，点开秦子规的微信：学长，这次在实外办的那个"青才杯"是你们学生会负责当志愿者还是社联？

秦子规学长：社联。

Wild：负责人是谁？

秦子规学长：江圆圆。

Wild：嗯，那你把她的微信号推给我一下，我找她帮个忙。

以前是他不认识宋厌，但以后他都不会再让别人欺负宋厌，而且他要让那些人知道宋厌就是最值得人喜欢的少年。

宋厌早就删完了荟英外国语学校除了沈嘉言以外所有人的联系方式，所以赖淼的那条朋友圈他并没有看到。只是在看到宿舍分配名单时，觉得"冤家路窄"这个词不是没有道理的。但无所谓了，反正也就凑合一会儿，大概率到了晚上，他和尚唯就只有一个人可以活着回到宿舍。毕竟"社死"也算死。

宋厌想着，推开了111宿舍的门，宿舍里的三人正围坐在一块儿说

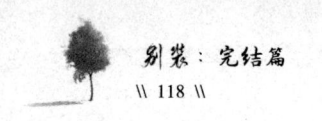

笑着什么,听见动静,抬头看过来,看见宋厌的时候,脸色都发生了微妙的变化。

尚唯最先露出笑容:"宋厌,好巧啊!"

宋厌根本不想理他,没说话,直接走到自己的座位前,自顾自地收拾起东西。一副完全不打算搭理人的样子。

旁边的赖淼阴阳怪气地"啧"了一声:"不愧是我们厌神,这么久不见,还是这么跩啊!"

"厌神"是以前宋厌在荟英外国语学校包揽各大科目第一名时候的中二称呼。那时候只要有宋厌在,其他人基本只能竞争第二,而那竞争到第二最多的人恰好就是尚唯。换个通俗易懂的说法,尚唯就是万年老二。

万年老二和宋厌的关系其实也还不错,最开始宋厌没觉得有什么不对。

因为尚唯是一个看上去可以把人际关系处理到几近完美的人,经常和宋厌一起参加各种比赛并讨论一些题目,还时不时送上一些关心。所以对于性格高冷不易亲近的宋厌来说,尚唯是除了沈嘉言以外,在整个荟英外国语学校里和他最亲近的人。

因此在尚唯提出想看看宋厌的稿子找找灵感的时候,宋厌才毫不犹豫地答应了。

但宋厌怎么也没想到尚唯会在快速记忆后先自己一步提交完稿,再先一步登台演讲,最后倒打自己一耙,说自己抄袭。只因为自己永远压在他头上,还夺走了他喜欢的女生的注意力。

像尚唯这种易妒、偏执却又伪装得十分完美的人,其实很好掌控他的负面情绪。于是宋厌把东西往桌上一扔,慢悠悠道:"说跩肯定比不过你们尚神,听说我转学后,他终于拿到年级第一了?恭喜啊。"语气轻飘飘的,毫无情绪,也因此显得更加嘲讽。

尚唯的笑容微不可察地顿了一下。

但他这种好人缘的人向来不需要自己出头,赖淼听到这话,第一个不干了:"之前的'青才杯'如果不是你抄了尚唯的稿子,你能抢了他的第一?还好老师们眼睛都不瞎,还了尚唯一个公道,不然你现在能在这里狂?没把你送进局子里,你就偷着感激吧。"

宋厌听到这话也没有生气,只是冷淡地问道:"你知道为什么我没有被送进局子里吗?"

赖淼:"为什么?"

"因为证据不足。"宋厌缓缓吐出六个字,语气无波无澜。就像没有证据证明宋厌没推尚唯一样,也没有证据证明宋厌确实推了尚唯。连警察都没有断定的案子,荟英外国语学校的部分学生就凭借着自己的想当然做了审判,这才是最可笑的地方。

想到所有审判的根据归根结底就是当时带队老师说的那一句"尚唯这孩子平时就阳光开朗、脾气好,特别招人喜欢。但宋厌就不同了,冷漠、孤僻,性格古怪,所以多半尚唯说的是真的",宋厌就觉得好笑。

宋厌突然想到什么似的,又慢条斯理地问了一句:"这次荟英外国语学校的带队老师还是戴老师吗?"

"怎么,你连老师都想报复?"赖淼警惕地反问,"戴老师当时是公正判断,你要是不服,有本事就靠自己真正的实力拿个第一打脸啊!"

宋厌像是听到什么笑话,低头嘲讽地笑了一声,然后慢悠悠道:"我有没有本事拿到第一,你们尚神最清楚了。是吧,尚神?"宋厌说着就睨向尚唯。

尚唯的嘴角明显有些僵硬,但他很快掩饰了过去,笑得自然:"宋厌当然是有这个能力的,只要不故意走歪路……"

"我不走歪路,你能有机会?"宋厌句末似有轻哂。

他双手插进大衣衣兜,倚着桌子,偏头看着尚唯,唇角勾着点儿似笑非笑的弧度:"不然的话,我们尚神就永远只能是考试第二名,比赛第二名,跆拳道也第二名,就连好不容易遇上的喜欢的女生也喜欢我,甚至父母还是我爸子公司的下属,出了事都只能不了了之,这种处处被

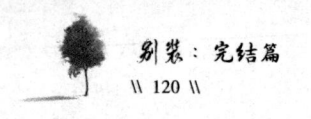

我压着的感觉应该挺难受的吧？"

尚唯握紧拳头，咬紧牙关，以为宋厌的挑衅顶多如此了。可下一秒，另一句轻飘飘的反问也紧跟着扔了过来："所以把我挤下第一的时候，你应该也格外开心吧，尚神？"

"尚神"两个字磨得缓而重，嘲讽之意溢于言表。宋厌自己都没意识到他说这些话的时候，语气已无意中和夏枝野那副慢悠悠地把人快气死的样子一模一样。

尚唯没想到以前遇到这种事情只会冷戾、暴躁地用拳头来解决问题的宋厌也学会了杀人诛心这一套。

偏偏宋厌对他的挑衅还不止于此。宋厌微压着身子，直视着他的眼睛，散漫地笑着说出了那句最让他害怕的话："所以尚唯，最好这次别让我又拿到第一，不然你的噩梦可就又回来了。"宋厌的嗓音压得很低，语速慢得不着调，轻飘飘的，像是带着笑意，又让人觉得冷。

那一刻，尚唯似乎已经想象到了宋厌再次拿到第一后蔑视而嘲讽地看着自己的样子，也想象到了那些本来相信他的人因为他又一次输给宋厌而当墙头草的样子，甚至还想象到了他在意的女生因为再次发现宋厌比他好，所以不再理他的情景。

这些情景他从初一到高一整整四年已经受够了，他不想再经历了。

所以绝对不能让宋厌拿到第一，绝对不能。尚唯暗地里握紧了拳头。

捕捉到尚唯眼神里那抹熟悉的偏执又妒忌的神色，宋厌就知道自己的目的达到了，他满意地直起了身子："行了，我也不多说了，下午加油，祝尚神勇夺第二。"

宋厌简直就是当众把尚唯的脸"拽过来打"，赖淼再也听不下去了，刚准备掀桌子骂人，门却突然被敲了两下。

赖淼没好气道："谁？"

门外传来一道女声："志愿者协会的，来问一下你们有没有什么需求。"

这个女声似乎有些耳熟。宋厌打开门一看，果然看见江圆圆正挂着志愿者证的牌子站在门外，冷着脸看看宋厌："你就是宋厌吗？"

她这次的表情和语气跟宋厌记忆中温温柔柔的样子差得有点儿大。而且又不是第一次见面，怎么突然装作不认识了。想到这儿，宋厌第一时间的想法就是夏枝野是不是又搞什么鬼了，于是他配合地"嗯"了一声。

江圆圆继续一副跩姐脸："你的资料有点儿问题，你出来一下。"说着还朝宋厌飞快地眨了下眼。

宋厌这下算是彻底确认了这里面有夏枝野的手笔，尽管不知道到底是怎么回事，也还是配合演戏，冷淡道："我的资料能有什么问题？"

"上一届比赛的遗留问题，我想你自己心里应该有数。"江圆圆的话里透着蔑视、嘲讽的语气，"所以为了避免影响比赛，你最好现在跟我到教务处确认一下，再备个份。"说完她转身就走。

宋厌也不知道她到底要搞什么鬼，但是因为相信夏枝野，还是选择跟了出去。

在门关上的那一刻，屋内传来嘲讽的一声："看来人最好别干坏事，不然再怎么装，还是会臭名传千里。所以尚唯，你这次好好发挥，再拿个第一证明给他看，我还不信你这么强的人就真比不过他了。"

说完，赖淼发现尚唯没反应，就回过头："尚唯你在发什么呆呢？"

"没什么，就是觉得你说得对。"尚唯表面冷漠地应了一声，然而心里嫉妒得已经接近偏执。

不能让宋厌拿第一，无论如何都不能让宋厌拿到这个第一。

但世间之事，十有八九不如人愿。

他们不知道宋厌跟着江圆圆走后到底发生了什么，只知道宋厌如期参加了预选赛，并且以扎实的文本和极度流畅又自然的口语表达轻轻松松地拿到了第一。

这次比赛的评分机制不是靠决赛一锤定音，而是有百分之三十的预

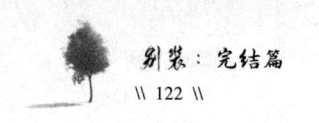

选赛分数，加百分之二十的自由讨论表现分数，最后再加上百分之五十的决赛分数，一起评奖。所以预选赛的成绩其实也很重要。

但尚唯因为比赛前被宋厌那一波嘲讽影响到了心态，表现有些失误，分数比宋厌足足低了七分。

尚唯清楚宋厌的实力，不认为自己有足够的把握能在决赛中把这个分差拉回来，于是本来就因为挑衅而升起的妒火烧得越发让他焦虑不安。

其他的什么都不想，他只想让宋厌早点滚蛋。

宋厌看出了他情绪不稳定，想着是时候再添把火了。

正好预选赛结束后，就宣布决赛命题，进行主题讨论，自由备稿。为了防止参赛者上网剽窃或代写，命题宣布以后，就切断了校园网，然后检查全身，没收手机以及其他一切可能作弊的电子设备，才放参赛者进了教务楼。

自由讨论的场地就安排在实外教务楼的大型会议室。

按照江圆圆的说法，这个会议室平时就是开年级教职工大会的地方，足以容纳六十个学生。而会议室旁边就是广播室，平时通知开会和播放傍晚电台的地点都是在那儿，隔音极好，还有监控。宋厌对于这个安排十分满意。

走进会议室，打开主办方发的电脑，宋厌无视周围不善的眼神和低气压。

眼神的源头主要是尚唯。他大概由于预选赛的分数实在不太理想，心情有些低落，周围的人都在安慰他。他看见宋厌进来时，眼光都带着敌意。

这种敌意一直持续到自由讨论的时候，都没有一个人愿意搭理宋厌。自由讨论时的口语表达还有观点碰撞，都会被列入评估分数。如果一直没有人搭理宋厌，自然就讨论不起来，分数自然也就会低到可怕。

不得不说，尚唯还真是厉害，才来半天，就已经能连带着整个会议室里的人都对宋厌形成一种莫名又无形的排挤。

第五章 冤家路窄

不过对于这种排挤和孤立宋厌已经习惯了,影响不到他的心态,他只是面无表情地独自坐在角落里敲着键盘。

这次实外的参赛代表之一正好是上次和他们打了一架的陈锐。真是不打不相识,自从解开误会弄清楚当年是怎么回事后,陈锐就对夏枝野有种莫名的崇拜和愧疚,连带着看宋厌都特别顺眼,觉得这大帅哥特别仗义。

于是陈锐看气氛不对,就抱着电脑,凑到宋厌跟前去,小声问了句:"咋回事啊?"

宋厌敲着键盘,面无表情道:"我上次比赛抄了他的稿子,抢了他的第一,被他举报后还把他从三楼阳台推了下去,再利用家里有钱有势让他不敢申冤。今天冤家路窄,旧人重逢,我还嘲讽了他一顿,就落得了如今这个下场。"

陈锐:"……"不得不说,这一长串话语确实很难消化。

"所以你信吗?"宋厌敲着键盘的手毫无停滞。

陈锐摇了摇头。

宋厌终于停下动作,偏过头:"不信?"

"对啊,虽然你这人确实挺阴的,但看上去挺傲气,一般你们傲气的人都做不来这种事。最主要的是……"

没想到只有过一次不算太愉快的交集的陈锐居然能信自己,宋厌有些意外:"最主要的是什么?"

陈锐压低声音:"最主要的是江圆圆让我听你差遣,和她里应外合,对付尚唯。她可是我女神,连她都能帮你,你能是什么坏人?"

本来有点儿意外的宋厌:"……"行吧,不管动机如何,行为正义就行。

"所以你需要我干啥?"陈锐像特务接头一样小心翼翼地问道。

宋厌很淡定:"拉踩、拱火会吗?"

陈锐:"?"

"就是使劲夸我,然后踩尚唯,越阴阳怪气越气人越好。"

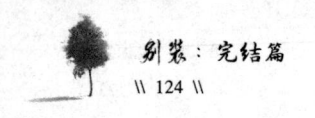

世界上还有这等业务？陈锐一拍大腿，说："你早说嘛，这种事情我最擅长了。"

说完陈锐就浮夸地"哇"了一声："宋厌哥哥，你刚刚写的这个长句好复杂、好优美呀，不愧是预赛第一名，可不可以教教我啊！"

宋厌："……"过于浮夸。

陈锐却继续夸张地表演："我本来想去问尚唯的，因为听说他是上一届的第一名，结果这次预赛他的分数比我还低两分，我就懒得问他了。你说就他这水平，上次的第一名会不会是他抢来的啊。"

陈锐本来只是无心一杠，却正好戳中了尚唯的痛处。尚唯手指一顿，一串乱码就按了出来。

眼看尚唯又被影响到心态了，赖淼没忍住，直接拍案而起："你在说什么鬼话！我们尚唯的第一名是堂堂正正拿的，这次不过是没发挥好而已！倒是你旁边的那位，你敢问问他都干了些什么龌龊事吗？"

陈锐十分配合："怎么，他的第一名是堂堂正正得的，宋厌的第一名就不是堂堂正正得的了？他做了什么龌龊事，你倒是说啊？！"

宋厌听到这话，瞬间变了脸色，刚作势想喊陈锐闭嘴。赖淼就当即冷笑一声："说就说，反正说出来丢脸的又不是我。你旁边的这位同学，在上届比赛中抄了尚唯的稿子抢了尚唯的第一名，被尚唯揭发后还把尚唯从三楼阳台推了下去，再利用家里有钱有势强迫尚唯私了。现在又遇上了，不但不道歉，还嘲讽、辱骂尚唯，影响他的心态，害得他发挥失误，你说这是什么人？"

这言辞和宋厌自己说的几乎一模一样，陈锐早就有了心理准备，根本不怎么意外，会议室里其他的学生却顿时一片哗然。

"不会吧，还有这种事？"

"这也太恶心了吧，我看他挺帅的，口语也挺好的，之前还想问他要微信来着。"

"算了，长得再帅，人品也不行。"

"这种人为什么还可以有第二次机会参加比赛啊，不应该直接禁赛吗？"

"就是，这种人真的好恶心、好讨厌啊！"

熟悉的辱骂和鄙夷的话语纷纷涌来，一个劲儿地往宋厌耳朵里钻，让他避无可避，他又想起那些被排挤、被唾弃的日子。

恶心暴躁的情绪瞬间涌上宋厌的心头，他直接冷声斥道："你们说够了没有？"

察觉到他明显被激怒的失控情绪，尚唯终于露出了点儿笑容，然后瞬间用担忧且为难的神色掩盖了过去，他扯了一下赖淼的袖子："算了，别说了，宋厌也知道自己错了，过去的事就让它过去吧。"

赖淼恨铁不成钢："尚唯！你能不能别这么好脾气？他都欺负到你头上了！还不叫他知道自己错了？"

尚唯好脾气道："他也不是故意的，你别这么说，本来就是我这次的表现不如他……"

"够了！"宋厌终于忍无可忍，目光冷戾地看向尚唯，语气暴躁无比，"你能不能别装了？！有意思吗？好玩吗？你自己不觉得恶心吗？"

尚唯心想，宋厌上一次被自己激怒得差点儿打人之前，也是这个反应。看来这么久过去了，宋厌还是没什么长进，依然敏感、自负又控制不住情绪。只要自己继续挑衅，宋厌的心态一崩，再动一次手，就会彻底失去参赛资格。那自己差的这点儿分就不算什么了，自己也还能再被同情一次，一切皆大欢喜。

于是尚唯又端出了那副意指"宋厌最讨厌"而自己是无辜老好人的表情："宋厌，你这是什么意思？我怎么听不懂，你是不是对我有什么误会？你可以直接说出来，我可以改……"

"够了，我让你别说了！"宋厌站起身，一把合上电脑。他看起来已经忍无可忍，说完就打开了会议室的门，似乎是想出门独自冷静一下。

尚唯也连忙跟着起身，宋厌立马回过头，恶狠狠地扔出一句："你别过来，让我一个人静静，我看见你就烦。"说着就摔门而出。

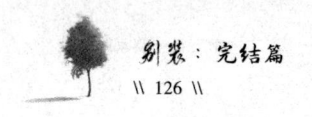

尚唯要的就是他不冷静，忙不迭地跟上："宋厌，你听我解释。"

眼看着宋厌已经进了旁边的房间，正准备关上门，尚唯赶紧一把扶住门沿，抵着门框，一脸无辜："宋厌，我们好好谈谈。"

"我跟你没什么好谈的！"宋厌试图暴力合上门，结果力气不如尚唯大，对抗失败，最终被尚唯推开了门。

宋厌气得直接走到桌边挑了把椅子坐下，一脸暴躁不耐烦。

尚唯则细心地带上门，并且从内反锁上。等确认了宋厌背后右上角的方向有一个摄像头后，他才满意地走到了宋厌旁边，垂眸低声道："宋厌，对不起，赖淼说那些话也只是想帮我说话，不是故意针对你。"

宋厌冷笑了一声："尚唯，这儿就我们两个人，别装了。"

尚唯还在装傻："你在说什么，我听不懂。"

"听不懂？"宋厌像被气笑了，"你是听不懂，还是担心我在录音套你的话？如果是后者的话，你也太高看我了，我可没有本事带着手机过安检。更何况我也做不出你那种背着别人偷偷录音的行为，我嫌下贱。"

宋厌的一字一句都鄙夷至极，但凡是个男人都受不了这话。而且宋厌就是在他后面一个过的安检，身上根本不可能带有手机、录音笔之类的东西。因为如果真有，也算比赛违规，会失去参赛资格。这间屋子的墙上都贴着极厚的吸音棉，隔音效果也很好。

尚唯索性就懒得再演了，只想激怒宋厌。他懒洋洋地往对面椅子上一躺，语气嚣张，挑衅至极："我的手段是挺下贱的，但只要好用不就行了？"

"我看也并不怎么好用。你在上一届比赛里抄了我的稿子再倒打我一耙，这一次不就直接露出原形了吗？还有你额头上的这条疤，你为了陷害我，连三楼的阳台也敢往下跳，结果自己的飞行员梦现在也破灭了吧？至于吗？划算吗？"宋厌的嘴角始终挂着冷笑，仿佛是在看一个努力地上蹿下跳却始终登不了大雅之堂的小丑。

尚唯最讨厌的就是宋厌这种高高在上、冷漠不屑的眼神，他也冷笑了一声："当然划算。只要看着你像过街老鼠一样人人喊打我就开心，只要你滚出了荟英中学我就开心。而且起码证明了大家都喜欢我，我说什么别人都会信，不像你，就算说了实话，连你的亲爸都不信你。宋厌，你多可悲啊！"

尚唯这次的比赛成绩已经不会理想到哪儿去了，所以他一心只想让宋厌在监控底下对自己动手，彻底坐实他的罪名。于是哪里是宋厌的雷区，他就偏往哪里说。

宋厌也果然如意料中的一样肉眼可见地咬紧了牙关，捏紧了拳头，手背和额角都凸起了明显的青筋。他咬牙切齿地问："尚唯，你这样到底图什么？"

尚唯很满意宋厌这样的状态，笑道："不图什么，就是单纯地讨厌你，讨厌你总是觉得自己有多厉害，一天到晚顶着个冷漠脸高高在上，好像谁都不如你一样。但是宋厌，你知道为什么这么拙劣的谎言都能让我立于不败之地吗？"

宋厌握紧了拳头，加重了呼吸。

尚唯笑着站起身，走到他跟前："就因为你惹人讨厌。你知不知道有多少人和我一样讨厌你，所以他们巴不得你就是这么坏的人，然后赶你走。所以宋厌，你真的不觉得自己很可悲吗？哦，对了，或许你根本不在意。因为你的亲爸就很讨厌你，所以这么多年，你都已经习惯了吧？"

"你给我闭嘴！"宋厌暴怒地一把攥住了尚唯的衣领，高高地举起了拳头。

眼看就要达到自己的目的了，尚唯不仅不闪躲，还加快了自己的语速："还有你那早死的妈，听说她曾经也很讨厌你？你爸还直接给你取名字叫'厌'？就你这种人，一天到晚还有什么好嘚瑟的。所以我就是看不惯你，就是栽赃陷害你，但那又怎么样？谁让你命不好又讨嫌呢？所以你落得现在的下场就是活该。"

"我都说了让你闭嘴！"宋厌暴怒的情绪已经到达顶峰，拳头直直

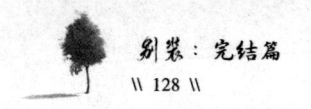

地朝着尚唯的面门而来。

尚唯闭上了眼。

然而他想象中的疼痛却迟迟没有降临。

他疑惑地睁开眼,然后就看见刚刚明明已经暴怒得失去理智的宋厌眉眼间又恢复了漠然的嘲讽。

宋厌松开了尚唯的衣领,低头理了理自己的大衣,然后面无表情且轻飘飘地说了句:"谢了。"

第六章
生日礼物

一个"谢了"立即敲响了尚唯心中的警铃。

可是这个房间没法藏人，宋厌也不可能带录音器材，即使带了也是违规、违法的，这个房间的隔音措施和自己控制的音量也不可能让外面的人偷听到，所以……

等等。

这个房间里为什么会设置这么多隔音设施？

等尚唯终于意识到那个几乎不可能的可能性的时候，宋厌已经推上了手边的一个开关，然后散漫道："哦，对了，忘了告诉你了，这间房间是广播室，我刚才坐下来的时候一不小心按到了广播开关，所以……"

微微一顿后，宋厌抬头看着尚唯笑了："我们刚才的对话，应该整个实外的师生都听得一清二楚。"说完，他拍了拍厚重的大衣，直起身，慢条斯理地打开了广播室的门，露出了门外乌泱泱的一群看好戏的人，包括赖淼在内，他们个个都目瞪口呆，难以置信。

而宋厌只是好整以暇地走了出去，径直走到人群里正拿着手机偷偷地把刚才的实时广播都录了下来的江圆圆面前，低声对她说了声"谢谢"。

江圆圆连忙摆手："没事，哦，对了，学校戒备森严，夏枝野不方

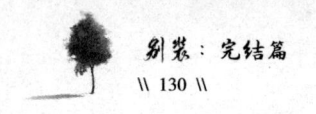

便进来，有个东西他让我转交给你。"说完她拿出两个叠得四四方方的纸片塞到宋厌手里。

宋厌打开，里面是学校门口卖的那种一块钱一张的奖状。

第一张上面写着：

恭喜宋厌同学荣获本届奥斯卡最佳男主角

颁奖人：前任影帝夏枝野同学

宋厌笑着骂了声"傻子"，又接着打开了第二张。

第二张上面写着：

恭喜宋大喜小朋友荣获本届世界上最讨人喜欢小朋友奖

颁奖人：世界上第二讨人喜欢的夏枝野小朋友

看着这熟悉的龙飞凤舞的字迹，宋厌终于忍不住露出了这么久以来第一个认真的、发自内心的轻松笑容。他偏头看向窗外，发现有大雪开始纷纷扬扬地落下。

这座南方的城市终于下雪了，夏枝野也终于回来了。

真好。

宋厌最开始听江圆圆说了夏枝野的计划后，第一反应是夏枝野是怎么知道这件事的；第二反应是夏枝野既然知道了这件事肯定已经拿回了手机，可为什么不联系自己；第三反应是既然有夏枝野帮忙那就听夏枝野的吧。

他自己本来想的诱导录音的计划既有法律风险，也有设备难度，远远不如实时广播来得这么直接而有冲击力，还范围广。所以就听夏枝野的吧。

自己不用孤军奋战，以一敌百的感觉的确很轻松，而且自己出完气以后还有两张奖状等着自己，好像自己做了什么好事一样。

宋厌第一次知道了有人可以依靠的感觉原来这么好，哪怕这个依靠的人并不在你身边，也能让你觉得安心可靠。

但同一个世界里，不同人有不同的境遇。

第六章 生日礼物

这一头的宋厌看着这两张幼稚得不行的奖状，低头笑得岁月静好；那一头的尚唯还没从震惊中回过神来，就被赖淼愤怒地拎着衣领掼到了墙上。

"尚唯！你刚才说的那些是什么意思？这么久以来，你一直都在骗我吗？"赖淼愤怒的神情已经显露出他的内心，只是残存的情感让他试图做出最后无谓的挣扎。

一向八面玲珑的尚唯竟然也慌了神，手足无措地辩解道："赖淼，不是这样的，你听我解释……"

"解释个鬼！"陈锐本来看热闹不嫌事大，结果刚才从广播里听到尚唯说的那些话后简直要气死了，"你这人怎么可以说出这么恶毒的话？你陷害别人就算了，还拿别人的父母说事，能不能积点德啊？"

旁边的围观群众也已经因为代入自己而生气，纷纷骂道："就是！亏我还以为你之前说的是真的，帮你骂宋厌，结果全是你诬陷人家，还诬陷得这么理直气壮！你到底要不要脸啊！"

"诬陷就算了，人家妈妈去世的事情你也要拿出来说？！你是没有妈妈吗？"

"而且取名字叫'厌'怎么了，'厌'在古代还有满足的意思呢，人家怎么就不讨人喜欢了，我还想问他要微信呢！"

"而且人家就是真的优秀，被你抢了一次第一，今天照样凭本事拿回来，不像某些人，不抄别人的稿子连前二十都进不了。"

"所以你们学校的老师都是瞎吗？这种事情都不认真查查就结案了？主办方也不了解情真相就随便取消别人的奖项？反正今天要是不给出一个交代的话，那这个比赛不参加也罢。"

"就是，你这种人还出现在'青才杯'的宣传手册上，我都替主办方丢人。这种人不如直接退学，好好学学做人再说。"

"………"

十九岁的少年爱恨最是分明，之前有多替尚唯不平的人，现在就有多替宋厌不平，甚至因为之前的同情和现在亲耳听到的尚唯阴毒的挑衅

语气，而要十倍、百倍地奉还。

闻讯赶来的带队老师听到学生们议论的话语脸色也变得十分难看。

什么都没做错的学生被取消第一名，陷害别人的学生却拿到了第一名。

这件事一旦传出去，校方和主办方的面子和权威性可以说是荡然无存。尤其是之前替尚唯作保觉得宋厌有问题的那位戴老师，脸都绿了。其他老师看向他的眼神也都带着异样的审视。

戴老师一时有些下不来台，只能冲着尚唯和赖淼厉斥一声："还不放开！是想被记过吗？！还有尚唯，刚才是怎么回事？"

尚唯看到戴老师就像看到救星，连忙道："刚才是宋厌故意下套……"

"瞎说！"陈锐粗鲁地打断，"刚才是你自己非要跟着宋厌出去的吧？也是你非要跟着宋厌进广播室的吧？那些话也是你自己非要说出口的吧？宋厌都让你别跟着了，让你闭嘴了，你自己却还要跟上去说个不停来讨人嫌，结果现在又要怪宋厌给你故意下套？谁给你的脸啊？"

陈锐说的是大实话，在场的参赛学生都亲眼看到了，亲耳听到了，完全可以替宋厌做证。尚唯百口莫辩。

宋厌也顶着戴老师质问的视线，垂下了眼睫，低声道："我是第一次来实外教务楼，根本不知道旁边就是广播室，也不知道怎么随便碰了一下就不小心碰到开关了。"语气虽淡，却透着无辜和委屈。

旁边的江圆圆也适时举起了手，一脸歉意："抱歉，老师，是我下午通知了参赛选手来会议室后忘记关了，对不起，是我的失误。"江圆圆之前的表现明明就是很讨厌宋厌，没道理替宋厌做伪证，看来宋厌真不是故意的。

围观了中午全部对话的宿舍里的第四个学生闻言也开了口："宋厌应该不是故意的。但是尚唯中午就和赖淼说过，一定不能让宋厌拿到第一，所以我怀疑他说那些恶毒的话才是故意的！就为了激怒宋厌，故意影响宋厌的心态，让他拿不到第一。"

第六章 生日礼物

"这也太恶心了吧!"

这话一出，刚刚安静下来一点儿的人群瞬间又炸开了锅。曾经加之于宋厌的那些污言秽语全都变本加厉地"回馈"到了尚唯的身上，而且有过之而无不及。

一向八面玲珑、人缘极好的尚唯什么时候受过这种羞辱，只觉得所有愤怒和羞耻一股脑地涌上心头，再也难以承受，他直接一拳捶上桌面，大喊一声："够了! 你们别说了!"

然而回答他的只有赖淼的一声冷笑："尚唯，你现在受不了了，那你当初在我们兄弟几个面前卖惨、听学校里人骂宋厌的时候，你怎么不让他们别说了?"

"行了! 你也别说了!" 戴老师彻底看不下去了，扯着嗓子不耐烦地大喊一声，然后指着两个当事人，"尚唯，宋厌，你们俩过来一下。"

两人被带到旁边的办公室里，戴老师背对着他们，深呼吸了几口气后，才转过身，开口道："尚唯，你还有什么想说的吗?"

尚唯还想开口辩解，却不知道自己能从哪里辩解，毕竟即使证实了是宋厌下的套，那些话也是他自己亲口说的。不管具不具有法律效力，总归是个脑子正常的人都知道是怎么回事，全校这么多学生、老师和工作人员都听到了，他再辩解只能显得自己更像个笑话。

于是尚唯只能低下头，红了眼眶，做出犯错后的可怜的忏悔模样："老师，对不起……"

"你跟我说对不起有什么用?! 你该和宋厌说对不起!" 戴老师都快被他烦死了，直接叉腰骂了一句，然后转头看向宋厌，"还有宋厌你也是，这种事情如果觉得委屈，找老师私下处理不行吗? 现在闹得这么难看，你把老师和学校的脸往哪儿搁?!" 语气比刚才教育尚唯的时候还要严厉，就像宋厌才是真正犯了什么大错一样。

就这种人，有什么资格为人师表。

宋厌甚至都不想为这种人生气，刚打算冷淡地开口，门却"砰"的

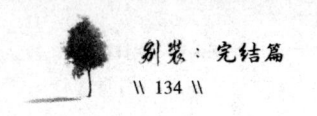

一声被暴力推开了。

　　阮恬怒气冲冲地出现在门后，快步走进来，一把牵起宋厌，把他拉到自己身后，然后抬起脑袋，看着比她高了将近一个头的戴老师，语气愤怒又强势："你还好意思问你的脸往哪儿搁？我就问你，要是你们能处理好，我的学生至于受了这么大委屈吗？！"

　　"之前出事的时候，你们学校怎么处理的你自己心里没点数吗？！现在我的学生是受害者，你们是加害者，你凭什么质问他？就凭你是这样为人师表的吗？！"

　　戴老师也没想到这个看上去娇小、平时笑得甜甜的女老师在关键时刻会这么勇猛，自己被吼得一时愣在当场，哑口无言。

　　阮恬气呼呼地吼完后，勉强恢复了平静，忍着怒气，克制道："我的学生我带走了，具体发生了什么，请你们好好调查加害者，如果需要问受害者的，请联系我这个老师。"说完她牵着宋厌就往外走去。

　　走了两步她又想起了什么，停下脚步回头看向戴老师："哦，对了，还有，我刚才看见有实外的学生录音了，你们要是不好好处理，这些录音流传到网上了，可就对你们学校的面子更不利了，所以你们最好还是好好处理吧。"

　　甜妹暴走，冷着脸撂完狠话后，就带着宋厌头也不回地离开了。

　　等到了没人的地方后，阮恬才停下脚步，深呼吸一口气，然后回头冲宋厌凶道："你这孩子怎么什么都不跟老师说？你受了这么大的委屈就找老师给你撑腰呀！万一又被对方欺负了怎么办？你……你这孩子怎么这么可怜。"阮恬说着说着终于憋不住了，哽咽出声，红了眼眶。

　　宋厌从来没见过女生当着他的面哭，突然看见阮恬这样，瞬间就僵在原地，不知所措，觉得自己好像应该安慰一下，可是又不知道怎么安慰。

　　而且对方不是老师吗？自己安慰她算怎么回事。

　　刚才面对戴老师还能坦然处之的宋厌一下就蒙了，此外还有种说不清楚的温暖和感动。

第六章 生日礼物

阮恬也只是短暂地母爱泛滥了一下,看着向来冷酷聪明的学生突然蒙了,自己忍不住破涕为笑:"算了,就你这种性格,以后肯定容易吃亏。不过你也别怕,老师只是太担心你了,所以你把事情原原本本地告诉老师,让老师去帮你处理好不好?而且以后遇到什么事情也要记得向老师寻求帮助,听见没?"

换作从前必然会冷漠拒绝这种善意的宋厌,看着跟前这个身高只到自己下巴却总是试图在各个地方尽己所能地维护他们的年轻女老师,突然觉得或许世界上不是所有老师都像那位戴老师那么糟糕。偶尔学会信任别人一次,或许也是个不错的主意。

于是宋厌点了点头:"嗯,知道了。"

阮恬这才满意道:"对嘛,这样还差不多。"

因为这场变故,晚上的自由讨论会也取消了,主办方还回了学生的手机,表示明天重新命题、备稿,今天就各自休息。

至于事情是怎么解决的,宋厌也不是很清楚,他只知道阮恬和主办方还有戴老师带着尚唯在办公室里讨论了足足两个小时。

然后尚唯连其他人一面都没能再见,就被连夜打包扔上了去机场的大巴,而"青才杯"和荟英中学的官网上所有关于他的照片和奖项都被飞快地撤了下来。

本届的比赛名单中也直接没了尚唯的名字。

根据阮恬的说法,她还写了一封邮件发给了合作的那几所学校,这样的人品,黑历史一旦留了档,就算是直接断了尚唯以后可能留学名校的所有机会。而国内的这几所高校估计也不会再给他自招名额。

这对于尚唯家这种努力培养孩子、塞进昂贵的私立学校却并不算真正有钱的普通中产家庭来说,无疑是巨大的打击。

江圆圆手里那份录音也已经发给了沈嘉言,沈嘉言把涉及宋厌父母的部分剪辑掉后,专门挑出尚唯不打自招和骂得最难听的那些话,匿名发送到了荟英中学各大吃瓜群里。

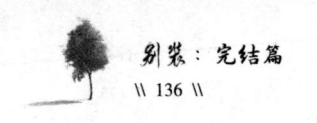

整个荟英中学一下子就炸了。

网上全是心疼宋厌和讨伐尚唯的言论。很多人当时骂宋厌有多凶,现在骂尚唯就有多凶,甚至直接刷起了"尚唯滚出荟英"的话题。

与之相反的是,本来有些和宋厌的关系还不错,但当时因为舆论压力都选择了沉默的人,这个时候终于有底气站了出来,开始反击:

我一开始就说过这件事有蹊跷,结果还被尚唯的支持者骂成是宋厌小号。

越想越气,宋厌明明什么都没有做错,当时为什么要遭受他们的校园暴力?

反正我已经保存音频了,以后每次不高兴了就拿到朋友圈发一发,让某人也体会一下被反复辱骂的感觉。

所以因为尚唯这种人把我们厌神赶走了,学校就不觉得后悔吗?

就是,厌神只要还在,今年联考的市第一肯定在我们学校,也不至于被附中抢了,所以学校真的不考虑为自己的错误道歉然后把厌神请回来吗?

出于愧疚的,出于愤怒的,出于想对尚唯落井下石的……出于种种因素合在一起的人,让"希望宋厌回荟英"的话题和"尚唯滚出荟英"的话题齐头并进,在短短几个小时内就占据了荟英的各大社交网络。

对于私立学校来说,名声和口碑大于一切。于是这件事很快就引起了学校高层的高度重视,连夜加班讨论如何处理。

最后决定废除尚唯的所有荣誉奖项,把这次事件记入档案,再予以劝退,算是给所有学生一个交代,也暂时挽回了一点儿学校的声誉。

至于宋厌如何处理……

戴老师收到校长通知的时候,只觉得头皮发麻。他被领导批评教育加上扣除三个月的绩效就算了,居然还要他负责把宋厌劝回来?

一想起宋厌那张臭脸,和他那个牙尖嘴利又得理不饶人且护崽子护到老母鸡程度的带队老师,戴老师就觉得脑袋疼。

第六章 生日礼物

但是学校的命令都下来了,他除了依言执行,还能怎么办,只能硬着头皮找阮恬商量:"我想代表校方和宋庆谈一谈,可以吗?"

阮恬以为他们是想给宋庆道歉,也就当场同意了,把宋庆叫过来后,自己坐到门口,随时准备有什么不对就冲进去和那个姓戴的打一架。然而她没想到戴老师开口的第一句话就是:"宋庆,你愿意转回荟英外国语学校吗?"

阮恬立马竖起耳朵。

戴老师继续劝说:"我们都知道,你的户口还在老家,学籍也在那里,在南雾只是临时性借读,最后高考肯定还是要回来的,那不如早点儿转回来,我们可以保证所有推介名额和自招名额都最优先考虑你。"

对于高考生来说,这无疑是个非常诱惑的条件。

但是宋庆坐在椅子上,撩起点儿眼皮,神色冷淡:"就这?"

大概因为第一次听到学生这么说话,戴老师愣住了:"什么叫就这?"

"没有道歉吗?"宋庆看戴老师还在发愣的样子,淡定地补充了一句,"你的道歉,和校方的正式道歉,我都要。"

本来以为转回荟英外国语学校是宋庆求之不得的事情,没想到他居然还摆起了谱。

戴老师忍了忍,说:"校方的道歉声明,应该明天就下来了。"

"嗯,知道了。"宋庆点头,"那你呢?"

戴老师:"?"

什么意思?想要他这个四十岁的大男人给他一个十几岁的小屁孩儿道歉?呵,做梦。

戴老师冷笑一声,刚想教育一下宋庆什么叫作长幼尊卑,宋庆却往后一躺,半耷拉着眼皮,散漫道:"反正没有道歉,我是不会考虑转回去的。"

戴老师:"???"

现在的孩子小小年纪就学会威胁人了?!还这么能威胁到点子

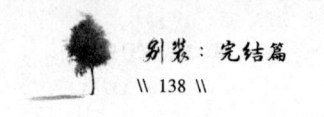

上？！但毕竟是他渎职在先，有违师德，他如果再不能完成学校交给自己的任务，搞不好连饭碗都保不住。

于是戴老师即使再不情愿，也只能压着怒火，咬着牙，敢怒不敢言地生生憋出一句："行，是老师对不起你，老师之前不该不分青红皂白地冤枉你，这下可以了吧？"

态度不怎么诚恳，但能感受到对对方的侮辱性极强。

于是宋厌满意地点点头："还行。"然后慢悠悠地站起身往门口走去。事情和想象中的发展不太一样，戴老师连忙叫住他："你去哪儿？"

宋厌双手插兜，回过头，无辜地挑眉："回宿舍啊。"

"？？？"戴老师觉得自己被骗了，"不是说好谈转学吗？你怎么说话不算数？"

宋厌抬了下眉梢："我没有说话不算数啊。我说的是'没有道歉，就不考虑回去'，又不是'只要道歉，我就回去'。戴老师好歹也是个金牌名师，难道连必要不充分条件和充分不必要条件都分不清吗，或者说需要我们阮恬老师教教你？"

门口一直偷听他们对话的阮恬终于忍不住笑出了声，打开门，趾高气扬："就是，我们南雾三中再不好，最起码把充分不必要条件和必要不充分条件还是分得清楚的，你们这种学校，不回去也罢。宋厌，我们走。"说完两人就在戴老师震惊又悲愤的目光中扬长而去。

"不过宋厌，你真的不考虑转回去吗？那边的教学条件比我们这儿可好太多了。"阮恬和宋厌并肩走在夜晚雪后的校园里，最终阮恬还是没忍住问出了这一句。

宋厌答得毫不犹豫："嗯，不考虑。"

"为什么？"

"因为这里很好。"

宋厌说出这句话的时候，阮恬停下了脚步，抬头看向了他。等看到这个少年身上厚厚的大衣和唇齿间哈出的白气时，才恍然发现时间过得真快，一眨眼就已经从夏天到了冬天。而之前那个和她说话连一个字都要冷半天的酷哥少年，现在居然也会说出"这里很好"这种暖心又可爱的话。

看来小朋友们的确都会越长越好啊！

阮恬满意地呼出一口长气，露出一个发自内心的欣慰笑容："嗯，你说得对，我也觉得这里挺好的，所以要不老师请你吃饭吧？"

宋厌还没来得及回答，口袋里的手机就振了一下，拿出一看，才发现有人给自己发了好几条微信。

大傻子：听江圆圆说你们晚上改成自由活动了，所以要来见见我吗？

大傻子：就实外的那个竹林，那里没监控，我可以翻进来。

大傻子：给你带了外卖火锅，下雪天和火锅最配了，我们厌哥不心动吗？

大傻子：人呢？？？

大傻子：真的不出来见见我吗？刚下了雪，好冷哦！

宋厌看着手机，唇角忍不住勾起了微笑。

阮恬一回头正好撞到他这个表情，问："你笑什么？"

"没什么。"宋厌把手机往口袋里一收，故作正经，"就是想起来口语表达还没练，所以想先回宿舍，晚饭就不麻烦老师了。"

宋厌说完就转身往竹林快步走去，剩下阮恬一脸蒙。

宋厌这么爱学习？而且她不是英语老师吗？找她练口语难道不是更好？算了，现在的小孩子都奇奇怪怪的。

而宋厌一心只想快点儿见到夏枝野，根本没有意识到自己的谎言有多拙劣，只是渐渐地，他的步子由走变成了跑。

宋厌隔着栏杆远远地看见穿着及踝的黑色羽绒服、正拎着一大份外卖、站在雪地里等着的夏枝野时，才停下脚步，然后装作并不着急的样子，慢慢地走了过去。

"你怎么来了？"宋厌隔着铁栅栏围墙，看着夏枝野，低声询问。

夏枝野看着他因为快速奔跑而翘起来的几根呆毛和通红的鼻尖，笑

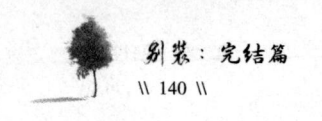

道:"来看看我们宋厌小朋友有没有被欺负。"

"嗯。"宋厌应了一声,然后抿着唇,又不知道该说什么了。

其实在这段时间他明明攒了很多话想和夏枝野说的,可不知道为什么,跟夏枝野一见面他就一句话都想不起来,也一句话都说不出来。除了"嗯"了一声以外,就像个不会说话的傻子。

夏枝野看着小傻子这个样子,忍不住笑道:"怎么,我们无敌聪明的厌哥这是傻了?"

"你才傻!"宋厌虽然不知道该说什么,但是骂夏枝野还是基于本能,条件反射般就脱口而出。

夏枝野听到了熟悉的骂人声,终于浑身舒坦了,把外卖从栏杆缝隙里塞进来:"把我们的火锅拿好,等我翻进来。"说完他就抓住栏杆顶端,手臂用力一撑,长腿一抬就翻了过来。

落地的时候,夏枝野故意装作站不稳的样子,趔趄了一下,吓得宋厌连忙上前扶住他。两人刚站稳,就听到一声浓重的方言:"是谁在那边?"

两人偏头一看,是一个保安正打着手电筒朝这边走来。

明明也不是什么大事,但那一瞬间宋厌莫名生出了一种紧张感,拽起夏枝野的胳膊就开始狂跑。然而他不跑还好,一跑保安就认定他肯定有问题,立马呼朋引伴,拿出对讲机,仿佛在扮演007:"快来!快来!这边有两个贼娃子!"

下一秒,宋厌就看见四面八方同时涌现出了无数道强光,把他们团团围住。

他一手拎着火锅外卖,一手拽着夏枝野,满脑子都是"绝对不能被捕"的念头,于是加快脚步,左闪右闪,敏捷又迅速,灵活又矫健。然而他身后那人只是一直忍着笑,毫无用处。

于是他们最终不幸地在音乐广场被"逮捕"。气喘吁吁的保安们看着面前两个拎着外卖的学生,撑着膝盖,喘着气,无语至极:"这是周末,又不是不准点外卖,你们跑什么啊?"

宋厌："……"终于意识到自己干了什么傻兮兮的事情的宋厌回头恶狠狠地盯着夏枝野。

夏枝野无辜地一挑眉，暗示自己什么都没做。

宋厌又羞愤地转回头，重新接受保安大叔的灵魂制裁。

保安大叔看他们两个好像也不是坏人，还都长得水灵灵的，前面这个小男生还羞得仿佛脸都滴血了，也就放缓了语气："算了，下次别这样就行了，你们是哪个班的？叫什么名字？"

宋厌："……"沉默三秒，面不改色，"高二8班，宋大喜。"

反正宋大喜做的事，和他宋厌又有什么关系。他宋厌还是清清白白、堂堂正正的好学生。

宋厌这么给自己做着心理暗示，偷偷攥紧手里的外卖袋子，抿着唇，理直气壮地看向了并不知道是哪儿的远方。他身后的夏枝野看着他脑袋上被风吹得倔强立起的呆毛，忍不住彻底笑出了声。

二十几天不见，有的人变得更傻了，但也更可爱了。

真好。

然而实外的高二只有六个班，于是宋厌和夏枝野最终还是没有逃过"法网恢恢"，被连人带火锅一起"捉拿归案"。

阮恬收到消息来认领他们的时候，在保安室门外，就透过玻璃看见两个臭崽子缩在温暖的保安室里，两双大长腿乖巧地并在小马扎前，面对面坐着。中间是两张凳子拼出来的简易桌子，外卖火锅就放在上面"咕嘟咕嘟"冒着热气，红汤翻滚，不断飘出香味。窗外飘着小雪，他们俩就在热气腾腾之间，一人捧着一个小碗，吃得很香。

还挺会享受。

阮恬用脚指头都能猜到是夏枝野被"逮捕"后巧言令色、甜言蜜语地卖惨卖萌，把这群单纯的保安大叔骗得团团转。

果然，还没推开保安室的门，阮恬就看见保安大叔接了一杯白开水递给宋厌："来，喝点水，别辣着了，你们北方人吃不得我们南雾这么

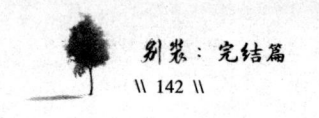

辣吧?"

宋厌确实不太能吃,哪怕只是微辣的底料,嘴唇都已经红得微肿了,可是牛油底的火锅又香得过分,一吃就停不下来,正辣得吸气,保安大叔的纸杯就递了过来。

宋厌连忙接过说了声:"谢谢。"

保安大叔或多或少也听说了下午广播室的事情,又听夏枝野添油加醋地讲了一通宋厌是如何被冤枉陷害,然后被迫一个人背井离乡来到南雾,爹不疼娘不爱,伤心欲绝之际只想吃一顿火锅的故事后,再看宋厌就自带了一层"小白菜地里黄"的滤镜。

保安大叔看着这孩子长得这么白净漂亮还这么懂礼貌,再想起自己今天下午听到的广播里另一个学生说的那么恶毒的话,忍不住怜爱地叹了口气:"没事,你慢慢地喝,慢慢地吃,等你们的老师来了我会替你们说情的。"

阮恬本来还担心这俩人被保安骂,结果保安却要为他们说情,觉得好气又好笑。

她推开门,冲保安大叔们有些不好意思地笑道:"不好意思啊,给你们添麻烦啦!"

保安大叔大度地挥挥手:"没事,不就是孩子嘴馋了吗,才多大事。而且这俩小孩儿可懂事了,还帮我把手机给修好了,特别贴心,你就别骂他们了。还有,你们俩吃完了就跟老师走,回去好好给老师认个错,听见没?!"

两人端着碗点头:"听见了。"丝毫不见平日里又跩又酷的模样。

夏枝野就算了,宋厌好好一个酷哥,怎么也被带歪了呢?阮恬百思不得其解。

她索性不想了,搬了个小马扎在旁边坐下,一起吃起火锅,等吃完收拾好后,才带着他们离开了保安室。

周日晚上飘着小雪的校园,看不到一个人影,师生三人一个在前,两个在后,各自双手插兜,在昏黄的路灯下慢悠悠地走着。

阮恬连头也懒得回地"呵"了一声："听说某些人要回去练口语？"
宋厌："……"
"还有某些人，跟带队老师说家里有事，庆功宴都不参加，结果就是为了回来送外卖？"
夏枝野："……"
"呵。"阮恬冷笑一声，停下脚步，回过头，再微抬起头，冷冷地睨向他们，"别以为你们那些小心思老师不知道。"
一向温柔好说话的阮恬鲜少有这么严肃又严厉的时候。宋厌忽然呼吸一滞，心也瞬间提起来了，揣在衣兜里的手指也不自觉地掐进掌心，生怕阮恬下一秒就要说出什么严重的处罚。他被处罚不要紧，但是他不想夏枝野被处罚。
阮恬生气地说出了下一句："你们想吃火锅就跟老师说啊！"
宋厌："……"
阮恬很生气："老师可以带你们出去吃啊！你们知不知道实外的教师食堂多难吃！我晚上都没吃饱！"
夏枝野："……"
宋厌："……"
"老师，对不起。"
"算了。"阮恬气呼呼道，"这次就原谅你们了，但是明天，夏枝野你给我回去好好上课，宋厌你给我好好准备比赛，后天比赛完了，老师再请你们吃火锅，听到没？"
说完她又瞪向夏枝野："尤其是你，明后天不许逃课！别以为拿了金奖就可以目无法纪了，不过……"
阮恬犹豫了一下："不过晚自习我倒是可以给你开张假条，你来作为学生代表给宋厌献个花什么的。"
宋厌脑补了一下那个场景，有点儿头疼："献花就不用了吧。"
"怎么不用，你这水平最少前三，难道还不配拥有一个献花吗？"
阮恬理直气壮。

旁边的夏枝野像是想到什么,眸子里泛出一看就憋了点儿坏主意的笑意:"嗯,我也觉得,花是必须要献的。你放心吧,这件事就交给我了。"

阮恬满意地点点头:"这还差不多。行了,宋厌,你送夏枝野去校门口吧,我还要回去准备明天的PPT。"

"嗯,老师再见。"夏枝野一手插在衣兜里,一手挥舞着胳膊,眼底坏坏的笑意已经完全藏不住了。

宋厌警惕地瞪了他一眼:"你别搞事。"

夏枝野的胳膊垂下的时候顺势就搂过宋厌的肩膀,笑道:"你放心,你野哥我办事天下第一靠谱,绝对不搞事。"

我信你个大头鬼。

宋厌懒得搭理他,双手揣兜,继续面无表情地往校门口走去,但也没说什么,任凭夏枝野搭着自己的肩,低声说笑。

直到夏枝野偏过头低咳了两声,宋厌才撩起眼皮看了过去,刚想问夏枝野是不是感冒了,结果一眼就扫到了夏枝野空空荡荡的脖子。

夏枝野外面裹着一件及踝的黑色羽绒服,拉链却不好好拉,露出里面米白色的针织衫,还能看见大片的锁骨,脖颈就露在外面,偶尔还有几片雪花吻上他的喉结,再冰凉凉地化开,看着就冷。

他不咳,谁咳。

宋厌顿时就冷下了语气:"你是不会拉拉链?"

夏枝野仗着年轻身体好,胡作非为惯了,不在意道:"拉链拉得太高了,不好看。"

宋厌冷冰冰道:"那你是不会戴围巾?"

夏枝野已经能够熟练地把宋厌的冷言冷语转换成温柔的关心,随口说了句:"我这不是没有围巾嘛,怎么,要不厌哥给我买一条?"

夏枝野说着就偏过头去看宋厌,微弯着眉眼。他本来想着过两天就是平安夜了,还是自己的生日,如果能从宋厌这儿骗到个小小的生日礼物就好了。

第六章 生日礼物

然而这话落进宋厌的耳朵里，让宋厌心底猛然泛起酸。

夏枝野这次没有跟着大部队，而是自己提前买票回来的，那机票钱肯定是他自己掏的，应该花了不少钱。所以这人连一条围巾都没钱买了，却还想着给自己送火锅外卖过来，真是个败家子。

宋厌想到这儿，收回视线，耷拉下眼睫，"嗯"了一声。

夏枝野先是一愣，宋厌怎么这么好说话了，然后才反应过来，在宋厌眼里估计是在扶贫。

但扶贫就扶贫吧。反正兜来转去还是他们两个自己的钱，只要能收到宋厌的生日礼物就好。

"不过……"走到校门口的时候，夏枝野停下了脚步。

宋厌也跟着停下，回头看向了他："怎么了？"

"我记得我走之前好像问了某人一个问题，所以现在我可以收卷了吗，宋厌同学？"夏枝野低头看着他，眼里的笑意比身后映着雪色的路灯还要温柔，眼尾挑着点灯光，好看的眉眼让人想到漂亮的狐狸。

宋厌张了张嘴，刚想说什么，门口就传来一声大喊："那两个是谁！要出校就快点儿啊！我们要交班了！"然后又想起来自己给夏枝野买的小王子手表没带在身边，就这样随便交卷，显得自己不够重视。

于是他别过视线，看向远处，假装不在意道："反正过两天你就知道了。"

语气高傲得很，小眼神却心虚得很。

一看宋厌记得过两天是自己的生日，然后好像准备了什么惊喜，夏枝野就笑着应道："行，那我就再等两天，不过这个先给你。"

宋厌看着夏枝野不知道从哪儿掏出来了一条长长的红缎，愣了一下，才想起来是火锅外卖包装上的装饰："你把这个给我干吗？"

"比如你想将生日礼物送给我又不知道怎么打包的时候，就可以用这个带子打一个蝴蝶结。"说着夏枝野还做示范一般地把红缎绕上了宋厌的脖子，试图当场打个包。

宋厌看着自己眼皮子底下那几根灵活白皙的手指和充斥着牛油香气

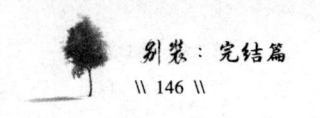

的红缎,深深地呼吸了一口气,然后又狠狠地一脚把夏枝野踹出了实外校门。

"夏——枝——野——你——给——我——滚!"

宋厌被夏枝野这么一感动再一气,大喜大悲之后,白天还残余的那些消极的情绪已经彻底散去。

就好像有些人无论怎么上蹿下跳都只不过是自己人生里匆匆一过连个姓名都不值得拥有的小丑而已。而有的人,哪怕只是最简单的一个笑容、一顿饭,甚至隔墙相望的遥遥一眼,都会把情绪带满你的整个世界。

所以人这一生,总要学会不在意一些人,也要学会珍惜一些人。

他回到宿舍的时候,从书包里拿出表盒,指尖从小王子的图案上轻轻摩挲而过,希望十二月二十四日的南雾,可以有个好天气。

天不遂人愿,二十三日的晚上下起了大雪。

好在后面两天的比赛进行得很顺利。宋厌毫无意外地表现得非常优异,即使成绩还没公布,也已经是所有人默认的第一。

比赛结束,阮恬第一个冲进后台,一把抱住他,尖叫道:"宋厌!你真是太棒了!老师就知道没有看错你!你之前拿第一就是实至名归!"

尽管内心是感动的,但周围人来人往,宋厌还是有些不好意思,僵硬地推开阮恬后,就开始四处张望,像是在人群里寻找什么。

阮恬一眼就看出来:"行了,别找了,你的好兄弟夏枝野被我勒令不写完作业不准出校,以他的速度应该差不多八点能写完吧,正好赶上待会儿八点半颁奖典礼。"

宋厌被看破心思,收回视线,别扭地答了一句:"没找他。"

这时候有人叫了一句:"宋厌!学校门口有人找你!你快过去!"

宋厌立马抬起头:"嗯,我马上过去。"说完就抄起搭在椅子上的大衣快步往门外跑去。

冬天的夜晚总是来得格外早,才七点多还未到八点的光景,天就已

第六章　生日礼物

经彻底黑了下来。雪也不知道什么时候越下越大，天上压着大片如墨的乌云，雪花被寒风席卷得到处都是，偶尔有几片从衣领里落下，凉得心惊，跑步呼吸的时候，寒意也刮得鼻腔泛疼。

宋厌却始终没有放慢速度。

其实宋厌也不知道自己在跑什么，明明知道夏枝野一定会来，又不差这一时半会儿的，可是隐隐之中又好像在期待着夏枝野偷偷准备了什么欠揍又让人感动的小惊喜，所以一秒都不想耽搁。

然而在终点那头等着他的却不是夏枝野。

当他终于气喘吁吁地跑到校门口，看见的却是学校门外停着的那辆熟悉的迈巴赫时，宋厌瞬间敛去少年所有鲜活的神色，停下了脚步。

这是宋明海放在南雾分公司的常用车。

果然，下一秒，司机就打开后座车门，撑着伞迎着那位穿着昂贵西装和大衣的中年男人下了车。

不得不说，宋明海之所以能在丧妻带子的情况下还娶到覃清这种的优秀女性，大半功劳都源于这身好皮相。他即使已经四十好几，身材也依然挺拔修长，面容也依然英俊，加上昂贵讲究的派头，引得周围的人已经开始窃窃私语。

"这谁啊？看着好帅啊。"

"哎，和那个男生长得好像，是他爸吧？"

"那男生不是这次比赛的第一吗？果然是遗传基因好。"

"就是，估计长相和智商都是遗传了他爸。"

"好羡慕，为什么我没有这种爸爸。"

不带恶意的私语声落进宋厌耳里，他却只想冷笑。

最可悲的事情就是明明他厌恶宋明海至极，偏偏身体里还有他的一半 DNA，甚至连自己努力取得的荣誉也要被算作他的功劳，怎么抹都抹不掉。在很长一段时间里，宋厌连自己都觉得恶心。

所以这种福分给你，你要不要。

宋厌不认为宋明海突然出现在这儿会是什么好事，转身就想走，然

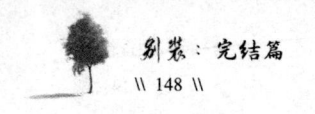

而车边的宋明海却捏着一个白色的盒子朝他晃了晃。

等看清那个盒子是什么的时候，宋厌的瞳孔立马紧缩了一下。

那是他买给夏枝野的表。

看来宋明海已经提前去过自己的宿舍了，而且这次应该是有备而来，自己躲是躲不掉的。于是宋厌冷着脸，走了过去，一路走到宋明海跟前，然后驻足，漠然地直视着他。

两人身高相近，眉眼相似，就连穿着的都是同样的正装罩着黑色大衣。他们就这样面对面地对峙着时，有种戏剧性的冲击。

宋明海看着面前的宋厌，神情里倒也没有那些厌恶和不喜，反而有一种打量自己制作出来的完美作品的满足感："不错，还不算丢人。"

看来学校已经把前两天发生的事情通知了宋明海。而这种并不反省自己之前做错了什么只是觉得这种结果能让他更体面的反应，也的的确确是宋明海的做派。

指望宋明海是来给自己道歉的想法基本就是异想天开。他突然来这儿无非就是因为自己终于洗脱了罪名，所以自己又可以回去给他当那个完美儿子了。

宋明海的心思宋厌再清楚不过，宋厌一句话都不想跟他多说，简明扼要："把我的东西还给我。"

"你的东西？"宋明海像是觉得好笑，拨弄了两下手里的盒子，"用我给你的钱买的东西，也算是你的东西？"

宋厌想否认这不是宋明海给自己的钱。但自己卖掉的那块OMEGA的手表也的确是宋明海买的，所以说来说去，好像还是宋明海的钱。

宋厌不会在这种事情上胡搅蛮缠，只是冷声道："东西给我，钱以后我会还你。"

像是听到了什么笑话，宋明海又轻哂了一声："放心，你这种小破东西我没什么兴趣，上车。"意思是宋厌如果不上车这东西就别想要回去了。

毕竟宋明海不是不知道他这儿子是什么脾气，如果没点儿威胁，他根本不可能心平气和地坐下来和自己聊聊。宋厌的账户他之前也查过了，早就没什么钱了，现在花四万多买了这么块表肯定不是给自己买的，因为宋厌不好这些，所以必然是买来送给其他人的，而且还是一个他很重视的人。所以把这个礼物用作威胁应该还是有点儿用。

果不其然，宋厌冷着脸打开了副驾驶的门。

宋明海对宋厌的人际交往也没什么兴趣，等两人坐上后座，摇起遮光玻璃的时候，就直接进入主题："这学期结束，你就转回荟英。"

宋厌答得更加直接："不。"

"这里条件太差，只要回荟英，以你的履历申请藤校不是问题。"

"我不需要去藤校。"

"但我需要一个藤校毕业的接班人。"宋明海丝毫不掩饰自己的目的。

或者说他从来就没有掩饰过自己的目的，所以尽管他明明对宋厌的到来并不期待，也并没有付出过任何属于父亲该有的温情，但是他从小就给宋厌请最好的外教，让宋厌上最好的学校，给予宋厌最好的物质条件。

剑术、马术、跆拳道、高尔夫、钢琴、绘画鉴赏、每年游学，一样不落。

物质上也是从来都给一张副卡，宋厌想买什么想用什么，只要不是违法乱纪会让他颜面蒙羞的事情，就可以随便刷，宋明海从来不过问。

只要宋厌一直是第一就行。

小时候的宋厌也一直在努力争第一，因为只有拿到第一的时候，宋明海对他的态度才会缓和一些。等长大了，宋厌也在一直争第一，因为他要证明自己不比宋明海差，总有一天自己可以彻底打败他。

宋厌曾经一度觉得宋明海就是自己这辈子挥之不去的阴影。但事到如今，他不想把感情都浪费在这样的人身上，他只想把感情都付出给值得的人。于是他偏头看向窗外，答得很冷淡："我不会接你的班，反正你也不止我一个儿子。"

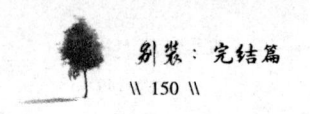

宋明海听到他这话，只是微抬了下手："不是没有考虑过，但是乐乐不行，他被他妈惯坏了，到现在钢琴都还没过八级，考试也从来没进过班级前十，我对他没什么指望。"

宋厌忍不住回过头："宋乐乐才八岁，而且你的公司是用覃姨当时的资金救活的。"

话音落下的时候，宋明海的手机正好响了，他看着屏幕上"覃清"的名字，眉眼闪过一丝不耐和厌倦，然后才接起电话，语气不善："你又怎么了？"

电话那头说了些什么，宋厌没听清，只能依稀听到一向温柔的覃清也像是发了脾气。

而宋明海听完之后，只是说了句："覃清，你真是越来越不懂事了。"然后就挂掉了电话。

他像是琐事缠身，没兴趣再和宋厌做无谓的争执，直接拿出生意场上的谈判手段："如果你不想转回去也行，但是从今天开始，我会切断你的所有经济来源。"

宋厌并不吃这一套，语气冷淡而平静："你别忘了，你现在的所有财产都有我妈的一份，她的遗嘱上写得明明白白，全部留给我。"

宋明海倒也没否认："可是你的监护人是我，所以在你十八岁之前，你没有这笔财产的独立使用权，你还是得听我的，明白吗？"

"当然。"宋明海微顿一下，补充道，"在法律的约束下，就算切断你的经济来源，我还是会履行我的抚养义务，所以你的学费、学杂费我都会按时交，每个月也会按照最低生活标准给你八百块零花钱，不会让你活不下去。"

宋明海理直气壮得仿佛他才是占领道德制高点的人，说完之后还透过倒视镜欣赏着宋厌的表情："怎么？不服气吗？不服气你也没有办法。因为宋厌，这就是弱者的无能为力。"

这就是弱者的无能为力。

因为自己还没成年，因为他是被监护人。

所以哪怕自己做再多努力，到头来也抵不过轻飘飘的一句"这就是弱者的无能为力"。

宋厌看着前方，指甲深深掐入自己的掌心，努力地让自己不失态发怒，只是维持得体又傲慢的姿态："行，你说什么就是什么，只是希望你最好说到做到。"

"如果这就是你的选择，那我很遗憾。"宋明海打开手里的表盒，拿出腕表，看了一眼，眉梢微抬，"可惜了。"

宋厌透过反光镜看到他这一举动，立马转身伸手去抢，然而宋明海已经先他一步摇下了车窗，将手表扔了出去。

这时恰好有辆车从旁边行驶而过，"咔嚓"一声，手表被彻底碾碎。这可是宋厌觉得最适合夏枝野的礼物。

宋厌自从买回来这块手表后，每个晚上都在期待夏枝野收到这个礼物后会是什么反应，这也花掉了他绝大部分的积蓄。可是如今就这么轻飘飘地被碾碎了。

宋厌看着路面上破碎不堪的那块表，手怎么也掰不开车门，只觉得眼睛生疼。而始作俑者只是拿出纸巾擦了擦指尖，一脸无辜道："既然是用我的钱买的，我就有处置的权利，你说是吗，宋厌？"挑衅蔑视至极。

宋厌的手指紧紧地扣住车门的边缘，咬紧牙关，克制住自己所有不理智的冲动。

如果不是想到明天就是夏枝野的生日。

如果不是想到夏枝野可能还在等着他。

如果不是想到夏枝野会担心，宋厌觉得自己可能已经握紧拳头狠狠地和宋明海打了一架。不死不休的那种。

可是他了解宋明海，如果自己真的这么做了，被宋明海亲手送到派出所也不是没有可能。所以他不能这么做，因为现在担心他的人有很多。

于是宋厌吞下所有愤怒情绪，冷淡道："嗯，你说得对，你的东西

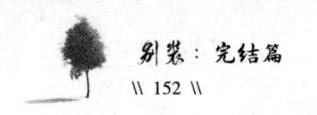

你当然有权利处置,所以就按你说的办。如果你能说到做到,那麻烦你的司机开一下车门。"

似乎是笃定了宋厌只是一时赌气,宋明海笑着抬了下手指。门锁解开。

宋厌第一时间拉开车门,下了车。

在关上车门的那一刻,他像是想起什么,扶着车门,俯下身,露出一个无谓又傲慢的笑容:"哦,对了,宋明海,有件事情我忘了告诉你。你的确有随意处置你的东西的权利,但我不是你的东西,所以希望你抓紧在我成年前的最后这一年多嚣张一点儿,不然我怕到时候你就说不出'弱者就是无能为力'这种话了。顺便……"

他微顿,继续道:"十二月了,我也给你拜个早年,祝你早日妻离子散,孤独终老。至于压岁钱和红包就不用了,希望你感受到我的诚意就好。"

说完宋厌就礼貌地带上车门,然后长长吐出一口气,埋头往车后的方向快步走去。像是多待一秒,自己就会败下阵来。

不过当他说了那些话后,终于把心里那口憋了许久的浊气长长地吐了出来。

不用宋明海的钱就不用宋明海的钱,他有手有脚,总不至于把自己饿死,只要自己能够留在南雾就很好了。

可是他没有可以送给夏枝野的礼物了。和宋明海放狠话时一直强压克制无动于衷的情绪在他意识到这一点的时候却委屈地冒了出来。

他回过头,那辆迈巴赫已经离去,只剩下旁边的柏油马路上残留着的被车辆碾碎的手表的"尸骸"。

宋厌走过去,蹲下身捡起,看着已经完全不能入目的破碎的表盘和表盘后面受伤了的小王子,强忍住眼眶的发酸。

这是他第一次认真给夏枝野挑选的礼物,花了他几乎所有积蓄。他还没来得及送给夏枝野,就被这么轻而易举地碾碎了。显得他的这份心意那么微不足道。

第六章 生日礼物

可是没关系，不就是一块表吗，这次没了，以后还有，他以后肯定能挣很多很多钱。夏枝野的脾气那么好，应该不会生气的。

宋厌想着就站起了身，然而一回头差点儿撞上了一辆三轮货车。

好在三轮货车及时刹了车，不过车上的货物因为惯性，落下来不少。

宋厌忙弯腰拾起，低声道："对不起。"

学校门口本来就空旷，人烟稀少，骑三轮车的老人也不过是要回家恰好路过这里，所以并不着急。

老人看见跟前的少年像是遇上了什么事，眼眶有些红，忙安慰道："没事，没事，莫哭了，你要实在不好意思，就看看有没有啥子想买的？"

他说这话的时候，宋厌正好抬头看见了货架上挂着的两条围巾。一条深红，一条深蓝，围巾末端还印着劣质盗版的钢铁侠和美国队长的Logo，和他们之前去游乐园时穿的卫衣倒是很搭。

夏枝野好像说过他没有围巾，他戴红色的围巾应该很好看。

于是宋厌看向老人："这两条围巾一起卖多少钱？"

老人竖起一根手指："一百一条。"

宋厌闻言拿出手机，发现银行卡果然已经被监护人挂失了。

他的所有身家只剩支付宝里显示数字为"164.52"元的零钱，和一月一日宋明海可能打过来的八百块钱。

难怪宋明海会拿这个作威胁，原来因为自己的确是个没有金钱概念和良好消费观的大少爷，所以总是会落到这个境地。

宋厌咬了一下牙，然后毫不犹豫地看向老人："那你就帮我拿一下这条红色的吧。"说完就付了款。

老人像是看出了什么，笑眯眯地问："是不是买来送给朋友当圣诞节礼物的？"

宋厌："嗯。"

"那就没事了，这个本来就是一对一对地卖的，买一送一，你买红

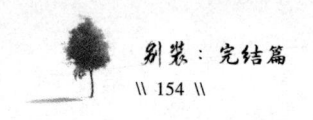

色这条，我把蓝色这条送给你，是不是刚刚好？"老人笑着把那两条围巾取了下来，塞到宋厌手里，顺便摸了摸他的脑袋，"明天就过节了，不要哭了，不开心的事情，睡一觉就过去了，没事。"老人浓重的方言像是某种情感的催化剂。

宋厌强忍着情绪，低下头，"嗯"了一声："谢谢爷爷。"

"这就对了嘛，下雪了，早点儿回家。"老人满意地重新骑上三轮车，在雪夜里远去了。

宋厌低头看着手里这两条做工粗糙还高度疑似盗版的围巾，强忍住眼角的酸意。他怎么也没想到被亲生父亲给了一巴掌的自己，会从素不相识的陌生人那里得到温暖的治愈。

他从前总嫌弃那些情绪矫情做作，不理解为什么有人会动不动就哭，不理解有人为什么会因为感动就瞬间破防。可是他好像渐渐发现，除了宋明海那样的阴影以外，人生之中也不是不可能遇到太阳，比如夏枝野。

正想着，身后传来了一声着急到有些破音的"宋厌"！

一回头，宋厌就看见大雪纷飞里，夏枝野正抱着一大束铃兰花飞快地朝他奔来。

夏枝野站到宋厌的面前，大口大口地喘着气，炙热粗重。

宋厌问："怎么了？"

像是听到他的声音才确认了他终于还在一样，夏枝野低头看着他，低声道："我以为你走了。"

我以为你走了——短短六个字，仿佛道尽了珍视。

宋厌强忍了许久的湿意，最终还是在眼角落下了一小片雪花后很快散去。

他抬头看向夏枝野，如同一个受尽委屈后终于找到依靠的小孩儿，问出了一句倾尽所有勇气的话："我没有走，但是夏枝野，我现在只有一条不怎么好看的围巾了，你还愿意把我一直当比同桌、室友、好朋友还要好的朋友吗？"

第七章 "马甲"掉了

夏枝野准备好花束,到后台去找宋厌却被告知宋厌他爸来接他了的时候,一种自己珍视的东西即将消失的恐惧瞬间充斥了神经细胞。

他直接朝着校门狂奔而去,他觉得自己从来没有跑得这么快过。他怕再晚一秒,宋厌就走了。

直到他看见了宋厌的身影,冲到宋厌的面前,听到了宋厌的声音,终于能重新思考。

宋厌抬着头,看着他,问:"夏枝野,我现在只有一条不怎么好看的围巾了,你还愿意把我一直当比同桌、室友、好朋友还要好的朋友吗?"

一直当比同桌、室友、好朋友还要好的朋友。

精准地提取出这几个字后,向来比谁都聪明、做什么都游刃有余的夏枝野这会儿竟然微怔在了原地,像是不相信这是宋厌这种用冷漠包装自己的人会说出的话。

宋厌本来就不是善于表达情感的人,说完这话就已经够不好意思了,刚想再问一句,就听到了阮恬的声音:"宋厌,你在干吗呢,颁奖礼马上开始了!"

于是宋厌红着脸把两条围巾往夏枝野的手里一塞,没好气道:"不愿意就算了。"说完就双手插兜快步向阮恬走去。

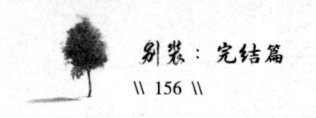

夏枝野这下才彻底回过神来，忙抱着花束和围巾快步跟上："我没有不愿意，我不是那个意思，宋厌，你等等我……"

然而宋厌越走越快，跟耗子躲猫似的飞快地跟着阮恬躲进了领奖人群之中，丝毫不给夏枝野再说话的机会。但又忍不住偷偷往人群外看了一眼，被夏枝野捕捉到后，又飞快地垂下眼睑，假装无事发生过。

只是他脸红得阮恬都看不下去了："宋厌，你的耳朵怎么了？"

"没怎么，估计冻着了吧。"宋厌故作淡定地答了一句，就岔开话题去跟江圆圆对流程，看上去十分平静，毫无异样。

只因为他的皮肤是异于常人的白，所以远远地就可以看见那种代表着傲娇少年难得打开心扉的不自在的绯色，顺着他的耳根没进了他的大衣衣领。

小尿包。

夏枝野低头看着自己手里的两条丑萌丑萌的围巾，想着宋厌说的那句"夏枝野，我只有一条不怎么好看的围巾了，你还愿意把我一直当比同桌、室友、好朋友还要好的朋友吗"，心里就莫名酸得厉害。虽然他不知道发生了什么，但他总感觉这两条围巾的背后，宋厌一定受了很多很多委屈。

夏枝野很想把宋厌抓过来问问，告诉他没关系，他不是只有一条不怎么好看的围巾，他还有一个很好看的，比同桌、室友、好朋友还要好的朋友。

然而事实证明如果第一个机会没有把握住，后面就会出现千千万万个阻碍。

等宋厌好不容易领完奖，夏枝野抱着花上前想跟他说几句悄悄话的时候，阮恬却冲上来，一边挽住一个人的胳膊，笑道："走吧！老师请你们吃火锅！"

夏枝野面不改色地编瞎话："我拉肚子，今天吃不了了。"

"这样啊……"阮恬似有遗憾，又偏头看宋厌，"那你呢？"

夏枝野刚想给宋厌使眼色，却看到宋厌目视前方，语气平淡："我可以。"

阮恬立马笑了："那太好了！这次实外的江圆圆和陈锐也帮了我们不少忙，还有小胖、赵睿文、孔晓晓和13班的那个谁，都说要来给你庆祝，那晚上就不算上夏枝野，我们几个一起去吧。"

宋厌："行。"

夏枝野："……"

夏枝野看着宋厌，轻磨了下后槽牙，然后对阮恬道："老师，没事，我肚子又不疼了，可以跟你们一起。"

宋厌听出了他的咬牙切齿，心虚地避开眼神，抿了抿唇。

夏枝野则轻笑一声，郑重其事地戴上了那条丑萌丑萌的红色围巾。

果然得益于这条出类拔萃的围巾，一群人在火锅店坐下的第一秒，陈锐就忍不住问道："夏爷，咋回事啊？你的审美咋退步成这样了啊？这围巾也忒丑了吧。"

话音一落，旁边的宋厌瞬间垮下了脸。

夏枝野撩起眼皮懒懒地向他们睨了过去："丑？"

"……"陈锐和小胖隐隐感受到一股杀气，立马改口，"不丑，好看，非常好看，和夏爷您英俊的容颜简直完美匹配。"

夏枝野这才满意地点点头。

另一旁近视度数高达八百度还加两百度散光的赵睿文则推了推眼镜，眯着眼睛："好像确实还不错哈，别人送的？"

夏枝野慢条斯理地理了理围巾，语气简直不要太嘚瑟："嗯哼，我弟弟送的。"

宋厌板着脸像是不太高兴地白了夏枝野一眼。然而这一顿火锅他吃得比平时都要多，像是难得胃口很好的样子。

大家吃完火锅要打车回去的时候，阮恬要回江对面的自己家，陈锐和江圆圆回实外，剩下六个人，一辆车坐不下，于是大家都很默契地选择了让夏枝野和宋厌坐第二辆。

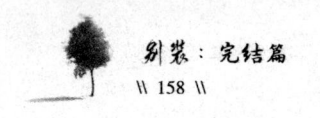

第二辆车并没有把他们送回三中宿舍楼下，而是停在了载酒巷门口。

宋厌被夏枝野带下车的时候还没反应过来，就看见马路上最后一辆移动的车辆飞速地离开了自己的视野。这里离三中宿舍说远不远，说近也要走个六七分钟，更何况还下着雪。

然而下一秒，宋厌就感觉雪好像停了，紧接着脖子上一暖，被人用围巾严严实实地打了个结。一抬头，就看见夏枝野撑着从火锅店里顺出来的透明雨伞，低头看着他："今天晚上住我家行不行？"

夏枝野说道："明天早上我生日，奶奶会给我煮长寿面，如果我们今天住校的话就吃不到了，而且我爸妈不在了，今年我想听你第一个跟我说'生日快乐'。"

不知道为什么，宋厌觉得夏枝野的话中有一种以前从未流露过的极为浅淡的伤感。可能是想爸妈了吧。

毕竟在这种日子，以前深爱的家人却不在身边，哪怕夏枝野心再大，应该也会难过。

宋厌觉得如果自己这个时候再拒绝，就显得特别不近人情，于是低下头，"嗯"了一声："走吧。"

两个人撑着一把伞，并肩缓步走在雪夜寂静幽深的小巷。雪落在地上，落在伞上，落在夏枝野的大半个肩头上。

宋厌只觉得这把伞似乎格外大，把风雪遮得特别严实，身上暖和了不少。

他缓慢地走着，想到夏枝野刚才流露出来的那一丝伤感，就忍不住低声问了句："你的爸爸妈妈还在的时候，你应该过得挺幸福的吧。"

可以去上好的学校，可以玩得起乐队，可以不必作为一个未成年人就要照顾家里的老少。

而夏枝野想起的是从前每年生日的时候，他妈都会难得地亲自下厨做一桌其实特别不好吃的饭菜，他和他爸却都会笑着夸好吃，再一口气全部吃完。那就是他从他父母那里感受到的美好生活的样子。

第七章 "马甲"掉了

于是他对宋厌说:"以后你也会过得很幸福的。"

以后应该是能幸福。

"但是我现在没钱了。"

"?"

宋厌语气保持冷淡平静:"我不转回荟英的条件就是每个月只有八百块钱生活费。"

夏枝野:"……"短暂地微愣了一下,夏枝野才反应过来宋厌是什么意思,忍不住低笑了一声。

自己到底是做了些什么事情给宋厌留下了自己这么贫困潦倒难以拥有幸福生活的印象?以至于这位大少爷满脑子操心的都是他们现在没钱了。

宋厌却是在认真地操心。虽然他和宋明海闹脾气时很爽,但冷静下来一想,一个月八百,还不够他每天喝一杯奶茶,更别说他还要补贴夏枝野,帮夏枝野一起照顾奶奶还有给小麻将买娃娃了。这日子根本没法过。

宋厌想到这儿就有点儿烦躁:"你笑什么?"

"没什么。"夏枝野压着笑意,"我就是在想你没钱了也没关系,我来挣钱就是了。"

宋厌也没多想,没好气道:"你能怎么挣?"

夏枝野裹着点儿笑意慢悠悠道:"我可以做陪玩嘛,我认识一个人美钱多小富婆,特别有钱,还很好说话,找他就行。"

说完,夏枝野就感觉宋厌整个人好像僵了一下,然后忍住笑意,明知故问:"怎么了?"

宋厌:"……"

那个"人美钱多小富婆"就是我,你挣我的钱补助我,你脑子是不是有问题?!

不过想到夏枝野并不知道自己就是"人美钱多小富婆",宋厌又觉得夏枝野应该是好意,板着脸:"反正别找那种奇奇怪怪的富婆就行。"

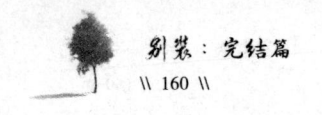

算了，赚自己的钱就赚自己的钱吧，总比夏枝野这只狐狸精真的被哪个富婆看上了强。一想到这里，宋厌心里还是不太爽，冷了语气："不过你爱找谁就找谁，也不关我的事。"

"怎么不关你的事？"夏枝野停下脚步。

于是宋厌又不得不停下脚步，转身看向他。

两人面对面地站在伞下，夏枝野低头看着他："你现在是我最好的朋友，所以你不高兴我做的事我以后都不会做。"

夏枝野继续道："我知道你不喜欢你爸爸，不喜欢那个家，所以以后就不回去了，我来照顾你，当你的哥哥，反正肯定比你爸把你照顾得好，起码把你养得白白胖胖。"

宋厌别扭地避开视线："你当养猪呢。而且你自己都没钱，还想照顾我。"

"其实我有钱……"

"呵。"不等夏枝野说完，宋厌就冷冷一"呵"，"你有钱你会找富婆陪玩？你有钱你会不给小麻将买玩具？你有钱会买不起围巾？你是之前当我傻呢，还是现在当我傻呢？"

在宋厌脱口而出的反问中，夏枝野隐隐嗅到了死亡的味道。

短暂的沉默后，他觉得此事还需从长计议，不然可能结果就是自己长眠于此，生日变忌日。于是他立马改口："我的意思是我会有钱的，所以你别担心。"

这一点宋厌倒是没有否认。夏枝野聪明、好看、年轻、人缘好，做事有天赋又靠谱，怎么看都是未来的青年才俊，以后应该会很有钱。

"那以后再说吧。"宋厌别别扭扭地扔出一句。

夏枝野笑着说："不用以后再说，现在我也不会让宋大少爷受苦的。"

宋厌一巴掌打开他的手："谁是大少爷？"

"不是大少爷那是公主？"

"滚。"宋厌一拳就要揍向夏枝野，却被夏枝野捏住了拳头。

夏枝野低声笑道:"我可不能滚,以后我室友的衣服没钱干洗了,还得用洗衣机;周末想吃好吃的了,还得我买菜回来做。而且凭借我的聪明才智,随便做点儿什么都能挣钱养活我家大少爷弟弟,所以你以后不用去受别人的气。"

夏枝野虽然说着玩笑话,但看着宋厌的眼神过于认真,以至于宋厌突然觉得眼角有点儿酸,避开夏枝野的视线,冷声道:"我有手有脚,又不是不能自己养自己。"

"嗯,我们厌哥这么厉害,肯定可以自己养自己,但是我这个人比较英雄主义,希望我室友可以越过越好。所以我们厌哥给我一个表现的机会,怎么样?"

这人明明自己都这么穷了,日子都过得这么难了,还想着要对自己好,真的是个大傻子。宋厌刚想抬头骂人,却对上了夏枝野认真又诚恳的目光,于是所有冷冰冰的骂人的话语瞬间就在唇齿间化开了去。

夏枝野则低头看着他,轻声道:"宋厌,我说认真的。你第一次喝醉了,我把你带回家,就是在这里,你跟我说从小到大没人疼你,那个时候我就在想如果以后我可以一直照顾你就好了。现在我是你哥了,所以以后你可以试着依靠我,这不丢人,也不用害怕。"

他也可以试着依靠别人,不用觉得丢人,也不用觉得害怕。

这是宋厌第一次真的相信了这句话,因为说这句话的人是夏枝野。

远处风声呼啸,枯木猎猎作响,他隐隐听到了不知何处的钟楼传出了午夜的第一声钟响。他看着夏枝野,冷冷地道:"低头。"

夏枝野:"?"

宋厌:"脸凑过来。"

夏枝野:"……"

就在夏枝野以为自己说多错多踩中了宋厌的雷区,而视死如归地闭着眼低下了头的时候,他感觉自己的耳畔响起了这个冬天以来他听过的最温柔的声音。

"夏枝野,我相信你。"

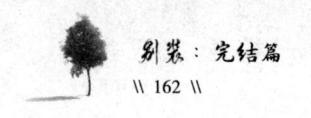

雨伞掉落在地，雪花安安静静地落下，落在两个少年人漆黑的发间、眉梢上和微垂下的眼睫上，像是默默送给少年们的祝福。

直到很久之后，夏枝野才低声笑道："嗯，好，好弟弟。"

他说得温柔，却笑得不正经。

宋厌本来就因为难得的矫情有些不自在，一听这声"好弟弟"，顿时更不好意思了，一把用力地把夏枝野推远，转身往屋内走去。

结果宋厌走到院门口才发现大门没开，只能回头恶狠狠地瞪了夏枝野一眼，试图维持自己正经人的尊严。样子简直凶死了。

夏枝野在心里忍不住笑了一下，然后弯腰捡起伞，慢悠悠地晃了过去，却没有开门，只是站在宋厌跟前，垂眸笑着看着他："伸手。"

"？"

"有惊喜。"

"？？"听到这三个字，宋厌立马用狐疑、警惕的眼神看向他。

夏枝野却笑得温柔又神秘："伸手你就知道了，这次真的是好东西。"

明明已经被骗过很多次的宋厌还是一脸将信将疑地伸出了手。

夏枝野的手掌也覆了上来，紧接着就有什么冰凉的物体落到了他的掌心，像是金属，形状也很熟悉。

等收回手一看，发现果然是一把钥匙。宋厌抬眼看向了夏枝野。

夏枝野晃了晃自己手里另一把一模一样的钥匙："你一把，我一把，以后这里你就可以随时回来了。"

如果一个人愿意把自己家的钥匙交给另一个人，足以说明对他的信任和看重。

这对于宋厌来说有点儿太沉重、太正式了，他信任夏枝野，也把夏枝野当最好的朋友，可是这把钥匙实在是太有分量了。他微抿了下唇，最终还是把钥匙递了回去："我还不能要。"

不是不要，而是还不能要。

夏枝野似乎看穿了宋厌的顾虑，瞬间恢复了那副吊儿郎当的无赖的样子："那可不行，我有的你都得有。"

夏枝野说完就抓着宋厌的手用钥匙开了门："你看，这把钥匙你已经用过了，它已经不清白了，所以你必须对它负责，它以后就是你的了。"

"？？"宋厌见过强盗逻辑，但没有见过这么强盗的逻辑。

他还没来得及反驳，就被夏枝野推回了屋："好了，钥匙收好，就当帮我管理一把备用钥匙，以后你不想要了再还给我就好。"

"可是……"

"没什么可是的，先进屋，不然风这么大，我们厌厌公主又要着凉啦。"

"别叫我公主！"宋厌听到这几个字，瞬间忘记了刚才的话题，抄起旁边沙发上的抱枕就朝夏枝野砸去，"夏枝野，你是不是想挨打！"

宋厌这下彻底忘了刚才交钥匙的话题，羞愤得血液一股脑儿涌上脑袋，抡起拳头就朝夏枝野揍了过去，而夏枝野被打还笑嘻嘻的，并不反抗。

于是等宋厌揍完夏枝野之后，一个发泄完羞愤之情，在努力平复着怒气；一个躺在床上，一手枕着后脑勺，还挺惬意。偏偏揍完人的那个冷静下来后还觉得有点儿不好意思，板着脸有点儿心虚地问："刚才我下手是不是重了？"

从头到尾就没被揍疼的某人则做出一副"我很疼但我偏不说的"大度模样："没事，还好。"

"……"

宋厌突然就觉得自己的脾气和夏枝野比起来实在太差了，他抿了抿唇，硬邦邦地吐出几个字："我以后会注意的。"

每次宋厌摆出这副"我最冷酷"的样子却当着最好骗的小傻子时，夏枝野就会发自内心地觉得自己真不是个人。但他下次还会这样做，因为宋厌这样实在是太可爱了。

夏枝野忍不住笑着进了浴室。

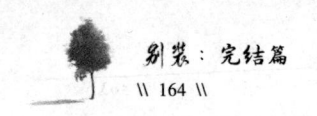

宋厌无聊地拿出手机准备刷一刷,结果打开手机屏幕的时候,界面正好停留在微信朋友圈上。他的指尖惯性地一拨,朋友圈一刷新,指尖就突然顿住了。

Autumn:平安夜快乐。

这是朋友圈最新的一条,配图里有一个包装精致的平安果,一双绣着粉色小心心的羊绒手套,一张贺卡,贺卡上写着:哥哥,平安夜快乐呀!落款是"小奶莓"。

宋厌看见这个熟悉的叫哥哥的口吻,再看见这个小奶莓的落款,又想到商淮好像把沈嘉言的陪玩单转给了周子秋,一个不太成熟却十分可怕的念头出现在了宋厌的脑海中。

果不其然,再一刷新。

人间至甜小奶莓:哥哥喜欢就好!啾咪!

啾,咪。

宋厌突然觉得脑袋一痛。他深呼吸一口气,强行冷静地截图保存,再点开人间至甜小奶莓那个粉粉嫩嫩的头像,发了过去,问:怎么回事?

对面秒回。

人间至甜小奶莓:没怎么回事呀,就是看他带我上分辛苦了,平安夜给他寄了点儿礼物。

YAN:你们什么时候关系这么好了?还给他送礼物?

人间至甜小奶莓:因为他技术好啊!!!

YAN:?

人间至甜小奶莓:他上次和我生气吵架不理我后,我自己上分,一晚上掉了十几颗星!最后还是让夏枝野上我账号帮我打回来的。

"?"夏枝野还上过沈嘉言的游戏账号帮他上分?

宋厌发出这个疑问后,沈嘉言秒回:对啊,就是上个月月初吧,他好像是要带哪个低分段钻石局的女生上分,他自己没有号,就借的我的。

第七章 "马甲"掉了

上个月月初？夏枝野借的沈嘉言的账号？

宋厌冥冥之中感觉到好像哪里有点儿不太对。似乎有什么重要的线索被剪断了，于是那些细小的珠子就散落进了茫茫的沙滩里，想拼凑，又总觉得少了些什么。他正准备深入思考一下到底哪里不对，就听到浴室的门"吱呀"一声开了。

紧接着传来了夏枝野懒洋洋的声音："厌哥，你帮我拿下睡衣行不行？"

宋厌好不容易因为陷入思考而沉寂下去的暴力因子，在听到夏枝野贱兮兮的声音后瞬间又"腾"一下觉醒了，笑着站起了身："行，拿衣服是吧，我马上来。"

夏枝野隔着一整个客厅听到这句话都感受到了扑面而来的一股寒意和杀气，于是身体微顿，秒怂："不用了，这么辛苦的工作就不麻烦我们厌哥了，我自己裹着浴巾出来就行。"

"没事，不麻烦。"宋厌顺手抄起床头夏枝野的睡衣。

然后他搬了个椅子往浴室门口一坐，靠着椅背，叉着腿，抬头看向开门开了一半的夏枝野，笑得又冷又痞："想要衣服？"

只在腰间围了一条浴巾的夏枝野半躲在浴室门后看着堵在门口一脸大佬模样的宋厌："……"

夏枝野略微沉默一下后，勇敢地开口："厌哥，你有没有觉得自己现在这样特别像是臭流氓。"

宋厌："……"是有那么一点儿，但这不重要。

"少废话，想要衣服就坦白从宽。"宋厌睨着眉眼，杀气重重，"你是什么时候知道沈嘉言就是小奶莓的？"

夏枝野回答得很快："就上次在酒店大堂遇见你们的时候，听见你们说话了。"

"那你们加了微信之后为什么没告诉我？"

"加微信主要是为了密谋怎么对付你，所以就没告诉你。"

所以这个人居然早在那个时候就已经窝藏贼心了，还跟自己一口一

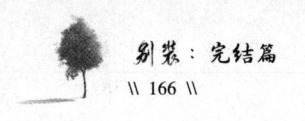

个"好兄弟"的?!

宋厌咬牙切齿地把睡裤狠狠地砸了过去,打算待会儿一起算账:"还有一个问题。"

"你说。"

"你上个月月初借沈嘉言的账号的事情又怎么说?"宋厌问到这个问题的时候语气冷了几分,像是真的不高兴了。

夏枝野突然心里一个"咯噔",难道宋厌发现了那个表的事情?

然后他正飞快地组织语言想着要怎么好好解释才能让宋厌没那么生气,就听到宋厌寒气逼人的一句:"为了带人上分借号都借到沈嘉言头上了,我是不是得夸你一句敬业?"

夏枝野:"……"所以宋厌的重点不是自己曾经用过沈嘉言的账号,而是自己借账号的目的是带别人上分,然后生自己的气了?

夏枝野压着笑意低声道:"当时不是为了准备给你买礼物,才去挣的钱吗?"

宋厌听见这个就来气:"什么钱都可以挣?你用出卖色相挣来的钱来给我买礼物,你觉得我会开心,还是觉得人家天天点你就只是为了你的游戏技术?我是不是说过让你和那些奇奇怪怪、来路不明的女生一刀两断?你当时是不是答应过我?"

夏枝野看着宋厌越说戾气越重的眉眼,心里甚至有点儿高兴。看宋大喜多关心他,生怕他在外面受委屈,偏偏还要装得凶巴巴的,多可爱。但可爱归可爱,这种误会最好还是不要有,于是他低笑着解释道:"她不是什么奇奇怪怪、来路不明的女生,我也不可能和她一刀两断,她其实……"

"你还护着她?!"一想到那个女生几次三番的言语调戏,还把夏枝野带去酒店,带回房间,给他送名贵的礼物,宋厌就觉得胆战心惊,万一夏枝野年纪轻轻真的误入歧途了怎么办?

再听到夏枝野居然还帮她说话,宋厌顿时气不打一处来,恶狠狠地把手里团成一团的睡衣往他身上一砸,然后起身就走。结果宋厌起身的时候太急，脚被椅子腿一绊，差点儿摔倒，夏枝野忙伸手去拽他，宋厌却把他一拍，直接回到卧室，重重地反锁上卧室的门，弹射上床，把自己蒙进被子，生气地"哼"了一声。

　　夏枝野也因为奶奶的突然召唤，只能暂时离开，再回来的时候发现宋厌已经睡着了，只能无奈地笑了一下，想着回头再好好给他这个傲娇的室友解释解释。

　　晚上一个人睡客厅，一个人睡卧室。

　　等第二天早上刘奶奶过来送长寿面的时候，宋厌还是冷着一张脸，像是行走的制冷机。

　　连刘奶奶都能感受到气氛不对，嗔了夏枝野一句："你是不是又欺负小厌了？"

　　夏枝野感到好气又好笑："奶奶，您睁大眼睛看看清楚，到底谁欺负谁。"

　　刘奶奶才不听他的，看向宋厌："他就这样，打小就浑，看在他今天生日的分儿上，咱不跟他计较了，乖。"说完又给宋厌加了一个荷包蛋，才偏头看向夏枝野，"今天晚上还回来吃吗？"

　　虽然夏家对夏枝野一直是放养状态，但是自从夏枝野的父母去世后，每年逢年过节和生日的时候都会把夏枝野叫回去参加家宴，所以按照惯例，夏枝野今天晚上应该是不回来吃的。但出于以防万一的心态，刘奶奶还是问了句："如果要回来的话，我待会儿就去订个蛋糕。"

　　今年有宋厌在，夏枝野并不打算回去，但是也不想让刘奶奶浪费钱，于是吃完最后一口长寿面后，满足地伸了伸腰："晚上应该不回来，奶奶您就别瞎忙活了。"

　　"嗯，知道了，那周末再给你们做好吃的，阿嚏——"刘奶奶说着打了个喷嚏。

　　夏枝野忙问："感冒了？"

　　"嗐，没事，就是昨天晚上电热毯坏了，估计受了点儿凉。"

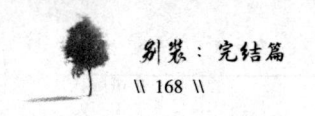

夏枝野微蹙起眉:"我不是给你说过你和小麻将一老一幼用电热毯很危险,就用空调吗,别省那些电费。"

"不是电费不电费的事,主要是那空调不管用啊。"

"我上次要给你换,你不是说有用吗?"夏枝野说着像是有些生气了。

刘奶奶连忙卖萌:"哎哟,你又凶我干吗哟,我就是用着空调难受不行吗?行了行了,你们上学去吧,我下午就去买新的电热毯。"说完就扶着腰,迈着小碎步跑回了隔壁院子。

夏枝野又心疼又生气又不敢骂,只能叹了口气:"回头就把空调给她换了。"

宋厌想问你哪儿有钱给她换空调,但想了想,又觉得这么问有些伤自尊,于是只是问了句:"你晚上不回来?要去哪儿?"

"不去哪儿,就是不想奶奶浪费那个钱买个蛋糕。"夏枝野笑着说,"今天晚上肯定得和你一起过呀,咱不差那个蛋糕。"

他本来也是就事论事,实话实说。在宋厌听起来却成了"过个生日连个蛋糕都舍不得买,却还要想着给奶奶换空调"的心酸,于是宋厌低头搅了一下碗里的面,觉得心里有点儿难受。他不想让夏枝野的生日连个蛋糕都没有。

夏枝野跟他说过,别的小朋友有的他都要有,所以他希望别人家有的,夏枝野也都要有。可是他现在除了饭卡上很富有以外,身上几乎没钱了,距离下个月宋明海给他生活费还有一个星期,他要去哪儿给夏枝野变个蛋糕出来?

宋厌突然觉得自己这个好朋友当得真不称职。

正想着,夏枝野的手机响了。

宋厌抬头看去,发现夏枝野在看见来电显示的时候眉眼间依旧是散漫无谓的神态,然后懒洋洋地站起身:"我去接个电话。"

看上去没什么异常,宋厌也就没多想,"嗯"了一声,低头打开手机,看能不能再想点儿别的办法。结果刚刚解锁,屏幕上就跳出了"宋明海"的名字。看到这个名字的一瞬间，宋厌想直接挂断。

然而他很了解宋明海的为人，除非很重要的事，不然不会给他打电话，所以挂了也没用，因为说不定宋明海会直接找上门。

相比面对面的父慈子孝来说，电话沟通还要省力一些。于是宋厌按下了接听键，声音冷得如同屋檐下的冰凌："什么事？"

对方似乎也没兴趣和他计较家庭礼仪，直接切入正题："我已经帮你请了今天晚自习的假，车子会在六点来接你，你陪我去参加一个晚宴。"

"这种事情你随便找个小明星或大网红陪你可能更合适。"宋厌说得冷静平淡，也就显得更加讽刺。

宋明海却并不引以为耻，只是同样冷静而平淡地陈述："这次晚宴的情况比较特殊，是我一个合作伙伴给他孙子办的私宴，那些乱七八糟的人带着也没用。听说他的孙子很优秀，和你的年龄好像也差不多，应该可以聊到一起。"

"我这种阴郁孤僻、敏感善妒、满口谎言、心理扭曲的人可能没法和你合作伙伴的那位优秀的孙子聊到一起，你还是另请高明吧。"宋厌说完就准备挂电话。

宋明海却直接开价："五千。"

"……"

"今天晚上只要你出席，下个月多给你五千生活费。"

如果没记错的话，宋明海以前随便找个乐子都不止这个价格，看来自己这个儿子在他眼里还真不值钱。

不过能够让宋明海一大早就给自己打电话的合作伙伴肯定不是普通的合作伙伴，他想带上自己，大概率也是为了拉近和对方的关系。这种类似于主动结交的心态出现在宋明海身上不是一个常见的事情，也就意味着这个合作伙伴在宋明海的资金链上应该处于上游水平，同时宋明海还有极大的可能有求于人。

所以这种情况下不如直接抬价。毕竟与其和宋明海吵来吵去落不得

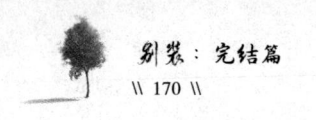

好,不如就把宋明海当作一个 ATM 机,取点儿钱给奶奶换空调,给夏枝野买蛋糕。

自从昨天之后,宋厌就彻底想明白了,憎恨一个人也会浪费时间和精力,但只把这个人当作无情的取款机器却不会。于是宋厌冷淡地开口:"一万,今天就给我,而且晚自习下课之前必须送我回来。"

电话那头传来一声轻笑,像是赞赏,又像是满意:"不错,成交。"说完就掐掉电话。

在他挂掉电话的那一刻,屋外的夏枝野也无奈地笑了声:"爷爷,你让舞狮队来学校接我是想让我'社死'吗?行了,晚宴我会去的,不会让你没面子,我是那么不孝顺的人吗?不过你答应我的空调晚上一定记得叫人送过来装好。"

微顿过后,夏枝野又补了句:"而且晚自习下课前我就得回宿舍,我答应了别人今天要一起过。"

夏枝野回到屋里的时候,宋厌正在换衣服,夏枝野走过去替他把后面的大衣领子翻出来:"厌哥,跟你商量一件事呗。"

"嗯。"

"晚自习我有事情得出去一趟,可能要到晚上十一点左右才会回来,估计你得一个人在宿舍等我会儿了。"

"嗯,知道了。"

"没了?"夏枝野问。

宋厌回头:"不然?"

"你不拷问一下我的行踪吗?"夏枝野问。

宋厌回答得面无表情:"你是不是陪奶奶看家庭伦理剧看太多了?"

夏枝野:"⋯⋯"行吧。他本来还以为由于说好了晚上一起过生日结果自己要出去一趟宋厌会不高兴,没想到宋厌压根儿不在意。

宋厌只是觉得正好,反正自己晚自习也要出去一趟,差不多也是晚上十一点前回来,这样还正好省了给夏枝野解释的麻烦。毕竟如果夏枝野知道自己为了给奶奶换空调就去陪宋明海逢场作戏的话，心里估计也会不好受，所以能不说就不说，让夏枝野高高兴兴地过个生日就好。

于是这个话题就这样戛然而止，谁都没有多提一句。

宋厌低头自顾自地理着大衣袖子，理着理着突然感觉眼前一暗，脖子一暖，微一抬眸，视线就撞见对方胸前的红色粗线针织物和一双修长白皙的手。

那双手正捏着一条深蓝色粗线针织物的两端，在宋厌胸前熟练地系了个漂亮的结，然后把下摆塞进了宋厌的大衣领口。

同款的围巾，同样的系围巾的方式。

然后宋厌就看见夏枝野弯着眉眼，看着他，笑得幸福又温柔："早安，宋厌。"

宋厌板着脸，走出了院子。

夏枝野低头轻笑了一下，推出自行车，长腿一跨，骑到宋厌跟前，停下，偏头笑道："走什么路，上来。"

确实已经很久没有享受到夏枝野的专属接送福利了，还有点儿想念。等宋厌坐上后座，感受到熟悉的粉色自行车的柔软又结实的触感时，宋厌才真正意识到夏枝野已经回来了，他以后每天早上又可以多睡十分钟了。

这种小小的满足突然就让宋厌心情好了起来，心满意足地哈出一口气，低头把下巴藏进围巾，双手正准备插入衣兜，却被夏枝野拽着手腕往前一带，带进了夏枝野的大衣口袋。

宋厌："？"

"这样手就冻不着了。"

"我没这么矫情。"

夏枝野又回头替他提了提围巾："待会儿你的脸靠着我的背，这样风就吹不到我们厌厌公主的脸蛋了。"说完，不等宋厌反应过来，夏枝野就狠狠地一踩踏板，笑着载着宋厌飞快地驶出了雪后微白的小巷。

身后的宋厌因为惯性使然脑袋一下就撞上了夏枝野的背，根本来不

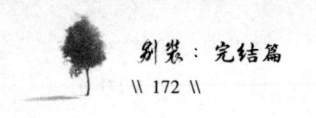

及揍他。

深冬的寒风就这样迎面呼啦啦地刮来,却一点儿也没落到宋厌裸露在外的肌肤上。他的双手插在夏枝野的衣兜里,暖乎乎的。这种感觉还不错,起码宋厌宁愿坐在夏枝野的自行车后座上笑,也不愿坐在宋明海的迈巴赫里哭。

宋厌满足又放松地闭上了眼,甚至想趁机补个觉。

结果眼睛刚刚闭上,他就听到地动山摇的一声:"夏枝野!你给我停下来!胆子肥了啊!在学校里骑个自行车还这么横冲直撞的!"

宋厌心中一紧,睁开了眼,而一睁开眼就对上了刘德青本来怒气冲冲又瞬间转为蒙圈的眼神。于是宋厌眨了眨眼。

刘德青也眨了眨眼。

"……"

沉默的对峙后,刘德青发出了直击灵魂的一问:"怎么是你?!"问完又偏头看向夏枝野,"你载着一个男生为什么还笑得那么开心?!"

夏枝野委屈死了:"主任,我明明是因为离开学校太久,今天终于重归母校怀抱,所以才露出了感动又幸福的笑容,你难道感受不到我对三中的爱吗?"

刘德青:"……"真的是这样吗?

夏枝野的嘴,骗人的鬼,刘德青根本不相信,看向他心中的老实学生宋厌:"你来说,你们俩为什么会一起上学?你为什么坐在他的自行车后座上?"

宋厌直接用冷漠的面瘫脸应对一切:"一个宿舍。要迟到了。我不会骑车。"

刘德青:"……"听上去也没什么毛病。

看出刘德青有所动摇的神情,宋厌又面无表情地补了一句:"老师,早自习要开始了,虽然夏枝野拿了奥赛金奖,我拿了'青才杯'的第一名,但是我们都觉得平时的学习也不能落下,我今天的单词还没背,可以让我先回教室吗?"

第七章 "马甲"掉了

宋厌只要一离开夏枝野,就是一个标准的沉默寡言的冷酷学霸,从来不用老师操心的那种。

刘德青一听他时时刻刻都记挂着学习,立马想到这两人可都是三中为数不多的清北苗子,连忙放行。然而等两人走远后,他还是忍不住摸了一把自己锃光瓦亮的脑门。

夏枝野很快就发现在自己离开半个月后,自己同桌的生活似乎有哪里开始不对。

宋厌到教室后,座位上已经有小胖帮忙带的早餐了。

宋厌会自己剥茶叶蛋了。

宋厌会自己去接开水了。

宋厌吃午饭的时候有人等了,而且宋厌还会自己耐心地把不吃的东西挑出来了。

宋厌甚至还接受了学校食堂里三块一杯的最便宜的香精奶茶。

夏枝野震惊了。

等到下午放学,宋厌嘬着奶茶准备照旧和小胖他们一起去食堂吃晚饭时,夏枝野把他摁回座位,然后把那杯三块钱的奶茶从他手里夺了下来。

宋厌一脸莫名其妙:"你干吗?"

夏枝野一脸严肃:"你不是不会剥茶叶蛋吗?你不是连蜜雪冰城和CoCo都嫌便宜不愿意喝吗?而且你不是不喜欢吃食堂吗?"

这都是些什么乱七八糟的问题,夏枝野是不是脑子不太好。

宋厌想到去食堂去晚了又要排好长时间的队,就有点儿烦躁:"之前给你买了手表不就没钱了吗?"

"那款手表是四万二,你身上本来最少应该有五万块,怎么会连外卖都点不起?"

"我不是还给了你五千现金吗……等等。"

"等等。"

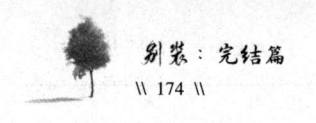

两声"等等"一起发出。

夏枝野看向宋厌："你什么时候给了我五千现金？"

宋厌意识到自己说漏嘴了，也懒得瞒了，没好气道："不然你以为你书包里的钱是天上掉下来的？"

书包里的钱？夏枝野从桌子里拖出书包，把厚厚的一摞书全部拿了出来，才发现最里层的最底下果然压着一个厚厚的信封。

夏枝野看着里面一沓粉色的、崭新的纸币，再看了看那杯三块钱的奶茶，又想起以前从来只吃外卖的宋厌也习惯了食堂油腻难吃的饭菜的样子，心里突然有点儿说不出的酸楚感。

他一直以为在自己和宋厌的友情里，自己是做得更多的那一方，可其实早在他没看见的地方，某个坏脾气的大少爷已经比他做了更多。

另一头的宋厌也意识到哪里不对，微蹙起眉："你怎么知道我身上最少有五万块？"

"那个，其实……"

"等下。"夏枝野刚准备开口坦白，宋厌的手机屏幕就亮了。宋厌示意夏枝野噤声，然后接起电话，语气极度漠然冷淡："嗯，知道了，你就在学校门口等我，我自己过来。"

说完宋厌就挂掉电话，朝夏枝野道："我先去出去一趟，有什么事回来再说。"然后他就拎着书包朝教室外走去。

夏枝野的话已经到了嘴边，又只能生生地咽了下去，正好撞上小胖忘记拿饭卡而匆忙返回教室，于是叫住他："方尝，怎么回事？"

小胖难得听到有人叫自己的大名，预感大事不妙，警觉道："怎么了，夏爷，厌哥又跟你吵架了？"

"没，我就是想问你，你之前答应我帮我照顾好宋厌的呢？"

夏枝野临走之前用小胖觊觎已久的一整套限量手办收买了他帮忙照顾宋厌这个大少爷，小胖屁颠屁颠地就答应了，也没觉得哪儿不对。

"这不照顾得挺好的吗？"小胖丈二和尚摸不着头脑，"而且我还教育厌哥了，我说他太大少爷脾气了，太挑剔了，太不会过日子了，不能这样，得改，需要学会勤俭节约自力更生，不然身边的人会很累。你看，他现在不是好多了吗？"

小胖颇为骄傲。

夏枝野："……"

好什么好！宋厌本来就觉得他自己本身的性格不讨人喜欢，只有主动给别人很多别人才可能喜欢他。所以夏枝野才愿意一直迁就他的坏脾气，纵容他的坏习惯，就是想让他知道即使他有缺点，他本身也足够值得别人喜欢。

现在整了这么一出，宋厌可能真的就会觉得只有他改变了，才会被喜欢了。

但偏偏又不能说小胖做错了什么，毕竟小胖也是真心为了宋厌好。

可只要想到宋厌听到别人对他说他哪里哪里需要改后，一个人窝在床上反省自己，怀疑自己，再委屈自己改正的样子，夏枝野就觉得他怪可怜的。再想到宋厌这种大少爷居然为了自己开始省吃俭用后，就更觉得他可怜了。

夏枝野觉得等宋厌回来后一定要好好和他聊聊。然而还没等到宋厌回来，手机屏幕上就跳出了夏瑜的微信：到学校门口了，快出来。

于是夏枝野只能给宋厌发了条微信：给你点了喜茶和晚饭的外卖，等我回来，晚上我有重要的事情和你说。

宋厌收到这条微信的时候，刚刚走到校门口，正想着夏枝野能有什么重要的事情和他说，一抬头就被校门口的一辆大红色的法拉利双门超跑亮瞎了眼。甚至在这辆异常浮夸的超跑的衬托下，连宋明海的迈巴赫都显得低调了起来。

不过宋厌从小到大也是对各式各样的豪车见多了的人，这种几百万块的跑车并不足以引起他的重视，真正引起他的重视的是倚在超跑旁的那个年轻的女孩儿。

她很漂亮，还是很招摇的那种漂亮。

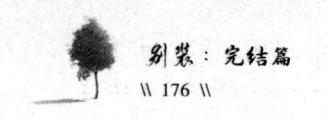

不知道是不是染发和美瞳的原因，一头柔顺蓬松的大波浪和一双眼眸都呈现出偏浅的褐色，皮肤很白，眼窝深邃，眼型是内勾外翘的桃花眼，有点儿混血感，看上去还有种莫名的眼熟。

可是自己应该从来没有见过这个女孩儿，不然这种外形条件自己不应该不记得，可如果没见过的话，这种莫名的眼熟感又是怎么回事？

宋厌正想着，视线一瞥，目光就落到了女生的手腕上，然后眼神在一瞬间变得冷冽异常——女孩儿的手腕上戴着一枚限量版的卡地亚钻石手镯，和经常找夏枝野陪玩的那个富婆"老娘美且野"的头像上的那枚一模一样。难怪自己会觉得她眼熟。

可是她为什么会出现在南雾三中门口？还正好是在平安夜和夏枝野的生日这天？又正好夏枝野今天晚上有事情要出去一趟？种种条件加在一起，答案便呼之欲出。

宋厌不自觉地握紧了拳头，想现在就打一个电话把夏枝野叫出来当面对质。但是如果这么做，就显得太难堪了。

而且宋厌相信夏枝野，相信夏枝野不会做出超出底线的事情，也相信夏枝野能够处理好这件事情。

宋厌虽然从理智上这么告诉自己，但依然觉得生气。他紧紧地握住拳头，咬着后槽牙，心里忍不住怒骂。夏枝野居然准备出去偷偷见富婆，这么出格的事他都敢做，真是活得不耐烦了，等晚上回来自己一定要好好教育他！

宋厌想着，深呼吸一口气，努力咽下愤怒，调整状态，整理好头发和大衣，等确保自己的仪态挑不出差错后，才走到那个女生跟前，冷淡又疏离道："你是来找夏枝野的吧？"

夏瑜本来等夏枝野正等得百无聊赖，听到这声音，猛然一抬头，看见是个长得特别漂亮的小男生，立马就来了劲儿，笑得非常动人："是呀，小弟弟你怎么知道的呀？"

谁是你的弟弟？是不是长得好看的男生都是你的弟弟？

宋厌一想到这个女生叫夏枝野也是一口一个"弟弟"，心里就特别

第七章 "马甲"掉了

不舒服,但表面上还是维持着基本的教养:"嗯,我是他的室友,有幸看过您的照片。"

"哦……这样啊……"

不对。等等。

室友?!夏枝野的室友?!

等夏瑜意识到眼前这个漂亮的小男生就是夏枝野经常挂在嘴边的好朋友后,整个人都精神了。

但她还没来得及说话,这位高贵冷艳的小男生便冷冷地开口道:"虽然我不太清楚你们是什么关系,但是我还是想说一句,夏枝野还是个未成年人,所以希望您能注意好分寸。"说完,他留下一句"祝你平安夜快乐"后,就转身上了身后那辆迈巴赫,没有留下任何讨论的余地。

夏瑜一脸蒙。

这是什么意思?

宋厌坐上副驾驶后,回忆了一遍自己刚才的所作所为,确认没有失态,才长长地呼出一口气。

还好宋明海的这辆已经停售了的迈巴赫虽然看上去比那辆法拉利低调,但实际上价格更贵,自己没有败下阵来。起码让那个富婆知道了夏枝野绝对不止她一个有钱的朋友,所作所为也能忌惮一些。

宋明海一直埋头在车上看着财务报表,并没有注意到宋厌刚才的行为,只是在听到他上车的动静后,头也不抬地说了句:"出发。"

司机闻言立即发动车辆,飞快地驶离了校门口的这条老街。

车辆到达市中心的五星级酒店后,宋明海并没有直接带宋厌去宴会厅,而是带他先去了顶楼的酒店套房。

宋明海从衣柜里拿出一套事先准备好的一看就很昂贵的白色礼服扔给他:"把你那条丑得可怕的围巾给我摘了,换上这套,头发待会儿也会有人过来给你打理。"

你的围巾才丑得可怕。

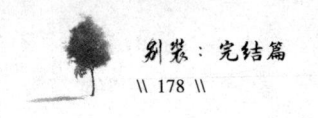

宋厌理直气壮地觉得宋明海根本就没有审美。不过虽然他和宋明海过不去，但从小到大的教育已经让他习惯了最基本的社交礼仪和宴会修养，所以尽管不同意宋明海对他的围巾的评价，也还是选择了接过礼服，只是冷淡又刻薄地拒绝了打理头发的提议："头发就不用打理了。"

宋明海倒也没有动怒，只是走到穿衣镜前，给自己挑选起胸针："也行，头发就这样学生气点儿也好，显得不那么刻意。"

宋厌甚至都懒得翻个白眼，拎起衣服就进了套房里间。

他个子高，骨架不算宽阔，但胜在腰窄腿长，本来应该显胖的白色礼服穿在他身上刚刚好，很有一种矜贵小少爷的味道。

宋厌换完衣服出来的时候，收到的是宋明海满意的视线："不错，带出去还不算丢人。"

说完，宋明海又把一个包装精致的礼盒扔了过来："礼物也帮你准备好了，你亲手送给寿星就行。"

还挺沉，不知道是什么玩意儿。宋厌打开盒盖一看，发现深蓝色的天鹅绒上躺着的是一把刀柄镶满宝石的银匕首，冷笑一声："生日礼物送刀，也够别出心裁的。"

宋明海慢条斯理地友情讲解："这是维多利亚时期的文物，价值十七万，寿星正好十七岁。"

还真是舍得下本钱。

"看来宋总是有求于人啊。"宋厌的语气不无嘲讽。

宋明海不置可否："有个项目需要在南雾拍一块地，但现在出了点儿问题，没有他们家搭线的话，这块地拍不下来，所有的前期投入只能搁置，资金链就会出现问题，你锦衣玉食的生活大概也不能继续保证了，明白了吗，宋大少爷？"

"明白。"

"明白的话，今天晚上希望你好好表现。"

怎么表现算好好表现宋厌不知道，但如果他心情不好的话，让宋明海在需要讨好的人面前难堪一下，他倒也很乐意。于是宋厌收好刀，敷

第七章 "马甲"掉了

衍地应了一句:"行,宋总,所以我们现在可以去祝寿了吗?我在晚上十一点前还要回宿舍。"

宋明海也终于挑选出了满意的胸针,别好,理了理西装领子:"行了,走吧。"

不得不说,宋明海穿着正装的时候很有一点儿玛丽苏小说里霸总的味道,而宋厌的眉目更是精致漂亮,穿着正装,冷漠的一张脸显得更加高级了起来。

当两个人同时出现在宴会厅的时候,立马就抓住了会场里大部分人的视线。加上宋明海在商场上确实也有点儿地位,上来套近乎逢迎夸赞的人数不胜数。

宋明海的目标却很明确,简单地客套了几句后,就端起酒杯,带着宋厌直奔会场中心而去:"你夏爷爷的孙子和你的年纪差不多,成绩很好,综合素质也不错,不出意外的话,明年他就要申请藤校了,你待会儿记得和他多聊聊,好好向他学习学习。"

"顺便帮你拉一下合作伙伴的好感度是吗?"宋厌一点儿面子都不打算给宋明海留,顺便懒恹恹地扫了一眼宴会厅。

二十四小时恒温加氧的空间,满屋子衣香鬓影,觥筹交错,屋子正中间十层高的蛋糕塔应该是出自某个星级甜点师之手,看上去精致异常。

宋厌突然间就觉得挺讽刺的。明明都姓夏,都是同一天生日,结果有的人连换台空调都需要想方设法,有的人却有二十四小时恒温系统;有的人连个蛋糕都舍不得买,有的人却花了几十万就为了办个全是陌生人的晚宴。

如果不是为了换台空调和给重要的人买个蛋糕,自己也根本没必要跟着宋明海来到这么无聊的地方。或许他此时此刻就可以跟夏枝野一起喝着奶茶,在教室的最后一排偷偷打着游戏,多自在。

宋厌想着,连带着对这场生日宴会的主人也没了好感,只想早点儿敷衍完事走人,毕竟给夏枝野订的蛋糕还等着他回去取,还有某个出去

和富婆约会的男人等着被"教育"。

于是宋厌单手拿着礼物盒,转身问宋明海:"你合作伙伴的孙子叫什么名字,我去给他送完礼物就走。"

结果宋厌刚问完,宋明海就像是突然看见了谁,端出一副谦逊温和的笑容,朝着宋厌身后举起了酒杯,他缓步走过去:"夏老,好久不见,最近身体可好?"

看来是正主到了。

宋厌闻言也就跟着宋明海的方向面无表情地转过了身:"夏……"

本来准备礼貌地客套几句,然而宋厌在转过身看见眼前的场景的时候,那个"夏"字硬生生地卡在了喉咙里。

他的面前站着一个穿着唐装、鹤发童颜、清瘦矍铄的老人,笑容慈祥,气质清贵,看样子应该就是宋明海口中那个在南雾颇有几分财势的夏氏集团的当家人——夏老。

这位颇有财势的夏老身旁还站着一个修长挺拔的少年,穿着一身一看就十分昂贵的没有 Logo 的黑色定制西装,脖子上却围了一条一看就很劣质的丑得可怕的红色粗线围巾。

少年偏浅的额发被向后拢起,露出了鼻高眉深的立体五官和一双招人的桃花眼。而那双惯常带着散漫笑意的浅褐色双眸,此时此刻也像是看见了什么意料之外的人一样,充满震惊、呆滞以及对死亡的恐惧。

四目相对,时间静止,现场霎时陷入了几近窒息的凝滞的死寂,谁也没有说话。

宋厌在想,这个世界上一定存在两个长得一样、姓氏一样、生日也一样的人。说不定这个人只是夏枝野异父异母的兄弟,或者就是同父同母的亲兄弟——双胞胎,但是夏枝野因为某种原因不幸在儿时被遗失,流落在外。

总归面前这个人不可能是夏枝野。

就算是,也一定只是幻觉。不然他和夏枝野之间总得死一个。

然而宋明海难得温和亲切的声音残酷地在他的耳边响起:"来,小厌，给你介绍一下，这是你夏爷爷的孙子，夏枝野。"

于是那一刻，宋厌已经全然无法描述他此时是什么感受。

只知道还好宋明海的礼物准备的是一把刀。

方便。

第八章
别跟我装穷

宋厌不知道为什么换台空调都要想方设法的人，此时此刻却一身正装人模狗样地站在五星级酒店的宴会厅里。

也不知道为什么早上连个蛋糕都舍不得买的人，此时此刻却是这个花了几十万办的全是陌生人的晚宴的主人。

更不知道为什么说好的父母双亡、上有一个七十岁奶奶、下有一个三岁妹妹的生活不易、"卖身卖艺"的清纯美貌男高中生，此时此刻却摇身一变，成了有钱有势的贵公子。

但他知道一件事，那就是夏枝野这个大骗子今日必不得好死。

一想到夏枝野装的那些穷，卖的那些惨，宋厌就捏紧了手里的礼品盒。

他抬头看向面前一身昂贵定制西装却围着学校门口一百块钱买一送一的破围巾的夏枝野，面无表情地举起了手里的礼盒："祝我们夏大少爷生日快乐，福如东海，寿比南山。"

尽管宋厌的语气冷漠得如同一台机器，还完美复制了夏枝野平时一口一个"我们宋大少爷"的阴阳怪气，"寿比南山"四个字听上去也有种莫名诡异的阴森感，但是比想象中的悲惨场面和谐了不止一万倍，以至于夏枝野有点儿受宠若惊。

难道宋厌看在他今天生日的分儿上不准备和他计较了？

夏枝野想着，顶着宋厌"你敢轻举妄动就当场处死"的冷酷的眼神小心翼翼地打开了礼盒："谢……"

第二个"谢"字在夏枝野看到礼盒里躺着的那把华丽、精致、锋利、瓦亮的匕首时，硬生生地卡在了喉咙里。

夏枝野觉得宋厌口中的南山可能只在世间伫立十七年，他甚至都已经想象到了这把刀直挺挺地插进自己喉咙时的样子。

察觉到夏枝野的僵硬，宋厌再次冷冷地开口："怎么，我们夏大少爷不喜欢？"

"喜欢。"不敢不喜欢。

夏枝野小心翼翼地合上盖子，看着宋厌，笑着说："只要是你送的我都喜欢。"

本来还觉得两人之间只是有点儿古怪的夏老和宋明海听到这话，算是彻底听出来不对了："你们两个之前就认识？"

"啊，对。"夏枝野忙笑着一把拽过宋厌，箍住他的肩膀，限制住他的人身自由后，才介绍道，"这是我的同桌兼室友，宋厌。"

宋厌面无表情，不动声色，一副高岭之花的冷酷样子。

夏枝野则保持得体的微笑："宋厌是我最好的朋友，没有之一。"

"哦？"夏老听到这话似乎很是意外，看向宋明海，"令郎竟然也在三中就读？"

宋明海这种已经在大城市扎稳脚跟的企业家，怎么会把自己的宝贝儿子送到南雾三中来？这怎么想也想不通啊。

宋明海也没想到夏家这样的人家居然会让自己的宝贝孙子去三中这种条件非常一般的公立学校上学，感觉有些不合情理。

不过惊讶之余，宋明海更多的是觉得自己运气不错，看样子宋厌和夏家这个孙子的关系好像不是一般的亲近，那自己攀起夏老的关系来也就更加容易。于是他笑着点了点头："是啊，主要是觉得男孩子不能太娇惯，不然以后长大了受不起挫折，所以就把他一个人送过来历练历练。"

"嗯,你说得也对,女孩子要富养,男孩子就是要穷养。像我们家这个也是,就放养,想干吗就干吗,不管他,如果是自己想干的事,就要自己想办法,家里绝对不帮忙也不多出钱。"夏老笑着扶着自己手里的拐杖,传授着自己对孙子的培养心得,"不过这小子也争气,即使是放养,他也没长歪,一直都是年级第一,前几天还拿了个国际奥赛的金奖回来,勉强没给我丢人。"

"难得看到这么懂事又优秀的孩子,长得也是一表人才,高大帅气,性格还很好,要不是我家没闺女,我都想抢他当女婿了。"宋明海在商场沉浮惯了,已经练就了一身见人说人话、见鬼说鬼话的本事。

宋明海简单一句俏皮话,夏老就被马屁拍得身心舒坦,笑呵呵道:"你们家小厌才是长得俊,看这模样,比我们公司新签的这个那个的代言人都俊俏多了,以后想当你们宋家儿媳妇的人估计也得排着长队嘞!"

夏枝野一边顶着宋厌杀人不见血的拧肉攻击,一边笑着开了口:"爷爷,你这话说得好像宋厌只是长得好看一样,明明人家成绩也好。上次区联考和我并列第一的就是他,昨天在'青才杯'演讲比赛他还拿了第一名。是吧,宋叔叔?"

夏枝野只要一弯着桃花眼笑起来,就有一种男女老少通杀的神奇亲和力,让人会不自觉地放下防备。再加上没人会介意别人在这种场合夸赞自己的亲生儿子,宋明海也就顺着笑道:"我家这小子也确实还算争气。"

周围其他人也连忙跟着上前赞扬附和:"宋总太谦虚了,这怎么能是还算争气,这是太争气了。"

"果然是家学渊源啊,你看,夏老和宋总家的孩子都是这么优秀。"

"说明遗传基因确实很强大嘛。"

"那可不,龙生龙,凤生凤,老鼠的孩子会打洞。"

"对,虎父无犬子,叔叔看好你们。"

…………

第八章　别跟我装穷

客套逢迎不绝于耳，宋明海面上也始终挂着谦逊温和的君子笑容。

夏枝野却感觉到被自己搭着肩膀的那人胳膊越来越紧绷用力，于是轻轻拍了拍他的胳膊，似是安抚，而后朝宋明海笑道："不过宋叔叔，你是不是还不知道宋厌被冤枉了的事？"

他说出这句话的时候，本来还在拧着夏枝野胳膊的宋厌顿住了，本来正笑得风度翩翩、接受着众人夸赞的宋明海举着酒杯的手也略微顿住了。

倒是夏老最先有了反应，微皱起眉："被冤枉是怎么回事？"

"哦，也没什么。"夏枝野解释道，"就是去年'青才杯'有一个人抄了宋厌的稿子后，反过来诬陷是宋厌抄了他的稿子，还自己从三楼阳台跳下去栽赃给宋厌，宋厌最后就被取消了奖项。然后被宋叔叔惩罚之后就转到南雾三中来了，前两天才刚洗清冤屈。"

夏枝野的语气轻描淡写，听上去不像什么大事，但是在座的都是人精，哪个不能脑补出"被惩罚之后就转到南雾三中来了"这句话里到底藏了多少事？

宋明海的脸色微变，刚想开口解释，夏枝野却先笑着替他解了围："不过宋叔叔这么做肯定也是因为不想让宋厌走上歪路，才用了这么严厉的手段，我想宋厌肯定可以理解的，他现在都已经不需要吃助眠药了。"

听上去有些混乱的一段话，仔细一理，信息量却很大。

现在不需要吃助眠药了，那就是以前需要吃。

所以宋明海为了教育儿子到底是用了多严厉的手段，才能让这个十几岁的孩子到了需要服用药物治疗的程度？

如果宋厌是真的做错了什么就算了，结果人家还是被冤枉的。那宋明海这个当爹的当时为什么没有调查出真相？为什么没有相信孩子？为什么还要一味地严惩孩子？

加上宋明海原配早逝，现在的妻子是二婚的事情也不是什么秘密，在座的大多数来宾看向宋明海的眼神就多了几分古怪的考量。

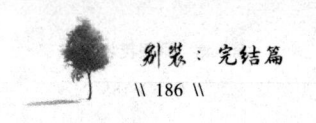

宋明海刚刚立下的父慈子孝的人设岌岌可危，而始作俑者还笑得礼貌又亲切，他背后的长辈自己现在又还得罪不得。于是宋明海只能继续维持自己的好父亲形象，反省道："当时确实是我没有了解事情的真相，因为实在没想到十几岁的高中生心机这么深。"

夏枝野一脸了然地点点头："十几岁的高中生也确实可能比四十几岁的企业家心机更深，宋叔叔当时没想到也是正常的。"

这话任谁听着都像个笑话，宋明海的脸色闪过一瞬的难看。

夏枝野却浑然不觉，只是偏着脑袋，一脸少年人的单纯天真："那宋叔叔现在知道真相后肯定很愧疚吧？但是没关系，我相信只要你好好给宋厌道个歉，他一定不会怪你的。"

宋明海握着酒杯的指节用力泛青，面上却依旧笑得绅士温和："当然，宋厌一向是个懂事的孩子，我后面也一定会好好道歉的，这是我身为一个父亲应该做的。"

"哇，宋叔叔真好，那不如就趁现在道歉吧，现在人这么多，宋厌肯定不好意思闹小孩子脾气，你说是吧，宋厌？"夏枝野偏头朝宋厌眨了下眼。

宋厌根本不指望宋明海会给他道歉，还是在大庭广众之下给他道歉。他不想让场面太难看，转身就准备走，却被夏枝野紧紧地箍住肩膀限制在了原地。

宋明海脸上的绅士笑容也越来越冷淡。他可以在商场上见人说人话，见鬼说鬼话，但只要回到家里，他就必须是不容置疑、不容挑战的一家之主。他当时之所以会对宋厌处以那么严厉的惩罚，与其说是惩罚宋厌可能存在的错误，不如说就是为了惩罚宋厌始终不肯低头认错的桀骜不驯。

所以让他在大庭广众之下向宋厌道歉，无异于是对他这个大家长最大的羞辱。

而且宋厌是他的儿子，吃的喝的穿的用的包括这条命都全是他给的，凭什么要求他道歉？

然而众人看向他的眼神都已经藏着些不满和谴责,夏老甚至直接皱起了眉头,握着手里的拐杖往地面一敲,不满道:"明海,你身为人父,应该以身作则。"

夏家的家风向来名声在外,夏老更是出了名的看重人品。自己如果在这种事情上留下了刻薄严厉、独断专制、刚愎自用、不愿为自己的错误埋单的印象,对后面的合作无异于会造成很大的阻碍。

和商场上的巨大利益相比,他这个大家长的尊严和威信就显得不值一提。

于是宋明海尽管早就气得血压升高,但还是握紧酒杯,朝着宋厌端出一副慈父面容:"夏老说得对,小厌,之前是爸爸没有相信你,没能够无条件地支持你,所以才让你受了这么大委屈,伤透了心,是爸爸对不起你。爸爸以后会改的,会信任你,尊重你,保护你,遇到事情一定会好好沟通,绝对不会再出现之前那样的事情,你能原谅爸爸吗?"语气谦顺温和,诚恳中甚至透着一丝祈求原谅的卑微。

哪怕知道对方是在演戏,但有生之年居然能在众目睽睽之下听到宋明海这么低声下气地和自己说话,宋厌一时间还是有些想笑。

宋明海丢人了吗?丢了。

自己会原谅他吗?不会。

夏枝野也知道宋厌的答案,所以并没有让这个问题在他身上停留太久。夏枝野朝宋明海笑道:"宋叔叔果然是个好父亲,看来以后我要多给爷爷讲讲宋叔叔是怎么当家长的,让他好好学学,不然一天到晚就知道专制。"

"嘿,你这浑小子,胆肥了是吧,竟然编派到你爷爷身上了。"夏老抄起拐杖就往夏枝野身上虚打一下,"我才要和你宋叔叔好好交流交流,怎么养出宋厌这么乖巧的孩子!不像你,一天不气我,心里就不痛快。"

夏老活到这个岁数,早就成人精了,对夏枝野的那些小心思哪能看不出来,无非就是想替宋厌出出头。所谓的以后讲讲怎么当家长,也是

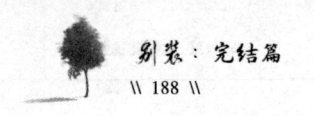

在暗示宋明海，如果他回去以后对宋厌打击报复，夏枝野就会来给自己告状。

狐假虎威，狗仗人势。

夏老在心中不屑地鄙视了一下自己的亲孙子，但是宋明海的私生活作风他多少也听说过些，大概猜出来宋厌这孩子在家里不好过，所以鄙视归鄙视，还是顺手卖了他孙子这个人情。

末了，也不等宋明海开口，夏老就嫌弃地朝夏枝野摆了摆手："行了，你们年轻人快去玩你们的，别气我这个糟老头子了。"

然后他笑着指了指茶座的方向："走吧，明海，陪我这个老头子聊两句？"

宋明海哪能不应，尽管憋着一肚子火，也只能生生忍下，谦和地笑道："那就还请夏老多多指教了。"

另一头，夏枝野光明正大地带着宋厌离开了人群，到了VIP休息室，确认里面没人后，关上门，嘚瑟地笑道："怎么样，我刚才是不是很男……"

"人"字被咽回去了。

他本来是想美滋滋地向宋厌邀功，博个感激，结果关上门，一回头，就对上了一把精致锋利的匕首。匕首的柄端被苍白瘦削的指节紧紧握住，手背凸起明显的青筋，昭告着持刀之人凛冽的杀意。

那充满杀意的削铁如泥的刃口则不偏不倚地对准了他脆弱的咽喉，距离受伤，仅一步之遥。

那一刻，是夏枝野这短暂而绚烂的一生中离死亡最近的一刻。

于是那个"人"字就被活生生地吞了下去。他刚才男不男人不知道，但他接下来的日子肯定很难。

"那个，厌哥，你听我解释……"

夏枝野小心翼翼地捏住刀锋，试图让它离自己优美颀长的脖子远一点儿。然而自己刚刚一动，就听到宋厌冷冷的一声："想现在就死吗？"

"……"不想。

于是夏枝野垂下手,乖乖地站在原地,一动不动地看着面前的冷酷杀手。杀手今天穿的白西装,深灰色的衬衣,皮肤被称得很白,气质清冷矜贵。

"那个,厌哥,我有一个小小的不情之请。"

"说。"

"临死之前能来个兄弟之间的拥抱吗?"

"……"抱个鬼!

宋厌终于忍不住怒气,狠狠地一脚朝着夏枝野的重要部位踹了过去。

夏枝野连忙侧身一躲。这一躲却撞向了匕首刃口的方向,宋厌想都没想就把匕首往回一收,生怕它真的碰到夏枝野。

然而宋厌这一分心,却被夏枝野趁机捏住手腕,一个转身,抵到了墙上。

宋厌咬牙切齿:"夏枝野,给你三秒,再不放开我,你今天就别想活着走出这里。"

"那你刚才收什么刀?"夏枝野懒洋洋地笑着问道。

宋厌看着他这副吃准了自己的样子,恨得牙痒痒,冷笑一声:"我不想让你死得这么便宜,我数三声……"

"别这么凶嘛,你先听我解释,解释完了再打再骂,我绝不还手,行不行。"夏枝野试图用温柔攻势为自己赢得一线生机。

然而宋厌根本不买账,只是发出冷冷的一声:"三。"

"你别急嘛……"

"二。"

"我不是不认账……"

"一。"

"对不起,我错了。"三声数完,夏枝野立马松手后退,扯过沙发上的抱枕,往地上一扔,直挺挺地就跪了下去。跪得非常之熟练,非常

之标准，非常之突然，以至于已经抄起匕首准备给夏枝野一个致命恐吓的宋厌瞬间僵在了原地。

等等，这个动作为什么可以这么熟练？而且自己有说让他跪下吗？臭不要脸的！

等反应过来的时候，宋厌咬牙去拽："给我起来！"

夏枝野见杆就爬，顺势抱住宋厌的腿："对不起，我错了。"

"……"

宋厌咬牙："你给我起来，知不知道男儿膝下有黄金！"

"知道，但千金难买知己笑。"

"……"这个人是哪里来的这么多歪理邪说？！

"松开！"

"那你先听我解释。"

"我让你松开！"

"我解释完了就松开！"

"我让你现在就松开！"宋厌想挣开夏枝野，好显得有气势一点儿，偏偏自己力气又不够大，挣了几下，心里憋屈得厉害，忍不住大声发火，"你是不是觉得你在这儿耍点儿赖，这件事情就可以这么过去了？我就可以忘了你怎么把我骗得团团转了？夏枝野你是真的觉得我这人就是个傻子吗！"

情绪一旦开了口子，就再难抑制，向来清冷漠然的声线此时此刻变成再也按捺不住的激动和沙哑。

"你说你要解释，解释什么？解释你为什么明明有钱却非要装成穷人？解释你每天看着一个傻子屁颠屁颠地把你根本不需要的东西捧到你面前的样子有多好玩？还是解释你做的这些都是有苦衷的？

"夏枝野你知不知道，要不是为了给奶奶换空调，为了给你买生日蛋糕，为了保证我们这两个穷人在冬天饿不着、冻不着，我根本不会跟宋明海来这个破宴会！

"我之前被他关在地下室三天三夜我都没有向他妥协，现在就为了

第八章　别跟我装穷

这么一万块钱，我就要屁颠屁颠地跟着他到处转，你以为我图什么？"

愤怒和难过终于冲破按捺许久的冷漠伪装，暴力地发泄了出来。宋厌咬着牙根，嗓音沙哑，眼角也泛起点儿红："所以我给你的那些东西，如果你根本不需要，能不能别假装你很想要？不然会显得我很像一个自以为是的大傻子！"

比如游乐园那个傻兮兮的亲子活动。

比如花光自己最后的积蓄买的这两条又丑又土的围巾。

比如此时此刻站在这里参加的这个生日宴会。

当他以为他终于学会了怎么为他人付出，然后就可以理直气壮地被人需要了的时候，却被告知他给出去的那些东西，其实别人并不需要。这种羞耻、失落和伤心甚至远远超过了被欺骗的愤怒。

夏枝野从来没有见过宋厌这样，也没想到宋厌居然是为了他和奶奶才答应陪宋明海来这个宴会的。但转念一想，宋厌这么骄傲的人，除非是真的有了什么软肋，否则又怎么可能向宋明海低头。

本来以为晚点儿解释会没事，结果现在看自己都做了些什么傻事。

自责密密麻麻地爬上夏枝野的心脏，他急切地道歉："对不起，对不起，是我傻，是我不好，是我错了，你随便怎么打我骂我都行，但是别难过了好不好？"

"我有病才会为了你难过！"宋厌哑着嗓子用力一挣，却没挣开。

"好好好，没难过，我们厌哥是大酷哥，不可能难过。那你先听我解释好不好？"

"解释个鬼！你给我滚！"

夏枝野偏不滚，只是认真地解释道："我没有觉得你傻，最开始也没有想要骗你，更没有故意装穷。我家是有钱，但我是真的穷，所以你给我的那些东西我都很需要很想要，也特别特别珍惜。你看，我现在不还戴着你送我的红围巾吗？"

明明和西装格格不入，明明室内并不冷，偏偏还要戴着这条丑围巾，宋厌觉得夏枝野脑子有病。但是到底也没继续挣脱，只是冷着脸沉

默不言，继续听这个大骗子狡辩。

大骗子正在努力解释自己其实不是骗子："我们家一直就是这样，如果做自己想做的事，家里不会阻止，但是也不会给经济上的支持。我爸爸毕业后就白手起家，跟我妈妈结婚后连买个像样的婚房的钱都没有，只能住我姥姥留下的小院子，就是现在载酒巷的那间。

"我小时候就是跟着我爸妈从一穷二白的日子过来的，所以虽然我爸后来事业好了，有了钱，我爷爷也一直对我不错，但我对吃的穿的这些一直都不怎么讲究。

"后来我爸妈车祸去世，我爷爷就把我接回去了。我爷爷这人脾气怪，我一犯了什么错，他就喜欢经济制裁。买自行车那天，正好我们俩把罗伟气得昏厥过去了，我爷爷就气得把我的卡都挂失了，所以我是除了饭卡以外，真没钱。"

听夏枝野说得有头有尾，宋厌将信将疑："真的？"

"真的，不信你可以问我爷爷。我这时候要是还敢骗你是不想要好兄弟了吗？"夏枝野一脸真诚。

宋厌却还是觉得不对："你爷爷这么有钱，你奶奶又是怎么回事？"

"小时候我爸妈为了挣钱都忙，我的吃喝拉撒，上学放学，大病小痛，全靠隔壁刘奶奶照顾。她没有子女，我从小又是'奶奶''奶奶'地叫，所以虽然不是亲奶奶，但也跟亲奶奶差不多了。刘奶奶捡了小麻将回来后，她们的日子过得比较拮据，我就经常补贴她们一些。"

好像也是，刘奶奶和夏枝野说的话经常是"你还有没有钱"和"我们不能用你的钱"，的确不像是监护人和被监护人说的话。在这个问题上的确是自己先入为主了。

"行，这个问题算你勉强过了。"宋厌磨了一下后槽牙，继续审问，"那你卖血又是怎么回事？"

"什么卖血？"

"就是你买自行车那天，我看见你的衣服里有个卖血的小传单，三百一次，结果晚上回来你就多了三百块钱，手臂上还有针孔，脸色还特别差,不是卖血能是什么?"宋厌质问得理直气壮。

夏枝野却感到好气又好笑:"传单是我买自行车的时候随手收的,三百块钱是向商淮借的,针孔是因为那天背你的时候淋了雨,发烧去医院验血留下的,所以你这脑子里一天到晚装的都是些什么违法犯罪的事?"

"……"宋厌怎么也没想到事情的真相竟然会是如此。

短暂的沉默后,他叫道:"夏枝野。"

"嗯?"

"你刚是在凶我?"

"??"

"我还没凶你,你就敢凶我?"

"……不是,厌哥,你误会了,我没有,我怎么敢质问你,我就是语气一时比较着急……"

"松开!"

"好的。"夏枝野闻言立马松开抱着宋厌的手,乖巧地保持立正的姿势。

宋厌心里还有一万笔账没算,只是强忍着怒气,拿起刀用刀背比上夏枝野的脖子,冷声质问:"所以你是什么时候知道我误会了的?"

"买洗衣机那天。"

"那你明明早就知道我误会了,为什么一直不解释?"

"为了让你打开心扉。"

"?"

夏枝野垂眸迎上宋厌疑惑的视线,低声道:"我最开始一直不知道你以为我很穷,还觉得你给我买猪肝,买手链,买鞋,买奶茶,都是因为想和我交朋友,结果那天才发现你只是在定点扶贫,我还难过了很久。"

宋厌微顿,像是想起什么:"所以那天你突然发朋友圈发疯?"

"嗯。当时我觉得自己完全是自作多情,本来都想放弃了,钱也

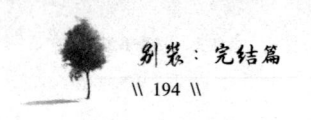

退给你了。结果你一来找我,我就发现我真的太想让你过得开心一点儿了,可是如果那个时候我直接说破我其实不穷的话,你可能会直接恼羞成怒不理我了,我就想着等你真正愿意相信我可以成为一个让你依靠的室友、朋友、哥哥的时候,再跟你坦白。"

"……"

"我知道这么做确实不对,你实在太傲娇、太嘴硬心软了,所以我才被猪油蒙了心,当了一次大骗子。"

所以其实也是自己先误会了夏枝野,又做了让夏枝野误会的事,才闹了这么一出大乌龙,这么想想好像自己也有责任。加上夏枝野看着自己的眼神坦然又诚恳,诚恳到好像无论做错了什么事情,在这份友情面前他都值得被原谅的程度。

宋厌忍不住心头一动,手上微松,准备取下刀,和夏枝野好好谈谈。然而就在刀离开夏枝野脖子的那一瞬,电光石火之间,宋厌突然意识到好像哪里不对。手上一顿,重新握紧匕首,冷眼看向夏枝野:"等等,你说定点扶贫,意思是那天上沈嘉言的账号的人是你?"

"……"

"所以你知道我要卖表的事情?"

"……"

"当时寄到你家的那个OMEGA的手表就是我的手表?"

"……"

"也就是说我是用你给我的钱给你扶贫,然后还在自我感觉良好,而你全程围观却一言不发?"

"……"

"还有。"直击灵魂的四连问后,宋厌压低匕首,发出了五杀邀请,"你说的你把钱都退给我了,又是什么意思?"

夏枝野那天的确退过一次钱。

不过是"清纯美貌男高中生在线接陪玩"退给"人美钱多小富婆"的钱。关他宋厌什么事。除非……

第八章 别跟我装穷

"夏枝野，鬼故事讲起来有趣吗？"

夏枝野："……还行吧。"

还行你大爷！果然那个鬼故事就是他瞎编的！

难怪本来高冷得不行的夏枝野，突然间就对"人美钱多小富婆"热情起来。

难怪本来话很少的"清纯美貌男高中生"在自己准备开始"二十一天冷处理计划"的第一天，就突然对一个陌生网友敞开心扉，倾诉衷肠。

难怪本来从来不开语音的某个陪玩在那天夜里突然开了语音，还讲了一个几乎可以说是为自己量身定做的鬼故事。

原来一切都是套路，其实他早就"掉马"了，结果夏枝野还在演，逗他，玩弄他，欺骗他的陪玩钱。不仅如此，夏枝野甚至还要编鬼故事吓他！

想到自己"哥哥"长"哥哥"短的肉麻的聊天记录，以及那一堆足以让酷哥人设完全崩塌的可爱表情包，宋厌只觉得一股气血涌上心头："夏枝野，你给我去死！"

说着他就抬起胳膊，一刀挥下。

吓得夏枝野连忙抢过匕首，远远地扔了出去："咱冷静一点儿，不至于，真的不至于。"

"不至于个鬼！把刀给我！我今天不杀人灭口我就不姓宋！"如果说之前的宋厌还只是伤心、愤怒，现在的宋厌就是满满的羞愤欲死。但是他在死之前，必须要拉上夏枝野给自己垫背，这样到了黄泉路上，自己还能再杀夏枝野一回。

夏枝野也知道这事是自己的错，他低头看着宋厌气得泛红的小脸，飞快地做着检讨："对不起，我的错，我的问题，是我太不要脸了，你要打要骂都可以，但是我们还很年轻，以后的路还很长，你给我一个机会，也是给你自己一个机会，所以你消消气，消消气，气坏身体无人替。"

宋厌不知道夏枝野哪儿来的这一套一套的说辞，气得开口就骂：

"你给我闭嘴！"

夏枝野继续安慰道："我当时没戳破就是怕你生气，而且我那时候不知道你到底是什么想法，只能曲线救国，绝对不是想骗你的陪玩钱。而且我保证'人美钱多小富婆'这个账号的事天知、地知、你知、我知，绝对不会有第三个人知道。"

"行。"宋厌咬着牙冷笑一声，"你说陪玩这件事是曲线救国，那你再说说鬼故事是怎么回事？也是曲线救国？"

夏枝野的声音压得低沉柔和："你不是一个人睡不好嘛，我怕你希望我陪着又拉不下面子找我回去，就想了点儿办法。反正我答应过你，以后都要陪着你，绝对不食言。"

夏枝野看宋厌的眼神很真挚，全然不似作假，长密的眼睫在灯光下氤氲出浅浅的光晕，衬着剔透的浅褐色眸子，宋厌的心中不免有些动容。

好像也不是不可以原谅他。毕竟因为自己这别别扭扭的性格，夏枝野确实想了不少法子，不然夏枝野也不至于这么折腾。

宋厌冷着脸，抿着唇，眼睫却轻颤了一下。

夏枝野看宋厌的眼神似有心软的迹象，决定趁热打铁，他微垂下头，低声问道："所以原谅我好不好？"

宋厌看着眼前近在咫尺的那张脸，也不知道为什么前一分钟自己还气得想杀了夏枝野，这一分钟就被夏枝野给顺好了毛。

突然"吱呀"一声开门声，有人喊了声："夏……枝野。"

声音一落，两人回头，三人短暂地对视。

在看清楚来人模样的时候，宋厌彻底愣住了。

浅褐色的大波浪，高挑纤细的身材，和夏枝野极其相似的桃花眼，手腕上闪亮的卡地亚钻石手镯。熟悉的打扮，熟悉的相貌，熟悉的致命感。

对方在短暂的讶异后，立马恢复迷人的微笑："你好呀，小弟弟，我们又见面啦，介绍一下，我是夏枝野的堂姐，夏瑜。我是来提醒你们,八点钟记得准时出来切蛋糕。"说完就"砰"的一声带上了门。

剩下屋里的宋厌面容漠然而呆滞。那一刻,他满脑子想的都是今天在学校门口看见这个漂亮的富婆时,自己高贵冷艳的那一句"虽然我不太清楚你们是什么关系,但是我还是想说一句,夏枝野还是个未成年人,所以希望您能注意好分寸"。

注意好分寸。

分寸。

嗯,分寸。

宋厌看向夏枝野,抱有最后的希望:"她真的是你的堂姐吗?"

夏枝野完全能够理解宋厌现在想消失在地球的心情,有些于心不忍,但还是选择了诚实地点头:"她是。"

她是。所以自己以为的对夏枝野心怀不轨的漂亮的富婆姐姐,其实是人家的亲堂姐。

那一刻,宋厌决定亲自给夏枝野抠出一座帝王等级的双人陵墓。等杀死夏枝野后,自己就去陪葬,他再也不想独自苟活于这个充满羞耻和"社死"的肮脏世界了。

这辈子实在太长,毁灭吧,他累了。

"夏枝野。"

"嗯?"

"我们毁灭吧。"

"???"

后来,每当夏枝野回忆起自己十七岁那年的生日,都会觉得他没有被埋葬在那一年的冬天是因为宋厌真的把他当最好的朋友。

他在听到宋厌说了"我们毁灭吧"五个字后,心里直接一沉,觉得这次不见点儿血的话,可能真的哄不好了。然而紧接着就看见宋厌生无可恋地抬起手,在身旁的木质陈设架上轻叩了三下,又仿佛没有灵魂似的轻"呸"了三声:"算了,在生日期间说这种话不吉利,暂时收回。"

他的声音气若游丝，目光也呆滞得没有生气。仿佛在刚才那一刹那，他的灵魂已经死过了一回，现在只是凭借着对夏枝野最后的不忍苟存于世，维持着最后的善念和理智。

看着他这样，夏枝野更加自责愧疚了，刚准备再说点儿什么，门外却再次响起了夏瑜的声音："夏枝野！七点五十了！快出来切蛋糕了！"伴随着"笃笃"的敲门声，非常破坏气氛。

夏枝野只能轻揉了一把宋厌的头发："我们先去切蛋糕，等回去之后再说行不？"

"滚去切你的蛋糕。"宋厌一巴掌打掉夏枝野的手，语气疲惫又无力，"但是把围巾先给我。"

听到这话，夏枝野的心脏一紧。难道宋厌是想收回送给自己的礼物，然后和自己绝交？

于是夏枝野忙摁住围巾，语气非常严肃："不行，你送给我的就是我的了，怎么还能拿回去呢？"

就一条破围巾，还一副生怕被抢走的宝贝样子，什么出息。

宋厌没好气道："谁稀罕你的这条破围巾，我就借一下，用完就还你。"

"你借它干吗？"夏枝野还是一副捂着围巾不肯撒手的样子。

宋厌终于没忍住，喊了一句："因为我觉得没脸见人了行不行？！"非常暴躁又生气的一句，吼得夏枝野一顿。

然后夏枝野看到宋厌不知道什么时候已经彻底红透的耳朵和面颊，才想起来宋厌的脸皮有多薄。他忍不住低笑一声："借你不是不行，但你确定只是用一下，以后会还给我？"

"废话！"宋厌彻底没了耐性，"这么丑的围巾我有一条还不够？"

那就是还打算留着围巾给自己的意思。只要不绝交，怎么都好说。

夏枝野一下就满意地笑了。他走近一步，取下围巾，给宋厌围上："谁说我们的围巾破和丑了？你送我的围巾就是全世界最好看、最漂亮的围巾。"

"你的审美是不是有点儿问题？"

夏枝野捏着围巾边缘往上一提，然后弯着那双桃花眼，看着宋厌仅剩在外的一双眼睛，笑嘻嘻地说："真好看，我的审美果然是全天下最好的。"

宋厌满脑子想骂夏枝野的话突然之间就被搅成了一堆乱码，就在他被夏枝野的话搅和得在情绪的两个极端反复横跳的时候，急促的敲门声和夏瑜焦急的嗓音及时地拉了他一把："你们快点儿，爷爷和宋叔叔过来了。"

宋厌的意识瞬间回归，一想到外面还有一个可以让他当场"社死"的人，他就只想一头撞死并黑化成冤魂恶鬼。

他一脚踹开夏枝野："起开，回头再跟你算账。"说完就打开了休息室的门。

正好撞上夏枝野的爷爷和宋明海走了过来。

宋明海一眼就注意到宋厌围到鼻尖的那条红色的丑围巾，微蹙起眉："你戴着别人的围巾像什么样子，还有没有点儿礼貌了？快取下来。"

宋厌还没开口，那头刚捡起刀的夏枝野就从后面搭上了他的肩膀："宋叔叔，别这么凶嘛，是我让宋厌戴的。他突然有点儿咳嗽，我怕他受了凉，就让他挡一挡。而且这条围巾本来也是他送我的，他戴一下也没什么。"夏枝野懒散带笑的嗓音和温暖可靠的臂膀都像是给宋厌撑着的靠山。

宋厌索性也就撩着眼皮，冷冷地看着宋明海，一点儿都不给他好脸色。

宋明海也不知道自己哪儿招惹到夏家这个宝贝孙子了，从一开始就皮笑肉不笑地说个不停，偏偏自己还碍着夏老的面子不能反驳，只能强装着通情达理的长辈的样子，笑道："原来是这样，那看来是我错怪宋厌了。"

另一头的夏老也很给两个小孩儿面子，故意瞪了夏枝野一眼："那

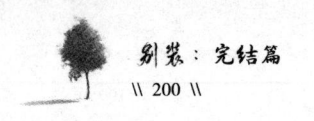

你不早说，人家小厌又送你围巾又送你匕首的，结果我们连个回礼都没准备，太没礼数了。"

"可不是嘛。"夏枝野明显是打算替宋厌把恶气出完，搂着宋厌的肩膀，看着夏老，做出一副遗憾至极的表情，"其实小厌之前还准备了一个礼物，差不多花光了他的全部生活费，我也特别特别喜欢，结果不小心被宋叔叔弄坏了，太可惜了。"

"被你弄坏了？"夏老有些惊讶又有些疑惑地看向宋明海。

周遭其他人看过来的视线也纷纷带着质询。

宋明海本来还有些蒙，但一对上宋厌冷漠的视线的时候，才反应过来原来那块小王子手表是宋厌给夏枝野准备的。

宋厌面无表情地开了口："哦，忘了告诉你了，你上次从车里扔出去的那块表就是我要送给夏枝野的，我当时还以为你是觉得夏枝野这人不行，所以不同意我跟他走得太近呢。"

夏老看向宋明海的眼神一下就变得严厉起来："还有这回事？"

宋明海用力地咬了一下牙，他当时要是知道那块表是送给夏家的宝贝孙子的，还至于费这么大的周折嘛。现在被捅出来，指不定他的生意就得黄。

但是大庭广众之下，尤其还当着夏老的面又不能说什么。宋明海只能赔笑："当时确实怪我，不小心手滑导致表从车上掉下来，但绝对不是有意的。毕竟像夏枝野这么优秀的孩子，能和小厌做朋友，我怎么可能不同意呢？那块表我也早就让助理去重新买了，明天就能送到小野手里。"

表面上听不出什么毛病，场面上也能应付过去。但是夏老活到这么一大把岁数了，哪能看不出里面的猫腻。

于是夏老微敛了些笑容，语气也不算和蔼地缓缓道："明海，你这人呀，什么都好，就是对孩子管得太多、太严厉了些。孩子都大了，他们有自己的想法和观念，这个年纪的孩子也最单纯、最讲情义，所以小辈们的一些事情，我们这些老人就不适合再去指手画脚，让这些关系变复杂了，你说是不是这么个道理？"

敲打之意再明显不过。

宋明海生怕因为这事就给人落得个不宽厚仁慈而急功近利的印象，忙谦和地笑道："是这么个道理，夏老说得对，晚辈以后一定多多注意。"

"注意就行，行了，也不是什么大事。走吧，小野，跟爷爷切蛋糕去，其他客人都还等着呢。"夏老笑眯眯地一手扶着拐杖，一手招呼着夏枝野过去。

切蛋糕这种事情，向来都是一家人一起切的，宋厌还没那个脸跟着一起凑到人堆中央去，于是连忙扒开了夏枝野勾着他肩膀的手。

夏枝野本来是想带着宋厌一起的，但一对上宋厌仅剩在外的那双写满"你再敢带着我到大庭广众之下丢人现眼我就杀了你"的羞愤的双眼，决定见好就收："那你等我一起吃蛋糕。"

说完他看向夏瑜，等到夏瑜给他比了一个"OK"的手势，他才不那么放心地跟着他爷爷往宴会厅最中间的十层蛋糕塔走去。

宋明海一心想拉拢关系，自然也就说笑着跟上。

剩下终于可以独自冷静的宋厌，深呼吸一口气，转头就准备往人群相反的方向走去。结果一转身，却对上正笑眯眯地看着他的夏瑜，脚趾瞬间就蜷缩起来抠住了地面："那个，富婆……嗯……姐……嗯……夏小姐。"

宋厌磕磕绊绊地换了好几个称呼，最后才换成了听上去好像没什么差错的"夏小姐"。

即使宋厌蒙着脸，夏瑜也能从他那双瞬间变大的丹凤眼感受到局促不安。

夏瑜从夏枝野那里听说过他的室友很可爱，但是没想到会这么可爱，那种天生的就喜欢逗弄漂亮小男生的恶趣味顿时涌上心头。她露出笑容："不用那么客气，既然你和小野的关系那么好，那你就跟着他叫

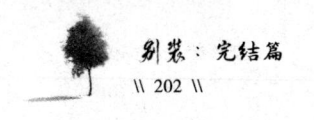

我姐姐好了。"

宋厌瞬间呆呆地站在原地，一句话都说不出来。

夏瑜想到下午见到这个小男生时，对方还是一副冷淡高傲跩上天的酷哥样，现在却被两句话就逗得连手背都开始泛红，夏瑜被他的反差萌翻。看来世界上竟然真的还有这么纯情的小男生。

夏瑜忍不住上前一步，刚想弯着那双和夏枝野一看就是一个家族遗传出来的桃花眼调戏两句，却发现面前的小男生紧张得往后退了一步。这个小男生用一种一听就是强行冷静的语气飞快地说道："姐姐我身体有点儿不舒服就先让司机送我回去了你帮我和夏枝野说一声谢谢晚安再见。"全程都不带停顿的，说完转身就跑。

等夏瑜反应过来的时候，面前只剩下空空荡荡的一条走廊。

"……"这还不到两秒就看不见人影了？脸皮有这么薄？

夏瑜踩着十厘米的高跟鞋，慢悠悠且幸灾乐祸地回了宴会厅。

等夏枝野应付着他爷爷说完了感谢词，切完了蛋糕，然后端着那份他精心挑选出来的材料最丰富的蛋糕四处张望的时候，却发现全场都没了宋厌的身影。

好不容易看见了夏瑜正慢悠悠地晃了过来，却发现她身边空空如也，夏枝野连忙两步上前，问："宋厌呢？"

"哦，他身体不舒服先走了。嗯……"夏瑜端起一份蛋糕，坦白道，"不过也可能不是完全因为身体不舒服。"

听到这句话，夏枝野瞬间就明白了。夏瑜是个什么性格，他再清楚不过，就他这么不要脸的人都经常被夏瑜逗得说不出话，更别说宋厌脸皮这么薄的人了。所以他当时怎么想的，居然把宋厌托付给了夏瑜？

夏枝野又不能怪堂姐，只能连忙放下蛋糕，扔下一句"你给爷爷说一下今天堵车，我和宋厌怕赶不上查寝就先回去了"就匆匆地往外跑去。

夏瑜忙拦住他："宴会还没结束呢，你急什么，而且今天平安夜，外面还下着雪，你现在出去也打不到车呀。"

不过夏瑜说得也对，他现在出去肯定打不到车。于是他回头看向夏瑜,丝毫不顾及姐弟情分,冷漠又无情:"如果一会儿宋厌不理我了,你就会失去一个可以帮你上分的弟弟。"

"……"

短暂的沉默后,夏瑜意识到事情的严重性,默默地放下蛋糕:"作为全世界最好的姐姐,我必须开车送你回去。"

然而很多事不以人的意志为转移。

即使是夏瑜那辆炫酷无比的超跑,也只能在下雪的平安夜被堵在南雾市车来车往、人流拥挤的街道上动弹不得。

仅仅是十几千米的距离,就花了两个多小时。

等到车好不容易挪动到三中附近的时候,更被这里因为地形而导致的糟糕的交通状态弄得彻底止步不前。

夏枝野给宋厌发了一路的微信,全部有去无回。他把微信界面一遍又一遍地下拉,刷新,始终没有得到哪怕一个字的回复,他又看了眼左上角的时间,现在是二十二点四十三分。

还有不到二十分钟宿舍就锁门了。

宿舍锁门了他就回不去了,到时候来不及给宋厌顺毛不说,宋厌还要一个人生着气在宿舍睡觉,然后宋厌肯定又会做噩梦。

再偏头看了一眼车窗外纷纷扬扬的大雪和纹丝不动的车流,夏枝野下定决心,取下安全带:"姐,你不用送了,我自己跑回去。"

"不是吧。"夏瑜震惊了,"这里到你们宿舍还有将近两千米呢,外面还下着雪,你疯了吗?"

"没疯,宿舍马上锁门了,开车肯定来不及。"说完夏枝野打开车门,穿过拥堵的车辆缝隙,踏上了人行道,然后飞快地朝着宿舍的方向跑去。

他的正装外只草草地套了一件大衣,大雪纷飞席卷大地,寒风"呼啦啦"地刮着。

夏瑜看了眼她亲爱的弟弟在大雪中远去的背影,忍不住"啧"了

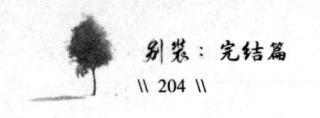

一声。

等夏枝野卡着二十二点五十九分的点气喘吁吁地出现在616宿舍门口，打开门，看见了床上裹在被子里鼓鼓囊囊的一团小鸵鸟时，才松了口气。

但那口气在他看见桌上的小蛋糕和钥匙时，又忍不住叹了出来。

他反锁好门，坐到那坨被子包旁边，低声问道："还在生我的气？"

被子包一动不动，似乎并不打算理他。

因为实在太生气、太丢脸了，宋厌这辈子就没有这么丢脸过。

如果可以，他甚至恨不得一辈子都不要见人。

然而夏枝野没有做任何热身活动就在大雪天里剧烈奔跑了将近两千米，皮肤和嗓子都被寒风刺得有点儿疼，气息也很不均匀，说话的时候，呼吸又急又重，还带着鼻音和沙哑。

被子包里的人越听越觉得不对劲，一边觉得丢死人了，一边又很担心，最终内心斗争的天平还是很没出息地倾斜了，于是宋厌偷偷把被子拉开一条缝。

然后他就看见夏枝野本来被拢得规规整整的褐色头发此时此刻却散乱不堪，本来白皙健康的皮肤也透着不正常的红，甚至隐隐还能看见些因为太干而皲裂的小口子。鼻尖也红得不正常，双唇之间大口大口地呼着白气，额角挂着这个季节不应该有的细密汗珠，发间和领口还落着些未完全化完的雪。

宋厌蹙起眉："你跑过来的？"

"嗯。"夏枝野若无其事地笑了笑，"堵车堵得太厉害了，我怕赶不回来。"

"回不来就回不来，你又不是没地方住，这么大的雪你跑回来是有病吧？"宋厌终于没忍住，一把掀开被子，又冷又气地看向夏枝野。

夏枝野才发现这人虽然已经洗了澡，换了睡衣，但是脸上居然还蒙着围巾，这是得有多不想见人，忍不住笑道："这不是怕你一个人在宿

第八章 别跟我装穷

舍生闷气，还睡不好觉吗。"

听到这句话，宋厌又闷闷地缩回了被子，背过身，一言不发。

夏枝野说："你生气的话骂我打我都行，但是不要冷战好不好？我爸说过，冷战是最伤感情的，所以不能冷战。要不你好好骂我一顿？"

"你以为卖惨……"宋厌没好气地转回了身，本来想狠狠地骂他一顿，却一眼撞上了夏枝野狼狈的样子，于是顿时像一拳打上了棉花糖，很气，但又气不起来。

于是宋厌气来气去憋了半天，只能冷冷地憋出一句："滚去洗澡换衣服。"免得感冒了。

后面一句没说，但夏枝野也猜到了。宋厌的声音闷在厚厚的围巾里，听上去就像小孩子闹别扭。果然宋大喜就是全天下最心软的人。夏枝野的心情瞬间好了许多，拿起睡衣进浴室洗澡去了。

他走后，宋厌打开手机，看到当前气温是零下三摄氏度，东北风四级到五级的时候，就又气不起来了。

傻子，就因为自己喝醉的时候说了一句不喜欢晚上一个人待在房间的话，夏枝野还真的当真了。自己一天睡不好又不会死人，这种大冷天，他跑回来算怎么回事？

这个狗东西要么就一直当个大骗子算了，可是偏偏又这么会拿捏人，让人不忍心打死，烦都烦死了。

宋厌想着又生气地蹬了一下被子。

一下不够，再来一下，两下、三下、四下、五下，这气怎么都撒不完。

于是夏枝野洗完澡出来的时候，看见的就是三中新晋冷酷校霸正在蒙面殴打无辜棉被，而且痛下死手。一想到那些拳打脚踢落在自己身上的感觉，夏枝野就觉得全身一痛。

但是是福不是祸，是祸躲不过。是他的罪孽，总该承受。

于是他一脸视死如归地走过去，坐到床边，看着宋厌："宋大喜，待会儿轻点儿。"

"行，那你拿刀自尽。"宋厌说着就抬起下巴，指向了桌面上的水

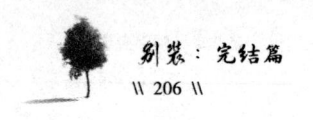

果刀,一脸冷酷无情。

夏枝野:"……"也不是不行。

夏枝野看着宋厌:"我可以死,但是临死之前,我还有一个遗愿。"

宋厌非常仁慈:"你说。"

"我最近有点儿缺钱,所以厌哥,你要不要考虑一下,不要九九八,不要八八八,只要一百八,极致体验带回家,清纯美貌男高中生在线代写作业,包你……哔——"

夏枝野被狠狠地踹下了床。

这次宋厌是真的怒了,坐起身,一把扯下围巾,砸到夏枝野身上:"你居然还敢装清纯美貌男高中生来骗我钱!是不是嫌自己死得不够快!"

夏枝野本来想的就是与其这么闷着,不如一次性说开,让宋厌把怒气发泄出来,于是他又倔强地爬回了床:"我没有装,我真的就是清纯美貌男高中生,你看我多清纯、多美貌啊,而且我也没有骗你。当时接小富婆的单是因为商淮缺钱,后来是想给你买洗衣机,再后来是知道那是你了,就想换个角度告诉你我是真的把你当知己,所以真的没有骗你钱。"

宋厌再次狠狠地一脚对准夏枝野的腰子把他踹了下去:"你还有理了!"

"那不是太在乎你这个朋友了吗?"夏枝野又一次坚强地爬了回来,"谁让我们宋大少爷这么有钱,还人美心善又乐于助人呢?我最喜欢结交你这样的朋友了,不然哪里来的围巾和奶茶。所以我可以死在你手里,但绝对不能没有你这个朋友,不然我就会因为饥寒交迫而死在这个冬天。"

都这个时候了,还油嘴滑舌。

宋厌实在忍不住,又是一脚:"滚,别跟我装穷!"

夏枝野这次眼疾手快地抓住了宋厌的脚踝,低声道:"我没和你装穷,是真穷。今天提前离场,我家老头子估计又要气得几个月不给我零花钱了,所以没有我们厌哥扶贫,我真的就要被饿死了。"

宋厌压根儿不想理他,只是羞愤地想抽回脚。

夏枝野却拿着手机给他看:"你看,真的,没骗你。"

屏幕上果然是夏老发来的微信:你这臭小子居然扔下这么大一堆客人先跑了!你在想什么呢?还有没有礼数了!压岁钱和零花钱都别想要了!夏瑜那儿我也说好了,一分钱都不准给你!你就好好吃点儿苦吧!

"……"

原来夏枝野真的为了他扔下那么大一堆客人先跑了。想到刚才夏枝野狼狈又着急的样子,宋厌心又软了,抿着唇,放松了腿上的力道。

夏枝野看着宋厌露出了有些自责的神情,心里低低地叹了口气,虽然他不希望宋厌再生自己的气了,但是他也不想看着宋厌一遇到事情就先反省自己的样子。这是太没有安全感的表现。

于是他松开宋厌的脚踝,往前坐了一些,还顺手把揉着宋厌脑袋的手掌往下用力一压,长长的额发就被压得垂下了,挡住了宋厌的视线。

宋厌不耐烦地一巴掌打开他的手,正准备开骂,却在看见眼前突然出现的一串钥匙时,微微顿住。

那是夏枝野曾经交给他的说是属于他们两个人的家的钥匙,但被他因为生气扔到了桌上,打算还回去,再也不要了。

这钥匙此时此刻却被夏枝野温柔而郑重地再次送到了他面前:"当然是考虑还要不要和我做朋友啊。"

宋厌冷着脸,别过头。

夏枝野很有耐心地低声说:"我保证从今以后原则上的事情再也不会骗你。

"我其实没有想过你会主动打开心扉,所以当时太高兴,什么都没来得及准备,那些误会也没来得及好好解释,所以你无论有多生气、生多久的气都是对的,因为是我没有做好。

"但如果我今天的话都说到做到的话,我们可爱的宋厌同学愿意原谅我,然后接受我的礼物吗?"

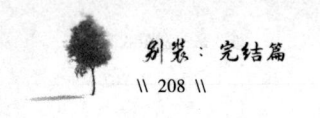

夏枝野把钥匙轻轻地放进了宋厌的掌心。

微凉的金属搁在肌肤上竟然也会烫得灼人。

宋厌微蜷了一下手指。

他怎么也没有想到夏枝野会来这么一出，他本来以为自己这么闹腾，夏枝野多少都会有些脾气，觉得他是在小题大做。因为他从小到大从来没有资格在任何人面前这么任性过，这还是头一次，所以他还在担心自己会不会发脾气发得太过了，夏枝野不耐烦了，就不搭理他了。

结果夏枝野不但没有不耐烦，还把更好的东西捧给了他，就好像他值得被这么对待一样。

宋厌回过头，看见灯光下的夏枝野敛去了所有嬉笑和不正经后只剩下了认真的神情，宋厌突然心里一酸。

没有生气，没有羞愤，没有"社死"的尴尬，就是心酸。

像是积攒了许久的委屈而从来不敢任性的小孩儿终于找到了愿意包容他的人的时候，那种想哭的委屈的心情。

可是宋厌觉得自己不能表现得委屈，于是垂下眼睫，语气很淡："其实我没有那么生气，我就是觉得不知道该怎么办。"

夏枝野问："什么不知道该怎么办？"

"你给我的都是我以前从来没有的，我本来以为我给你的也是你需要的，所以只要我给得够多，就可以心安理得。但是我现在发现我给你的其实你根本不需要，所以我就不知道该怎么办了，这个问题比较麻烦。"宋厌说得冷淡而平静，语气理智克制至极，仿佛是想用最客观冷静的态度来阐述这个问题，然而嗓音却在说到某些字眼的时候，忍不住微颤。

夏枝野知道，宋厌真的是太没有安全感了，所以才会每次遇到事情就先反省自己，别人一对他好他就很容易心软，因为他从头到尾就没有相信过自己值得被人好好对待。

夏枝野有点儿恨铁不成钢地说道："你是傻子吗，我把你当朋友又不是因为你给了我什么，而是因为你本身就值得。所以有什么不知道该怎么办的？生气了，就说自己生气了，骂我打我都行，高兴了就多笑笑，就这么简单，明白了吗？"语气理所当然到这仿佛是再自然不过的事。

宋厌看着夏枝野的眼睛，里面全是真诚和笃定。

长久的沉默后，他垂下眼睫："嗯，知道了。"

夏枝野终于缓下语气，柔声问道："那就是不生气了？"

"生气。"宋厌毫不留情面。

夏枝野："……"怎么不按套路出牌？

宋厌冷着脸，理直气壮："是你自己说的我生气了就可以说自己生气，现在就想不认账？"

"……没有。"

夏枝野觉得自己在给自己挖坑，但还是自觉地问道："那你先生会儿气，我先去旁边反省着？"说完作势就准备起身。

却被宋厌拽住胳膊。

"我让你走了吗？"满满的不讲道理的暴君气质。

但夏枝野看见宋厌收起了那把钥匙，于是他坐到宋厌跟前："所以我们厌哥打算怎么处罚我？"

他都已经做好了被宋厌多踹几脚的准备，然而下一秒宋厌就冷着脸开了口："我怕黑，快去睡。"

夏枝野微怔了怔，然后笑了。

果然是嘴硬心软的小朋友啊！

第九章

跨年露营

第二天早上起来的时候,宋厌是这么多天以来难得的神清气爽,还一大早洗了个澡。

夏枝野的下眼睑则罕见地浮出一片浅浅的淡青。因为皮肤白皙,这点儿青色就显得格外扎眼,以至于小胖看见他俩走进教室的第一眼,就忍不住问:"夏爷,你昨晚干什么去了啊?"

"做贼。"夏枝野胡扯了句。

顺手帮宋厌接好热水后,夏枝野才懒洋洋地坐回座位,一坐下,就看到了自己和宋厌桌子里厚厚的两摞卡片,和其他杂七杂八、各式各样的小礼盒。

"我们班难道是什么旅游景点吗,谁都可以进来?"

夏枝野倒是没管自己那摞,随手从宋厌那堆里翻出一张,一打开就看到"宋厌同学,圣诞快乐,或许你不认识我,但我其实已经默默关注你很久了",顿时对这些小小年纪心思不放在读书上的学生无语。

小胖和赵睿文捧着大把瓜子,边嗑边唠嗑:"你们桌子里的那些东西也不全是她们进来送的,大部分都是我们转交的。比如厌哥手上的那盒巧克力,就是价值一包薯片的跑腿费。"

夏枝野看了一眼宋厌正端详着的那盒爱心形巧克力,伸手抽出,往小胖面前一放:"两包薯片,给我送回去。"

第九章 跨年露营

"好嘞!"小胖毫不意外地高高兴兴地答应了下来。

赵睿文却还有点儿迷糊:"不是,我没懂,夏爷你为啥要把厌哥的巧克力给送回去啊?"

夏枝野随口散漫地扔出一句:"因为我们厌哥牙不好,不能吃甜的。"

"哦,这样啊,那正好。"赵睿文指了指旁边的一个盒子,"这有人送了电动牙刷。"

"?"谁有事没事在圣诞节送别人电动牙刷啊?有这么给男生送礼物的吗?

夏枝野发现自己已经完全不能理解现在的女孩子的脑回路了,没好气地捡起那盒电动牙刷扔到赵睿文跟前:"还回去。"

赵睿文:"?"

夏枝野说:"你们厌哥怕电,只喜欢手动挡。"

赵睿文:"??"竟然还有这样的人?

不等他惊讶完,面前又被扔来一支钢笔:"这种笔硌手,不好用。"

赵睿文实在没忍住,问了一句:"恕我冒昧,或许厌哥祖上和豌豆公主有什么关系吗?怎会如此娇气?还是他就是公主本人?"

你才公主。

平白无故地被扣上一顶娇气的帽子,宋厌没好气地睨了夏枝野一眼,意在警告。

夏枝野不但不真心悔过,还理直气壮地一手支着脑袋,一手挑拣起礼物。

他拿起一个水晶球:"我们厌哥最不喜欢这种幼稚的东西。"

再拿起一双羊绒手套:"黑色太俗气,一点儿都没有粉色衬我们厌哥的肤色。"

然后拿起一盒爱心便当:"我们厌哥对生菜过敏,这是想谋财害命?"

最后拿起一封厚厚的情书:"我们厌哥是要当高考状元的人,怎么

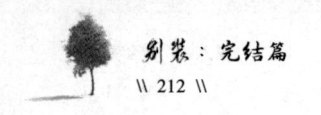

能被恋爱影响了刷题速度？"

"综上所述，这些东西都得还回去。"夏枝野把桌上那堆东西全部往小胖面前一推，然后再懒洋洋地往椅背上一靠，"跑腿费一箱薯片。"

小胖像是全部都在意料之中一样，放下瓜子，拍拍手，从桌子里掏出一个超大的黑色塑料袋，边往里塞边问："那夏爷你的呢？"

"一起送回去，再加一箱薯片。"

"好嘞！"小胖的业务十分娴熟，还主动追加服务，"那需要宣传一下你们两个一心只想考状元，奔国内第一学府，让她们放弃这种不务正业的梦想吗？"

夏枝野想都没想："嗯，需要。作为厌哥最好的朋友，我们确实已经约定好了要一起去上好大学。"

话音落下，旁边的赵睿文已经惊讶地吞下了一粒瓜子："等等？你们俩什么时候成关系最好的朋友了？厌哥不是天天只想着打夏爷吗？"

小胖："……"

夏枝野："……"

宋厌："……"

短暂的沉默后，正好宋厌的手机响了，屏幕弹出"人间至甜小奶莓"的消息：厌厌宝贝！！！作为我最好的朋友，我急需你的帮助！！！

众人的视线缓缓地从"最好的朋友"几个字挪到了宋厌的脸上。

宋厌："……"理智告诉他，他可以冷漠无情地直接把手机一收。

但是过于心虚的心理状态却让他看向了夏枝野。

旁边的夏枝野则把手指伸到宋厌的面前，轻轻地一敲："谁是你最好的朋友？"

宋厌："……"

夏枝野又问："他可爱还是我可爱？"

宋厌还没来得及回答，一旁的赵睿文就察觉到气氛好像有些不对。

谁在大冬天的吃了柠檬吗？怎么酸酸的？

偏偏夏枝野还偏着头，撑着脑袋看着宋厌，眨巴着眼，一副委屈又可怜的模样。

宋厌只能磨着牙，低低地挤出一句："你跟他比什么？"

夏枝野当然不至于沦落到和沈嘉言那种单细胞生物比，只是想借题发挥，博取宋厌的内疚同情，于是他脑袋一偏，挑眉道："他都说是你最好的朋友了，那作为你同样关系最好的朋友，怎么就不能比了，还是说你的意思是我不如他？"

"夏枝野！"

"所以谁可爱？"

"……"

明知道夏枝野是故意的，宋厌还是觉得自己理亏，毕竟说好了自己和夏枝野是比朋友、室友、同桌关系都要好的朋友，自己也不好背信弃义，于是只能按捺住一脚踹飞夏枝野的冲动，咬牙切齿地挤出三个字："你可爱。"

说得或许含糊不清，夏枝野得寸进尺，凑过脑袋，弯眼笑道："谁可爱？我好像没听清，我们厌哥要不要再说一遍？"

宋厌强忍愤怒："你……嗯嗯。"

夏枝野轻轻抬眉："嗯？"

宋厌再强忍愤怒："嗯嗯……可爱。"

夏枝野再次轻轻抬眉："嗯？"

宋厌再也忍不住愤怒了："你是不是聋了！"抄起桌上砖头一般的牛津英汉词典就作势要朝夏枝野砸过去。

"砖头"之厚重，气势之凶猛，吓得赵睿文连忙扔下手里的瓜子，一把抱住宋厌："厌哥，别冲动，不至于，夏爷他就开开玩笑，别当真。大家都是爷们儿，我相信他一定可以和你另外一个朋友好好相处的，正好我和小胖打算元旦节组织一次露营，要不把你那朋友叫来，大家认识认识？"

宋厌捏着"砖头"的手指当场一僵。

赵睿文却犹然不知，还在尽心尽力地当着老好人："哦，对了，听

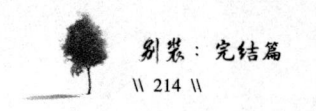

说周子秋最近也在网上认识了一个贼可爱的女孩子,正打算线下见面,我们要不把他们也一起叫上,组织一次集体大露营?"

那一刻,宋厌在想,如果他用手里的牛津英汉词典一板砖拍死赵睿文,夏枝野会帮他毁尸灭迹吗?

夏枝野会。

于是宋厌再无犹豫地挥动了手里的"砖头"。

人可以死,但这种露营不能有。

在牛津英汉词典即将亲吻上赵睿文的前一秒,宋厌口袋里的手机振了。他拿出来一看。

糟老头子:你打算送给夏枝野的那款手表,我给你买回来了,来学校门口拿。

糟老头子:还有你那条丑得可怕的围巾。

从文字里不难感受到宋明海的不情不愿,又无可奈何。

尽管宋厌现在对那块手表没什么执念了,但只要宋明海不开心,他就开心,于是他放下手里的牛津英汉词典,暂时中止了自己的青少年犯罪行为,站起身:"我去一趟学校门口。"

夏枝野大概猜到是谁了,懒洋洋地跟着站起身:"我陪你一起去。"

宋厌白了他一眼:"你闲?"

"我这不是要去给你撑腰嘛。"夏枝野笑着搭上宋厌的肩,"走了,有你野哥在,保证没人可以欺负我们宋大喜。"

两人勾肩搭背地出了教室。

而身后的赵睿文丝毫不知道自己已经在生死边缘走了一遭,还十分感慨地推了推自己将近八百度的眼镜:"夏爷和厌哥的感情可真好。这么宝贵的兄弟情义实在太难得了,我们必须好好呵护,所以集体露营,势在必行,我这就去找周子秋谈谈。"说完他就屁颠屁颠地出门往13班跑去。

剩下一直在吃瓜的小胖:"……"如果赵睿文被暗杀了的话,他愿意帮忙把他埋葬在这个冬天里。不过好在就凭宋厌这性格,肯定不会答应跟他们去露营,所以赵睿文应该还能活到下一个春天。

小胖叹了口气,拎着一大袋即将被退回的礼物,踏上了守护别人友情的漫漫征程。

一个人如果知道得比别人都多,真的会活得好累。

"胖列夫斯基"如是说。

另一头的宋厌走到学校门口的时候,发现居然还有个意料之外的人正懒散地倚着车门在学校门口等着,不由得说了声"晦气"。

宋明海没有放下东西直接走,说明他还有事要说。能从宋明海这张嘴里说出来的事,十有八九就是宋厌不爱听的事。

果然,宋明海把东西递给他的时候,顺便慢悠悠地下达了指令:"元旦回去给你姥爷庆生,到时候司机来接你。"

宋乐乐的姥爷可不是他的姥爷。

宋厌刚准备冷硬地拒绝,搭在他肩膀上的那只胳膊就略微收紧了些,像是在表示安抚,紧接着就听到耳旁传来慵懒自然的一声轻笑:"宋叔叔,这不是巧了嘛,宋厌刚说好要和我一起去露营,连车票都订好了,这时候爽约可能不太合适。"

谁要跟你去露营了?

宋厌刚想反驳,就被夏枝野不动声色地圈紧了肩膀,于是生生把反驳的话语咽了回去。

宋明海则微眯着眸子,打量了夏枝野一眼。如果说宋厌平时给自己找不痛快,是针尖对麦芒,冰块对冰块,硬碰上硬,互相刺几句,还算好解决。那这个夏枝野就是笑里藏针,总是笑着说些让你没法直接理直气壮反驳的漂亮话,却处处都能让他憋屈得慌,偏偏人家还有个好爷爷,又得罪不得。

宋明海作为一个商人,两相权衡,很快得出结论:宋厌和夏枝野关系越好,他就越方便接近夏老。

毕竟两家孩子关系这么亲近,作为长辈,时常带着两个晚辈串串

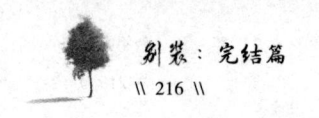

门，一起吃吃饭，也是再寻常不过的事。而南雾这边的生意，宋乐乐他姥姥和姥爷也帮不上忙，也就暂时没必要讨好。

于是宋明海像个最通情达理的长辈般温和地笑着开口："既然这样的话，那就麻烦你照顾一下小厌了，这孩子没什么自理能力，和你比不得。露营工具这些叔叔会帮你们准备好的，就放在你们宿舍楼下，记得去拿，到时候记得拍照报个平安。"

"那就谢谢叔叔了。"夏枝野用恰到好处的礼貌得体又完全不走心的商业微笑送走了宋明海。

等迈巴赫的尾灯彻底消失在视野里时，宋厌才冷着脸转过身往教室走去："露营要去你自己去，我不去。"

"为啥？"

宋厌一说完，就对上了刚从13班赶回来的赵睿文清澈无辜的小眼睛，宋厌心虚地微顿，然后答道："我要给我姥爷祝寿。"

"啊……这样啊……"单纯的赵睿文同学语气里满满都是遗憾，又偏头看向夏枝野，"那夏爷，你呢？"

"我啊。"夏枝野刚准备说"我看你们厌哥的"，就收到了宋厌恶狠狠的眼神警告，于是改口说道，"我估计也去不了。"

"为啥？"赵睿文再次扑闪着他清澈无辜的小眼睛。

夏枝野坦然一笑："因为我要留下来做社会服务。"

"社会服务？什么社会服务？"别说赵睿文了，这下连小胖都蒙了，这又是什么高级的词语？

对于夏枝野的瞎扯，宋厌随口帮他敷衍过去："夏枝野打算出国，申请资料看重这个，特别重要。"

"哦……原来如此……"两人似懂非懂。但反正就连小胖都信了这两个理由，看来夏爷和厌哥元旦是真有事啊。

"那你们确定不去了？"赵睿文抱有最后一丝希望地问。

宋厌毫不犹豫："嗯，我们确定不去了。"

"啊，那好可惜，这个季节东山的温泉好舒服的。"赵睿文十分遗憾。

宋厌故作自然地问:"你们去东山露营?"

赵睿文诚实地回答:"嗯,顺便去泡温泉。"

"几点去车站?"

"应该是晚上七点去东站坐大巴。"

"嗯,好。"

"怎么了?"

"没怎么,就随口问问,祝你们一路顺风,玩得愉快。"宋厌说完就坐回座位,拿出手机,打开百度,正搜索着南雾附近的露营攻略,就收到了隔壁某人发来的微信。

大傻子:你真要回去给你姥爷祝寿?

宋厌面无表情地回道:我有病才会跟宋明海回去。

大傻子:那你又不去露营,到时候没照片,怎么跟你爸交代?

YAN:没说不去露营,只是不跟他们一起去露营。

大傻子:怎么,我们厌哥是不想人太多吗?

YAN:滚。

大傻子:那是为什么?

YAN:为了你兄弟和我兄弟。

大傻子:?

YAN:或许你还不知道,周子秋在网上认识的以为是女孩子的那个人是沈嘉言。

大傻子:???

YAN:没关系,周子秋也不知道他是沈嘉言。

大傻子:……

YAN:而沈嘉言是昨天才知道周子秋误会了。

大傻子:……

YAN:我已经让沈嘉言主动坦白了,但是他把这件事情解决之前,你觉得他们见面合适吗?

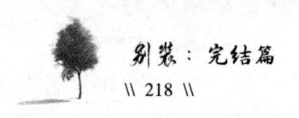

想到沈嘉言那普通单细胞生物一般的脑袋,想到沈嘉言在网上从头到尾一副甜妹萝莉的样子,再想到自己那沉默寡言、单纯仗义的好兄弟,夏枝野大概能脑补出整个故事,然后沉默了。

正好前桌的赵睿文再次回头:"夏爷,厌哥,你们真不去?"

夏枝野毫不犹豫:"嗯,没空,我要做社会服务,宋厌要去给他姥爷祝寿。"

朋友集体露营是个好主意,但如果集体露营会带来一场友情的毁灭,那就不太美妙了。他和宋厌两个人单纯朴实地跨年也挺好。

于是十二月三十一日当天,夏枝野和宋厌带着露营工具在下午六点准时出现在了即将去西山的大巴前。一个六点,一个七点,一个往东,一个往西,能和那群人完美避开。

尽管动机比较复杂,但结果还是好的。毕竟能和宋厌一起出来旅游,应该是个不错的体验,总好过那群人叽叽喳喳地在旁边一直闹。夏枝野这么想着,美滋滋地对宋厌说:"你说这是不是我们俩的第一次出游?"

宋厌说了句"嗯",抬腿迈上了大巴的台阶,夏枝野笑着跟上。

前面本来好好走着的宋厌在踏上大巴抬起头的那一瞬间突然顿住了脚步。夏枝野疑惑地顺着他的视线往前看了过去,然后也顿住了脚步。

大巴的最后一排赫然肩并肩地坐着三个他们此时此刻最不想看见的人,而那三个本来应该出现在七点钟通往东山的大巴上的人也已经看向了他们。十目相接,尴尬而沉默地对视。

小胖:"没空?"

赵睿文:"祝寿?"

周子秋:"社会服务?"

宋厌:"……"

夏枝野:"……"

那一刻,宋厌突然想起了很久以前沈嘉言帮他找大师算的一卦:他

第九章 跨年露营

在南雾命犯太岁。

寂静的车厢，尴尬而沉默的众人，以及什么都不知道、只是满脸被欺骗后伤心愤怒又悲恸欲绝的赵睿文。

"你们俩怎么能这样！"赵睿文气得眼镜架子都抖了三抖。

宋厌不知道赵睿文有没有听到他和夏枝野的对话，只能依旧沉默。

好在赵睿文紧接着就吼出了下一句指责："你们两个是不是讨厌我，所以想孤立我？！我什么地方做错了，你们可以直接说啊，骗我干吗？！我难道就这么让你们讨厌吗？！"

"……"原来这就是直男的脑回路吗？这个想法过于另辟蹊径，以至于宋厌一时不知如何作答，只是冷着脸依然很酷地站在原地。

还是夏枝野的脸皮比较厚，慢腾腾地走过去挤到赵睿文和周子秋的中间坐下，笑着搭上了赵睿文的肩："你想哪儿去了？我们这是为了给你一个惊喜。"

"惊喜？"赵睿文透过厚厚的镜片，扔过来一道狐疑的眼神。

夏枝野面不改色："对啊，我和宋厌都是临时计划有变，突然就有了时间，然后听周子秋说了你们的计划有变，就想突然出现给你一个惊喜，是吧周子秋？"

夏枝野说着就回头看向周子秋，扔过去一个带有威胁意味的假笑。

周子秋只以为这俩人是想自己偷偷摸摸地出去玩，结果被现场抓包了，就想拉自己打掩护。于是也没多想，轻哂一声，偏头看向窗外，慢悠悠地扔出一句："嗯，惊喜。"

赵睿文身为学习委员，一心只爱学习和写剧本、写小说，十分单纯，闻言竟然相信了七八分，抬头看向在他心中十分可靠的宋厌："厌哥，真的？"

宋厌："……嗯。"

于是赵睿文当场就高兴了，连忙把宋厌招呼过来："那厌哥，你快过来坐。"

说着他就把宋厌摁在自己左边，一手挽着夏枝野，一手挽着宋厌，

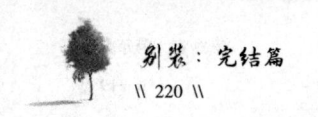

高兴道:"本来还觉得东山这几天封山不能上去,怪可惜的,但是想到你们两个可以和我一起去西山,我就又觉得不可惜了。好兄弟就是要整整齐齐!"

"……嗯,你说得对。"

"不过厌哥最好的朋友怎么没来?"

夏枝野隔着赵睿文看向宋厌,笑道:"你怎么知道他最好的朋友没来?"

赵睿文:"?"

宋厌:"?"

然后夏枝野慢悠悠地收回眼神,冲着赵睿文指了指宋厌的心脏:"他永远在厌哥心里,与厌哥同在。"

赵睿文:"……"

宋厌:"……"

除了赵睿文和夏枝野以外,所有人都深呼吸一口气,偏头看向窗外,一副不想再看的嫌弃表情。

只有赵睿文抓住了夏枝野的手,满脸备受感动:"虽然土了点儿,但是好感人,我可以把你的这句话写进我的小说吗?"

夏枝野欣然接受:"当然可以,我这里还有土味情话一百句,你要是有兴趣,都可以写进小说里,现在想听吗?"

宋厌忍无可忍,越过赵睿文,直接踹了夏枝野一脚:"你能不能闭嘴?少说点儿话!"

夏枝野搭在赵睿文肩上的手则微微抬起,趁所有人不注意,轻轻打了一下宋厌的肩,宋厌当即耳朵爆红,又一脚踹了过去。

结果这一次夏枝野及时躲开,于是这一脚就直接踹上了赵睿文。

"嗷呜——"一声惨叫,赵睿文一脸苦相地抱住了自己的小腿,"厌哥,你这踹人也太狠了吧,夏爷每天就是被你这么打的吗?"

宋厌:"……"他发誓,他平时打夏枝野都没这么大力气,只是刚才气过头了才非常罕见地没有控制住力道,没想到却让赵睿文中了招。

除了一句"对不起"以外,他也不知道还能说什么了。

"对不起。"

"没关系!"赵睿文满眼含泪,抱着自己无辜受创的小腿,一脸英勇就义、视死如归的坚定,"我不痛!但是我不能让你们的关系再这么恶化下去了!今天有我在这里,厌哥你别想打到夏爷,夏爷你也别想再气厌哥,直到你们彻底和好之前,我就守在这中间,不动了!"

壮士不还,气动山河;绝佳学委,感动全国。

赵睿文觉得这个世界上必然不存在比他更优秀的学习委员了。

然而他的话音刚落,满座寂静。于是在无比复杂又不能宣之于口的沉默后,四个人默契地朝着两个方向别过了头,谁也不想再说一句话。

窗外的景象也开始随着大巴的开动往后退去。慢悠悠地晃着的车厢,寂静的氛围,上过一天的课后的疲惫。几个人很快就各自靠着座位,昏昏欲睡。

从车站到西山大概两个半小时的路程,不算长,但也绝对不算短。坐在两侧最边上的小胖和周子秋还好,有窗户可以靠着,坐在中间的三人睡久了脖子就有些难受。

夏枝野迷迷糊糊地感觉到自己肩头一重,本能地以为是宋厌,结果一碰到头发就觉得不对。宋厌每天洗澡洗头,头发又蓬松又软又香喷喷,自己手里碰到的这坨毛怎么又油又硬。

意识到这点的时候,夏枝野瞬间一个激灵睁开了眼,看见赵睿文张着嘴即将流出哈喇子的睡颜后,连忙一把推开。眼看赵睿文就要朝着另一个方向倒在宋厌的肩上了,夏枝野又连忙把他拽回来。

夏枝野眼角的余光正好瞥到宋厌正微仰着头、蹙着眉、睡得非常不舒服的样子,于是站起身,双手用力,拎小鸡似的把赵睿文往右边一拎,然后自己坐上了赵睿文原本的位置。他的掌心兜住宋厌的脑袋,往回带上自己的肩膀,还把肩膀的高度调整到宋厌靠着最舒服的位置。

宋厌本来就没太睡着,被他这么一碰,身体瞬间放松下来,哑着嗓子低声抱怨了句:"刚才睡得难受死了。"

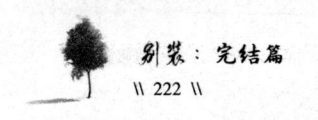

夏枝野轻声笑道："现在知道你室友的好了吧？"

宋厌低"哼"了一声，又换了个更舒服的姿势靠在夏枝野的身上，像女王勉为其难地表扬了一下自己忠诚的士兵。

夏枝野忍不住笑："知道我好就行，快睡吧，还有一个多小时，到了叫你。"

"嗯。"宋厌舒舒服服地睡了过去。

两人丝毫不管旁边的赵睿文试图靠上周子秋又被嫌弃地推开的惨状。

于是当赵睿文腰酸背痛且脖子僵硬地醒来时，一睁眼，看见的就是身边的两人互相依靠而岁月静好的模样。

他揉着脖子的手瞬间僵住："……"

发生了什么？为什么他和夏枝野换了个位置？为什么看上去恨不得每天打死夏枝野三百次的宋厌此时此刻这么乖巧安静地靠着夏枝野的肩膀在睡？为什么那一刻他觉得自己似乎做错了什么？

没等他反应过来，司机就中气十足地吼了一声："西山到了！下车记得拿好东西！"

其他人也纷纷醒来，然后十分自然地各自伸了个懒腰，起身，拿东西，下车，毫无停顿和疑问，只剩下赵睿文一个人独自蒙圈。

难道只有他不知道发生了什么吗？他是又被排挤了吗？

然而其他人都已经带着大包小包的露营工具走远了，他也来不及多想，只能拿着东西，匆匆跟上："你们等等我！"

西山和东山一直被并称为南雾的两大露营胜地，都有专门的露营地和露营服务中心。现在气候也并不十分寒冷，这个季节还没有蚊虫蛇鼠之类的动物，反倒是有漫山遍野的梅花可以看，对于观赏跨年烟花秀来说也是绝佳场所。所以尽管不是最适宜露营的季节，这时来这里露营也不会那么奇怪突兀。

选了一块最干净空旷离服务中心也近的场地后，几个人就开始扎帐篷、支锅。

虽然宋明海这个人不怎么样,但是他的助理工作能力确实很强,给他们买的露营工具全是最高端、最方便、最安全的,而且应有尽有,要啥有啥。

加上夏枝野这么一个几乎没有什么问题能难倒的全能高手,没一会儿就支好了一个温暖严实还带天幕的帐篷。再向服务中心借了张露营折叠桌和两把折叠椅,往天幕下一摆,又把户外大功率电源拿出来,取暖炉一开,甚至还不知道从哪儿变出了一串小灯泡搭在帐篷上,暖黄色的光晕点缀着米白色的帐篷,温馨浪漫异常。

另一头还在和小帐篷搏斗的赵睿文他们看得目瞪口呆,纷纷跑过来观摩。

"牛啊,你们居然还带了这么大功率的户外电源,我只带了充电宝。不过你选的地方离我们仨的帐篷也太远了,反正我们也还没扎好,要不搬过来离近点儿,蹭你们的电用一下吧?"

赵睿文一口气发出一长串感叹和请求,夏枝野却只想把他请离地球。如果不是这人因为东山封路就突然改变了露营地,夏枝野和宋厌现在应该开启了他们快快乐乐不被打扰的露营时光,结果全被这人搅和了。现在好不容易找机会将帐篷弄远了二三十米,就是为了清净点儿,结果他们又凑了过来。

没门儿。

夏枝野想都没想:"不行。"

赵睿文:"为啥?"

"宋厌晚上睡觉说梦话、磨牙,还梦游打人,我怕吓着你们。"

"……"宋厌偏头看向夏枝野。

夏枝野靠近他,低下头,用只有他们两个人能听清的声音,低声笑道:"委屈一下。"

"……"宋厌恼羞成怒,一脚就踹了过去。

刚踹完,还没来得及开骂,就感觉自己被人暴力拉开了,紧接着赵

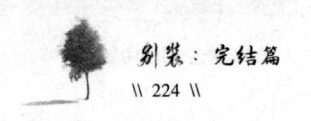

睿文就出现在他和夏枝野中间，一脸义正词严："宋厌同学！就算你再生夏枝野同学的气，你也不能随意殴打他！你忘了他曾经对你有多好了吗？难道就因为你有其他好朋友就不珍惜你们之间的这份友谊了吗！"

"……"那一刻，宋厌竟然无话可说。

赵睿文则决定好人做到底，必须调解好他们的关系，于是下达指令："你们两个现在就在这儿面对面坐着，静静地看对方三分钟，回想一下你们认识这么久以来的种种经历，再想想你们这份友谊值不值得珍惜，谁都不准说话，不准动手，等我们扎好帐篷，就回来检查，听见没？"

说完，夏枝野轻笑了一声："我倒是不介意，看厌哥的。"

这么傻的事情，宋厌必定不能做。

宋厌刚准备开口，赵睿文就看向他："尤其是你，厌哥，你答应我绝对不能再打夏爷，不然我就坐在旁边，监督你们，你们什么时候和好，我什么时候走。"

宋厌脑补了一下自己和夏枝野像两个傻子一样面对面尬坐着，旁边还蹲了个赵睿文的场景，就头皮发麻。眼角的余光瞥到正在一旁憋笑的小胖和周子秋，宋厌磨了下后槽牙："行，我答应你。"

"这就对了嘛。"赵睿文满意地调整好椅子的距离，把两人面对面地按下，"为了让你们尽快和好，我和小胖把帐篷往远处挪二十米，希望等我们扎好帐篷，你们已经和好如初。然后你们记得去山脚下的二十四小时服务中心买点儿饮料回来，到时候我们用小喇叭联系。"说完就带着憋笑已经快憋疯了的小胖和周子秋扬长而去。

两人坐的椅子摆在帐篷的背后，赵睿文他们看不见这边。于是宋厌终于不用再伪装，气得给了夏枝野一拳，却被夏枝野捏住手腕，笑道："你说你是不是平时对我太凶了，不然赵睿文怎么会觉得我们两个是仇人。"

宋厌理不直气也壮："那是他高度近视。"

"嗯，你说得对，不是高度近视的话也不可能看不出来我们俩的关系最好。"夏枝野低笑着说道。

宋厌板着脸："你一天到晚能不能少说点儿瞎话。"

夏枝野一边笑着，一边拿起手机，看了眼时间，然后点了下头，"现在是二〇××年十二月三十一日晚，二十三时五十五分。"

宋厌抬起眼睑，依然臭着脸："所以？"

"所以我能正式邀请我的好朋友从我的大衣口袋里拿出个小盒子吗？"

宋厌狐疑地把手伸进了夏枝野的大衣口袋，果然摸到一个四四方方的小盒子。

夏枝野笑道："我们厌哥别抱太大期待。"

宋厌掏出盒子，不屑一顾地打开一看，然后顿住了。

借着帐篷的灯光可以清楚地看见两枚黑色的耳钉。耳钉很小，直径有两三毫米，一左一右。

"等有时间陪我去打耳洞好不好？打在左耳上。"夏枝野低声道，"希望从今天开始的每一年，宋大喜能成为全世界最受喜欢的小朋友。不过到了那一天你一定要告诉我，虽然会有很多人喜欢你，但只有我才是你最好的朋友，谁也替代不了。"

腕骨上的黑色手串随着他的动作在灯光下反射出凛冽的光泽，只有那枚浅粉色的月光石温柔得如同戴上滤镜的真正月光。就像突如其来地闯进宋厌单调而孤单的生活里的夏枝野一样，是黑白画里最突兀的一抹粉色，却又那么恰到好处，和谐异常。

在夏枝野说完这句话的时候，不远处也传来了中气十足的小喇叭声："宋厌！夏枝野！新年快乐！祝你们在新的一年里，没有暴力，没有战争，没有伤亡，和和美美，快快乐乐！爱你们哟！"

小喇叭的声音回荡在空旷的露营地内，经久不息，甚至还能从破音之中听出方尝和赵睿文即使知道可能会面临死亡也要大声祝福的坚定决心。

如果不是这块露营地不只有他们几个人，宋厌估计已经暴走杀人

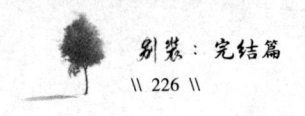

了。但此时此刻的宋厌听着这句傻兮兮的祝福,居然只是低头笑了。

如果说夏枝野是他生命里的第一抹粉红色,那这些傻子就是被这抹粉红色带进他生命里的其他吵闹又奇怪的颜色。虽然诡异了些,奇葩了些,但是这画也确实一点儿一点儿变得鲜活可爱了起来。

也挺好的。

宋厌听着远处跨年倒计时的声音,垂眸看向夏枝野的眼睛:"现在是二〇××年十二月三十一日五十九分五十七秒。"

夏枝野略一抬眉:"所以?"

"所以我也有话对我最好的朋友说。"

说完,远处的钟声正好敲响十二下,盛大的烟花在他身后的藏蓝色夜空绚烂绽放,以最短暂又热烈的姿态迎接新的一年的到来。

宋厌说:"夏枝野,你永远是我最好的朋友,也是我最信任的人。"他认真得如同那天在游乐园的钟声和烟花之下夏枝野对他说出"你愿意相信我吗"时一样。

夏枝野看着宋厌的眼睛,听到这句话,心头一暖,正准备说些什么,却听到不远处又传来了喇叭声:"你们聊完了吗?如果聊完了还记得我们的饮料吗?再不买过来火锅都要煳啦!!!"

"……"好脾气如夏枝野也忍不住低笑着骂出一句,"真是傻子。"

夏枝野无奈地笑着站起身,拉起宋厌:"走吧,买饮料去。"

宋厌笑着借力站起身,两人一起往山下走去。然而没走几步,就分别被一胖一瘦从后面挽住了:"周子秋临时有事已经走了,走,我们四个一起去。"

新的一年,一定要是很好的一年。

四个大男生去买饮料换来的结果,就是一锅因为忘记关电磁炉又没人看着而彻底熬干的火锅底料。于是最后的露营晚餐就以四人围成一圈,一人手捧一碗老坛酸菜牛肉面,加上娃哈哈矿泉水的情形做了结尾。

因为山间夜深露重,即使再暖和的睡袋也抵御不了南方冬天霜夜的湿冷寒潮，所以四人得了不同程度的感冒。

宋厌因为有夏枝野半夜爬起来用自己的大衣和围巾裹了个严实，感冒程度最轻。身体一向健壮如牛的夏枝野则感冒得最重，加上冬春季最易滋生流感，所以一直反反复复到了期末考试的时候，夏枝野还没好彻底。

最后夏枝野在战损的状态下，以三分之差，败给了宋厌同学，痛失蝉联将近一年半之久的年级第一，屈居第二。

阮恬拿到这份成绩单的时候十分满意，满意到甚至有点儿幸灾乐祸："有的同学呀，仗着自己脑子聪明，天赋高，一天到晚就没有个拼劲儿，现在终于知道天外有天、人外有人、第一不稳了吧？"

平时因夏枝野死死碾压不得翻身的赵睿文等人也终于感到扬眉吐气："从此以后，就是我厌哥的天下，夏爷你可以退位了。"

还挺忠心。

夏枝野闻言偏头看向宋厌，支着脑袋，唇角微扯，散漫冷淡又带有讥讽地扔出一句："真没看出来，我们厌哥居然是这种人，争权夺位的手段是不是有点儿不太光彩？"

考试之前连续两个星期每天晚上都拉着夏枝野刷题刷到凌晨一两点的宋厌在心里缓缓打出一个问号。

夏枝野这是什么意思？什么表情？他的竞争手段怎么就不光彩了？

宋厌还从来没见过夏枝野这种表情，正在想是不是发生了什么自己不知道的事，或者有什么误会。然后就听到夏枝野继续用那副冷淡散漫的调子满嘴跑火车地扔出一句："一转学过来就对我用攻心计，实在是好手段啊！"

那一刻，宋厌觉得自己是个傻子。为什么他还相信夏枝野会说出什么正经话？

尽管夏枝野的音量低到只有他们两个可以听见，但这并不影响宋厌面无表情地狠狠一脚踩上了夏枝野的脚背。于是刚刚进入戏精状态的夏枝野当即破功，低下头，握着拳头，倒吸了一口冷气，一眼看上去像疼

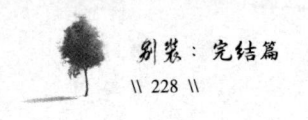

得厉害的样子。

阮恬在讲台上远远地看着,虽然不知道具体发生了什么,但是对于夏枝野终于可以被人制裁了这件事情还是十分喜闻乐见,于是笑道:"宋厌同学要再接再厉,继续加油哦。"

"嗯。"宋厌面无表情地应着,顺便挪开了正在施以暴行的右脚,夏枝野终于得以生还。

阮恬看着他笑得更加甜美了:"还有一件事情需要辛苦一下你们几位同学。"

每次阮恬露出这种格外甜美的笑容的时候都没有什么好事,宋厌警惕地抬下了眉。

果不其然,下一秒阮恬就露出了她罪恶的小酒窝:"这学期就这么圆满结束啦,下学期开学的时候正好是我们学校的一百一十周年校庆,到时候学校会组织一场文艺会演,我们班上次的《梁山伯与祝英台》作为高二年级最受欢迎的节目已经被选送上去,所以寒假的时候,大家有时间可以多复习剧本哦。"

话音落下,全场起哄。

"哇,这次校庆居然有咱们班的份?"

"我们班终于在艺术这个领域打败16班扬眉吐气了!"

"我们1班就是最厉害的!"

"那我们是不是又可以看到厌哥女装了?!"

"厌哥女装就是最厉害的!!!"

"不知道又有多少小学妹要败在厌哥的石榴裙下了,羡慕啊!"

这福分给你,你要不要?

所有人都在热闹欢笑,只有宋厌的脸瞬间变成了一台英俊的制冷机。他上辈子到底是造了什么孽,这辈子还要再穿一次女装?他现在转学还来得及吗?

旁边的夏枝野看出他的想法和绝望,安抚式地轻拍了他两下:"厌哥,这就叫命运,放弃抵抗吧。"

第九章 跨年露营

宋厌冷哼一声。宋厌发现自己完全无法从言语上打败这种不要脸的人，只能又狠狠地踩他一脚。讲台上的阮恬察觉到了宋厌的表情不对："怎么，宋厌同学，是不愿意吗？"

"没有，我愿意。"宋厌一下慌得口不择言。

夏枝野轻笑一声。

阮恬又看向他："那夏枝野，是你不愿意？"

"没，我也愿意。"夏枝野右手放在桌面上，转着笔，直着身子，面上依旧一副散漫的表情。

于是阮恬满意地点点头："既然两个主演都没意见，那这件事就这么定了，目前暂定是三月五日会演，我们三月一日返校，到时候你们看着时间抽空准备。没有其他事情的话，就在教室外面等开完家长会，和家长们一起离校吧。祝大家寒假快乐，新年快乐，明年见。"

"好——也祝老师新年快乐——寒假快乐——"

1班众人惯常拖着调子。

阮恬感到既好气又好笑："行了，不用在教室外面等，自由活动，爱干吗干吗，行了吧？"

"好！万岁！"

"啊！终于自由了！我可以躺下了！"

"我要回宿舍收拾东西，马不停蹄地奔赴我卧室的电脑和小床。"

"我也先回宿舍躲躲，希望我妈开完家长会还愿意认我这个儿子。"

"哦，我爸怎么也来了！居然还在教室门口堵我！"

压抑了整整一学期的众人在听到"自由活动"四个字后瞬间让教室陷入了极度混乱的局面。

夏枝野偏头看向宋厌："三月五日是不是你生日？"

"嗯。"宋厌冷着脸开始收拾起自己的书包。

一旁的夏枝野则点点头："挺好。"

宋厌警觉地停下动作，抬起头："你又想搞什么事？"

"没什么。"夏枝野弯眼一笑，"我能搞什么事，就是觉得你和我

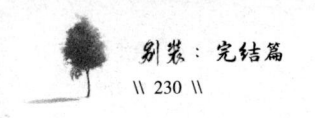

们伟大的母校是同一天生日，多好，多吉利。"

但夏枝野说的话，宋厌一个字都不信，他睨着眼冷声威胁道："最好是，不然你到时候可能会失去你的室友并长眠于你伟大的母校。"说完他就拎着书包站起身，往教室门外走去。

正在讲台上一个一个核实家长入座的阮恬，眼尖地发现了他，连忙叫道："宋厌，你的家长还没入座呢，先别急着走！"

宋厌钩着书包带子站在原地，微抬起头，冷淡地看了过去："我没有家长来开家长会。"

话音落下，阮恬就蹙起眉："不是啊，我看见你妈妈来了啊。"

宋厌："？"

"下午她还专门去了趟教务处，哎，宋厌妈妈，你来了。宋厌，快带你妈到你的位置去。"

宋厌跟着阮恬的视线回头，看见覃清正微笑着站在他面前，一时微愣。

在覃清和他爸结婚之前，他一直都是没人开家长会的。覃清来了他家后，倒是每学期都会给他开家长会，但那是因为都在他老家，方便，而且需要顾及他们夫妻二人的婚姻形象。

所以宋厌没有想过覃清会再次把宋乐乐一个人放在家不管，专程千里迢迢跑到南雾来给他开这么一个不重要的家长会。

覃清一直都会定时定点地提醒他穿衣加衣，询问他的身体状况，但也没告诉他会亲自来南雾接他回家。

覃清倒是没多说什么，只是用手指捏着宋厌的衣服领口，往外翻了一下，确认里面穿上了厚毛衣后，才满意地松开手，再看着宋厌比之前健康了许多的脸色，笑道："不错，终于有点儿肉了，不是一把骨头架子了。"

刚才还在夏枝野面前一副冷面大佬模样的宋厌站姿瞬间变得乖巧了，语气却还在佯装冷淡："您怎么来了？"

"来看看你在这边能不能适应。上回你缺考的事情，刘主任已经告诉我了，你怎么不跟家里说？"覃清的声音温柔至极。

宋厌的指尖钩着书包带子，垂下眼睫："就是觉得没什么好说的。"反正说了宋明海也不会帮他。

宋厌的言外之意，覃清哪里有听不出来的道理，她叹了口气，替他理了理衣服："算了，都过去了，以后有事……"

"覃姨。"不等覃清说完，宋厌就微蹙起眉，握住了她的手腕，"这是什么？"

他的个子比覃清高很多，覃清抬手替他整理衣服的时候，袖口自然下滑，就露出了白皙瘦弱的手腕上三道扎眼至极的瘀痕。

而覃清只是自然而然地收回手，理好袖子，浅笑道："没什么，就是前几天陪乐乐玩的时候不小心弄伤的，司机就在学校门口，让他先陪你回宿舍收拾东西吧。"

宋厌还是觉得不对，刚想再发问，身后传来一道熟悉的女声："哟，小厌，这是你妈妈呀，真年轻，真漂亮，不知道的还以为是你姐姐呢！"

覃清顺着声音的方向朝宋厌身后那位真正年轻艳丽的女孩儿看过去："请问您是……"

"哦，我是夏枝野的姐姐，你叫我夏瑜就行。"夏瑜顺势挽住了正准备前来制止她的夏枝野的胳膊，大方得体地笑道，"他们俩是同桌和室友，也是关系最好的朋友。"

"这样啊。"覃清微弯起眉眼，看向宋厌，柔声笑道，"我们小厌交到新朋友了？"语气像是高兴，又像是欣慰。

宋厌一下子就觉得自己好像被当成了幼儿园的小朋友，不自在地准备逃离现场，却被夏枝野轻拽住手腕，摁在了原地，并笑着看着覃清道："嗯，宋厌特别招人喜欢，现在已经是我们学校的风云人物了，交到了好多朋友。"

话音刚落，小胖和赵睿文就在角落里喊道："厌哥，夏爷，我们打算点奶茶喝，你们要不要？算了，你们肯定要，那我们一起点了。"

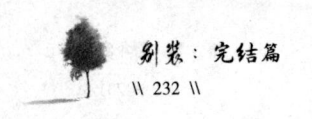

看来是真的交到了好多好朋友，果然所有人只要离开宋明海就可以过得更好。

覃清抬手笑着揉了揉宋厌的脑袋："去吧，跟同学先去玩吧，开完家长会我再叫你。"

夏瑜也顺势松开了挽着夏枝野的手，挽住覃清的胳膊，朝他们俩嫌弃地挥了两下："行了，你俩该干吗干吗去吧，我跟姐聊会儿。"说完就和覃清手挽手地往他俩的座位走去。

宋厌和夏枝野还可以依稀听见夏瑜极为甜美的笑声："姐，你用的什么化妆品呀，皮肤怎么这么好？身材也真好，一点儿都看不出来生过宝宝。我本来还在想宋厌气质这么好是随了谁，现在可明白了。"

"而且你说宋厌这孩子你怎么教出来的，怎么长得又高又帅学习又好，还这么懂事？不像我们家夏枝野，一天到晚不着调。"

"哎呀，夏枝野哪儿算什么好呀，也就个子高点儿，脸长得好点儿，成绩确实还凑合，但也只是个第二呀，比你们家小厌差了点儿。"

"嘁，我就知道你肯定喜欢他，他从小到大没别的本事，就是招家里的姐姐、姨姨喜欢，性格好。"

"寒假有时间就让两个孩子多在一起玩，互相交流学习。"

后面的两个男生不知道聊了些什么，宋厌突然咬着牙，飞起一脚，直接就把夏枝野踹出了门外。

教室角落里正在密切交流的两位女性听到动静，抬首，微顿，愣住。然后夏瑜瞬间反应过来，笑着挡住了覃清的视线："哎呀，小孩子嘛，打打闹闹很正常，这是他们关系好的表现，别在意，别在意。"

覃清眼角的余光还是不可避免地看见了教室门外凶巴巴地臭着脸揍人的宋厌和一直低笑着哄他的夏枝野，然后不可避免地有些纳闷。

这家人的脾气都这么好的吗？这个叫夏枝野的孩子看上去被揍得这么惨，还能对宋厌笑盈盈的。不过这孩子确实挺高、挺帅、脾气挺好的，难得地很对她的眼缘，要不找时间请他到家里吃个饭？

在宋厌的严讯逼供、连追带闹下，夏枝野逃窜回宿舍后逃无可逃，

第九章 跨年露营

被摁在门上揍了一顿。被揍完后,夏枝野还好脾气地笑道:"说起来,马上就有一个寒假不见,我们厌哥会不会想我?要不干脆今年过年我直接到你家怎么样?"

"不怎么样。"宋厌已经对夏枝野的毫无底线形成习惯而免疫了,冷酷无情道,"寒假过年回去后我要学习,请你不要来影响我。"

夏枝野:"?"

"这次期末考,全市排名我才第二。"

"……"

"你才第五。"

"……"

"所以寒假没人对你用攻心计了,麻烦你争点儿气。"

"……"

宋厌说着从眼尾扔出一个嫌弃的眼神,以至于夏枝野突然从心底生出一种羞愧感。他怎么能才考全市第五?他真的太笨了,太不努力了,太不争气了。这种程度怎么配当宋厌的大哥?

"不过厌哥,你确定寒假不用我来看你吗?"夏枝野说着朝宋厌眨了一只眼,显得格外兄弟情深。

但很可惜,宋厌答得冷漠无情:"我确定,因为我要刷题。"

使用眨眼从无败绩的夏枝野觉得自己的地位受到了挑战:"宋厌,你说实话。"

"嗯。"

"我在你心里是不是其实只是个第二顺位?"

"是。"

"那第一顺位是谁?"

"王后雄。"

"……"

宋厌微侧着眸,挑着眼角,一副高高在上的暴君模样,看得夏枝野牙痒。以前一哄就上当,一逗就炸毛,现在居然还能有来有回地陪自己

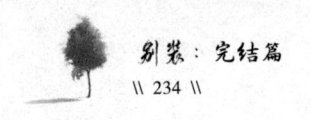

演戏了，看来某人是真的能耐了啊。不给他点儿教训看看，就不知道他们俩谁才是真正的影帝。

夏枝野想着，趁宋厌不注意，手直接伸过去，试图挠他痒痒，然而校裤兜里却响起一声熟悉的"叮咚"。

夏枝野微顿，决定不管。

接着又是一声"叮咚"。夏枝野依然决定不管。

然后就是"叮咚""叮咚""叮咚""叮咚"。没完没了，无穷无尽。

夏枝野："……"

看着夏枝野绝望又麻木的表情，宋厌突然觉得好笑。他抽出手机，冲着夏枝野晃了晃。

夏枝野看了看屏幕上那几条疯狂夸赞宋厌后妈以及表示她们已经快到宿舍楼下让他们快点儿下去的微信，又看了看宋厌幸灾乐祸的表情，轻磨了下后槽牙。

宋厌心情不错地把夏枝野从自己身边踹开，然后慢慢地站起身，拎出事先已经收拾好的行李箱，端起桌上因担心假期没人照顾所以准备带回家的宋小喜，就准备离开，却被夏枝野拽住了手腕。

宋厌以为他又要说些什么不着调的话，正准备无情嘲笑，却听到头顶传来低低的、正经的一句："如果过年回家不开心了，就告诉我。"

宋厌回想起往年每年过年家里虚伪的热闹和极致的压抑，垂下眼睑，看着手里那盆小铁树："告诉你又有什么用。"

夏枝野注意到他的神情，低声笑道："告诉我是没用，但我们家宋小喜是神树，所以只要你不开心了，告诉我，再对着宋小喜许愿，六个小时内我必然出现。"

"……傻子。"宋厌忍不住笑出了声，然后嫌弃地推开他，"行了，别这么磨磨叽叽的，你还是刷题冷静冷静吧，我先走了。寒假不把题刷完，别来找我。"

说完宋厌就推着行李箱，带着宋小喜，离开了宿舍，头也没回。

夏枝野看着宋厌的背影，低头笑了一下。没刷完题不能去，那就是

第九章 跨年露营

刷完题就可以去了，看来自己可以开始准备从夏瑜那里骗机票钱了。

这次来接宋厌的车不是宋明海在南雾常用的那辆迈巴赫，而是覃清在南雾分公司的专用车，司机也是覃清自己的助理。这种细小的区别足以说明问题。

宋厌和覃清并排坐在后座，目光无意识地落到覃清的手腕上，淡淡地问了句："他打你了吗？"

覃清微顿，然后捂着手腕浅笑道："没，他还不至于打我，就是起了些争执，他想让我签一份文件，握着我的手太用力了些。"这话说得委婉，但不是假话。

宋厌问："他公司出了问题？"

宋明海当时和覃清结婚的时候，公司遇上了大问题，然后靠着覃家的技术专利和部分资金周转过来，渐入佳境。所以覃清现在有公司百分之二十二的股份，是除了宋明海以外的最大股东，而且负责财务审计这一块，在很多决策上她的意见都很重要。

再联系到宋明海想接近夏家的行为，宋厌猜十有八九是宋明海的公司出了什么事情，并且在事情的处理上和覃清有了分歧。

覃清知道宋厌很聪明，也就不打算瞒他，免得他再多想："你爸之前在南雾拍了块地，想做国际购物中心，主打高端市场，但因为市场行情不好，进口货物受阻，项目短期内不可能再继续，资金跟不上，只能改投房地产。但这样的话那块地的面积又不够大，就需要再扩地，旁边的地现在又在夏家手里，一直没能谈下来，融资跟不上，资金链就出了问题，加上你爸这几年扩张得太快，很多人盯着，所以现在比较困难。"

宋厌问："有什么解决办法吗？"

覃清答道："两个选择。一个是把现有产业全部做抵押，高价买地，贷款投资。成功了就算过去了，失败了就准备破产清算。"

"还有一个呢？"

"被收购。接受母公司的资金支持，但你爸就不再是公司的最大股

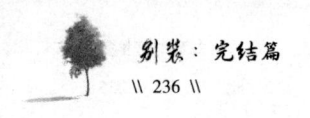

东，甚至可能被赶出管理层。"

毫无疑问，宋明海那种性格的人不可能接受第二个结果。但覃清不一样："现在大环境艰难，被收购可以保住公司绝大部分底层员工的饭碗，也最稳妥，公司很多高层都这样觉得。但你爸的股份超过了百分之五十，有一票否决权，所以我们也只能拖着。"

宋厌不太懂商场上具体的那些是是非非，但他的数学一直不错，平淡地开口："我爸现在百分之六十的股份里面有百分之二十是我妈的。"

覃清微愣。

宋厌继续道："按照遗嘱，等我成年了就会继承这部分财产，所以到时候如果我不同意他继续代持股的话，他就只有百分之四十的股份，而我们有百分之四十二。"

宋厌理智得仿佛只是一个冰冷客观的数据计算器。然而覃清在听到那个"我们有百分之四十二"的"我们"的时候，还是觉得心里一暖。

她第一次见到宋厌时，就觉得这小孩儿真漂亮，但是所有人都告诉她后妈难当，像宋厌这种性子的孩子是养不熟的，宋厌也的确一直表现得疏离又冷淡，像是格外不欢迎她和宋乐乐的到来一样。

但是她一直记得宋乐乐刚出生不久时的一个午后，那时候她疲惫至极，宋明海忙得不回家，保姆又请了假，她累得实在撑不住，居然把宋乐乐一个人忘在沙发上，自己洗着澡就睡着了。

等她醒来意识到这一点，飞快地跑到客厅的时候，看到的却是小宋厌板着一张脸，如临大敌般地张着胳膊守在沙发旁边，像是生怕宋乐乐一个翻身掉下去一般。

这个特别爱干净的小孩儿居然没有介意睡着的小乐乐趴在他衣服上吐口水泡泡，只是打量着宋乐乐的眼神像是在看什么外星人一样。

覃清甚至至今还记得小宋厌当时皱着眉小声嘟囔的那句话："你的爸爸、妈妈、哥哥都这么好看，你怎么这么丑呀？长大了记得变好看点儿才行。"

那天的事情宋厌后来从来没有提起过，但覃清一直记在了心里。只是她天生性子温柔到甚至有些怯懦，所以她总是争不过宋明海，又顾及着宋乐乐，所以没能够像一个真正的母亲一样对宋厌好，以至于宋厌在成长过程中受了许多不应该受的苦，对此她一直很愧疚。

　　好在宋厌从骨子里就是个好孩子，不但没有长歪，还长得比绝大多数人都好。覃清忍不住笑着揉了一把他的脑袋："小孩子家家想那么多干吗？这是大人的事，你是小孩子，只需要好好上学，好好和朋友们一起高高兴兴地玩，听见没？"

　　这是覃清第一次对他用上了类似长辈教育晚辈的口吻，宋厌偏过头，抿着唇，"嗯"了一声。

　　覃清看着宋厌乖巧地搭在腿上绷紧的手背，低头轻笑了一声，到底是个小孩子。不过好在小孩子还有一年就成年要高考了，那时候她也可以无所顾忌地离开宋明海了，一切都会好起来的。

第十章
神树助力

得益于宋明海为了公司的事情忙得焦头烂额、脚不沾地,他们居然过了一个没有宋明海的舒舒服服的年。

覃清的厨艺一般,除夕的晚上就把宋乐乐的姥姥、姥爷接了过来。

做饭的时候,老两口听说了之前宋厌把同学从三楼推下去的事情是被诬陷的时候,立马陷入了深深的愧疚和自责中。加上宋厌寒假一回来,就把宋乐乐怎么都做不及格的数学卷子一手给提溜到了八十分以上,老两口越看宋厌越喜欢,于是连带着给宋厌封的压岁钱都比以往厚了整整两倍。

从前只是冷淡拒绝的宋厌,在想到回南雾后还有很多要花钱的地方,也就礼貌地说了声"谢谢覃爷爷、覃奶奶",然后坦然接下了。只剩下宋乐乐拿着和他的成绩单一样可怜的压岁钱,"哼哧哼哧"地撒着娇。一个没有了一家之主的团圆夜,却有了这么多年来少见的言笑晏晏。

只是老两口的年纪大了,宋乐乐的年纪还小,都熬不住夜,吃完饭就各自早早地洗漱歇息了。而宋厌独自一人躺在床上看着电视里无聊至极的春晚时,突然就觉得有点儿落寞。一切都很好,过得很开心,可就是少了什么。

宋厌偏过头,看见窗台上和一盆价值六位数的格外高贵的兰花放在一起的宋小喜时，很想给夏枝野打个电话。但是在这个时间点，夏枝野那一大家子都不怎么着调的人应该还在吃团圆饭，自己打过去应该不怎么方便。

而且突然打个电话过去，肯定会打扰到夏枝野，寒假才到一半，夏枝野肯定还没刷完题。于是宋厌又转回了头，继续看起了无聊至极的春晚。看着看着，宋厌突然觉得，如果两个人一起刷题，互相讲题，学习效率是不是会更高。

肯定会。

想到这里，一心只有学习的宋厌庄严地放下遥控器，拿起手机，斟酌半晌后，打出三个字：在干吗？

准备发送的时候，宋厌又想，大年三十的夏枝野应该和家人待在一块儿看春晚吧，自己这是问了句废话。于是删掉，重新输入：今年春晚好难看。

输完，又觉得不行。万一夏枝野没看春晚呢？

再次删掉，指尖挪动：给小麻将买的新裙子收到了没，好看吗？

打完，才想起小麻将跟着刘奶奶回老家过年了。

如此循环往复了十几次后，突然听到"咻"的一声，界面出现了新消息。

大傻子：我们厌哥是打算写什么新年祝福的小作文吗？我看着你正在输入已经看了二十七分钟了。

宋厌："……"

夏枝野没事盯着他的聊天对话框看干吗！好丢人！

宋厌把手机一扔，把头埋进被子里，双手捂住耳朵，想假装无事发生过。然而下一秒，夏枝野就打了个视频通话过来。

宋厌坐起身，理了理头发，拿起手机，正襟危坐，按下接通按钮，一脸冷淡："干吗？"

屏幕上出现了夏枝野的脸，他看着宋厌笑道："我怕你打字打到明天天亮都发不过来消息，所以直接来问了。"

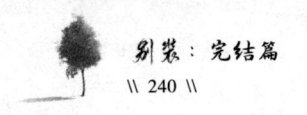

宋厌十分漠然:"刚才是我弟在玩我的手机。"

"哦,这样啊。"夏枝野一脸了然,然后笑道,"那让我跟你弟打个招呼?"

"……"打个鬼的招呼!

宋厌依旧冷脸:"他现在去睡了。"

"哦,行吧,那我挂了……"

"等等!"宋厌板着脸把镜头换了个方向,对准桌上的神树宋小喜,"看到没?"

视频那头的夏枝野有点儿茫然:"看到什么了?"

你说看到什么了?宋厌又把手机镜头靠近了一点儿。

夏枝野才像是终于看清楚一样,反问了一句:"宋小喜?感觉长大了一点儿呀,看来我们厌哥很会照顾植物嘛。"

重点是长大了一点儿吗?这个重要吗?

宋厌咬牙切齿:"你再想想放假那天你跟我说过什么话?"

夏枝野无辜道:"说过什么?"

宋厌:"……"

夏枝野试探着问了句:"明年见?"

宋厌:"……"

"还是早睡早起?"

"滚!"宋厌忍无可忍,一把挂掉视频,转头看见正在月光之下摇曳生姿的小铁树的时候,起身走过去,用书挡在了它前面,并伴随着恶狠狠的一句,"夏枝野说话不算话。"然后宋厌躺上床,扯过被子,蒙住头,开始睡觉。边睡边骂夏枝野,垃圾,还说什么只要对着宋小喜许愿,六小时之内他就必然出现,都是骗子。

算了,知己什么的,都比不上学习靠谱,明天自己要刷完整整一本"五三"。

骂着骂着,宋厌竟然迷迷糊糊地睡着了。

宋厌做了个梦。

第十章 神树助力

梦里他独自一人气急败坏地穿梭在巨型铁树林中，来来回回都走不出去，边走边喊夏枝野，可是无人应答。宋厌就越走越急，越走越生气，气得他一把火把铁树林烧了，结果不知道为什么野外也有火警触发装置，就在火烧得最狠的时候，突然传来一声刺耳的报警铃直接把他给吓醒了。

醒来才发现已经是凌晨五点，铃声也不是什么火警，而是他的手机。

看见屏幕上跳跃着的三个大字"大傻子"的时候，宋厌捋了一把头发，长吐出一口气，没好气地接起："凌晨五点你给我打电话是想挨揍吗？"

"嗯，想挨揍了。你已经十几天没揍我了。"

电话那头像是在室外，裹着呼啦啦的风声。

宋厌的气一下就消了一半，冷声道："你有本事就当面跟我说这话。"

"嗯，没问题，只是可能要麻烦你下个楼。"

"？"

"看窗外。"

窗外不知道什么时候已经下起了这个新年的第一场大雪，北方的雪花铺天盖地地席卷而来，纷纷扬扬的雪和凛冽的寒风昭示着零下十几摄氏度的气温。而窗外的路灯下，夏枝野围着丑丑的红色围巾正接着电话，抬头看着他的窗户。

"你看，只要你对宋小喜许愿，六个小时之内，我就必然会出现，是不是没有骗你？"

宋厌站在二楼的窗边，指尖握着电话，似乎一时没有反应过来，只是呆呆地看着楼下。

夏枝野则隔着一个花园，抬头看着二楼落地窗里呆呆的某人，轻笑一声："厌哥，你们北方冬天的晚上零下十几摄氏度，真的有点儿冷。"

说话间，宋厌甚至可以清楚地看见昏黄的路灯下一团团白雾从夏枝

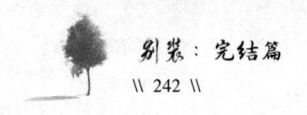

野的唇齿间轻轻呼出,氤氲在北方冬日寒冷的夜里,然后才反应过来面前这个夏枝野是活的夏枝野。

宋厌趿着拖鞋,转身"噔噔噔"地就朝楼下跑去,打开房门,穿过花园,再打开院门,径直跑到夏枝野的面前。

也不知道是跑得有多快,反正从别墅二楼的卧室到别墅大门外的这么短短一段距离,他就跑得上气不接下气,呼出大口大口的白雾。

夏枝野看见他只穿了一件丝绸睡衣的单薄身体,皱眉问:"怎么外套都不披一件就出来了?"

宋厌却问:"你怎么大半夜的就过来了?"

明明几个小时前夏枝野还在发夏家在南雾团年的照片,怎么会说来就来了?这三更半夜的,也没航班啊。

夏枝野低头看着他,神秘地眨了下眼:"我不是说了嘛,宋小喜是神树,只要你对它许愿,我保证就会出现。"

"……"宋厌转身就走。

夏枝野连忙把他捉回来,笑道:"你这人怎么一点儿童心都没有?我是坐我姐夫的私人飞机过来的。他昨天陪我姐在南雾过年,今天一大早要赶回本家,半个月前就定好航线了。"

"所以你半个月前就计划好来找我了?"

"嗯。这不是怕我的好兄弟过年过得不开心吗,就提前计划过来陪你了。我这半个月白天刷题,晚上帮我姐上分,辛苦得腹肌都瘦了。"

宋厌的内心挺感动的,表面却还是冷淡道:"嗯,行,现在看到了,可以走了。"

怎么也没想到宋厌会是这个反应的夏枝野:"?"

觉得自己的反应没什么问题的宋厌:"???"

夏枝野有些难以置信:"我这就走?"

宋厌觉得理所当然:"不然呢?"

夏枝野:"……"

宋厌十分体贴地替夏枝野理了理围巾,好声好气地解释道:"宋乐

第十章 神树助力

乐和他姥姥、姥爷都在,家里有老人、小孩儿,你突然来这里,打扰到他们不好。"

宋厌难得好脾气地认真解释着,听上去不像是在赌气傲娇。

宋厌替他理好围巾后,又说:"他们马上醒了,我先回去了,你也回去吧,开学再见。"说完就裹着自己单薄的睡衣,飞快地跑进了别墅的大门,穿过花园,一路跑到了房门前。

夏枝野呆呆地站在原地,一时不知道该怎么办。他以为自己千里迢迢来找宋厌,宋厌会很开心、很感动,他们可以一起好好说说话,一起好好吃顿饭,他甚至还给宋厌准备了压岁钱,但是没想到会是这样的结果。

他没有生宋厌的气,只是有点儿失落。他站在大门外,像只在大雪天里走丢了的一只大狗,看上去茫然又可怜。

宋厌跑上房门前的台阶后,一回头看见夏枝野这副模样,终于绷不住,笑出了声,然后又很快恢复冷淡:"所以你进不进来?你再不进来,他们可就真的醒了。"

"……"夏枝野先是微怔,然后反应过来宋厌这是在报复自己之前假装忘了说过会来看他的欲扬先抑的行为,忍不住低头气笑了。宋厌现在还学会捉弄人了。

夏枝野慢悠悠地晃进花园,带上大门,再慢悠悠地晃到宋厌跟前,低头看了过去:"你现在的演技越发精湛了啊!"

宋厌倚着门,漠然地一挑眉:"跟你学的,这叫礼尚往来。"

"哦,看来我们厌哥学会礼尚往来了啊。"夏枝野笑得弯起眼睛。

宋厌往自己的卧室走去,夏枝野慢悠悠地换上了门口的一次性拖鞋,再慢悠悠地跟着宋厌晃进了卧室。然后他一把抓住为了逃避挠痒痒准备躲进浴室的宋厌。

室外风雪交加,冷得厉害,室内的暖气却开得很足,两人打闹起来,身上竟然都出了薄汗。夏枝野的衣服被宋厌踹了好几个脚丫子印。

等夏枝野好不容易松开后,宋厌又踹了他一脚,问:"你没带

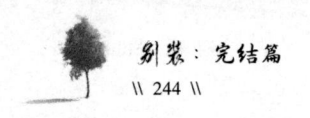

衣服？"

"带了，但是在我姐那儿。"

"？"

"我总不能带着行李箱来偷偷找你玩吧？"

宋厌虚踹了他一脚："谁让你偷偷地来了？"

"这不是担心会影响到你的家人吗？"

宋厌连忙解释道："倒也不至于，主要是现在他们都在休息，别的时间点过来也不用这么小心翼翼。"

"没事，我就是来看看你，等你家里人出去了，我就回酒店。"

宋厌心里怪不是滋味的："那我晚上陪你去住酒店。"

"行。"夏枝野满意地笑了笑，翻身上床躺在另一边，"那我们现在先睡觉好不好？有点儿累了。"

"嗯，好，他们一般不会来我房间，也不管我赖床。"宋厌闭上眼，准备睡个很久都没睡好的觉。

宋厌说："晚安。"

夏枝野也说："晚安。"

屋外天光将霁，大雪放晴，寒冷入骨，屋内灯光暗淡，床帘拉严，温暖如春，两人准备入眠。岁月安好。

"但是宋厌。"夏枝野突然开口，"我总觉得我好像忘记了什么事。"

宋厌闭着眼："我也觉得。"

"所以忘记了什么事呢？"

"我想想。"

"……"

"……"

"！"

"夏枝野你的鞋子是不是还在门口！"

宋厌惊坐而起，脑子里正飞速地思考着怎么才可以神不知鬼不觉地在早饭前把夏枝野的鞋子偷回来的时候，房门就被"咚咚咚"敲响了。

第十章 神树助力

宋乐乐如同人工大喇叭般脆生生的声音响了起来："哥哥！！！妈妈、姥姥、姥爷叫你和你的朋友起床吃早饭啦！！！让你们吃了早饭再继续睡！！！脏衣服也记得拿给妈妈去洗！！！"

那一刻，宋厌想，宋乐乐的寒假作业实在太少了，最少还可以再加六十九张数学卷子。

宋厌躺下，生无可恋，气若游丝："告诉你妈，哥哥还在睡觉，没听见。"

"哦，好！"宋乐乐隔着门，转头朝楼下大声喊道，"妈妈！哥哥说他还在睡觉！没听见！"

"……"整个别墅陷入空前的尴尬的沉默。

沉默之中，宋厌绝望地闭上了眼："夏枝野。"

夏枝野忍着笑："嗯，怎么了？"

"查一下《未成年人保护法》和《妇女儿童权益保护法》。"

"？"

"如果要求一个不到十岁的小孩儿每天写三张数学卷子，违法吗？"

"……"夏枝野略一思忖，斟酌措辞，"不违法，但也不道德。"

行，不违法就行，管他道不道德。宋厌对门外道："我们马上下去。"

门外的宋乐乐乖巧地应了一声："嗯，好。"

然后宋厌就站起身："等会儿下去吃饭。"

夏枝野："你干什么呢？"

宋厌坐到书桌前，打开电脑，一脸冷漠："找全国范围内小学三年级的所有数学竞赛题。"

"……"

夏枝野听着打印机开始疯狂工作的声音，觉得他们厌哥的心够狠。

站在门外的宋乐乐听到里面的说话声，刚想去敲门，房间的门却突然从里面打开了。宋乐乐感觉自己被一片巨大的阴影笼罩了，抬头一看，看见比他高了足足四五十厘米的夏枝野时，忍不住发出了一声感叹："哇，哥哥你好大只哦，比我哥哥还大只。"

"……"

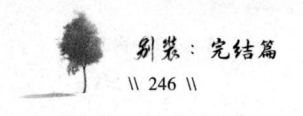

宋厌冷冷地叫了声："宋乐乐。"

宋乐乐仰着无辜的小脸："啊？"

"伸手。"

"哦。"宋乐乐乖乖地伸出双手，摊开掌心，然后稚嫩的小手上就被放上了厚厚的一摞卷子，压得他整个小身板儿都往下颤了颤。宋乐乐仰着脑袋迷茫地眨了下眼。

宋厌低头看着他，冷酷无情："做完。"

那一刻，是夏枝野第一次在一个不到十岁的孩子眼中看见了惊恐和绝望。

眼看宋乐乐都要被吓得哭出来了，夏枝野笑着揉了一把他的脑袋："你哥哥逗你玩的，别害怕。"

能不怕吗？宋乐乐简直害怕极了，连忙躲到这个比他哥哥还高大的哥哥身后，偷看宋厌的表情可怜得像地里的小白菜。夏枝野也护着他，朝宋厌笑道："孩子还小，别跟他计较。"

宋乐乐缩在夏枝野的身后疯狂点头，像是终于找到同盟一样。

宋厌无语地睨了他一眼。

才第一次见面就把别人当靠山，真是出息。

宋厌也懒得和这一大一小纠缠，自顾自地转身下楼去了餐厅。

宋乐乐这才松了一口气，然后仰头看向夏枝野："哥哥，你是从哪里变出来的啊？"

明明昨天晚上进房间的时候还只是一个哥哥，怎么今天出房间就变成了两个哥哥？

看着宋乐乐单纯天真的眼神，夏枝野毫不心虚地指了指屋内那盆小铁树："它把我变过来的。"

宋乐乐是那种到现在还相信世界上真的有圣诞老人存在的傻孩子，听到这话立马睁大了眼："真的？"

"嗯，真的，只要你哥哥许愿，六个小时之内，我就一定会变出来。"

"是只有哥哥许愿才行吗？"

"嗯……"夏枝野略一思考，"一般来说是的，不过如果我们乐乐诚意足够的话，说不定也会灵验。"

"哦。"宋乐乐似懂非懂地点点头，"那就是你也要听我哥的命令？"

夏枝野想了一下，点头道："差不多吧。偶尔也可以不听，只不过要挨揍。"

宋乐乐："……"果然，没有人可以把他从他哥的魔爪之下拯救出来。九岁的宋乐乐悲伤又绝望地叹了口气。

刚叹完，就听到从楼下传来他哥冷冷的声音："宋乐乐，你再不下来吃饭，我再给你加三张卷子。"

于是宋乐乐立马收起唉声叹气，抱着那摞卷子马不停蹄地就往楼下跑去："别啊，哥，我来了，我来了！"看样子是真的害怕极了。

夏枝野也就笑着跟在后面慢悠悠地晃了下去。

他们冷面酷哥宋大喜同学，果然是站在食物链顶端的男人。

食物链顶端的男人此时此刻正坐在餐桌前，紧张地握着牛奶杯子，看着对面三位正慢悠悠地吃着早饭的长辈。

等夏枝野一下来，就连忙扯过他介绍道："这是我的同学夏枝野，也是我爸合作伙伴的孙子。昨天晚上跟他姐姐来给姐夫家拜年，但是他姐夫家来客人了，床不够，就来我家借住一宿，因为实在太晚了，没跟你们说，等他吃完饭就……"

"吃完饭就好好睡一觉吧。"

不等宋厌把"走"字说出口，覃清就笑着把桌上的早点推到夏枝野跟前："大过年的，跟着大人们这么折腾也辛苦了，我家不讲究这些，你们吃了饭要还困，就去睡个回笼觉。"

夏枝野自来熟地在宋厌身旁坐下，弯着桃花眼，露出那副传说中特别招姨姨、奶奶们喜欢的笑容："那就谢谢阿姨了。祝覃阿姨、覃爷爷、

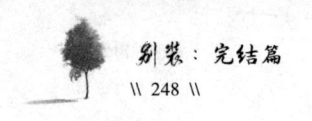

覃奶奶新年快乐，万事如意，身体健康。"

"哎哟，谢谢小夏，小夏真是个好孩子。"

宋厌是个锯嘴葫芦，宋乐乐是个不懂事的，二老还是头一回在大过年的一大早就听到孙辈这么乖巧嘴甜的祝福，连忙一人拿出个小红包："来，收着，压岁钱，爷爷奶奶也祝你们学习顺利、金榜题名。"

"谢谢爷爷、奶奶，听说您二位都是北校毕业的高才生，那我就沾沾你们的福气，等回头考了状元，我第一个来给你们报喜。"

"好！年轻人，就是要有这种志气！不过回头考上状元了，一定要来北校，别去清校。"两所高校相爱相杀了多年，以至于覃老一大把年纪了还记着这个仇，小心眼地劝着夏枝野。

覃清连忙道："爸，你都多大人了，别影响孩子选择。"

怎么就影响孩子选择了？

覃老刚想板起脸反驳，夏枝野就笑道："那当然要去北校了，我向往那里已经很久了，顺便沾沾二老的福气。"

覃老刚板起脸的表情一下就舒展开来："哎，这就对了嘛，来来来，吃这个春卷，你覃奶奶亲手做的。"

"嗯，好，谢谢覃爷爷。"夏枝野双手端碗，接过春卷，咬了一口，当即睁大眼，发出一声疑问，"奶奶，这真是您做的？"

覃奶奶有些紧张："怎么了，不对胃口？"

"没有。就是觉得您气质这么好，看上去像是只谈论风花雪月、不食人间烟火的大家闺秀，没想到厨艺居然这么好，所以有点儿惊讶。"夏枝野笑得又乖又甜。

覃奶奶的脸上瞬间笑开了花："什么风花雪月呀，那都是年轻时候的事了，现在已经是老太婆了。"

夏枝野连忙一本正经地反驳道："哪有，看覃姨和您就知道你们家是祖传的美人基因，所以再过多少年都好看，毕竟岁月从不败美人嘛。"一句话，把两个人的马屁都拍了。

覃奶奶笑得合不拢嘴，一个劲儿地把桌上的盘子往夏枝野跟前推：

第十章 神树助力

"哎哟,你这孩子,真会说话,来来来,多吃点儿。"

夏枝野也就顺着她的意,把二老哄得高高兴兴。剩下亲外孙宋乐乐和法律上的外孙宋厌看着这其乐融融的景象,沉默不言。

宋乐乐抿了抿唇,最终开口:"哥。"

宋厌面无表情地抱着牛奶杯:"嗯。"

宋乐乐问:"这个哥哥是过来和我抢姥姥、姥爷的吗?"

宋厌答:"不是,是来和你抢哥哥的。"

"哦,那就好,太棒了。那他可以做我哥哥吗?他好高、好帅、好温柔哦!"年幼的宋乐乐没能藏住自己的心里话。

宋厌:"……"

这个早饭没法吃了。宋厌拿起筷子,狠狠地戳了一下桌上的油条。

覃清看他这样子,担心他是觉得自己被冷落了,连忙夹了一个春卷放到他碗里:"你也多吃点儿,回家才半个月,就又瘦了。"

"嗯,谢谢覃姨。"宋厌心里微暖,正准备夹起春卷往嘴里送,旁边就横伸过来一双筷子,宋厌被夺了食。

宋厌:"?"

刚吃过一个春卷的夏枝野,夹着那个本该属于宋厌的春卷,笑得自然亲切又礼貌:"可能覃姨忘了,这里面放了香菜、韭菜。"

音量很小,只有他们和坐在他们正对面的覃清能够听见。

覃清握着筷子的手微顿。她不是忘了,而是这么多年都不知道宋厌不吃香菜、韭菜。因为宋厌大部分时间都是住校,性格又沉默寡言,家里的家务一般都是阿姨做,她并不擅长,宋乐乐年纪小分去了她绝大部分的精力,所以尽管她也在努力想照顾宋厌,但对宋厌的关爱还是远远不够。

覃清垂下眼睫,似有自责和内疚。

但宋厌也从来没有奢求过这些关爱,他觉得覃清作为一个后妈,在宋明海的大家长式的专制下能做到这样已经很不容易了。

偏偏他又不会说好话,不会安慰人,于是抿着唇憋了半天后,才

紧紧地捏着筷子,憋出一句:"我是到了南雾后才开始不吃香菜和韭菜的,他们那儿的韭菜和香菜不好吃。"

"扑哧。"夏枝野和覃清突然都没忍住,偏头笑出了声。

宋厌瞬间板起脸,恶狠狠地瞪向夏枝野。

笑个鬼!有什么好笑的?

夏枝野是真的觉得宋厌实在太可爱了,忍不住搭上他的肩,凑过脑袋,低声笑道:"不会撒谎就别撒谎。"

话音落下,宋厌抬眸看了一眼桌对面的覃清,发现她也在抵着鼻尖憋着笑,羞恼地低下头,愤愤地戳了两下油条。

不明所以的宋乐乐见状就往枪口上撞:"哥哥,夏哥哥和妈妈在笑什么呀?"

宋厌咬着后槽牙:"在笑你再不吃饭寒假作业就要翻倍了。"

宋乐乐惊恐地睁大眼睛,抱起牛奶杯就开始疯狂地"咕咚咕咚",这辈子吃饭都没这么乖过。

另一头的老两口隔着长桌看着这幅场景,觉得甚好。

"不错,不错,就是要这样吃饭。小夏真不错,招人喜欢,等回头你考上大学了,年纪差不多了,我就把我老同事的那些孙女介绍给你,到时候多来串串门。"覃老笑得和蔼可亲。

夏枝野笑着说:"我一定会多来串门的,但是介绍孙女就不必了,年轻人应当以学业、事业为重。"

覃老赞赏地点头:"嗯,不错,年轻人求上进,是好事,到时候你和小厌说不定还是同学,一起创业拼事业,也挺好。"

夏枝野微笑着赞同:"您说得对。"

桌上又恢复了一片其乐融融。

然而吃完饭,两人回到卧室的时候,宋厌还是没好气地白了夏枝野一眼,说他是"狗腿子"。

夏枝野觉得好笑,坐在床边,说:"就哄哄老人家高兴,怎么就成

第十章 神树助力

狗腿子了？"

宋厌的语气冰凉："让你哄老人，没让你哄到让他们把你当亲孙子。"

夏枝野眼里的笑意更浓了。

"滚。"宋厌踹了夏枝野一脚。

夏枝野笑着说道："覃姨都不介意，你介意什么？"

宋厌："？"

夏枝野拿出手机，放到他面前："你自己看。"

聊天界面显示的是覃清在刚才主动加了夏枝野的微信。

系统提示：你已添加了清风明月，现在可以聊天了。

清风明月：小夏，我是覃姨，你姐姐推给我的你的微信号。

Wild：嗯，覃姨好。

清风明月：我接下来说的话可能有些冒昧，但是想来想去，还是觉得应该和你聊聊。

Wild：您讲。

清风明月：小厌这孩子，你应该也知道，从小到大过得都不容易，他爸的的确确算不上一个好丈夫、好父亲，但我也不是一个称职的后妈。

清风明月：每次他爸打他、骂他，我除了和他爸吵架、偷偷地哭，也想不出什么办法，平时还要一边工作一边照顾乐乐，对他的关心和照顾也远远不够，所以这孩子有时候不亲人，性子别扭了点儿，你也别怪他，他其实真的是个好孩子。

清风明月：所以知道他有了你这样一个好朋友，我也很高兴。

清风明月：这十年我看着小厌长大，只有这些日子才看出来他是真的开心，甚至都会撒娇任性、发脾气了，所以他应该是遇到真的对他好的朋友了。也许比我这个后妈强。

Wild：阿姨，您别这样说，小厌其实很感激您。

清风明月：嗯，我知道，他是个好孩子，你也是个好孩子。

清风明月：小厌从小一路走来很不容易，你是他最好的朋友，所以

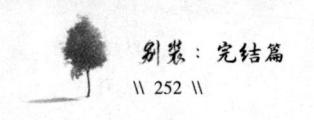

阿姨想拜托你，请你一直做他的好朋友。

清风明月：阿姨可能有些太唠叨，但总归就是希望你们都可以开开心心的。

清风明月：这些话你也别告诉小厌，他脸皮薄，心思细，回头他如果知道了我说的这些话，肯定会不好意思。

Wild：阿姨，你放心吧，宋厌现在是我最好的朋友，以后也一直是。

很长很长的聊天记录。宋厌看完的时候觉得他昨天晚上肯定忘记开加湿器了，不然室内的空气为什么这么干，干得他眼睛发涩。

他面无表情地把手机递了回去，语气也维持平静："她不是让你别告诉我吗？"

"但我没答应她。"夏枝野笑得像只狐狸，"我只答应了她要一直做你的好朋友。"

"心机鬼。"宋厌小声骂了一句。

夏枝野问他："你猜我为什么要告诉你？"

"因为你闲。"

"因为我想告诉你，其实覃姨和宋乐乐都很喜欢你。而且只要不是瞎子傻子，都能看得出你值得被好好对待，所以你以后不准再说那种自己全世界最惹人厌的话了。"

宋厌沉默了半响。

过了会儿，宋厌垂下眼睫，低声道："但是她很快就要和我爸离婚了，到时候我跟她就没什么关系了。"

"但是我相信，只要你需要，她一定很乐意继续当你的覃姨，家人不家人的，有时候和血缘没那么大关系。起码……"夏枝野的语气低柔严肃。

宋厌抬眸看他："起码什么？"

夏枝野的眉眼一弯："起码等我们升学宴的时候，宋乐乐他妈、他姥姥、他姥爷的贺礼钱一个都跑不了。"

第十章 神树助力

这人来蹭住、蹭吃、蹭喝就算了,居然连贺礼钱都惦记上了?!

"夏枝野,你要点儿脸!"宋厌抄起手边的枕头朝夏枝野砸去。

夏枝野笑着接住:"没办法,谁让我弟弟生活作风骄奢淫逸,花钱无度,我总要想办法多挣点儿钱才行。"

"到底谁骄奢淫逸!你还要不要脸!"宋厌忍无可忍,攥着夏枝野的衣服领口一顿暴揍。

但是夏枝野早就被揍皮实了,不但不害怕退缩,还变本加厉地反挠起宋厌痒痒。

一顿暴揍下来,宋厌气得把枕头一扔,从床上爬下来,坐到了书桌前。他今天不想点儿办法让夏枝野吃点儿苦,他就不叫宋厌。

但是打又打不过,吵又吵不起来,怎么能让夏枝野这种人长点儿记性呢?从小品行端正的宋厌微蹙着眉,陷入了苦恼之中。

然后他眼角的余光瞥见了桌上那个装着一对耳钉的小盒子,冷冷地扯了一下嘴角,他今天就要让夏枝野亲身感受一下什么叫阿喀琉斯之踵。

宋厌拿起盒子,转过身,朝着夏枝野,笑了:"哥哥,想戴兄弟耳钉吗?"

夏枝野正在整理床铺,听到这声凉飕飕的问句,僵硬地回头,等撞上宋厌的可怕笑容时,心里"咯噔"一下,但他不敢说不:"想……"

"那我今天就陪你打耳洞好不好?"

"好……"

"那行,把东西放下,跟我下楼吧。"

"?"

看着夏枝野疑惑的神情,宋厌解释道:"宋乐乐小时候也打过耳洞。"

夏枝野:"所以?"

"所以他的耳洞,他妈妈的耳洞,他姥姥的耳洞,都是他姥姥亲手打的,今天轮到你来享受这个福气了。"

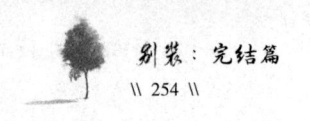

"？？？"夏枝野试图据理力争，"那什么，厌哥，手穿耳洞会不会太古老、太不安全了，我们去医院用激光打不行吗？"

"不行。"宋厌笑得善良，"别人打的和你覃奶奶打的能一样？"

夏枝野："……"

他突然有些怀念最开始那个只会冷着脸一言不发但是分外单纯好骗的宋厌了，现在的宋厌已经逐渐黑化了。

"那什么，厌哥，我的耳朵一般都……"

"想戴好看的耳钉吗？"宋厌冷冷地打断。

夏枝野："……想。"

"那就打吧。"宋厌慢条斯理地站起身，打开卧室的门，朝楼下喊道，"姥姥，夏枝野有个事情想麻烦你。"

"好，随便麻烦！"覃奶奶痛快又欢喜地答应了，没有一点儿拒绝的意思。

夏枝野："……"

行吧。

于是十分钟后，某高级别墅住宅区装修无比奢华的厨房里，传来了凶猛无比、战无败绩的"三中小霸王"无比凄厉的一声惨叫。

与此同时，正在该别墅二楼的书房里卑微地写着数学卷子的某个三年级的小学生突然笔尖一抖，立马跑出门外，扶着栏杆，惊恐地大喊："哥！我刚才听到猪叫了！我好害怕呀！"

那一刻，宋厌终于忍不住大笑出声。几个大人连忙憋着笑给宋乐乐解释为什么他英俊温柔的夏哥哥会发出一声猪叫。

夏枝野看着趴在他身上笑得整个人都在发抖而且怎么也停不下来的宋厌，无奈地笑了。

过去十年一直安静又空旷的房子，终于在张灯结彩中传出了喜意浓浓的笑声。那是宋厌整个少年时代，唯一一个说得上与幸福美满有关的新年，也是夏枝野带进他生命里的又一抹张扬艳丽的红色。

所以宋厌想，他没有道理不交夏枝野这个知己。

第十章 神树助力

夏枝野的耳洞被允许换上新耳钉的时候，正好也是寒假结束的时候。

夏枝野和宋厌两个人差不多在当地玩了个遍，然后赶在宋明海回家之前，回了南雾。

时近惊蛰，不同于北方在寒冷干燥的早春还刮着凛冽盛大的风雪，这座潮湿温暖的南方城市又开始下起了淅淅沥沥、没完没了的春雨。

载酒巷陈旧的青石板间生出不少嫩绿色的苔藓，滑而黏湿，以至于刘奶奶带着小麻将从老家回来的时候每走一步都要小心翼翼。

得益于宋乐乐的姥姥和覃姨的帮助，两个大男生这次给刘奶奶和小麻将买的春装无论是质量还是审美都达到了前所未有的高度，一老一幼高兴得爱不释手。

刘奶奶理着新衣服，似是感慨万千："我真是有福气，和你爸妈做了邻居，白捡了你这么个孝顺的孙子，现在还多了个小宋，真的是老天爷的眷顾啊！"

夏枝野懒洋洋地躺在躺椅上，嘴里叼了根棒棒糖，笑道："听我爷爷说，这片的旧巷子就要拆迁了，您老的福气还在后头呢！"

"真的？"刘奶奶回过头，目光似是难以置信。

夏枝野取下棒棒糖，捏在指尖，晃了两下："真的，就在明年或后年吧，到时候估计能分两套。"

有电梯的公寓的用电用水肯定比现在方便，还有物业管理，老人小孩儿独居的话有人照应，到时候他和宋厌去外地上大学了也能放心些。

而且住一套，租一套，每个月多两三千块钱的固定收入，日子也能过得宽裕不少。这对于在这个窄巷子里住了将近大半辈子的老人来说，既是一个好消息，也是一个有点儿伤感的消息。

"只是可惜这些桂花树咯。"刘奶奶看向窗外四季常绿的桂花树，长长地叹了口气，"等今年桂花开了，我给你们酿几坛子桂花酒，好好藏着，等你和小宋高考的时候再拿出来给你们喝。"

夏枝野想了一下宋厌的酒量，忍不住笑道："奶奶，你这是舍不得

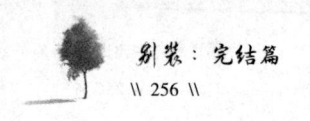

宋厌,存心想让他多复读一年呢。"

说完,就被宋厌冷冷地睨了一眼。

刘奶奶也嗔了一句:"呸呸呸,小孩子说什么浑话呢,高考之前摆一宴,端上桂花酒,这叫蟾宫折桂,好兆头,懂不懂?"

"行行行,好兆头,真不愧是我们刘桂芬同志,有文化。"夏枝野郑重地竖起一根大拇指,以示嘉奖。

他觉得刘桂芬同志简直提出了一个绝妙的主意。宋厌喝醉酒后又乖又好骗的样子简直太可爱了,所以就算高考前不能让宋厌喝,高考后也可以骗宋厌多喝点儿。

宋厌一看夏枝野笑得蔫坏的表情,就知道他的脑子里又没想什么好事,只是听到口袋里的手机一直"叮咚叮咚"响个不停,懒得跟他计较。宋厌拿出手机,打开一看,孔晓晓不知道什么时候又拉了个新群,群名叫"梁山伯与祝英台2.0",群成员有十八人。

社会你孔姐:大家注意了啊,注意了啊,明天三月一日开学,三月五日就是校庆文艺会演,所以今天晚上六点,所有人都要到校彩排,然后试一下我新租的服装合不合身,不合身的话就早点儿说,明天去换,听见没?

社会你孔姐:哦,还有,记得穿校服,刘德青说今天历届杰出校友代表也会来提前走一遍流程,所以大家尽早保持好的校容校貌,不然到时候保安不让进。

社会你孔姐:收到请回复。

剩下十五个人都已经回复完了,就只剩下宋厌和夏枝野。

在另一头的五人小群里,孔晓晓直接@他们两个人。

社会你孔姐:厌哥和野哥呢?我就怕他们两个把之前的群屏蔽了,特意拉的新群,怎么还是看不见人?而且一下就没俩?

不准来日方长:他俩要没了可不就一起没了吗,连体婴儿对于他们来说并不是一个夸张的形容词。

社会你孔姐:不至于吧,这过年过节大放假的,他俩还能黏合在一

第十章 神树助力

块儿?

学习委员只爱学习:他俩关系好,一块儿过年过节很稀奇吗?

社会你孔姐:行吧,你们谁去私戳一下他们?他俩可是主角,今天必须先来试衣服。

不准来日方长:不是上次那两套吗?

社会你孔姐:不是,那家店倒闭了。

不准来日方长:哦,怎会如此?

学习委员只爱学习:怎会如此?

不准来日方长:但是这在大白天有点儿不敢打扰他俩,怕被暗杀。

学习委员只爱学习:加一。

不准来日方长:当然,到了晚上更不敢。

学习委员只爱学习:加二。

不准来日方长:所以我们可该怎么办啊?

学习委员只爱学习:没事,反正梁山伯和祝英台在剧本里已经是悲惨的结局了,到时候我再把结局改得虐一点儿,哭死他们,以报他们玩失踪之仇。

不准来日方长:好主意。

眼看话题走向越来越不正常,宋厌连忙飞快地在大群里回复道:收到。

其他人秒回。

不准来日方长:OK,那人齐了。

YAN:不是还有夏枝野吗?

不准来日方长:你收到和他收到有什么区别?

学习委员只爱学习:我打赌,他现在的位置不超过你的两米。

宋厌抬眸看了一眼正坐在自己一抬胳膊就能够到的地方吃着棒棒糖的夏枝野:"……"

他跟夏枝野有这么形影不离吗?这群人是不是太夸张了?

他必须证明自己和夏枝野是两个成熟独立的个体。于是宋厌看了眼

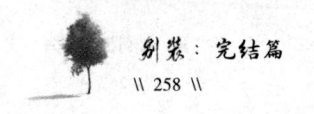

时间，收起手机，随手把校服套进大衣里面，拿出伞："我先去学校，你过半个小时再来。"

夏枝野："？"

"自己看群里。"宋厌冷冰冰地扔下这么一句话，就独自转身撑伞走进了青灰色的小巷正下着连绵、萧索的春雨里。

剩下夏枝野倚在躺椅上，拿出手机，看了眼聊天记录，然后笑着咬碎了嘴里最后剩的那点儿薄荷味的棒棒糖。夏枝野拎起椅背上的校服外套，迈着长腿，几步跟上，躲进宋厌的伞下："管他们呢，还是一起走吧。"

如果不是外面还下着不算小的雨，宋厌一定已经把夏枝野一脚给踹飞了，冷着脸嫌弃道："起开。"

"啧，之前不还好好的吗，怎么一回到南雾就要和我拉开距离了？"

"因为你烦人。"宋厌的话音刚落，突然"轰隆隆"一声，暗沉的天际平地起了一道惊雷，震耳欲聋，毫无征兆，惊得冷酷的宋厌本能地往后一退。

看着突然受惊的怕黑、怕鬼又怕雷的宋大喜同学，夏枝野实在没忍住，低笑出了声："看见没？说假话是要遭天打雷劈的。"

宋厌反应过来自己的失态，连忙重新站直身子，冷冰冰地说道："巧合而已。"

"那你再说一遍。"

"因为你烦人。"

轰隆隆隆——

比上次还要响两倍的惊雷立即响起。

夏枝野笑得肩膀都发颤："所以有些话不能乱说，老天爷可是长着耳朵的。不过我们厌哥怎么什么都怕，这么柔弱？"

宋厌恼羞成怒地给了夏枝野一肘子："你才柔弱！"

夏枝野顺着他的话道："嗯嗯，我真的好柔弱，被你打了一下就站不起来了。"

"夏枝野！你能不能别这么不要脸！"

"哎呀，没办法，我太柔弱了，站都站不稳了，厌哥快来扶我一下。"

"扶个鬼！"

"厌哥，我渴，我要喝你给我买的奶茶。"

"没钱。"

"那我请你喝。"

两个人一个笑着，一个骂着，追逐打闹地出现在了学校的老街。

他们以为这就如他们往常每一次走过这条老街时嬉笑怒骂一般，会不停地重复上演。两人乐此不疲，带着一身的朝气和藏不住的欢喜。

老街两侧的商户小贩也早就看惯了这两个挺拔醒目的少年形影不离的身影，躺在伞棚下，听着雨声，呷一口盖碗茶，笑着说一句"年轻真好"，等着明日一早，再看一遍这熟悉的美好风景。

然而无人能够想到，这竟然是最后一次看见这两个少年穿着校服一起走过那条窄而幽深、飘有桂花香的载酒巷，再一起笑着走过那条拥挤、陈旧、充满烟火气的老街。

直到他们在街对面的奶茶店前停下，收起了伞，然后笑着一抬头，在看见学校门口那辆熟悉的迈巴赫和那辆熟悉的宾利时，他们才在一瞬间敛去了所有的笑容。

宋明海和夏老正站在学校的大门前，在刘德青的陪伴下，隔着窄窄的街道看着他们。这两个人面容冷峻，目光漠然，西装革履，高高在上。

宋厌和夏枝野沉默地与宋明海和夏老对视着，直到远处天空响起的又一声春雷打破了老街暗沉的平静。宋明海才冷淡地开口："刘主任，我打算把宋厌转回他老家了，手续希望在这两天就可以办好。"他平静又漠然的一句，听不出情绪，也听不出容许辩驳的余地。

宋厌和夏枝野坚定地站在了原地，平静地回视着宋明海。

伞垂在他们的脚边，滴滴答答地滚落着雨水，让足迹斑驳的台阶越

发泥泞不堪。

一边是他们学校的杰出校友，一边是他们这届成绩最优秀的两个学生，这样的会面本来应该是喜气洋洋的，然而此时此刻的沉默对峙，让刘德青颇有些尴尬。

宋明海这时语气得体地开了口："刘主任，我和夏老有些事情想和孩子们说，要不您先去忙？"

"哦，好，没问题，我先去音乐厅看看，待会儿有需要就让志愿者带你们过来。"刘德青很有眼力地撑着伞快步离去。

宋明海微抬着下颌看向宋厌："上车。"

向来和蔼亲切的夏老也敛了笑容，淡淡道："夏枝野，过来。"

宋厌想，如果是在电影里、电视剧里、冒险主义的小说里，他现在应该和夏枝野在这场大雨里选择头也不回地离开。

去他的高考。

去他的家长。

去他的宋明海。

只可惜他们不过在一条普普通通的老街，一个普普通通的校门前，憧憬着他们充满希望的未来。于是他们看了彼此一眼，感受到来自同伴的力量和温度后，坚定地走向对面，各自迈上了那辆他们凭借自己现在的力量决计无法承担的昂贵名车。

车门关上的时候，宋厌照旧坐在副驾驶，宋明海依然坐在后座，透过后视镜，以一种审视的目光打量着宋厌。

"我记得我说过，我让你来南雾，是让你来反省的，结果听说你现在交了很多朋友，还想摆脱我独立生活，看来你已经不适合继续待在南雾了。"一句话四两拨千斤。

宋厌不喜欢他们这种生意场上弯弯绕绕的说法，直接冷淡地发问："所以你打算怎么办？"

"转学。"毫不意外的回答。

宋厌偏头看向窗外，他还记得他刚来的时候，最讨厌的就是这座城

第十章 神树助力

市没完没了的雨季，可是如今看着，竟然觉得很喜欢。他说："如果我不愿意呢？"

宋明海答得很快："这和你愿不愿意没有关系，宋厌，你过几天才满十七周岁，你连完全的民事行为能力都不具备，你觉得你不愿意又能怎么样呢？"

没有任何情绪的起伏，傲慢得仿佛这是一场必赢的战争。

他看着宋厌："当然，你可以哭，可以闹，可以弄得满城风雨，要死要活，闹得难看至极，再给你们的履历添上一笔。不过你相信我。"

宋明海微顿，笑得似有讥讽："如果你不愿意，我就只能想办法把你的意愿转告夏家，到时候夏枝野受你影响，转学的就是他了。据我所知，他应该还有个奶奶和妹妹住在这附近的小平房里需要照顾，他这一走，可就是真的什么都没有了。

"同时，如果你成了一个叛逆退学的未成年人的话，我就可以名正言顺地以你品行道德有缺陷为由判定你未达到继承你妈遗产的条件，然后切断你所有的经济来源，欣赏你一无所有的生活。不过我并不觉得这是个好主意，你觉得呢，宋厌？"

宋明海好整以暇地坐在后座，看着后视镜里宋厌的眉眼，露出一抹绅士般优雅的笑容。

宋厌冷冷地透过车窗看着这一切，心里竟然毫不意外。果然这才是宋明海，把所有的事情都不动声色地掌握在手中，知道别人所有的软肋，然后毫不心软地一拳给出重击。

他绝对不会让宋明海把那份遗产夺走。因为那份遗产代表着覃清的自由，她和宋乐乐未来生活的保障，以及那个可能存在的彻彻底底把宋明海踩在脚下看着宋明海妻离子散、事业尽毁的机会。

他也不会让夏枝野转走。

他可以离开南雾，但夏枝野不能走。

老平房总是断水断电，这样的天气房子还偶尔会漏雨，奶奶有严重的风湿，小麻将又还那么小，当初夏枝野就是为了就近照顾她们，才放

弃了实外，转来了三中，如今说走就走，她们一老一小该怎么办？

而且这里是夏枝野长大的地方，有他的朋友，他的兄弟，他从小到大的一切记忆，自己怎么舍得让夏枝野从这里被迫转学，草草离场？那个醒目又得体的傲慢少年，就应该在所有爱他和他爱的人的注视下，拿着第一，骄傲地毕业，只不过那些人里可能会少了一个自己而已。

只不过是少了一个自己而已。

宋厌本来以为自己已经做好了足够的心理准备，有了足够的冷静和理智，可是想到这里的时候，心脏还是忍不住地抽疼了一下，疼到他闭上眼。

他才意识到，方尝和赵睿文他们说的那些玩笑话并不夸张。他早就习惯了和夏枝野形影不离，习惯了夏枝野在他一伸手就可以碰到、一抬腿就可以踹到、一张口就可以叫到的地方。

可是他只能这么做。他长长地呼出一口气，然后睁开眼，从后视镜里和宋明海冷淡地对视："我转学，但是有个条件。"

"讲。"

"演完校庆的文艺会演再走。"

"给我个理由。"

"那天是我的生日。"

听到这个理由的时候，宋明海沉默了。宋厌只是看着远方压着沉沉的乌云的天际，嗓音低而缥缈："爸，我这辈子就从来没过过一次真正的生日。"

那一声"爸"，是暌违已久的、陌生而艰难的称呼。它像是压了无数委屈怨恨的一声无力的威胁，又像是终于死心后的最后一句悲哀馈赠，落在春日微凉的寒雨里，听得人心凉微惊。

宋明海看着车窗倒映出的那张与自己相似的面孔，突然有了一种他彻底失去了什么的预感。或许在那一瞬间，他终于有了一丝丝的身为人父的心软，或许是他对这场交易的谈判结果感到满意后的法外施恩。总之，他在微顿后，应道："好。到时候结束了，你和我一起走，下车吧。"

宋厌打开了车门，雨水落在了他的发梢、肩上。他试图转身关上车门，宋明海叫住了他："宋厌。"

宋厌扶着车门，冷冷地垂眸。

宋明海坐在车厢内，抬眸仰视："你知道为什么总是我赢吗？"

宋厌不语。

宋明海缓缓地说道："因为你的这些比普通人优渥一百倍的吃穿用度没有一样是靠你自己的本事挣来的，你依附他人而活，就只能听从他人的决定，这就是弱者的无能为力，明白吗？"

这就是弱者的无能为力。这是宋明海第二次对他说这句话。

同样的地点，同样的语气，同样的内容。

他也不得不承认，宋明海说得对，就是因为他们的无能为力。因为不够强大，不够成熟，不够独立，所以才在这样的年纪，总是无能为力。比如那块他没能保护好的小王子手表，比如这次他没能留下来的抉择。

但是他想宋明海或许忘了一件事，没有弱者永远是弱者，尤其是当遇上了无比强烈地想要拥有和守护的人和事的时候，他们总能以意想不到的速度强大起来。

"谢谢。"宋厌留给宋明海这两个字后，关上了车门。转过身，就进入了夏枝野的伞下，风雨都被阻挡在外，带着熟悉的浸润在空气里的温暖的柑橘调的气味。

他抬眸看向夏枝野："你相信我们无论如何都是最好的朋友吗？"

夏枝野撑着伞，低头看着他，认真地答道："我相信。"

说完，他们撑着伞，肩并肩走进了雨里。

第十一章
三中的桃花开了

夏枝野和宋厌如往常一般出现在形体室门口的时候，发现里面是一片凝重的沉默，众人都看着他们，像是想说什么又不敢说的样子，孔晓晓的眼眶甚至还有点儿红。

最先笑了一声的竟然是宋厌："你们这是怎么了？"

一看见他笑了，其他人瞬间就绷不住了，小胖哽咽道："厌哥你怎么还笑啊？刚才孔晓晓去教务处领道具，听到刘德青跟其他老师说你爸要把你转走了。"

"哦，这个啊。"宋厌笑道，"是有这么回事。因为我爸觉得如果我在这儿待太久，心思野了，就不受他控制了。"

因为这话说得过于轻描淡写，所以其他人呆坐在原地，一时竟不知道如何反应。

只有宋厌依旧笑道："不过我爸说等我们演完了再带我走，正好那天还是我生日，所以你们到时候给力点儿行不行。"

或许是因为宋厌平时表现得太冷酷暴躁了，所以当他这样笑着的时候，所有人的心里都忍不住泛起了酸。小胖第一个抱住了宋厌，嗷嗷大哭："你爸怎么这样啊，干吗要转学啊，你才转来多久啊，转来转去好玩吗？"

一向拒绝除了夏枝野以外所有人的触碰的宋厌竟然破天荒地拍了拍

他的背："行了，两百斤的胖子别哭了，我把学校门口奶茶店的会员卡留给你了，再盖一个章就可以免费兑换三杯奶茶了。"

小胖顿时哭得更厉害了："呜呜呜，厌哥你真好，你真的好好，你不要走行不行？我舍不得你，真的舍不得。"

赵睿文也忍不住了，一把扑上来从后面抱住宋厌："我错了，厌哥，我不该说看你和夏枝野黏在一起看腻了的，我还能看你们到毕业。真的，你能不能别转学啊？你转学了我们夏爷怎么办啊？"

"就是，你们别走啊。"

"我要把你们写成喜剧，我一定要把你们写成好结局，呜呜呜……"

形体室里的其他男生哭得没有他们两个惨，但也都红了眼眶，依次上来给了宋厌一个又一个用力的拥抱。

夏枝野默默地站在一旁看着宋厌，看着他和这座城市正式开启的告别礼。看着这个初见之时冷酷漠然到像是永远不屑于交朋友的尖锐少年，如今也学会了温柔地笑着说出那句"珍重，再会"。

直到所有的男生全部道别完后，孔晓晓才捧着那件礼服，站到宋厌跟前，强忍住哽咽，平静地说道："放心吧厌哥，到时候我们一定会好好演的，我们还要把结局改成喜剧，给你买最大的蛋糕，给你过生日，绝对不让你留下任何遗憾。所以你先去试试衣服吧，看合不合适，不合适我明天就去换。"

宋厌双手接过，笑道："好，谢谢晓姐。"

本身就是好看极了的少年，如今这样温柔地一笑，孔晓晓彻底忍不住了，"哇"一下就哭出声："厌哥你要难受你就哭出来吧，你这样憋着，我看着难受。"

像是真的觉得他们的反应太夸张了一样，宋厌忍不住笑道："你们别说得跟生离死别得了绝症似的。凭我和夏枝野的成绩，高考后会稳稳地在北校会师，继续当好兄弟。有什么好哭的。"

"真的？"孔晓晓吸了下鼻子，将信将疑。

宋厌抱着衣服，回头看向夏枝野，挑眉道："你说是不是真的？"

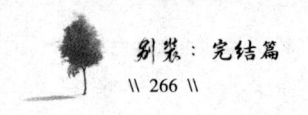

"当然是真的。"夏枝野像往常那样吊儿郎当地上前搭上宋厌的肩，懒洋洋地笑道，"你是觉得我考不上，还是我厌哥考不上？"

"都不是。"

"那不就得了，行了，别哭哭啼啼的了，不知道的还以为厌哥揍你们了呢。我们先去换衣服，你们看看剧本怎么改。"夏枝野拎着衣服，和宋厌一起，慢悠悠地往音乐厅后面的更衣室晃去，时不时低头笑着和宋厌说着什么，到了更衣室，两人各自拿着自己的礼服进了更衣间。

脱衣，换衣，从容不迫，井然有序，似乎真的没有什么大不了的，似乎他们都已经理智冷静到不会因为这样暂时的分别而无谓地哭泣。

然而当宋厌低着头，怎么也系不好衣服上的最后一粒盘扣的时候，突然"吧嗒"一声，眼泪就砸到了地上。他努力地忍着眼角和鼻尖涌上来的酸楚，努力地睁大眼，试图不被眼泪模糊视线，指尖也努力地做到平稳。

可是鼻尖还是越来越酸，视线还是越来越模糊，指尖还是越来越颤抖，那粒小小的纽扣怎么也进不了那个本该套进它的袢条里。

一次又一次的失败，宋厌的眼前终于什么也看不清，低着头，哽咽地叫出了一声："夏枝野。"

然后门帘被掀开，夏枝野说："我在。"嗓音是同样的沙哑和颤抖。

那一刻宋厌终于忍不住了，他的声音是再也控制不住的喑哑："夏枝野，我不想走。我真的不想走。我不知道我可不可以熬得过来，我也不知道万一熬不过来我该怎么办？我怕抑郁复发，我怕我再也睡不着觉，我怕以后再也见不到大家该怎么办。夏枝野，我好难过，真的好难过，快呼吸不上来的那种难过，我该怎么办？"尾音淹没进绝望的哽咽中。

冷硬的少年终于失去了伪装，瘦削单薄的脊背，无望颤抖得如同冬日的蝴蝶。

夏枝野无法表达那时候自己的心情到底如何，也无法表达他有多恨自己的无能为力。他只能笃定道："别怕，我肯定会去找你的，我一定会去找你的,你哥我从来没有说话不算数过,对不对?所以你一定要好好吃饭,好好睡觉,等我到时候带着高考状元的成绩去找你,好不好?"

宋厌想说好,可是他怕自己一张口就是再也忍不住的哭腔,只能死死地咬着唇,然后点了点头,从鼻腔里溢出一声"嗯"。

夏枝野听着这声"嗯",抬起头,闭上眼,试图阻止眼泪掉下。然后深呼吸一口气,笑着揉了一把宋厌的脑袋:"就一年半而已,怕什么。而且现在科技这么发达,我们还可以一起打游戏,一起聊天,实在不行我还可以写信快递给你,你说是不是?"

宋厌喉头上下一滚:"嗯。"

"那你这几天少揍我几顿,态度好点儿好不好?"

"嗯。"

"那抬起头给我看看好不好?我们厌哥这么好看,不多看两眼太吃亏了。"

"去你的。"宋厌终于破涕而笑,轻踹了夏枝野一脚,抬起了头。

"宋厌,我会一直保护你的。"夏枝野笃定道。

那是宋厌记忆里少年时代的夏枝野最用力、最认真又最笃定的一次。

他们在南雾三中一百一十周年校庆的文艺会演上,上演了浓墨重彩的一幕。

当方尝饰演的祝母要求梁山伯亲手写一封断情信给祝英台而被拒绝时,祝母愤而甩袖:"你不写?你以为愤怒就会改变你跟英台的命运吗?要怨就怨你们有太多想法,年少无知到了以为你们不喜欢就可以改变周围的人!"

一字一句,掷地有声,清清楚楚地落进了坐在第一排的杰出校友宋先生的耳朵里。

台下的人轻哂一声。

台上的人却不卑不亢地说着反驳的台词。

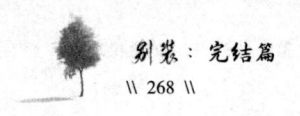

之后，祝英台迫于父母之命嫁于马文才，梁山伯至死未能再见到祝英台一面。

祝英台的花轿路经梁山伯的坟前，绝望之中，触碑而亡，倒于血泊之中。

灯光暗，哀乐起，空中落下纷纷扬扬的白色花瓣。只待化蝶，落幕就算圆满。

然而黑暗之中传来低低的一声："英台。"

然后灯光亮，哀乐停，本该落下的白色花瓣也没了踪影。

夏枝野从幕后缓缓地走出，在宋厌的身前蹲下："我来接你了。"

宋厌看着夏枝野，想到自己马上要离开了，一时间说不出话来。

夏枝野倒也不受他忘词的影响，继续道："我此番本应命归黄泉，可是阎王怜我生前有执念未了，便又放我归来圆梦。你猜我执念为何？"

"为何？"

"为与你再次相见。如今再次见到你，你可欢喜？"

宋厌哑着嗓子开了口："我很欢喜。"

灯光于黑暗中落在他们的身上，花瓣纷纷扬扬地从空中飘落。

满堂掌声，欢呼。

所有的观众都以为这只不过是善良的少年们给凄美的传说改了一个更圆满的结局，然而只有那些善良的少年明白，圆满的结局只是对残酷现实的期许。如果梁山伯与祝英台之间未能圆满，那就希望这些少年终有一天能够重聚。

他们关了麦克风。

宋厌说："夏枝野，我可能要先说再见了。"

夏枝野低下头，"嗯"了一声："好。"

宋厌看不清他的表情，只能看见他左耳上的耳钉，在隐隐约约的灯光下反射出细小的光泽。

宋厌想，原来这就是"从此不敢看观音"。

这种结局自然讨不到宋明海的喜欢。所以宋厌最终还是没能吃上孔晓晓他们给他买的大蛋糕，就被宋明海强制带离了三中。

那天是惊蛰，本应该是春雷始鸣、万物萌动的好季节，却开启了宋厌的人生中最漫长的一个荒夏。

事情远远没有宋厌与夏枝野说的那般乐观。为了避免宋厌和南雾的同学再联系，宋明海没收了他的手机，严格限制了他所有的经济来源，家里的电脑也断了网。

为了避免他通过沈嘉言或者其他以前认识的同学、朋友和南雾这边的人联系，回老家的第二天，他就被送进了另一所绝对禁止带任何电子设备和通信工具的全寄宿制私立学校，那里没有任何他认识的人，甚至没有一个他可以说得上话的人，只有全然陌生的一切。

每个月他只有两天月假被允许回家，司机准时准点到校门接送，不给他去任何其他地方见任何人的机会。哪怕他只是用宋明海的信用卡多买了一杯奶茶，都会受到严格的询问。

在他被送进寄宿学校的前一天，他听到覃清和宋明海吵了一架，砸了好几个上好的白瓷器，碎了一地的碎片，满目狼藉。

宋厌知道他们为什么吵架，也知道覃清最终没有吵赢。他看着坐在客厅里独自一人一个劲儿抹眼泪的覃清，拿出医药箱，走过去，坐到她旁边，低头给她包扎手上被碎瓷片割裂的伤口，轻声道："对不起。"

覃清完全可以更早地和宋明海离婚。但一旦离婚，她必然无法和宋明海这个亲生父亲争夺宋厌的监护权，到时候宋厌只有宋明海一个合法监护人，那宋明海还会无所顾忌地做些什么，谁也不知道。

所以覃清只有等到宋厌成年后，才敢真正离开宋明海。

这些覃清没说，但宋厌都明白。

覃清忍着眼泪摸了摸他的脑袋："没事的，一切都会好的，我们都再忍一忍。"

再忍一忍，忍过这个漫长的荒夏和寒冬，就会在春暖花开时重逢。

得益于这是一个科技高度发达的社会，所以当你真的想找一个人的

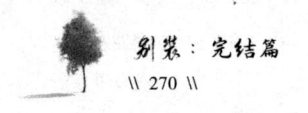

时候，你总有办法联系上他。每当月假回家的时候，覃清总是会把自己的手机给宋厌，这样他就可以和夏枝野打视频电话。

他们有时候像是有说不完的话，听着对方讲述学校里又发生了什么奇葩有趣的事情，或者和对方探讨一道难题。有时候又不需要说一句话，就各自开着视频，放在枕头边上，假装他们还在同一个宿舍，谁也不去提那些伤心的话题。

他们都很想念过去那无忧无虑的日子，然而一个月只有两天能联系，远远不够，于是夏枝野找回了人类最古老的联系方式——他开始给宋厌写信，然后用顺丰加急快递。

宋厌收到夏枝野写的第一封信的那天，是春分。

夏枝野：吾友宋厌，见信如晤，展信舒颜，三中后坡的桃花开了，你什么时候回来？

不文不白，没头没脑，毫无营养，鸡毛蒜皮，矫情做作。

宋厌独自一人坐在教室里拆开快递的时候，忍不住笑着骂了句"傻子"。

身旁的新同学惊讶道："宋厌你居然还会笑啊？"

宋厌抬头看向他，握着信纸的手指顿了顿，然后又低下头，把那封信读了一遍。

原来离开南雾，到了一个全然陌生的新环境，他又变回了从前的模样。不爱说话，冷淡而孤僻，没有可以交流、谈心的人，没有可以信任的人，总是独自一人坐在教室的角落，除了听讲就是刷题，对于其他事物都没有多大的兴趣。

有时候他甚至打着手电筒在卫生间学习到凌晨三四点，然后六点五十的时候，又独自一人准时出现在教室自习。

新室友觉得简直难以置信："宋厌，你都不用睡觉的吗？"

宋厌回答："嗯，我不爱睡觉。"但他其实不是不爱睡觉，只是再也睡不好了而已。他没有告诉任何人，包括夏枝野，他又开始严重失眠。助眠药从一开始的一粒，加到两粒，甚至偶尔会大胆地加到三粒，也毫无用处。

一闭上眼,他就觉得自己站在一片漆黑的悬崖边,没有去路,没有来处,身后是无尽的孤独和绝望在追逐、吞噬着自己,以至于他会想,要不要从悬崖上跳下去。

第一次重新萌生这个想法的时候,宋厌陡然从床上惊坐而起,他觉得这是抑郁症复发的前兆。可是他不能复发,他答应过夏枝野要好好地等他来找自己,于是他坐起身,拿出了那封不文不白、矫揉造作的信,一字一句地读了许多许多遍后,他终于确定自己不会。因为他还没有看过三中后坡的桃花。

他回了一封信:**明年带给我看。**

从那以后,几乎每天宋厌都会从学校门卫处收到快递。

有的时候信很短,就是一句"你什么时候回南雾"。

有的时候信很长,会讲一大堆有趣的事情。

一封又一封信已经攒了整整一个纸箱,夏枝野说这些是微信、短信、电话视频都超越不了的友情的见证,等以后老了回忆起来,一定是一段感人的少年经历。

宋厌觉得夏枝野真乐观。他打赌等再过几年再看,夏枝野一定会嫌弃自己当时怎么那么矫情幼稚。但这些代替电子通信方式每天送到他手里的信,的确是他在那段漫长孤独的日子里最大的慰藉。

他知道小胖开始减肥了,小麻将长高了,赵睿文开始追孔晓晓了,阮恬和她的男朋友结婚了。

他们也都会在某个清晨想起宋厌,然后叹一口气:"也不知道厌哥现在过得怎么样了。"

宋厌告诉他们,他过得很好。

直到暑假宋厌被宋明海送进了一个完全封闭的高考闭关集训营,与外界失去所有联系一个多月后,他终于在八月的最后一个星期病倒了。

这场病来得毫无征兆,又气势汹汹,宋厌反反复复发着低烧怎么也

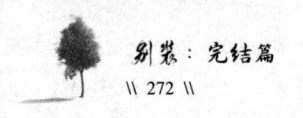

退不了,白天上吐下泻,夜里惊梦盗汗,什么也吃不下,怎么睡也睡不着,一病就是许多天,原本就身形单薄的少年,已经瘦得好似一把骨头架子。

医生说,这都是心理原因引起的,如果再不好好治疗,就怕把孩子拖废了。

宋明海才终于松口准许覃清来照顾他,但是依然不准他联系南雾这边的同学,并且跟VIP病房的护士、医生千叮咛万嘱咐了不准任何非亲属来探视后,才又匆匆地去忙商场上那堆令他焦头烂额的事情。

覃清带着宋乐乐出现在病房的时候,一大一小,看见床上宋厌的模样,瞬间都红了眼眶。宋乐乐扑过来一把就抱住宋厌:"呜呜呜,哥哥不要生病,哥哥快好起来。我给哥哥把宋小喜带来了,哥哥好起来好不好……"

覃清红着眼睛把那盆小铁树放到了病床的床头柜上:"小孩子什么都懂,又什么都不懂,他说夏哥哥跟他说,只要你对神树许愿,夏哥哥就会很快出现,就……我先出去一下。"

大概是不想被孩子看见自己失态的一面,覃清说到一半,有些哽咽,转身快步走出病房,打算平复下心情,让自己不要当着孩子的面哭出来。

宋乐乐还是不会隐藏情绪的年纪,趴在宋厌的身上,眼泪和鼻涕糊了他一身,哭得上气不接下气:"哥哥,他们说你是太不开心了才会生病的,可是你为什么会不开心啊?那你快对神树许愿好不好?你许了愿夏哥哥就出现了,你就会开心了。"

宋厌用那只已经戳了好几个针孔的手揉了揉宋乐乐的脑袋,哑声道:"哥哥不能许愿。"

"为什么呀?"宋乐乐不明白。

宋厌笑了笑:"因为我不能让你夏哥哥说话不算数。"

这世界上哪有什么神树,不过是大骗子骗小孩儿的把戏而已。

但夏枝野答应过自己,一定会说到做到。所以自己不能让他破了例，只要再撑一撑就好了。

"哥哥累了，想睡一会儿，你自己玩好不好？"宋厌的确疲惫至极，只想合上眼小憩一会儿。

宋乐乐乖乖地点头，然后抱起宋小喜偷偷地出了门，躲到走廊角落，蹲下身，看着那盆小铁树，想起夏枝野曾经对他说的"如果我们乐乐诚意足够的话，说不定也会灵验"，紧紧地抿住了唇。

虽然他不是成绩很好、绝顶聪明的小孩儿，但是他也不傻，他知道一盆小铁树绝对变不出一个夏哥哥来，于是他拿出了自己的电话手表，拨通了上次夏枝野存在他手表里的那个号码。

"喂，神树吗？我哥哥生病了，我想帮他许个愿，我有好多好多的诚意，因为我哥哥好难受好难受。"

夏枝野接到宋乐乐的电话的时候，正在埋头苦刷着题。

他一向是个聪明又懒散的人，因为他不用费太大的工夫就可以把事情做得比别人好，所以总是得过且过，散漫随意，也从来没想过一定要在考试成绩上争什么。

可是当宋厌不得不离开南雾的那天，他就决定要更加努力，因为只有足够努力，成为足够优秀强大的人，才能保护他在意的一切。

他再也没打过游戏，再也没在课堂上睡过觉，几乎把除了吃饭睡觉以外的所有时间都用来给宋厌写信和学习。

这对于长辈来说，是个好现象，如果不是夏枝野在家里变得愈来愈沉默的话。

夏老暑假没怎么回过家，只剩下夏瑜一边被夏老命令监督着夏枝野，一边又心疼着他这个傻弟弟。

夏瑜坐在客厅，隔着转角的玻璃看着夏枝野埋头苦学的样子，窗外电闪雷鸣，暴雨倾盆，夏瑜端着咖啡幽幽地叹了口气。

随后她就看见夏枝野接了个电话，紧接着他胡乱地收拾了一下书包，单肩挎着，飞快地走到了她面前："姐，我出门一趟。"

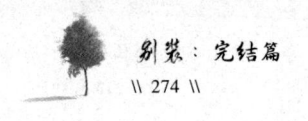

夏瑜："？"

"宋厌生病了，很严重的病，我必须去看他。"

"不行，如果爷爷发现了，别说你了，就连我和你姐夫都要被罚，你又不是不知道……"

"姐，我求你了。"

夏枝野从小到大就是天之骄子、众星捧月一般的存在，什么时候说过这样的话。

夏瑜坐在沙发上，端着咖啡，抬头看着这个不知道什么时候已经长得这么高大挺拔的少年，张了张嘴，最后只能低低叹了口气："你去了又有什么用？你以为你去了就能见得到他吗？他爸可没有我们家这么好说话，他后妈都是今天才见到他。"

夏枝野握紧肩上的书包带子："你之前就知道了？"

"我也是覃姐刚告诉我才知道的，她说非亲属都不能探视，南雾和宋厌那里都下着大暴雨，你去了也只是白跑一趟，回来还要被爷爷罚，何苦呢？打个视频电话，不是一样的吗？"

"不一样。"

"怎么不一样了？"

"因为我答应过他我会说到做到。"说完，他就拿起玄关处的伞，转身走入了夏日倾盆如注的暴雨中。

夏枝野的身上只有四百块钱，不够买一张从南雾去那里的机票，可是足够他买一张通往那里的绿皮火车的站票。

他告诉宋乐乐，因为这是宋乐乐转告的愿望，所以神仙需要晚一天才能处理，在这之前他要宋乐乐保守秘密，陪好哥哥，让哥哥好好吃饭，这样等哥哥睡一觉再起来，就会看到最大的惊喜。

于是在某个电闪雷鸣、风雨交加的清晨，宋厌在无尽的困乏中被宋乐乐叫醒。宋乐乐捧着一个装着树枝的瓶子，眼底是藏不住的兴奋："哥哥，哥哥，桂花开了，你闻，好香。"

宋厌看着树叶间星星点点的米白小粒，才恍然发现又是一年夏末，

第十一章 三中的桃花开了

又到了桂花盛开的季节。

他用指尖拨着那枝桂花:"嗯,很香。"

宋乐乐捧着花,眨着眼:"医院楼下还有好多桂花,落得满地都是,哥哥你要不要下去看看?"

宋厌揉了揉眉心:"哥哥有点儿累,就不去了。"

宋乐乐却不依不饶:"哎呀,哥哥你就去嘛,去嘛,去嘛,去嘛。"

宋乐乐是个从来都不会不懂事地撒娇任性的孩子。他现在这样,多半是为了哄自己开心,自己没道理伤了小孩子的心。想到这儿,宋厌无奈地薅了一把宋乐乐的脑袋,在病号服外披了件外套:"走吧,我要看看到底有多香。"

"特别香,特别香,香到哭的那种。"

宋乐乐高高兴兴地挽住宋厌的手臂,趁着值班护士不注意,把他往楼下带去。

宋厌其实并没有多少期待。他已经在载酒巷见过最好的桂花了,这里的桂花,再好又能好到哪儿去。

他跟着宋乐乐一起走下楼,宋乐乐却一松手,屁颠屁颠地不知道跑到哪里去了。他也懒得计较,站在窗边,看着窗外天光晦暗,觉得今天这雨下得真大,大得像是回到了南雾。

算起来,距离他第一次见到夏枝野正好整整一年了,只是不知道他们下次见面又该是什么时候。或许,又要等一年吧。

他想着,突然听到了一声熟悉的"宋厌"。他想自己应该是病得太严重了,都出现幻听了。紧接着他又听到了一声"宋大喜"。他微愣了一下,像是难以置信。

然而他身后那道熟悉无比的懒洋洋地笑着的声线却再次落进了他的耳朵里:"我收到宋小喜转达的愿望,来看你了,你就不打算接收一下?"

宋厌垂在身侧的指尖不自觉地微收,眼角也不知道为什么泛起了酸涩。他觉得一定是自己出现幻听了,这必然是假的,不信回头一看就知

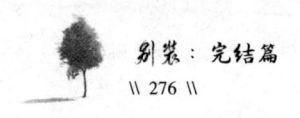

道了。他不敢带有任何希望地转过了头。

然后就看见夏枝野站在门外的走廊下，撑着伞，看着他，似有一身的风尘和疲惫，却依旧弯着那双桃花眼笑着说道："怎么，才半年没见，我们厌哥就不认得我了？是不是有点儿太薄情寡义了。"

懒散痞赖又不要脸，满嘴跑火车没个正形。除了夏枝野，宋厌不认识第二个这样的人。所以他只能是夏枝野。

但是你才薄情寡义。

宋厌走过去，咬着牙，狠狠地捶了夏枝野一拳，把自己捶得手腕生疼。于是又狠狠地踹了夏枝野一脚，却把自己踹得喉头发紧，心口生疼。

怎么半年不见，他厌哥的脾气还是这么差？

夏枝野轻笑一声，低声说道："某位坏脾气的室友，好久不见。"

他们都说此行风雨兼程无意义，可我只想在花开时见你。

"嗯，好久不见。"宋厌看着夏枝野，语气平淡地说出这句话。

如果不是夏枝野看到他泛红湿润的眼眶，夏枝野或许就真的相信了宋厌就是如此喜怒不形于色的酷哥。只可惜某人走之前也哭，再见面也哭，酷哥人设早就崩塌了。

夏枝野心想，果然，真正见着面的感觉是不一样的。哪怕他不能陪宋厌多久，但是这么让他放开来哭一哭，告诉他自己还在，也总会好许多。

夏枝野这么想着，他的脚背就被狠狠地踩了一脚："夏枝野！你的胆子肥了是不是！"

夏枝野："？"

宋厌冷"呵"一声："几个月不见，你居然都敢抽烟了？能耐啊？"

夏枝野："？？？"

他看着宋厌突然从撒娇的小哭包变成"你今天死定了"的冷酷杀手脸，委屈极了："我没抽烟，我怎么可能抽烟？"

"你没有抽烟那你身上从哪儿来的这么大烟味？臭死了。"宋厌皱着眉，满脸嫌弃。

夏枝野低头嗅了嗅："有烟味吗？我怎么没闻出来？"

谁还冤枉你不成。宋厌为了证明给他看自己没有冤枉他，攥着夏枝野的衣领一闻，当场解说："明明就有很重的烟味，还是那种劣质烟的味，除了烟味还有啤酒味、红烧牛肉面味、泡椒凤爪味，等等……"

宋厌意识到什么，抬眸看向夏枝野："你是不是去工地当民工搬砖赚路费了？"

不得不说，宋厌的逻辑还是那么严丝合缝，挑不出漏洞，偏偏又离真相差十万八千里。

夏枝野忍不住轻声笑道："哪家工地敢随便收未成年人？估计是在车上沾的味道。"

从小到大物质上吃过的最大的苦就是想干洗衣服但没钱的宋厌一时没反应过来，以为夏枝野说的是出租车，理直气壮地反问："骗鬼呢？什么车能有这么大的味道？"

夏枝野笑道："我只来得及抢到只剩最后几张站票的绿皮火车。"

"……"绿皮火车，站票。

宋厌质问的神情和攥着夏枝野衣领的手指在听到答案的那一刻顿住了。他没吃过猪肉，但看过猪跑。绿皮火车是什么样的环境他不是没从电视上见过，而从南雾到这里的绿皮火车要开将近一天一夜，也就是说夏枝野独自一人在拥挤脏乱的车厢里站了整整一天一夜，就为了穿过风雨来见他一面。真是个傻子。

宋厌觉得自己做出了非常客观理智的评价，但是不知道为什么眼眶又酸了。

夏枝野觉得自己肩膀上这块T恤布料怕是干不了了。什么酷哥，宋厌就是个小哭包。夏枝野忍不住低笑一声："现在不嫌臭了？"

"还行，没那么臭。"宋厌故作漫不经心地扔出一句，却忍不住抽了下鼻子。

"可是他们不会让你进病房的，我也出不去。"

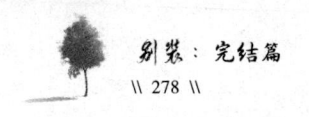

私立医院的 VIP 病房管理，家属探视都必须出示身份证和关系证明，宋明海特地叮嘱过，夏枝野必然不能进去陪他。

以他现在的身体状况，虽然他觉得见到夏枝野的时候他的病就好了，但那些医生必然不会这么认为，也就必然不会给他办理出院，甚至连他走出这栋大楼都需要护士陪同。所以他们只能在这栋大楼的门口短暂地见上一面。

赶了二十几个小时的路，就见二十几分钟的面，夏枝野似乎觉得也很值得，他低声笑道："所以抓紧时间跟我诉诉苦，我不介意。"

"我介意。"宋厌闷闷地扔出一句。

夏枝野倒也毫不意外，刚想笑着说一句"我们厌哥真是死要面子"，宋厌就抬起头："所以我们出去走走？"

夏枝野："嗯？"

宋厌："你先叫车。"

没等夏枝野反应过来宋厌这句话是什么意思，就看见宋厌已经一脸冷静淡然地朝角落里正在探头探脑的宋乐乐勾了勾手指。宋乐乐屁颠屁颠地跑了过来。宋厌低头从他身上取下电话手表："这个借给哥哥用一用，你妈妈想找我们的话就看定位。"宋乐乐没大明白，但还是乖乖地点了点头。

宋厌又看向他："你这个月的零花钱还有吗？"

宋乐乐再次点头："有，前天刚去看了姥姥，她给了我五百。"

"嗯，借哥哥用一用。"

"哦。"宋乐乐老老实实地从他的小包包里掏出五张已经被他揉得皱巴巴的粉红色纸币递给宋厌。

宋厌毫不羞愧地接过，然后抬头看夏枝野："车叫到了吗？"

夏枝野似乎猜到他想做什么，眸底压着笑意："嗯，已经到医院门口了。"

"好。"宋厌又转头看向宋乐乐，"你去找那个保安小哥哥玩一玩，等他发现哥哥跑了的时候，就抱住他大声叫妈妈，妈妈就在二楼，很快

第十一章 三中的桃花开了

就会下来。到时候你就告诉她，哥哥跟夏哥哥回家治病去了，她就知道了。明白了吗？"

"嗯，明白。"虽然宋乐乐不太明白他哥为什么要这么做，但还是牢牢地记住了他哥的安排，重重地点了点头。

宋厌满意地揉了一把他的脑袋："去吧，这件事办好了，假期的数学卷子数量减半。"

宋乐乐闻言二话不说，立马迈着两条小腿朝保安跑去。

宋厌问夏枝野："准备好了吗？"

夏枝野笑道："嗯，准备好了。"

"一、二、三，跑！"

宋厌以前并不明白怎么那些电视剧里每当遇到什么情节矛盾或情感爆发就总是在夏日的暴雨天。直到他和夏枝野一起顶着风雨踩过那些泥泞的水坑和落了一地的残败桂花，朝着不远处那辆即将把他们带去自由之地的车辆狂奔而去时，他才明白，原来总有那么一些天气，一些季节，一些氛围，一些人，会让你很想打破那种平静枯燥的生活，去做一些幻想已久的戏剧化的事情。

似乎只有这样，才能证明他们依旧在以一种全力以赴的鲜明的色调生活着，而不是被套进那些刻板、规矩的枷锁里无望又麻木地生存着。

这也是年少的时候为什么总是会做一些幼稚的、可笑的、冲动的事情的原因，只有年少的时候，才会因为一无所有而胆大妄为。

当车辆启动，宋厌看着身后被宋乐乐抱住大腿而气急败坏的保安和匆匆赶下来加入战斗的覃清时，突然忍不住笑出了声："夏枝野，我们刚才跑得好傻。"

夏枝野认真道："说实话，刚才我有一点儿感觉自己是偶像剧的主角。"

"你能不能别这么戏精？"宋厌笑着捶了夏枝野一拳。

夏枝野也忍不住笑道："我再戏精能有你弟戏精？他抱着保安喊'哥，你快跑'的时候，惨得我以为他要牺牲了。"

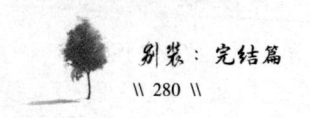

"嗯，你说得对，所以回头你不给乐乐多买几个变形金刚都说不过去。"宋厌看着车后愈来愈远的一地鸡毛，带着笑意。

夏枝野心情大好，低声笑道："嗯，好，回头的事回头再说，我们现在去哪儿？"

"回家睡觉。"

"？"

"我已经有几个月没睡过好觉了。"

等看见宋厌窝在被子里像纸片儿似的样子时，夏枝野忍不住低低地叹了口气："怎么瘦成这样？回头被奶奶知道，她能气得揍你。"

宋厌闭着眼，不说话。

夏枝野无奈道："不能不吃饭。"

宋厌还是闭着眼，不说话。

夏枝野继续道："就你现在这小身板儿，怕是以后想揍我都没战斗力，所以每天好好吃饭、好好睡觉最重要。"

"起开，别把我当小孩子哄。"宋厌嘴上这么说着，身体却很老实，"我又不是不想吃，不想睡，我是……"

宋厌说到一半，意识到自己说漏了嘴，于是戛然而止，闭上了嘴。

夏枝野低声问："是什么？"

宋厌的嘴唇微张，嗫嚅半响，最终耷拉下眼睑低低地说出一句："我是太想念在南雾的日子了。"

夏枝野挑了下眉。

宋厌垂着眼睫，平静又淡然地缓缓说道："我吃饭的时候会想你和小胖在干吗，你们会不会因为太长时间见不到我，就忘了我长什么样。我看见学校里的其他男生打打闹闹的时候，就会想你们是不是已经忘记还有我这个朋友了，我是不是又是一个人了。

"每次想到这些的时候，我就觉得像是回到了被关在黑屋子里的那几天，没有光，没有盼头，然后突然就理解了我妈当时的想法。但是我

第十一章 三中的桃花开了

不想这样,所以我不能让自己闲下来,于是就不敢睡觉,不敢吃饭,只能不停地刷题学习,好像只有这件事情是我唯一可以掌控的。

"所以你今天来的时候,我特别高兴。"

因为他终于可以确定夏枝野还在,所以他的希望和救赎也还在。

明明宋厌的语气平静冷淡至极,可是夏枝野还是听得心里难受不已。

夏枝野低声道:"宋厌,你知道我在绿皮火车上站了一天一夜的时候,想的是什么吗?"

宋厌抬起了眼眸。

夏枝野看着他的眼睛缓缓道:"我在想,窗外的风景真好看,等我们高考结束后,我一定要开车带你去看看。所以我一点儿也没觉得辛苦,也没有觉得累,就是在想假如你在就好了。

"如果你在,我就可以告诉你,宋厌你看,那边田埂上有只小狗多可爱,我们要不要养只脾气很好的小狗,再养只脾气不好的小猫,我负责铲屎,你负责撸,一定很热闹。

"我当时想的时候旁边的人问我一直在傻笑什么,我就说我在想我的弟弟。我甚至还想,你一定会和那只脾气不好的小猫打起来。

"我就这么想了一路,等见到你的时候,我就更确定了,我要养只金毛,再养只漂亮的小布偶,这样哥哥像我,弟弟像你,多好。"

宋厌想,那时候的夏枝野明明是在用最温柔的语气讲着最美好的事情,可是为什么他会听得止不住地流着眼泪,大概是觉得自己太过幸运吧。

因为虽然他有过一些不太愉快的经历,可是老天爷还是送给了他一个夏枝野这样的好朋友,教会了他什么是正确的生活的方式。以至于在那一瞬间他突然觉得好像没什么痛苦、绝望、难熬的了,他懒洋洋地踹了夏枝野一脚:"我饿了,点外卖,吃完睡觉。"

夏枝野轻笑一声:"好。"

窗外的暴雨不知道什么时候停了。

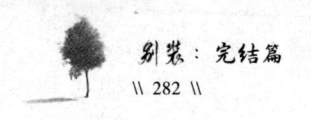

宋厌做了一个梦。梦里他和夏枝野养了一只狗和一只猫，很久以后，他们依旧是彼此最好的朋友。

宋厌睡了很沉的一觉，好像把他这些日子以来缺失的睡眠都补了回来。梦里那些带给他幸福感的画面也似乎冲刷了他这些日子以来的悲观和不安。等到他醒来的时候，低烧也退了，人也有力气了，浑身舒畅多了，就是身边的夏枝野不在了。

宋厌偏头看向窗外，还是傍晚，看来自己也没睡多久。他捏了捏眉心，站起身，打开房门，哑着嗓子叫了声"夏枝野"。

他听到厨房传来动静，本来以为夏枝野或许在给他准备晚饭。结果回答他的却是个温柔的女声："小夏他们今天开学，一早就赶回去了，我看你睡得太熟，就没叫醒你。"

今天开学？宋厌拿起宋乐乐的电话手表看了一眼。

八月三十一日十八点二十二分，他竟然睡了一天一夜。

"那他……"

"放心吧，我给他买的机票让他坐飞机回去的，没让他又坐绿皮火车。"覃清端着一碗粥上了楼，放到宋厌的书桌上，温柔的笑里有些揶揄。

宋厌点了点头，看见桌上还放着一杯凉白开。不用想就知道，肯定是夏枝野放的，这个一天到晚没个正形的人永远都是这么可靠又周到。

覃清看着一下就像是活了过来的宋厌，也觉得他可爱又好笑："快把粥喝了。"

"嗯，好，谢谢覃……姨。"

宋厌刚舀了一汤匙粥送进嘴里，手腕就僵住了，口腔里充斥了一股诡异的味道。

一旁的覃清却期待地看着他："怎么样？我按照小夏的奶奶的食谱熬的，味道一样吗？好喝吗？我第一次熬粥，也不知道成没成功。"

难怪自己以前生病，覃清从来不给自己熬粥。原来不是不想，而是不能，不然自己怕是活不到十七岁。

宋厌默默咽下："挺好。"

覃清立马高兴得像个小女孩儿："那就好，我打算回头多学些煲粥、炖汤之类的，给你养养身体。"

"……"宋厌一副视死如归的架势，"好的，覃姨。"

说完，宋厌像是想起什么，回头看向她："我爸没为难您吧？"

"嗯，吵了一架，但是他也没什么办法。"覃清像是心情不错的样子，"南雾那块地出了事情，他昨天就赶过去了，应该一时半会儿回不来，而且估计他忙得焦头烂额的，没那么多时间把你管得那么严了，所以……"

"什么？"

"所以我给你买了个新手机，虽然平时要交给老师，但是周末你还是可以和夏枝野以及你南雾那边的其他朋友联系，不过要注意藏好。"覃清笑着把新手机放到他面前，"现在可以把乐乐的手表还给他了吗？"

宋厌这才想起自己昨天从一个九岁的小屁孩儿那里打劫了一块小天才电话手表和五百块钱，一时有点儿不好意思："那个，乐乐的零花钱，我会还给他的。"

"你们兄弟俩的账我可不管。"覃清像是很喜欢看见宋厌的脸上露出小孩子一样局促而不好意思的神情，说话就没有从前那样注意分寸和礼貌，而多了几分玩笑的意味，但也略有收敛，"不过阿姨有件事情要和你商量。"

覃清这么说了，应该不是小事。

宋厌放下勺子："覃姨，你讲。"

覃清在他对面坐下："虽然一般来说，股权继承是等到十八岁，但是如果公司有特殊的明文规定，就会排除继承人对股东资格的当然继承，只保护财产继承。你爸的公司恰好就有这种规定，所以就算你十八岁了，你爸还是可以代持你的股份，成为最大的股东。"

"所以我们该怎么做？"宋厌看向覃清。

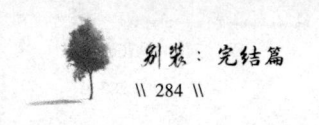

覃清问他："当时你母亲去世时，你们做过公证吗？"

宋厌答道："做过，公证资料和遗嘱都在银行的保险箱里，我一满十八周岁就立即生效。"

"嗯，是这样的，其实公司小股东的股权都被收购得差不多了，现在只要我手里的股权超过你爸，董事会就可以通过配合良性收购的提案，所以我想在你十八岁生日那天直接购入你的全部股权，你愿意吗？"覃清认真地询问宋厌。

因为直接获得现金和直接成为一家大公司的大股东，还是有本质上的区别的，她不确定宋厌是不是愿意放弃这份本该由他继承的事业。

然而宋厌对宋明海的公司没有丝毫兴趣，答应得毫不犹豫："嗯，没问题。"

"其实还是有一些问题。"覃清没打算隐瞒，"你应该知道当时你爸追求我就是为了获得覃家的帮助，但都是技术专利入股，实际上覃家并没有太多的资金流，这两年受市场行情的影响，现金周转更是困难，所以我没有办法一次性把购买股权的钱付清，只能先给你五千万元，剩下的款项还要等收购成功后才能结算，所以你如果担心……"

"我没什么好担心的，覃姨，我相信你。"宋厌看着覃清，像一个冷静成熟的大人，"我爸之所以一直这么有恃无恐，觉得能坐稳一把手，肯定也是知道你手上的现金不够入手太多股份，我们如果想赢，就只能给他个出其不意。"

只有彻彻底底地赢了宋明海，他和覃清还有宋乐乐才可能拥有不被专制的自由的未来。这是他唯一的希望，所以他哪怕分文不剩，也不想让宋明海再这么自命不凡。

更何况现在是最少有五千万保底，而只要一切顺利，他在十八岁的时候就可以拥有九位数的现金，他又有什么理由不相信。

那一刻，面对这么聪明又知道自己想要什么的孩子，覃清觉得很多话不用再多说了，于是伸手温柔地摸了摸他的脑袋："好，我们一定会赢。"

第十一章 三中的桃花开了

正如覃清所说，宋明海果然开始忙得焦头烂额，脚不沾地。他从孤儿院走出，一路白手起家打造起来的令人艳羡的事业，眼看就将大厦倾颓，他终于没有精力再去管他的儿子。

宋厌新就读的这所私立高中，以军事化管理出名，严苛到每天会用金属探测仪来检查有没有人偷偷用手机。所以每周一到周六，宋厌只能把手机上交，靠顺丰送来的一封封书信和夏枝野交流。但一到了周日，他就可以和夏枝野视频、和小胖他们打电话，和之前那些日子相比，宋厌已经觉得格外值得珍惜。

他也开始慢慢地适应新的环境，不再陷入悲观的焦虑，他开始对他的将来有了更切实的期许和想象，一切都有了盼头。

他开始能够安心入眠。

他开始认真吃饭，一日三餐，不管好吃不好吃都一顿不落。

他甚至开始夜跑，用极致的身体上的疲惫来消耗多余而无用的烦恼。

日子就这么一天一天地过去，棒棒糖越来越少，信越来越厚，宋厌的体重终于从严重偏瘦恢复到普通偏瘦，身体也健康了不少。他在无比认真地学习、生活。

在夏枝野成年的那一天，他们作为不幸的高三生，都在参加期末考试前的最后一次重要月考。因为是要计入档案的重要考试，所以宋厌没能去南雾见上夏枝野一面，他对此有说不出的愧疚。

在宋厌成年的那一天，夏枝野这个不幸的高三学生依旧在考试。那天是南雾全市一模的第二天，夏枝野决定在考完之后的当天晚上坐飞机去给宋厌一个惊喜。

只可惜最终没能实现。

那天是个难得的晴天。春启惊蛰，桃花太阳，樱笋年光。可以用一切形容春天的美好词汇来形容那一天的好天气。

那一天的宋厌，心情似乎也罕见地好。他坐在客厅里，等着熬了一

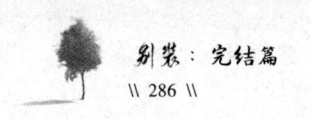

个通宵的宋明海带着满身尼古丁的味道，穿着遍布褶皱的西装，风尘仆仆地赶了回来。

然后他发现向来高高在上、西装革履、人模狗样的宋明海竟然生了些白发，连面容都憔悴了不少。想来这种自负骄傲到绝对专制的人不允许自己有任何的失败，所以才拼命到这种程度。

宋明海在他对面的沙发上坐下，点了根烟，把一份文件扔到他的面前："签了。"

《代行股东权益授权书》

乙方：宋明海

甲方：（待填）

毫不意外。覃清早就想到了宋明海一定会继续代行宋厌的股东权益，所以才想了些办法绊住了宋明海的脚步，让他直到中午才赶了回来。

宋厌之所以在这儿等着他，也只是为了当着他的面告诉他一句："抱歉，宋总，股份我在两个小时前刚好全部卖掉了，所以这份授权书我签不了了。"

宋明海的指节微顿，猩红的烟火在修长的指节间闪烁，而后他低头淡淡地捻灭烟头："不可能，她手上没这么多资金。"

所以和宋明海这种聪明人说话就是很省力，也更容易四两拨千斤。

宋厌不置可否："所以我没收她的钱，或者说暂时没有收她的钱。"

捻着烟头的修长手指骤然一用力，烟以突兀的角度瞬间弯折，带着烟灰缸在茶几上划出"刺啦"一声刺耳的尖鸣，彻底打破了客厅里压抑的平静。

宋明海抬起头，看向宋厌，冷峻的眉眼间压着极深的愠怒："宋厌，你知道你做了什么吗？"

宋厌答得很冷静："我知道。"

"你知道？你知道你还这么做？"宋明海的嗓音里带着浓重的怒意，"她和你没有半点儿血缘关系，你凭什么信任她？！"

"这难道不是你该反思的问题吗?"宋厌回视,"为什么我宁愿信任一个和我没有血缘关系的人,也不愿意信任你,你难道没有想过原因?"

"我是你爸!无论我做什么都不可能害你!"宋明海的指节用力地在茶几上叩了一下,手背暴起突兀的青筋,"我再怎么做都是为你好!但是她一个外人你觉得她凭什么帮你?"

"凭我乐意。"宋厌今天似乎心情不错,站起身,拎起书包,"反正合同都签了,你和我说再多也没用,与其在这里和我废话,不如去想想该怎么保住你的公司。毕竟你现在应该也打不过我了,所以我们今天最好是好聚好散。"

宋厌说完就头也不回地往门外走去。

宋明海直接站起身吼道:"你给我站住!"

宋厌真的站住了,然后回过头,像是突然想起什么似的"哦"了一声:"忘记告诉你了,这个周末我回南雾,准备和夏枝野一起过生日,顺便帮你向夏老问个好,别客气。至于你说你是我爸,无论做什么都不会害我……

"可能吧。"宋厌微顿,点头道,"毕竟两次差点儿把我送进ICU这种事情,怎么能叫害我呢?是我承担不起这种父爱而已,所以现在我成年了,我们以后最好还是保持一定距离。祝你的公司被顺利收购,宋总再见。"

宋厌这次是真的头也没回。

大门关上的时候,屋里传来了巨大的一声瓷器砸上门板的破碎声,昭示着宋明海无能的愤怒。宋厌听着觉得悦耳至极,抬头眯眼看了看头顶春日的晴空,心想,今天的天气这么好,飞机必不会晚点。

夏枝野考完最后一科理综的时候,已经是下午五点。南雾三中的高三下学期是不配拥有周末的,所以夏枝野必须先去找阮恬请假。

本来在他的计划里这会是一件很简单的事情。因为阮恬一向善解人

意,也知道他和宋厌关系好,加上夏枝野已经有数学奥赛金牌保底,好赖都能上个清北的强基班,所以现在学校里大多数老师都已经对他睁一只眼闭一只眼,阮恬就更没有理由拒绝。可是偏偏阮恬就拒绝了。

阮恬坐在办公室里毫不犹豫:"你就老老实实地给我在学校待着,哪儿也别想去。"

"别呀,今天宋厌生日,我要是不去的话宋厌肯定会生气,他一生气,我的心情肯定就不大好,我一心情不好人就会颓废,人一颓废高考可能就连一本线都考不到。所以为了我们学校今年的业绩,你就帮我开张假条吧,求求你了,我最可爱、最美丽的阮老师。"夏枝野连威胁带撒娇,甚至拽着阮恬的手腕可怜巴巴地晃了起来,他那双桃花眼还眨个没完没了,简直要多没下限就多没下限。

可是都毫无用处。

一向笑容甜美的阮恬依然冷漠无情地拒绝:"不行,说了让你在学校老实待着,你就得在学校老实待着。没商量。"

夏枝野从来没见过阮恬这么严苛冷漠的样子,直觉应该是发生了什么,然而一看时间,再不去就快晚点了,也来不及多想,只能攥着书包带子扔出一句"老师,我先走了,假条回来再补",就匆匆地转身朝门外走去。

阮恬连忙起身,还没来得及开口拦住,夏枝野的身影就在门口顿住了。

门外有人正单肩背着书包懒洋洋地倚在门框上,看见夏枝野出来的时候,嚣张地一撩眼皮:"想往哪儿走?"

凌厉漂亮的丹凤眼,不好招惹的冷酷气质,苍白到有些病态的肤色,还有敢把夏枝野明目张胆地堵在办公室门口的胆量。除了宋厌,不会有第二个人。

可是宋厌为什么会在这儿?他不是告诉自己他今天很忙,所以没兴趣过生日,还不让自己去看他吗?

本来都做好了自己偷偷跑去,先过生日再认错的准备了,结果宋厌突然出现在这儿,又是怎么回事?

还没来得及缓过劲儿,就被兜头扔了这么大个惊喜,夏枝野一时愣在原地:"你怎么来了?"

他面前的人却依旧撩着点儿眼皮,语气跩得欠揍:"我怎么就不能来?三中是你开的?"

夏枝野:"不是……"

"还是说你觉得我不该来?"

"没有……"

"那你是什么意思?"宋厌得寸进尺,步步紧逼。

阮恬什么时候见过他们"三中小霸王"这副模样,终于绷不住笑出了声:"行了,戏也陪你们演完了,拿了假条就赶紧给我走,别在这儿碍我的眼。"说着她把早就签好的假条从桌子上推了过来。

夏枝野这才彻底反应过来,他被阮恬和宋厌联合起来骗了。

宋厌还学会串通老师故意让自己担惊受怕了,胆子肥了呀。

夏枝野垂眸看着宋厌,微眯着眼睛,轻磨了下牙。宋厌连忙掉头就跑。夏枝野一把从桌上抄起假条,快步跟上。于是宋厌还没来得及跑掉,就被夏枝野堵进了一个人迹罕至的拐角。本以为夏枝野得质询自己一番,结果听见他问:"来回跑太辛苦了,怎么不等我去找你?"

宋厌垂下眼睑,答得很淡:"因为我不想总是你来找我。"他们之间的友情应该是相互的,而不是夏枝野一味地付出。

听到这句话的时候,夏枝野突然感到有种说不出来的熨帖。宋大喜果然是十八岁的大朋友了啊。

夏枝野笑着说:"宋厌,我很高兴。"

话音刚落,宋厌就突然听到夏枝野的身后传来了熟悉的声音:"夏爷!你怎么在这儿呢?"

第十二章
好友再聚

宋厌闻声看过去。

另一头，小胖和赵睿文看到了原本被夏枝野的身形挡住的宋厌，突然睁大了眼。

下一秒，宋厌就被两声划破长空的兴奋的尖叫震蒙了。

紧接着一胖一瘦两道身影就以火箭般的速度朝他冲了过来："厌哥！你终于回来了！我们好想你啊！"两人一左一右一把抱住了宋厌，箍得宋厌动弹不得，甚至带上了残忍的"声波攻击"。

"呜呜呜，厌哥，回来了为什么都不给我们说一声。你的心里是不是只有野哥这个好兄弟，没有我们这些朋友？"

"呜呜呜，厌哥你怎么瘦了？你都快只有小胖的一半宽了。"

"厌哥，你回家没有被虐待吧？"

"肯定被虐待了，伤口在哪儿？让我看看，让我对你施以爱的帮助。"

夏枝野直接使用暴力把那两人从宋厌身上拎开："你们两个怎么这么烦？"

"不是，夏爷，我们就是单纯地关心厌哥。"赵睿文说，"不过厌哥，你怎么在这儿？你是又转回来了？"

"没。"宋厌提了提肩上的书包带子，"我就是随便回来看看。"

第十二章　好友再聚

"三中有啥好看……"

"你傻啊，今天是厌哥的生日。"不等赵睿文说完，小胖就直接打断道。

赵睿文这才恍然大悟，一拍脑门："对哦！今天是惊蛰！我说呢，那今天晚上还不走起！"

宋厌："走什么起？"

赵睿文非常激动："成人仪式走起啊！你现在已经是个真正的男人了！就要做真正的男人该做的事！不然岂不是枉费了你千里迢迢跑来找夏爷一趟。走，'逢烤必过'走起，整两杯！"

赵睿文说得义薄云天，慷慨激昂。

小胖："……"

宋厌："……"

夏枝野："……"

赵睿文这是在干吗？最关键的是，他才没兴趣做什么男人该做的事！宋厌转身就走。

赵睿文一脸蒙："厌哥这是怎么了？"

"你还问怎么了？"夏枝野一脚踹过去。

赵睿文一脸无辜："不是啊，作为一个男人，成年的第一天，终于不用开黑卡了，可以光明正大地去网吧体验一把了，有什么不好意思的啊？这也能挨揍？"

剩下的三人顿住身形，脸上齐齐地冒出了个问号。

赵睿文越说越不能理解："这可是十八岁了啊！男人十八岁的第一夜在网吧通宵包夜难道不香吗？叫上周子秋'五黑'走起难道不爽吗？你们到底怎么回事？！"

"……"

小胖长长地叹了口气："厌哥。"

宋厌冷淡道："嗯。"

"对不起，我不该让这种傻子出现在你的面前，我现在就带他走。"

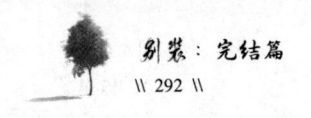

"行。"

说完，小胖就拖着赵睿文以比来时更快的速度跑了。

夏枝野终于忍不住笑："怎么，厌哥，赵睿文说的，要不要考虑一下呀？"

"没兴趣！"宋厌说完，飞快地往外走去。

夏枝野连忙笑着跟上。

两个人时隔整整一年，终于再次一起走上了三中那条长长的林荫路，再次走上了那条充满烟火气息的老街，再次走上了那条代表着归宿的载酒巷。

依旧是一个笑着，一个骂着，嬉笑怒骂，看上去似乎和从前的那些日子并没有什么不同。只是宋厌的身上再也没有了那套三中校服，街道两侧的店铺也都换了，载酒巷的巷口也写了个鲜红的"拆"字。

一年前的那一天终究成了他们最后一次穿着一样的校服从那条老街走过。

那一年被错过了的少年时光也终究是往后余生无论怎样努力都永远无法再找回的，因为岁月里总有些东西在你无法看见的地方悄悄改变了。

可是有些东西永远不会变。

听见他们的声音的时候，小麻将依旧迈着她的小短腿飞快地冲出来，一把抱住宋厌的腿，说道："厌哥哥，小麻将好想你啊！"

刘奶奶看见宋厌的时候，眼泪还是一下就心疼地冒了出来，抓着他的手一个劲儿地念叨："怎么瘦成这样了？你们家的大人怎么照顾你的？怎么就能让你瘦成这样了呢？"

狭小温暖的平房院子始终还是那么温馨又拥挤，刘奶奶亲手做的长寿面还是那样好吃。满满一桌子的生日宴，那些最好的肉，最有营养的食材，最精华的部位，依旧全都被夹进宋厌的碗里。

刘奶奶也早就知道了这两个孩子的不容易，所以吃完生日宴后，就

第十二章 好友再聚

带着小麻将早早地去休息,把时间和空间都留给了他们。

宋厌趴在卧室的窗台上,看着窗外的夜空,久久都没有说话。

夏枝野来到他的身侧,以同样的姿势趴在他旁边,问他:"看什么呢?"

"没看什么,就是在想如果明年载酒巷真的拆了,以后就再也看不到这里的桂花树了,感觉很可惜。"宋厌说这话的时候,语气很淡,可是夏枝野能听出里面的伤感。

夏枝野说:"你跟我过来。"

宋厌跟着他走到客厅的沙发边坐下,然后看着夏枝野打开了茶几下的抽屉,紧接着一眼就看见了那个熟悉的海藻绿的 OMEGA 手表。

宋厌回忆起被夏枝野欺骗的经历,愤怒瞬间就冲淡了伤感,刚准备把夏枝野再揍一顿,却被夏枝野摁住:"我错了,要打我过会儿再打,等我先给你看一个东西。"

宋厌伸腿就要去踹夏枝野,一本相册却立马出现在了他眼前。这是一本用了很久的相册,看起来有些年头了,封面上还用稚嫩的笔迹写着"夏夏的小家"。

宋厌停下了动作:"这是什么?"

"这是我的家。"夏枝野打开第一页,指了指那张旧照片,"这是我妈妈怀我的时候,这是我爸爸。所以这是我们一家三口的全家福。"

"然后呢?"

"然后你再往后翻。"

宋厌坐在夏枝野的身侧,一页一页地往后翻,全是他和他爸爸、妈妈的照片,可以看出是很幸福的一家人。

当看到一张照片时,宋厌的指尖顿住了。这是他们第一次被偷拍放在贴吧上的那张照片,这张照片的后面是他们在游乐园参加亲子活动的照片,再之后就是他在英语演讲比赛中拿奖的照片,还有他们演《梁山伯与祝英台》时穿戏服的照片。

后面全部都是他的照片。

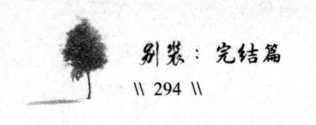

宋厌翻相册的速度越来越慢。

夏枝野在他旁边说:"这个相册是我小时候最喜欢的东西,后来我爸妈去世后,这个相册就成了我心里家的存在,所以我把你的照片放进来的时候,我就想好了,要把你当成真正的家人,真正的弟弟。

"本来我在你老家预订了很好的酒店餐厅,准备给你过成人礼的,但是谁知道你居然来个突然袭击回南雾了,搞得我现在像个不称职的大哥一样什么都没准备。但还好这个东西我是随身带着的,想作为你十八岁的生日礼物送给你。"

夏枝野的声音很温柔,像河水在夜里潺潺地流过,带来一生的春日好风光。

所以宋厌想,他们在这个春天沉醉一场也无关紧要。于是宋厌在自己的成人礼这天,和夏枝野一起,痛痛快快地畅饮了一夜,喝到宿醉。

第二天醒来时,夏枝野给他倒了杯水,问道:"我们今天干吗?是就在家休息,还是有什么想玩的?"

"你们今天是不是没放假?"宋厌问。

"嗯。"夏枝野问,"怎么了?"

"我的座位上坐人了吗?"

"没有,后来都没人坐你的座位。"

"那我们回三中吧。"宋厌垂着眼睫淡淡道,"偷偷进去,上个晚自习。"

再一起逃个课,撸个串。

夏枝野知道宋厌的想法:"好。"

得益于小胖与赵睿文的掩护,宋厌成功地混进了南雾三中高三1班。恰好周末守晚自习的又是班主任阮恬,她的默许加上全班同学的集体装瞎,宋厌成功地坐回了那个原本属于他的教室最后一排靠窗的位置。

尽管为了方便高三学子,教室从原来的楼层搬到了一楼,但重新坐

第十二章 好友再聚

回这个位置的时候，宋厌突然有些恍惚，像是又回到了一年前，他并没有被迫离开南雾，而是和夏枝野一起，和这群虽然看上去很不靠谱，但是让他感受到了重新被集体接纳的温暖的同学们一起，在准备着高考，准备着往人生更好的方向走去。

宋厌捏着棒球帽的帽檐，使劲往下压了压，企图遮住自己可能会暴露神情的眼睛。他从夏枝野的桌上抽过一本复习册，默默地看了起来。

夏枝野握着笔，一下一下地在笔记本上画着重点。

教室的窗户打开了一半，夜风幽幽地吹了进来，天花板的白炽灯安静地亮着，在光滑的桌面上落下些许光斑。

教室前方的黑板上，右上角是用粉笔写的大大的"倒计时93天"，教室里坐着的学生们也没有再像一年前那样总是在自习的时候偷偷聊天、传纸条、打游戏，甚至三人斗地主，而都只是埋头复习，奋笔疾书，为了往后更好的人生而奋战着。

教室里安静得只有书本翻页和笔尖划过纸张的"唰唰"声。

宋厌就在这样的环境里，享受着这难得的宁静和惬意。

然而没宁静多久，刚刚出去上完厕所的小胖就一脸紧张不安地从教室后门飞快地跑了进来，喘得上气不接下气："厌哥，夏爷，你们……你们快……咳咳咳——"

因为说得太急，小胖一下子被口水呛住了，咳得面红耳赤。

夏枝野顺手帮他拍了拍背，懒洋洋道："慢点儿说，后面没鬼在追。"

"哎呀，不能慢，慢不了，后面没有鬼在追，但是有刘德青在追！"小胖终于顺过气，急都要急死了，"不知道他是不是闲得没事干，大周末的晚上居然还来巡察晚自习，我来的时候他已经到3班门口了，你们俩赶快跑吧！"

话音刚落，教室后门就传来中气十足的一声："这是谁？不好好上晚自习站在别人的座位上干吗！是喜欢站着？喜欢站着那就到教务处来站，当着我的面站！哎……等等……你们班怎么多了一个人？"

刘德青看到夏枝野的旁边本来应该空着的位置多了一个人的时候，

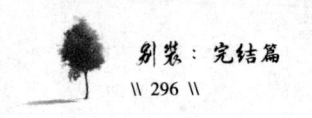

先是愣了愣,紧接着觉得有点儿眼熟。

等他反应过来的时候,夏枝野已经拎着书包往窗外一扔,然后喊了一句"厌哥,快跑",两个人就麻利地撑着窗台,一个轻跃,翻窗而出。

终于反应过来的刘德青气愤无比地冲到窗边,愤怒地大喊:"夏枝野!怎么又是你?

"夏枝野!宋厌!你们两个给我回来!马上给我回来!不要仗着你们是清北的苗子就不把校规放在眼里!马上回来!听见没?!"

他们听见了,却不想理。夏枝野和宋厌拎着书包,一边笑着,一边飞快地往学校后门的矮围墙跑去,头也不回。目无尊长,简直过分!

刘德青越想越气,但又拿他们两个没有办法,只能迁怒他的亲侄子,回头踢了刘越的桌腿一脚:"愣着干吗?翻窗出去帮我追啊!"

刘越一脸正义地挪正了自己被踹歪的桌子,捧起英语书,义正词严道:"对不起,老师,时间宝贵,我要专心学习。"

刘德青:"???"

你小子什么时候这么爱学习了?你当我傻吗?!

但是这个借口冠冕堂皇,竟让他无法反驳,只能气呼呼地抬头看向阮恬:"阮老师!你怎么可以让其他学校的学生进教室?这是对我们学校的同学的不负责,知道吗?!"

阮恬一脸无辜:"我是想着宋厌同学的英语非常好,比我们年级所有同学的英语都好,就叫他来分享一下学习经验,没想到还来不及分享就被主任你吓跑了,太可惜了。"

刘德青:"???"所以是我的问题?

顶着疑问的目光,阮恬依然一脸无辜:"不信你问他们。"

全班同学不约而同地疯狂点头,甚至包括他的亲侄子。

刘德青:"……"

在全班的掩护下成功逃离案发现场的宋厌和夏枝野已经从学校后门利落地翻墙而出。夏枝野先跳了下去,等宋厌从墙头往下跳的时候,他伸手去接,结果夏枝野没站稳,虽然接住了宋厌,却一个趔趄,倒了下去,顺便还拽着本来应该好好站稳的宋厌一起摔倒在了后坡的草坪上。

"哇——"

宋厌狠狠地捶了夏枝野一拳:"谁要你接了!"

夏枝野笑道:"哎呀,我哪知道会失败,别生气嘛。"

"你傻吗?"宋厌虽然骂着,但还是被夏枝野气得忍不住笑出了声。

夏枝野笑着问道:"这下终于体验到了刺激的校园叛逆生活了吧?感觉怎么样?"

宋厌想到刚才刘德青在窗口气急败坏的样子,闭上眼,笑道:"感觉还不错。"

三中后坡的桃花又开了,摇曳地落下一两片花瓣,拂过他们的脸颊。

在南雾待了一天后,宋厌该回去了。当覃清来机场接他,并问他这个生日过得怎么样的时候,宋厌只是淡淡道:"还行。"

他虽然说着还行,但覃清一眼就能看出来是很好,因为少年身上的阴霾已显而易见地一扫而空,取而代之的是一种连他自己都没察觉的放松和愉悦。是苦尽甘来的人终于卸下了重负时,那种由内而外散发出来的并不需要具象化的轻松释然和对未来的期待。

看来自己之前做的决定是对的。无论是支持站在宋厌这一边的决定,还是下定决心和宋明海撕破脸皮对簿公堂的决定,她觉得她都做出了正确的选择。

如果是从前,她这种温柔到有些懦弱的性子一定会选择和宋明海得过且过,但是现在她看着终于不用再被逼着学钢琴、击剑、法语,可以开开心心地拥有自己的童年的宋乐乐和终于从阴霾里走出来的宋厌,她觉得自己还可以再坚强、强势一点儿。

于是她告诉了宋厌一个可能算得上好消息的消息:"我已经决定今天晚上就和你爸摊牌走诉讼离婚了,所以这几个月你先不要回家,就在学校里好好学习,准备高考,其他的都不要想,相信覃姨就行,可以吗?"

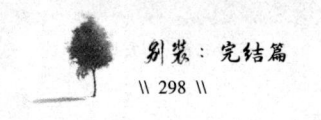

宋厌觉得这些事情本来就没什么好想的,他现在就只想好好学习,好好高考,所以立马答应。

"不过……还有一件事情,阿姨想问问你的意见?"覃清问出这话时,带着温柔的笑意,"和你爸离婚后,阿姨会买个新房子,大概在乐乐现在的学校附近,很大,房间不少,所以你愿意阿姨把你的东西搬过去吗?"

宋厌微愣了一下。

覃姨笑道:"我知道你不是爱一大家子人住在一起的性格,但万一你今后遇到了什么不高兴的事,或者逢年过节的时候,总有个家可以回。"

说着,像是觉得太严肃了,覃清的笑意又深了些:"再说了,乐乐这孩子皮你也是知道的,我总是狠不下心对他太严格,他就只怕你,只听你的话,你要是不在了,他怕是把天都能掀了。所以给你留个房间,还能吓唬吓唬他,你就当帮阿姨的忙了。"

乐乐是调皮了些,成绩差了些,但绝对是个懂事的孩子,覃清这么说,无非是想让宋厌感受到他是被需要的,被这个家所需要的。

宋厌什么都明白,什么都懂。如果是从前,他或许会觉得自己最好的选择就是拒绝这个建议,保持最疏离得体的合适距离。可是现在的他没以前那么懂事了,觉得有时候自己任性一点儿、贪婪一点儿,厚脸皮地去把握那些其实在他的内心深处真的很想要的东西,也不是不可以。

于是他右手钩着肩上的书包,微微握紧,然后应道:"嗯,好。"

"那高考加油。"

"嗯,谢谢覃姨。"

后面那三个月,几乎可以说是宋厌在整个学生生涯里最拼命的三个月。

他每天晚上学习到凌晨两点,然后六点二十起床,洗漱、晨跑、吃饭,然后六点五十出现在教室,开始新的一天的学习。

他放弃了任何娱乐活动，抛开了所有的杂念想法，累得倒头就睡，连失眠都没有力气，吃饭也是有什么就吃什么，匆匆地填饱肚子，根本来不及挑食。就连每周末和夏枝野的通话也总是谈论着数学和物理的最后一道大题及英语的完形填空题。

很多人不太理解宋厌为什么这么拼，因为在他们看来，这样的富二代，这样的成绩底子，根本不需要靠一次高考逆天改命，也就没道理这样玩儿命似的去应试学习。

宋厌也的确不缺钱，现在这所学校并没有荟英外国语学校那么高的奖学金，即使拿到高考状元也不过三十万元的奖学金而已，还不如他现在银行账户里一年的利息。

但是这不一样。那些钱是他妈妈的钱，是别人赠予他的钱，并不真正属于他自己。他想凭借自己的能力，堂堂正正地向宋明海证明一次，即使没有这些钱，他也可以自力更生，他有资格主宰自己的生活，而不是接受他高高在上的施舍。

这种高压的生活一直持续到了六月七日。

他坐着学校统一安排的校车到达考场时，一下车就看见覃清穿了一身正红色的旗袍捧着向日葵站在人群中，冲他温柔地笑着。那是他从来不曾奢望过的场景。

覃清也如其他家长那样，替他理着衣服，温声说着鼓励安慰的话语，为他加油，祝他旗开得胜，一举夺魁。

在临进考场之前，他接到了夏枝野的电话，只有懒洋洋地笑着的一句："宋厌，你说我俩的状元宴是在你老家办，还是在南雾办？"

"傻子。"宋厌笑着骂了一句，"先考了再说，反正覃姨说了，不是高考状元不配做我兄弟，你自己看着办。"

说完他挂了电话，带着有足够的底气和希望而生出的笑容，走进了考场。

等走进考场之后，他才发现这场历来被学生们视为人生终极大敌的考试，也不过如此。

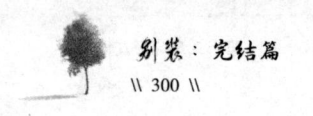

寻常的卷子，寻常的题目，寻常的学生，寻常的日升日落，寻常的铃声响起，然后就给他们长达十二年的努力画上了一个写着不同数值的具象的句号。

数值分了三六九等，分明而严格，仅仅一分之差，或许就是天上地下。但是这些分了三六九等的数值并不会就这样决定这些少年的一生。

起码沈嘉言就是这么安慰自己的。

高考结束后，夏枝野就来找宋厌。

覃清买的新房子和沈嘉言家在同一个小区，三层的大别墅，一楼留给覃家老两口住，二楼是覃清和宋乐乐的房间，三楼带独立浴室和阳台的大房间则专门留给了宋厌。

宋厌房间的布置、格局和原来的一模一样，所有的东西也一件不落，甚至还在宋厌原来的电脑桌旁加了一台同款桌子和电竞椅，也不知道是留给谁用的。

反正夏枝野带着自己的外星人笔记本电脑过来的时候，觉得非常满意。

覃家老两口不常来，宋乐乐平时住校，覃清一边忙着重新组建公司的事，一边还要和宋明海打官司，忙得脚不沾地。

所以整栋大别墅里基本只有宋厌和夏枝野两人，他们窝在空调屋里，吃着西瓜，点着外卖，打着游戏，享受着他们没有学习、没有考试的逍遥日子。

其间他们也去隔壁沈嘉言家串过门，周子秋也在，四个人还一起斗地主、吃火锅什么的。

到了高考查分那天，沈嘉言实在紧张得不行，紧张到整个大脑系统已经紊乱，他穿着恐龙睡衣抱着个大玩偶，趿着拖鞋，"噔噔噔"地就跑到了宋厌家的门口，"砰砰砰"地敲道："宋厌！开门呀！我知道你在家！你有本事立目标就有本事开门呀！"

宋厌本来正和夏枝野在家里玩着游戏，结果突然被这么一吼，手上

第十二章 好友再聚

一抖，两人纷纷在决赛圈阵亡，唾手可得的胜利就这么飞了。宋厌深呼吸一口气，握着鼠标的指节用力得发白，如果这是沈嘉言的脖子的话，估计他的命已经没了。

夏枝野说：“没事，我来暗杀，保证不留痕迹。”

"算了，留着吧。"毕竟这年头，这种"傻白甜"实在不多了。

宋厌冷着脸，松开鼠标，站起身，慢腾腾地晃下楼去，打开门，垂眸看着门外穿着奇装异服的一看脑子就不怎么正常的沈嘉言，问："什么事？"

"你说什么事？！马上就出高考成绩了！你就一点儿都不紧张吗！"沈嘉言紧张得嗓子都在发颤，仿佛末日即将来临一样。

宋厌却只是懒懒地回头，看向身后的夏枝野，随口道："今天出成绩？"

夏枝野看了眼手机："嗯，还有半个小时。"

"哦，知道了。"宋厌答得漫不经心，好像不是什么大事。

然而听完两人对话的沈嘉言只剩下满脑子的问号："？"

等等？所以这两个人是玩得昏天黑地、没日没夜而忘乎所以，连高考查分这么重要的事情都忘了？他们还是人？！

"你们真的就一点儿都不紧张吗？"沈嘉言简直狂怒，"我知道你们成绩好，但是万一你们没考好怎么办？宋厌你不是立了必拿高考状元的目标吗？！夏枝野你不是立了必考北校的目标吗？！你们就不怕打脸吗！你们要是考不上怎么办？"

沈嘉言都要急死了，一想到高考成绩马上就要出来了，决定他大学每个月到底有多少零花钱的关键时刻就要来了，他紧张得小腿肚都开始发颤。

宋厌却只是倚着门框，慢悠悠地扔出一句："北校都考不上，我还上什么学？"

话音落下，全场寂静。

沈嘉言在心里缓缓打出一个问号："？"

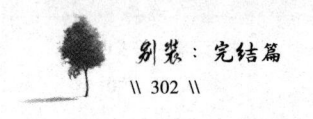

这是人说的话吗？这个人这么多年是真的没挨过打吗？这话要是自己录下来发到网上他真的不会被网暴吗？

鄙视，赤裸裸的鄙视！

挑衅，活生生的挑衅！

炫耀，明晃晃的炫耀！

那一刻，沈嘉言忍不住握紧拳头，涨红了小脸，恶狠狠地喊道："宋厌！我告诉你！分数还没出来，你别嚣张！有本事我们一起查分啊！万一我考得比你还高，你记得叫我……"

"当当当……"

不等沈嘉言用一副自以为很凶的可爱模样把狠话放完，宋厌的手机就响了。他看了眼来电显示，对着沈嘉言比了个"嘘"的手势，沈嘉言立马偃旗息鼓地乖乖闭嘴。

然后就看见宋厌按下了免提，紧接着一道磁性的男声就从听筒里传了出来："你好，请问是宋厌同学吗？我是北校招生组的张老师，就是之前强基计划宣传的时候你留过我的联系方式的那位，当时我对你的印象就很深。刚刚了解到你这次的成绩是七百二十一分，是本地今年高考理科的裸分第一，对此我表示恭喜，然后想询问一下你对我校的专业是否有兴趣了解一下……"

剩下的对话沈嘉言逐渐开始听不懂了。什么分子学，什么工程，什么计划，全是他不曾了解的领域。他只是想起来了一个被他遗忘的残酷事实——真正的学霸是从来不用自己查分的，所以还需要卑微紧张地等待半个小时才能查分的只有他自己。

"我再也不要跟宋厌玩了！"沈嘉言委屈地流下了属于学渣的卑微而伤心的泪水。

而生活的暴击，往往不止一次。宋厌的电话刚刚挂断，那头夏枝野的电话也来了。

因为南雾卷更难一些，所以夏枝野的总分只有七百一十二，但依旧一骑绝尘地拿到了南雾市今年高考的理科裸分第一。

都是状元,都有六位数的奖学金,都稳稳握住了顶级学府的入场券,甚至不用去阅读往年录取分数线的参考书,只用考虑自己最喜欢的专业。

而且这两人都才刚刚成年,名下就有了普通人奋斗一辈子都可能奋斗不来的资产,还有超高的颜值。

种种因素加在一起,气得沈嘉言扭头就走。

当天晚上他们俩还在好友群里接受了整整三个小时的那些因为丑恶而嫉妒的嘴脸发出的种种"抨击"和"批判"。

甚至就连正忙着准备出道专辑的商淮都加入了这支大军。

顶流巨星商小淮:过分,真的过分,真的很过分,过分到我决定写首 rap 叫作《女娲》。

人间至甜小奶莓:?

顶流巨星商小淮:说她造人的时候技术发挥极其不稳定,导致了世间的种种不公和丑恶现象,以及用泥点子捏我的敷衍态度。

Wild:支持。

Wild:并予以同情。

Wild:但爱莫能助。

顶流巨星商小淮:???

顶流巨星商小淮:你是人?

Wild:如果你愿意,也可能是神。

顶流巨星商小淮:……

顶流巨星商小淮:群主把这个人给我踢出去!

Wild 已被移出群聊。

顶流巨星商小淮:终于可以肆无忌惮地开骂了,跟我念,宋厌和夏枝野就是两条老狗!

人间至甜小奶莓:宋厌和夏枝野就是两条老狗!

Autumn:……

社会你孔姐:……

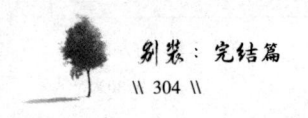

不准来日方长：……

学习委员只爱学习：……

顶流巨星商小淮：？

人间至甜小奶莓：？

顶流巨星商小淮：怎么了？

YAN：我还在群里。

因为宋厌一向不在群里说话，抨击会开始以后更是一句话都没有说过，以至于刚被拉进群里的商淮和沈嘉言并没有意识到群里还有一个恶魔。

于是三秒后。

YAN 已被移出群聊。

之后那群人对他们两个进行了怎样的惨绝人寰的人身攻击，宋厌和夏枝野不得而知。反正他们也没打算计较那些明显的玩笑话，只是站在阳台的玻璃顶棚下，并肩趴在栏杆上，看着窗外的濯枝雨。

谁也没有说话，两人就那么安安静静地看着雨水在灯光里落下，听着雨珠打落在玻璃顶棚上，觉得这个夏天的风吹得真舒服，清凉而惬意，好像时间就这么无意义地流淌而过也不错。

直到宋厌突然低头轻笑了一声。

夏枝野很少见到他这样无缘无故地笑，偏过头问："怎么？想到什么开心的事了？"

"没什么。"宋厌把手臂搭在栏杆上，看向雨中的远方，"就是没想到我们居然做到了，还是觉得挺玄幻的。"

他和沈嘉言说的话只是为了逗逗沈嘉言，其实他心里并没有底。毕竟这个世界上比他们聪明、比他们努力的人实在太多了，他们并不是天才，也很难创造奇迹，到底能考成什么样，多少要看点儿运气。

偏偏他们就做到了，还是两个人都做到了，像是老天爷额外赠予他们的幸运一样，顺遂到有点儿不真实。

夏枝野懒洋洋地笑道："没关系，适应适应就好，毕竟打小算命

第十二章 好友再聚

的就说我命好，所以以后这种玄幻的事情估计少不了，比如还有一个小惊喜……"

话没说完，宋厌的手机铃声又响了。看见屏幕上的"宋明海"三个字的时候，两人都微敛了脸上的笑容。

短暂的迟疑后，宋厌还是选择指尖一滑，接通了电话，却没有开口说话。

只是在听到电话那头疲惫沙哑的一声"宋厌，明天回家"后，冷淡地问了句："有什么事吗？"

"我和你覃姨已经离婚了，公司也让出去了，明天你就搬回家住。"

不知道是因为嗓音太沙哑还是一系列的变故磋磨了宋明海的锐气，宋厌竟然从那个一向高高在上的嗓音里听出了几分颓靡。

宋厌没说话。

宋明海微顿，又补了一句："今天我的体检报告出来了，酒精性肝硬化。"

宋厌握着手机的指节微紧，嗓音平静依旧："代偿期还是非代偿期？"

"代偿期。"

"嗯。"宋厌得到这个答案的时候，心里竟像是松了口气。

他厌恶宋明海，迫切地想要离开宋明海，甚至一辈子都不想再见到宋明海。可是他并不希望宋明海此时此刻就真的病重得快要死去。因为如果这样的话，那种该死的道德感会把他绑架在宋明海的身边。

所幸宋明海只是早期肝硬化，即使他失去了地位和公司权利，但他的那些余钱也足够他治病生活。

所以宋厌就没什么再可被道德绑架的了，淡淡道："行，那你保重身体，挂了。"

"宋厌！"电话那头有些急切地叫了一声，然后才像意识到自己失态了一般，强行冷静下来，"我是你爸，这是永远改变不了的事实。"

"所以等你哪天失去民事行为能力了，我会当你的监护人对你进行

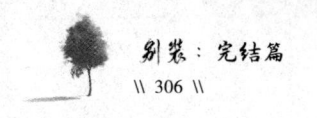

赡养，而且不出意外的话，应该会比你这个监护人当得好，起码不会差点儿弄死你两次。"宋厌的语气平淡，带有嘲讽。

宋明海似是微咬了牙根："你就这么恨我吗？宁愿跟着一个外人和我对着干也不愿意听我的话？你从小到大，我是少了你的吃还是少了你的穿？你用的、学的哪样不是最好的？宋厌，我没你想的那么对不起你。"

那一刻，宋厌突然就不想再争论了。他面无表情地轻点了下头："你说得对，所以我还不懂事的时候也像其他家的小孩儿一样黏过爸爸，至于为什么会走到今天这个地步，我觉得答案你比谁都清楚。至于你的病……"

宋厌说得客观又平静："你即使事业失败了，妻离子散了，你也还是比很多人强，起码治得起病。这个世界上无能为力的弱者的确很多，但如果可以的话，对那些人好点儿，就当为你自己积点儿德，你说呢，爸？"

宋厌这声平静到淡然的"爸"，叫得电话那头的宋明海呼吸几近一滞。

宋厌还没出生时，宋明海的确非常厌恶这个孩子，觉得这就是把他绑在这段婚姻里的工具。可是如宋厌所说，小时候的宋厌很懂事，总是会乖乖地、软软地叫他"爸爸"。所以从那时候起，尽管他不愿意多看他们母子一眼，也没有放弃养大这个孩子。只是他们父子关系最后怎么成了这样呢？

宋明海不知道那种隐隐的情绪是不是叫后悔，只知道自己大概应该知道答案，于是像在谈判场上扔出最后的无奈的筹码一样，问道："如果我以后再也不管你，真正尊重你、支持你，给你自由呢？"

如果是在一年半以前听见这句话，宋厌觉得自己一定会原谅宋明海从前的种种冷漠与伤害，甚至对宋明海感恩戴德。可是如今再听到这句话，他只觉得像是一句隔着时间的讽刺。

他想宋明海在失去了家庭、财富与健康后可能真的开始后悔了，但

第十二章 好友再聚

他还是以高高在上的思维思考着,始终没有想明白自己之所以会失去这些的真正原因。那就让宋明海后悔着在病痛里度过余生吧。

至于宋明海的这个问题,宋厌答得体面至极:"感谢你的理解,可是你的支持现在对我来说已经不重要了,所以我不会回去,也希望我们以后不要有不必要的交集。祝你早日康复,再见。"说完就挂断电话,屏蔽了宋明海的号码,长长地呼出一口气。

宋厌双手搭在栏杆上,望向远方,问:"夏枝野,我是不是特别没出息?我是不是该恨宋明海,然后巴不得他早点儿死,天天恶毒地诅咒他,落井下石、不择手段才对?"而不是像现在这样,因为仍然感谢他给了自己一条命和把自己好吃好喝养到大的恩惠,所以选择了最平静而冷淡的方式。

一点儿都不酣畅淋漓,一点儿都没有大仇得报的快感。

可是宋厌就是真的没感觉了,不恨了,也不在意了,就觉得如同一个陌生人一般无所谓,因为宋明海这个人是不是在意自己、是不是会称赞自己、是不是会给自己情感上的慰藉都不重要了。

宋厌觉得这样显得自己很没出息。

夏枝野却偏头看向了他:"宋厌,你知道我为什么愿意交你这个朋友吗?"

"为什么?"

夏枝野慢悠悠道:"我第一次觉得你有趣,就是我们第一次见面打架那次,明明你的脸色已经难看得想揍人了,但还是选择帮我在奶奶面前打掩护。那时候你那个不情不愿的小臭脸,让我当场就下定决心要和你交朋友。后来知道了你其实过得没那么开心的时候,我就下定决心要当你一辈子的知己,你知道为什么吗?"

宋厌也偏头看向他:"为什么?"

"因为如果一个人从小接收的都是顺遂和幸福,那他成长为这样的人理所当然;但如果一个人从小接收的就是磨难和不幸,却还能成长为这样,说明他从骨子里就是一个善良心软的人,根本不可能改变。所以

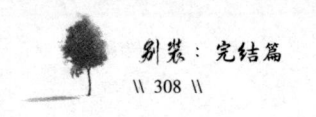

宋厌，你本来就不需要有那么大的戾气去面对宋明海，你值得温柔地过好这一生。"

夏枝野的话语落在夜雨声中，如同他的目光一般，笃定而坦然。

宋厌迎着他的视线，突然就笑了，偏头重新看向窗外："行，记得你的这句话，以后再被我揍的时候也记得夸我温柔。"

夏枝野底线也很低，点头道："也行，只要不打死或打残就行。"

"傻子。"宋厌忍不住笑着骂了一句，"你是不是审美有点儿问题，还是有受虐倾向？"

话音刚落，夏枝野的手机就响了。

不知道什么时候他们两个已经被重新邀请回了群里，并且被发起了群语音通话。

夏枝野捏着手机朝宋厌晃了晃："看来审美有问题、有受虐倾向的不止我一个。"说着指尖按下了接通按钮。

手机那头立马传来商淮的那属于顶流巨星的嗓音："夏爷！厌哥！我跟公司请好假了！明天我们回载酒巷，聚一下走起！"

夏枝野抬眉看向宋厌。宋厌懒得看他，只是从鼻腔里溢出一声"嗯哼"。

夏枝野会意，懒散地应了句："行，明天晚上见，我有事可能会晚一点儿到，你们找我奶奶就行，她有钥匙。"

说完语音里的其他"几千只鸭子"立马又"嘎嘎嘎"地不知道吵起了什么。

夏枝野笑着挂断电话，朝宋厌道："明天回南雾后你先去载酒巷，我去办点儿事，晚点儿到。"

宋厌想起之前夏枝野没来得及说完的"小惊喜"，警惕道："办什么事？"

夏枝野神秘地一笑："秘密。"

夏枝野的秘密和惊喜是什么，宋厌不知道，也没兴趣知道，反正估计又是什么奇怪的玩意儿，也就由着他去了。

第十二章 好友再聚

于是到了南雾的机场后,两人就分道扬镳。

夏枝野去办他的事,宋厌先去了载酒巷。

因为宋厌白天去见了招生办的老师,所以他们出发晚了些,加上飞机延误,他们到达南雾的时候天色已经晦暗。

载酒巷的深处已经亮起了暖黄的灯光,伴着大声说笑的喧嚣。

院门虚掩,一推开,就看见院子里摆着大圆桌,周子秋、沈嘉言、方尝、赵睿文和孔晓晓正围坐在桌边笑着说什么。而很久没见的商淮不知道从哪里搞来了一台移动KTV,正拿着麦克风,站在台阶上摆着各种顶流巨星专属的浮夸造型。

两年前还因为有点儿婴儿肥和土气的学生打扮而其貌不扬的少年,经过一两年的训练,长高了,变瘦了,变白了,头发打理得很利落,褪去了高中生的稚嫩感,笑容也变得自信张扬,站在那儿竟然真的有了几分明星该有的瞩目风采。

看来追梦追得很成功啊!

商淮听见门口的动静,抬头看见宋厌时,瞬间把麦克风一扔,扑过来就是一个熊抱:"厌哥!我可想死你了!呜呜呜……"

宋厌面无表情地把他从自己的身上扒拉下来:"我们的关系没这么好……"

"有!怎么没有?"商淮刚被扒拉下来,就重新把宋厌紧紧抱住,宛如终于找到了失散多年的父亲般,激动地哭泣,"夏爷都告诉我了,当时要不是你倾家荡产借给我五千元的话,我根本就没钱去面试,更别说面试成功了。所以你就是我的再生父母!我的永世恩人!"

丹田发力,震耳欲聋,嗓音清脆,绕梁三日。

被他吼得耳朵差点儿聋了的宋厌绝望地闭上了眼,宋厌觉得是自己错了。

艺人训练可能可以改变一个人的外貌,但绝对无法提高他的智商。幼稚的男高中生永远是幼稚的男高中生,没得救。

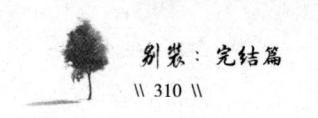

赵睿文和小胖感受到宋厌浓重的杀意,为了避免在这样大好的日子里发生惨烈的悲剧,连忙上前把商淮生生地拖开:"巨星,别哭,皇冠会掉,我们来唱歌!"

"好!"商淮立马收起眼泪,走到移动KTV旁,拿起麦克风,"接下来我将演唱一首《同桌的你》,谨以此歌献给在座的所有朋友,也献给我们终将逝去的少年岁月。Music!起!"

不得不说,商淮这人虽然不太聪明,但是唱歌真的不错。少年清亮温柔的嗓音在沉沉的夜色中浅浅漾开,唱着这个年纪不算刻骨铭心却足够真挚的离愁别绪。

宋厌听着歌,拉开一把椅子,顺势在桌边坐下。

正好赶上刘奶奶抱着一个玻璃酒罐匆匆赶来,和蔼地笑道:"这是我去年秋天就酿好的桂花酒,一直藏着的,本来想高考前给你们喝,结果一直没有机会,现在正好出成绩了,就拿来给你们尝尝。祝你们都蟾宫折桂,金榜题名,前途无量。"

众人纷纷从刘奶奶的手里接过盛酒的杯子,道过谢,一饮而尽,酒味偏淡,馨香清醇,正好应景。

沈嘉言的嘴最甜,夸张地睁大眼,惊叹道:"哇!好好喝!我这辈子都没喝过这么好喝的酒!"

小麻将一下子就被勾起了馋虫,爬到宋厌的腿上,抱住他的脖子,直勾勾地盯着宋厌手里那杯还没来得及喝的桂花酒,奶声奶气道:"厌哥哥,祝你金榜题名!前途无量!所以可以给小麻将喝一口吗?"

宋厌对自己的酒量有点儿数,所以只打算轻抿一口意思意思,没想到被小麻将盯上了,正想着怎么用小麻将听得懂的话告诉她不能喝,小胖就用筷子蘸了一点儿递到小麻将跟前:"抿抿。"

小麻将立马就充满期待并且开开心心地抿了上去,然后下一秒就皱巴着小脸,连"呸"了三声:"苦的!不好喝!沈哥哥骗人!我不理你们了!"

说完她就反身抱住宋厌,把脸埋进他的颈窝不理人了。

第十二章 好友再聚

剩下桌上一阵哄笑，刘奶奶也笑着，把小麻将从宋厌的怀里抱了出来："我带她去吃饭，你们几个好好聚聚，有什么需要就到隔壁叫我。"

看着一老一幼离去的背影，小胖撑着脑袋叹了口气："我记得当时在游乐园见到小麻将的时候，我和孔晓晓还在想她是谁的女儿，没想到现在她成干妹妹了。夏爷绝对是我见过的最仗义、说话最算话的好男人了。"

小胖一脸掌握天下八卦的表情："对了，你们估计都不知道，厌哥刚回老家的时候，夏爷生了好大一场病，身体虚，吃不下睡不着，经常不是发呆就是走神。"

宋厌握着酒杯的指节不自觉地收紧。

许是觉得事情已经过了这么久了，小胖就把这些往事当作寻常事讲出："当时夏家的人说怕夏爷学习受到影响，手机被没收了好几回，零花钱也被扣得干干净净。他为了攒钱买手机，给厌哥寄快递，除了卖学习资料外还去网吧给人修过电脑。他去找厌哥那次的火车票钱，就是他修了几十台电脑、连续一个月没睡过整觉、没吃早饭攒下来的，他本来谁都没打算说，还是我去上网撞见了他，他才跟我坦白的。"

小胖说完又呷了一口桂花酒，叹了一口气："你说夏爷这人，放到哪儿不是个人中龙凤，随便妥协一点儿，好日子就等着他。可他就是能吃这个苦，还千叮咛万嘱咐不准我告诉别人。"

这些事宋厌从来都不知道，他以为夏老更通情理，还有夏瑜在，夏枝野的日子应该比他好过些。可其实并没有。

那一年的时间不仅是他一个人在痛苦难熬，夏枝野同样在熬，只是选择了藏下那些艰难，只把温柔强大的一面展现给他，给予他希望和力量。

以至于他忘记了当时夏枝野也和他一样，只不过是一个无能为力的少年而已。

宋厌垂眸看着酒杯里倒映的灯光和月影，指尖轻颤，眼睫微动。

小胖敏锐地发现了他的情绪变化，意识到自己仗着酒劲儿说得有些

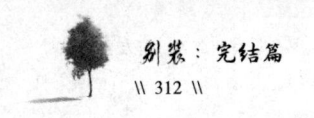

多了,连忙又"嗐"了一声:"我说这些干吗,都是过去的事情了。你们现在都是有钱、有房、有能力的成年人了,谁也管不了你们了,你们想干啥就干啥,好日子还在后头呢!对吧?"

"对呀,都过去了,以后只剩好日子了。"孔晓晓连忙附和,"让我们祝福今天在场的所有人从今往后再也没有迫不得已的分离!一辈子幸福自由!"

"祝我们所有人以后都能自由地去追逐自己的梦想,做自己想做的事。"台上的商淮握着麦克风,大声喊道,"年轻永远万岁!"

"年轻永远万岁!"

所有人举起杯子,激烈地一碰,喊出他们即将开始真正的人生旅途时内心深处最渴望的想法。

他们不会永远年轻。

他们甚至不知道什么时候就会因为各自的人生而渐行渐远,直至彻底从彼此的生活里消失,成为彼此人生的一个过客。

可是他们到底曾经陪伴对方走过了最美好的岁月,见证了那些最单纯、炽热、真挚的年少时的情感在岁月里开出惊艳的花,也见证了那些令人无能为力、束手无策的阻碍带给他们的磨炼和蜕变。

即使他们终将四散而去,可是他们永远会记得那些嬉笑怒骂而过的笑颜,只要想起那些笑颜,他们就会想起自己那些平凡如一却又与众不同的青春。

等到那时候,他们就会意识到,原来自己从来没有忘记过那些日子,那些少年,那些朋友,那些对酒当歌的长夜和充满美好期许的誓言。

台上的商淮应景地唱着《那些花儿》,伤感的嗓音晕开在夜色和酒意里。

他唱着:"……我们就这样各自奔天涯……"

台下的人们跟着他唱着,逐渐红了眼眶。

有些故事还没讲完就算了吧,我们就这样各自奔天涯吧。

尽管他们不知道是否还能再遇见像这样无条件信任彼此、原谅彼此、理解彼此、不带任何利益计较、不带任何其他的目的的友情,他们也不知道自己的青春将在哪一天彻底逝去。但不论未来如何,他们曾经在一起拥有过最好的友情和年少的时光就已经够了,如若有缘,他们终将还会在同样的路途上重逢。

想着这些伤感的离愁别绪,众人酒醉微醺,开始或哭或闹。

只有宋厌独自坐在角落,清醒地看着这一张张熟悉可爱的脸,试图把他们牢牢地记在心中。

然后突然发现他人生的那幅画,早已不是黑白画,而是一片浓墨重彩,是一生都不会忘记的绚烂与热闹。

他何其有幸,可以在最无力、最无助的时候遇上这群可爱的人,才能走过风雨,走过这温柔的一生。

想到这儿,他突然想到夏枝野居然还没出现,于是拨响电话:"你在哪儿?"

电话那头的声音是一如既往懒散:"你出门,左转,记得带上你的行李。"

宋厌懒得再去想夏枝野又会有什么诡计,只是依言照做。他拎着行李箱,走出院门,一直往前,走过这条见证了他们初遇的窄而长的小巷。然后在巷子的那头,月光之下,看见夏枝野倚着车门,站在了视野的尽头。

那是一辆崭新的悍马越野车,是宋厌曾经说过的最喜欢的车型。夏枝野倚着车门,散漫地支着两条大长腿,笑得慵懒又张扬。宋厌走过去,抬眸看他。

夏枝野微笑地看着他:"这位英俊的先生,如果我现在邀请你和我一起去冒个险,你愿意吗?"

宋厌倨傲地抬着下颌,眼神骄矜:"这位不得体的先生,请你先告诉我,我们要去什么地方冒险?"

"去你想去的地方。"

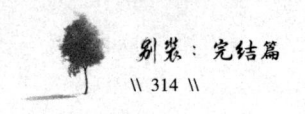

"你怎么知道我想去什么地方？"

"反正你想去的地方，我都会带你去。"

宋厌迎着他的视线，说："好。"

无论路途有多长，险阻有多少，前途有多未卜，我们都可以去任何想去的地方。

他们驾驶着那辆越野车消失在月色之下的老街，无人知晓他们踏上了怎样山高路远、风雨兼程的路途。

或许是奔向了最遥远的城镇，或许只是在某个夜晚看了一朵花开，又或许只是在公路上驰骋，享受着吹来的自由的晚风。

但都无关紧要了。

因为那里终归是他们想去的地方，无人可以阻拦。

他们曾无能为力，但他们终将自由。

番外

载酒馆

载酒巷拆迁的时候,谁也没想到几年后他们会以这样的方式回来。

重新修葺的商业街,拐角处修了座看上去就很有格调的小院,进去就是两层的小楼,装潢文艺典雅,门口种了两株桂花树苗。

小楼的题词是"欲买桂花同载酒,终不似,少年游",门口的匾额挂着"载酒馆"。

白日这里是创意餐厅,过了夜里十点,天一黑,灯一亮,在露天院子的台上驻唱歌手低低地一唱,就成了酒馆小清吧。

这里还没开张,就在网上炒得沸沸扬扬,因为据说是这两年在大陆势头最好的新人歌手商淮挂名投资的。

实际的老板姓方,大家都不记得他的本名,只记得商淮在微博称呼他为"小胖",于是他得了个尊称——胖老板。胖老板也是正经985理工科毕业的学生,但是毕业以后,实在不想当秃头程序员,索性就改行开了餐馆。

结果没想到,人各有命,这位胖老板之所以胖了二十几年一直没减肥成功,就是因为他对吃这件事有自己独特的见解和品位,加上人缘好,各方的人脉多,开一家,火一家,开到现在,也算是小有名气的网红餐厅老板。

就是这么一个餐饮界的新星,却做出了一个人人都觉得会亏本的买

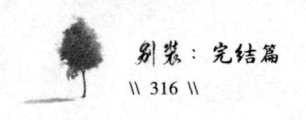

卖——在刚刚改造完的老城区，买了一块大商铺，装修得格外小资，菜品也都很有格调，价格却都只是成本价。

很多人不能理解，胖老板却笑盈盈地说："人这辈子哪儿需要挣那么多钱，主要就是要有个念想。"

至于念想是什么，旁人不明白，只有南雾三中那年毕业的那群傻子才明白。

于是开业当天，这么一家不算小但也算不上大的载酒馆，里里外外，人满为患。

不说商淮这个大明星，光是沈嘉言，现在也是超过千万粉丝的UP主了，在学生间很有些名气，两个人的微博一发，线上排队的人数直接超过一千桌。

偏偏小胖还搞饥饿营销，第一天不对外开业，只邀请亲朋好友和业内知名美食家，弄得大家期待不已，甚至打算第二天一早就来排队。

除此之外，小胖这个人精还在大门外挂上了高考状元的照片以及推荐语，顺便推出一款桂花酒，叫四喜酒。

前来试吃的自媒体人问老板为什么叫四喜酒。

小胖笑着回答："因为我有个好朋友叫宋大喜，这是第一喜；他小时候过得不太好，但是遇到了我的另一个朋友夏大野，从此一天比一天过得好，是第二喜；然后他们都状元及第，金榜题名，这是第三喜；最后，祝愿大家都能寻得知己，就是第四喜。正好这酒是从他们家拿来的秘方，所以就命名为四喜酒。"

从宋厌，到宋大喜，再到而今的四喜，十年一过，少年不再是少年，可是他们还是会相聚。

至于这秘方小胖是怎么从刘奶奶那里骗过来的，就不得而知了，总归因为夏枝野和宋厌都不在南雾，所以回到南雾来的小胖总是时不时地照顾刘奶奶和小麻将，很是得刘奶奶的欢心。

所以开业这天，大家发现载酒馆里还有个穿着南雾三中校服的十几岁的小姑娘在忙前忙后，到处甜甜地叫着哥哥。

番外　载酒馆

阮恬也不再是刚毕业时的那个小姑娘班主任了，成熟了许多，却依然温柔，笑着对夏枝野和宋厌说道："不愧是你们俩教大的妹妹，成绩也好，性格也好，初中部的老师们都可喜欢她了。"

"那可不，毕竟当时全校上上下下都可喜欢我了。"已经西装革履的青年人依旧有一双好看带笑的桃花眼，眼睛微弯起来说笑着的时候，总让人心情愉悦。

旁边穿着黑色衬衣、面色微冷的青年，呷了一口茶，不冷不热道："要点儿脸。"

夏枝野偏过头，撑着脑袋，笑道："我们厌哥说说我怎么就不要脸了？难道我不招人喜欢？"

"呵。"宋厌连看都懒得看他一眼。

正好沈嘉言已经举着直播的自拍杆晃了过来，一不留神，两人正好入镜。

弹幕立马疯狂启动。

言言！那两个人是谁！好帅！

啊啊啊，那个桃花眼帅哥笑起来好帅啊！

我喜欢臭脸跩哥！跩哥看看我！

他们和商淮坐在一起竟然比商淮还帅！难道是商淮他们公司的新人？

"这两个帅哥不是艺人哦，是我的好朋友。这位叫夏枝野，另一位叫宋厌，他们当年都是高考状元。职业啊？他们的职业比较复杂，反正什么赚钱就干什么，胖老板的餐饮，我的 MCN 公司，都有这两位老板的股份。对，简而言之他们的职业就是万恶的有钱人，这么理解也没有问题。"

沈嘉言笑着解释完，又回过头看向商淮："他们说小厌和老夏长得比你帅。"

正在兢兢业业地埋头吃着牛蛙的商淮猛然抬头："什么？他们居然说这俩人比我帅？！"

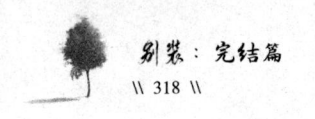

这么多年了，周子秋还是嫌弃他这咋咋呼呼的劲儿，轻哂一声："不然你比他俩帅？"

短暂的沉默后，商淮说："你给我点儿面子，这么多粉丝看着呢。"

沈嘉言乐了："放心，你的粉丝也在说他俩比你帅。"

商淮："？？？"

作为一个艺人，商淮当场就放下牛蛙，拍案而起，从沈嘉言的手里接过自拍杆，对着自己和身后两位万恶的有钱人，朝镜头说道："你们再仔细看看，确定他俩比我帅？"

十年老粉告诉你，确定。

淮淮，别气，咱是实力派。

就是，做人不要太攀比，你先让让，挡着我们看帅哥了。

淮淮！我们永远爱你！但是我们现在想先看帅哥！

万千粉丝齐齐过境，丝毫不留情面。

本来以为商淮会像以前那样和他们互掐起来，结果商淮只是嘚瑟地一笑："你们还真没说错，他俩确实比我帅。来，介绍一下，这位桃花眼的大帅哥叫夏枝野，我的发小；这位冷面无情的大帅哥叫宋厌，我的高中同学。除此之外，这两位还是我的大恩人，没有他们就没有我的今天。"

夏枝野已经挑了下眉，以示自己的帅气。

宋厌则连正脸都没给一个，缓缓呷了口茶："说起来，那五千块钱你好像到现在都还没还给我。"

"那我不是都送你一辆车了嘛，还差这五千块钱的，见外。"商淮反正走的也是台上大魔王、台下喜剧人的人设，所以丝毫不介意宋厌说他，还应粉丝的要求，笑嘻嘻地搂过宋厌的脖子，露出宋厌的那张大帅脸，"大家看，这就是我伟岸的'大哥'宋厌同学，那个是我另一位伟岸的'大哥'夏枝野同学。当时我想逐梦演艺圈，结果家里不支持，还身无分文，多亏了这两位'大哥'，给予了我经济上和精神上最大的支持，我才能够勇敢追逐梦想，和你们相遇。所以我一点儿都不介意你们夸他们比我帅,因为他们本来就比我帅!大家起立鼓掌,表示感谢!"

弹幕疯狂刷起了"大哥""帅哥"。

商淮满意地笑着把手机还给了沈嘉言,沈嘉言说了几句结束语后就关掉了直播。

商淮则给自己倒了满满一杯桂花酒,高高地举起:"十年前,如果不是有你们,就不会有今天的我。今天在这里,我们难得地再次聚在一起,我一定要和你们所有人说一句:让我们敬青春!敬梦想!敬自由!"

敬青春一去不回,却赠我余生欢喜。

敬梦想遥不可及,却予我万分勇气。

敬自由难能可贵,却伴我一生无悔。

院子里的歌曲正好唱到了《那些花儿》,像是回到了很多年前他们刚刚毕业的时候。

宋厌的唇角微微扬起,举起杯:"嗯,敬青春,敬梦想,敬自由。"

夏枝野也笑着举起杯,轻轻地一碰:"也敬我们努力生活过的每一天。"

许多酒杯在那一刹那碰撞,他们仿佛又回到了年少时。

人生无奈,大抵莫过于"欲买桂花同载酒,终不似,少年游"。

他们的幸运,莫过于当载酒回来时,少年们依然在。

图书在版编目（CIP）数据

别装. 完结篇 / 林七年著. — 武汉：长江出版社，
2023.9
ISBN 978-7-5492-8955-4

Ⅰ. ①别… Ⅱ. ①林… Ⅲ. ①长篇小说－中国－当代
Ⅳ. ① I247.5

中国国家版本馆 CIP 数据核字（2023）第 127583 号

别装. 完结篇 / 林七年 著
BIEZHUANG WANJIEPIAN

出　　版	长江出版社	
	（武汉市解放大道 1863 号 邮政编码：430010）	
市场发行	长江出版社发行部	
网　　址	http://www.cjpress.com.cn	
责任编辑	陈　辉	
印　　刷	三河市金元印装有限公司	
版　　次	2023 年 9 月第 1 版	
印　　次	2023 年 9 月第 1 次印刷	
开　　本	880mm×1230mm　1/32	
印　　张	10.25	
字　　数	285 千字	
书　　号	ISBN 978-7-5492-8955-4	
定　　价	52.80 元	

版权所有，翻版必究。如有质量问题，请联系本社退换。
电话：027-82926557（总编室）　027-82926806（市场营销部）